TITUS
VERLAG

für Angela,
ich wünsche dir
alles Gute zum Geburtstag
und hoffe, das Buch gefällt
dir.
Viel Spaß beim Lesen

Susanne

16.4.12

Das Buch

Mit einer beeindruckenden Empathie wird die Geschichte der jungen Antalia beschrieben. Die Zerrissenheit der Figur in sich selbst und ihrer Berufung. Die Geschichte des ›Meeresvolkes‹ und der Versuch, nicht gänzlich unterzugehen, ist mit der Bestimmung von Antalia eng verwoben, die selbst mit dem Tode ringt. Der Leser wird mitgenommen auf eine gefühlvolle Reise zwischen Wasser und Land.

Die Autorin

Susanne Esch, geboren 1967 in Höchst, ist alleinerziehende Mutter von vier Kindern. Sie war zwei Jahre lang Vorsitzende des Gesamtelternbeirats der Tageseinrichtungen für Kinder der Stadt Frankfurt am Main und begann 2007 mit dem Schreiben von Harry-Potter-Fanfiktion-Geschichten. Das Schreiben war eine der wichtigsten Kraftquellen bei der Überwindung der Krebserkrankung, die im September 2008 diagnostiziert wurde. Freunde und Bekannte, die ihre Texte gelesen hatten, ermunterten sie, es mit einem eigenen Buch zu versuchen. So entstand ›Solifera‹.

Weitere Informationen im Internet unter **www.titus-verlag.de**

Solifera

Sonnenbringerin

von

Susanne **E**sch

TITUS
VERLAG

Copyright by
Titus Verlag, Wiesbaden, 2012

Gedruckt in Deutschland

1. Auflage 2012

Bibliografische Information der Deutschen Bibliothek
Die Deutsche Bibliothek verzeichnet diese Publikation in der
Deutschen Nationalbibliografie; detaillierte bibliografische
Daten sind im Internet über http://dnb.ddb.de abrufbar.

ISBN 978-3-942277-26-6

Als alles seinen Anfang nahm

WIE EIN GLUTROTER FEUERBALL sank die Sonnenscheibe dem Wasserspiegel entgegen. Ihre Strahlen tauchten die Oberfläche des nur in sanften Wellen dahinplätschernden Meeres und die über ihr in bizarren Formen treibenden Wolken in ein faszinierendes, kurioses und unbeschreibliches Farbspektrum zwischen Sonnenblumengelb und dunkelstem Bordeaux. Flammen schienen am Horizont emporzulodern, den Feuerball einzuhüllen. Wollte die licht- und wärmespendende Kugel mit diesem grandiosen Feuerwerk für immer ihren Abschied nehmen? Tiefer und tiefer glitt sie, zog die hellen Farbtöne mit sich, verwandelte das Ende des sichtbaren Himmels in einen Ozean aus Blut und Lava. Langsam, so langsam, dass die einsame Gestalt, die reglos auf der höchsten Düne des einsamen Strandes stand, das Schauspiel in all seiner ehrfurchtgebietenden Schönheit verfolgen konnte, veränderte sich das Bild. Wie aus den Unendlichkeiten des Alls schoben sich dunkle Schwaden in das leuchtende Rot, verwischten es, überdeckten es und brachten es schließlich ganz zum Erlöschen. Ein letztes aufbegehrendes Auflodern, dann versank die Sonne endgültig unter den Wasserteppich. Auch ihre sich wie ein aufgeschwungener Fächer zum Halbkreis ausstreckenden Strahlen konnten das allmähliche Verglimmen nicht verhindern. Die Dämmerung zog herauf, und wo vor ein paar Minuten noch ein heftiger Kampf um die Vorherrschaft getobt hatte, setzte sich nun die Nacht mit ihrer alles einschließenden Dunkelheit gegen das Licht des Tages durch. Samtblau mit unendlich vielen Sternen legte sie sich wie eine Decke über das Land.

Noch immer stand Antalia auf ihrer Düne, einsam, gebannt beobachtend. Aufgewachsen am Fuß der Berge, umgeben von üppigen Wiesen, grünen, rauschenden Wäldern, zackigen Felsen und gurgelnden Bächen war dieser Sonnenuntergang ein solch überwältigendes Erlebnis. Es dauerte noch eine ganze Weile, bis sie das faszinierende Naturschauspiel verarbeitet hatte und mit einem Senken der Augenlider ein erstes Zeichen von Leben in ihren Körper zurückkehrte.

Vor wenigen Tagen hatte sie ihren sechzehnten Geburtstag gefeiert. Das Schuljahr hatte seinen Abschluss gefunden, und der obligatorische Familienurlaub, auf den sich alljährlich jeder bereits zu freuen begann, sobald die Rückreise des vorangegangenen angetreten werden musste, hatte sie in diesem Jahr erstmals ans Meer geführt. Vater, Mutter und ihre zwei Brüder hatten es nach der anstrengenden Herfahrt nicht mehr über sich gebracht, die kleine Blockhütte, die nun ihr Feriendomizil war, zu verlassen. Antalia jedoch, angetrieben von einer Sehnsucht, die sie sich selbst nicht erklären konnte, hatte ihre Eltern um Erlaubnis gebeten. Sie war seltsam elektrisiert dem kleinen Trampelpfad zwischen den Sandhügeln hindurch gefolgt. Als dieser zum Strand hinunter führte, war sie links abgebogen und diese Düne hinaufgeklettert. Ihre Augen hatten die riesige Wasserfläche noch kaum erfasst, als eine warme Woge wie ein freudiger Willkommensgruß durch ihren Körper gefahren war.

›Mein Zuhause!‹ Irgendwie kam dieser Gedanke über sie. Und obwohl Antalia von Natur aus weder grüblerisch veranlagt war noch zu Träumereien neigte, manifestierte er sich derart nachdrücklich, dass sie nicht umhin konnte, ihm eine gewisse Aufmerksamkeit angedeihen zu lassen. Ein Blick auf die kleine Armbanduhr, die ein Geschenk ihrer Brüder gewesen war, ließ sie zusammenzucken. Wie schnell doch die Zeit vergehen konnte, wenn die Sinne gefesselt waren. Aufseufzend kehrte sie der nun zu einer leicht wogenden, dunkelgrau gewordenen Wasserfläche den Rücken und trat den Heimweg an.

Als sie die Tür der Hütte öffnete, schallte ihr aus deren zwar kleinen, aber gemütlichen Wohn- und Aufenthaltsraum lautes Gelächter entgegen. Im warmen Licht zweier wie Fackeln geformter Lampen saß ihre Familie. Sie hielten Spielkarten in den Händen. Auf den beiden sich gegenüberstehenden Sofas hatten sie Platz genommen. Jori, ihr ältester Bruder, setzte ein schelmisches Grinsen auf. Seelenruhig sortierte er den Stapel aufgenommener Karten in sein eigenes Blatt ein und schrieb sich unglaublich viele Punkte zu. Toran verdrehte die Augen.

»Neben den setz ich mich nicht mehr!«, brummte er verdrießlich. »Egal, was wir spielen, immer schnappt er mir das Beste vor der Nase weg!«

Gutmütig legte Jori seinen Arm um dessen Schultern. »Nimm's nicht so schwer, Bruderherz. Deine Chance kommt auch noch.«

»Sahnt er wieder alles ab?«, fragte Antalia näher tretend.

Im Licht der Lampen fiel der Unterschied zwischen ihr und den anderen Familienmitgliedern noch deutlicher auf als am Tag. Während deren Haarfarben von dunklem Braun bis Pechschwarz reichten, waren ihre von einem hellen Flachsblond, und kleine Flämmchen schienen über sie hinweg zu tanzen, als sie aus der Dämmerung in den Lichtkreis trat. Auch hatte es den Anschein, als bewegten sie sich in einer sanften Brise, obwohl in dem Zimmer kein Lüftchen wehte. Ein paar Strähnen hatten sich aus den Bändern, Gummis und Spangen gelöst, mit denen sie, wie immer vergeblich, versucht hatte, sie zu bändigen. Sie waren ihr ins Gesicht gefallen, dessen ebenmäßigen Züge sie beinahe ätherisch hübsch aussehen ließen. Auch ihre Augen warfen die Helligkeit in einer Weise zurück, die äußerst ungewöhnlich war. Wie honigfarbener Bernstein funkelten sie heute. An manchen Tagen jedoch wirkten sie dunkel wie Portwein oder sanft wie Whisky. Diese Ungewöhnlichkeiten waren, je älter Antalia geworden war, immer deutlicher zutage getreten, fielen jedoch nur bei längerer, intensiver Beobachtung auf. Für ihre Familie war es so selbstverständlich, dass auch an diesem Abend niemand weiter Notiz von ihrer wechselnden Augenfarbe und den ihren Kopf umspielenden Lichtreflexen nahm.

Ari und Marian rückten ein wenig zusammen. Antalia setzte sich neben ihre Eltern, verfolgte die bereits laufende

Spielrunde ebenso gespannt wie die Spieler und stieg bei der folgenden Runde problemlos mit ein. Lange noch saßen sie so zusammen, redeten und lachten, genossen es, unter keinerlei Zeitdruck zu stehen und begaben sich, erst als die Dämmerung bereits wieder einsetzte, in ihre Betten.

Die nächsten Tage waren ausgefüllt mit langen Spaziergängen am mit weißem Sand belegten, kilometerlangen Strand entlang. Baden im glasklaren Wasser. Federball und Frisbee spielen. Faulenzen. Ruhige, gemeinsame Mahlzeiten zu sich nehmen. Viele Unternehmungen, an denen alle ihre Freude hatten.

Obwohl kein Mitglied der Familie wasserscheu war, verbrachte Antalia mit Abstand die meiste Zeit in den Fluten. Ohne Furcht schwamm sie oft mehrere hundert Meter weit hinaus. Sie tauchte hinab zu den Korallenbänken, beobachtete das bunte Treiben der Fische, sammelte seltene Muscheln oder ließ sich einfach nur von den Wellen treiben. Hier befand sie sich in ihrem Element. Schon immer. Seit sie sich erinnern konnte, liebte sie das Wasser. Nie hielt es sie in ihrem Zimmer, wenn der Himmel seine Schleusen öffnete. Kaum dass sie laufen gelernt hatte, war auch das Schwimmen ein nicht mehr wegzudenkender Teil ihres Lebens geworden. Sie war Mitglied der Schulmannschaft und nahm regelmäßig an Wettkämpfen teil. Am wohlsten jedoch fühlte sie sich, wenn man sie sich einfach im Wasser bewegen ließ.

Hier konnte sie diesem Bedürfnis zum ersten Mal in dem Maße nachgeben, wie sie es als nötig empfand. So blühte sie regelrecht auf. Ihre Haut bräunte sich, eine tief empfundene Freude manifestierte sich in ihr, und sie fühlte sich glücklich wie niemals zuvor. Jeden Abend stieg sie auf *ihre* Düne hinauf. Sah sich von hier aus den Sonnenuntergang an. Ließ sich von den Farbspielen verzaubern. Auch die wenigen Tage, an denen es stürmte und die Wellen weit den Strand hinaufrollten, konnten ihrer Euphorie keinen Abbruch tun. Im Gegenteil. Fast gewaltsam musste sie gegen den Wunsch ankämpfen, sich nicht geradewegs in die tosenden Fluten zu stürzen, sich mitziehen zu lassen, in den Ozean hineinzugleiten und in den Wassermassen zu versinken. Nur Jori schien diesen sonderbaren Drang in ihr zu spüren, denn immer wieder sah er sie warnend an und schüttelte unmerklich den Kopf.

So reihten sich die Tage aneinander. Urplötzlich waren vier Wochen vorbei. Die Heimreise stand an. Allen schien diesmal der Abschied schwerer zu fallen als bei den bisherigen Urlauben. Antalia jedoch brach es fast das Herz. Am letzten Abend stieg sie noch einmal den hohen Sandhügel hinauf. Ließ sich diesmal, entgegen ihrer Gewohnheit, auf den staubfeinen Körnchen nieder, und ihr Blick verharrte noch auf dem Horizont, nachdem die Dunkelheit längst sämtliche Farben verschluckt hatte.

Schleichende Veränderungen

WIEDER ZUHAUSE GENOSS die Familie zwei weitere arbeitsfreie Wochen. Dann kehrte für alle wieder der Alltag ein. Jori und Toran nahmen ihre Studien im 500 Kilometer entfernten Colligaris wieder auf. Marian und Ari kehrten zu ihrer Arbeit als Touristenführer zurück. Antalia trat die erste Klasse der Oberstufe der Domarillis-Schule in Olayum an - einem Internat, das vorwiegend sportbegabte Schüler und Schülerinnen besuchten. Optimale Trainingsmöglichkeiten in vielen verschiedenen Sportarten wurden ihnen dort geboten und die Chance, in eines der großen Sportteams der Nation aufgenommen zu werden.

Antalia freute sich über die Rückkehr zur Schule. Sie hatte eine kleine, aber zuverlässige Gruppe von Freunden, kam im Unterricht bisher ohne große Anstrengungen mit und sehnte sich in gewisser Weise auch nach dem Training. Die Umstellung nach den Ferien fiel allen in den ersten Tagen noch etwas schwer, aber nach und nach gewöhnten sie sich wieder an den strukturierten Ablauf. So nahm Antalia auch zunächst die kleine Veränderung gar nicht recht wahr und reagierte erstaunt, als ihre Freundin Nerit, die in den meisten Unterrichtsfächern neben ihr saß, sie eines Morgens leicht rüttelte. Sie fragte, ob Antalia die Frage, die die Lehrerin soeben an sie gerichtet hatte, nicht beantworten wolle. Antalia hatte überhaupt nicht mitbekommen, dass sie angesprochen worden war. Leicht errötend entschuldigte sie sich, bat um die Wiederholung der Aufgabe und antwortete dann mit der gewohnten Sicherheit.

Zunächst nur gelegentlich, aber nach dem Jahreswechsel zunehmend häufiger, reihten sich solcherlei Geschehnisse aneinander, und die Ausrede, sie habe wohl vom vorangegangenen Training noch Wasser in den Ohren, verlor allmählich ihre Glaubwürdigkeit. Hatte sich Antalia anfangs kein bisschen über den augenscheinlichen Verlust ihrer

Hörfähigkeit Gedanken gemacht, so begannen diese immer wiederkehrenden Aussetzer nun doch, sie zu ängstigen. Hinzu kam, dass sie an manchen Tagen von ihrem Sitzplatz in der vorletzten Reihe des Klassenzimmers aus kaum in der Lage war, Texte oder Formeln zu entziffern. Weder ihr optisches noch ihr akustisches Wahrnehmungsvermögen waren dauerhaft beeinträchtigt. Die stetig sich wiederholenden Defizite jedoch setzten ihr mehr und mehr zu. Sie versuchte, ihre innere Unruhe zu überspielen, aber weder Nerit noch Oriri oder Xero konnte sie über ihre wirkliche Stimmung hinwegtäuschen.

»Geh zu Madame Galidu«, riet ihr Oriri. »Vielleicht sollte ein Mediziner überprüfen, ob es etwas wirklich Ernstes ist.«

Ergeben nickte Antalia. Auf diese Idee war auch sie schon gekommen, nur … sie wollte die Diagnose gar nicht hören. Irgendwo tief in ihr war sie sich sicher, dass ihr auch die Mediziner nicht würden helfen können. Die Klassenlehrerin, die zugleich auch die Ansprechpartnerin der Schüler war, lauschte konzentriert Antalias Ausführungen, machte sich ein paar Notizen und schickte sie, wie schon erwartet, zu Redor, einem der drei Heilkundler, die fest an der Schule angestellt waren. Dieser untersuchte sie gründlich. Stellte ihr eine Menge Fragen. Überprüfte ihre Augen. Sah in ihre Ohren, murmelte gelegentlich vor sich hin. Füllte schließlich einen Überweisungsschein aus und verwies sie an den Optiker des nahe liegenden Städtchens Domar, um ihr eine Brille anfertigen zu lassen.

»Außer dass deine Linse ein wenig angegriffen ist, kann ich nichts weiter feststellen«, beruhigte er sie. »Vielleicht kann eine Brille Entlastung bringen, und der Rest regelt sich von selbst. Mach dir nicht zu viele Gedanken, Antalia. Richtig krank fühlt sich anders an.«

Mit einem freundlichen Lächeln entließ er sie, und dem Mädchen fiel ein Stein vom Herzen. So ihrer Sorgen enthoben, verliefen die nächsten Wochen auch tatsächlich ohne weitere Unannehmlichkeiten. Bis sie eines Morgens beim Blick in den Spiegel eine kleine Erhebung ähnlich der eines heranreifenden Pickels unter ihrer Kehle entdeckte. Sie versuchte, ihn aufzukratzen oder auszudrücken – erfolglos. Auch fühlte er sich unter ihren Fingern hart an. Wesentlich härter als eine gewöhnliche Hautunreinheit. Und dieses Ding wuchs! Innerhalb weniger Tage schwoll es auf die Größe ihres kleinen Fingernagels an. Seine Farbe und die absolut ebenmäßige, glatte Rundung erinnerten an eine perfekte Perle von schimmerndem Perlmutt. Läge jetzt noch eine Kette um ihren Hals, man hätte sie für ein wundervolles Schmuckstück halten können. Natürlich konnte sie diese neuerliche Veränderung nicht geheim halten. Dafür lag die Perle an einer zu offensichtlichen Stelle.

Wieder wurde sie zu Redor geschickt. Diesmal lächelte er nicht mehr so unbekümmert, nachdem er das Mädchen eingehend untersucht hatte. »Ich kann dir nicht sagen, was das ist, aber diese Kugel scheint nur der Abschluss zweier durch sie verbundener Reihen kleinerer zu sein, die sich augenscheinlich noch in einer Art Reifungsprozess befinden. Sie verlaufen entlang deines Brustbeines, sehen jedoch weder wie krankhafte Wucherungen aus noch erwecken sie den Eindruck, als seien sie gefährlich, aber – sie gehören da nicht hin. Hast du irgendwelche Schmerzen?«

Antalia schüttelte den Kopf.

»Fühlst du dich unwohl? Kraftlos? Empfindest du einen Druck oder Juckreiz, der vorher nicht da war?«

Wieder verneinte sie.

»Dann lass uns das Ganze vorerst einfach beobachten. Nicht alles Neue muss auch etwas Schlechtes bedeuten.«

Zum Abschied reichte er ihr die Hand. Als er sie leicht drückte, meinte Antalia, die Aufrichtigkeit seiner beruhigenden Worte spüren zu können.

Träume

Das Jahr schritt weiter voran. Schulstunden, Schwimmtraining, gelegentliche Wettkämpfe, Freizeit, Spaß und Spiel wechselten miteinander ab. Antalia gewöhnte sich an die kleinen Veränderungen, nahm sie als gegeben hin, fand sogar hin und wieder ein paar witzige Erklärungen für ihre Ausfallerscheinungen und lebte im Großen und Ganzen ihr Leben weiter wie zuvor. Ihre Eltern hatten angekündigt, den diesjährigen Urlaub auf allgemeinen Wunsch sämtlicher Kinder nochmals am Meer zu verbringen. So sehnte Antalia das Ende des Schuljahres sehnsüchtiger herbei als jemals zuvor.

Stürmisch fiel sie ihren Eltern um den Hals, als diese sie am letzten Schultag abholten. Jori und Toran, die in angemessenem Abstand hinter ihnen hergegangen waren, grinsten einander verschmitzt an und nahmen ihre kleine Schwester ebenfalls herzlich in die Arme. Stolz präsentierte Antalia ihr Zeugnis. Dann setzten sich alle gemeinsam in den Wagen, dieser erhob sich lautlos in die Lüfte, und die Reise begann.

Hatten sie Domarillis in strahlendem Sonnenschein verlassen, so zogen, je näher sie der Küste kamen, mehr und mehr Wolken am Himmel auf. Als sie die kleine Hütte, die auch diesmal wieder ihre Ferienbehausung sein sollte, erreichten, fauchte ein heftiger Wind, trieb die staubfeinen Sandkörner wie Nebelschwaden über den Boden. Kaum dass sie alle Gepäckstücke aus dem Schwebewagen in ihre Unterkunft gebracht hatten, öffneten sich des Himmels gewaltige Schleusen. Dicke Regentropfen prasselten auf die Erde herab, als hätten sie die Absicht, alles unter ihren gewaltigen Massen zu begraben. Gebannt stand Antalia am Fenster. Schon immer hatten sie die Blitze fasziniert, deren Auftauchen man nicht berechnen konnte, deren Formen nie gleich und doch wunderschön waren. Ari strich ihr sanft über das lange, heute ausnahmsweise einmal offen getragene Haar.

»Unser Wasserkind«, murmelte sie leise, und Antalia schmiegte ihren Kopf an die Brust ihrer Mutter.

Eine Weile standen beide beisammen. Dann kehrten sie dem Naturschauspiel den Rücken und setzten sich mit Marian, Jori und Toran zusammen, um den ausklingenden Abend mit gemeinsamen Spielen zu beschließen.

Der nächste Morgen präsentierte die Welt wie frisch gewaschen. Die Luft war so klar, dass der Blick in endlose Weiten zu reichen schien. Vogelgezwitscher und Insektensummen füllten die Stille, die ansonsten nur vom leisen Plätschern der sanft an den Strand rollenden Wellen durchbrochen wurde. Ein kleiner Zettel auf dem Küchentisch informierte den Rest der Familie über Antalias Aufenthaltsort.

»Bin schon runter zum Strand«, stand darauf.

»Das hätte sie sich schenken können«, feixte Toran. »Woanders hätte ich sie sowieso nicht vermutet.«

»Sie ist eine Nixe«, gab Jori gutmütig zurück. »Und Nixen brauchen nun mal das Wasser.«

Die beiden Brüder sahen einander an und lachten. Sie favorisierten das Klettern in steilen Felshängen, lange Läufe durch unberührte Landschaften, Kanufahrten auf wilden Flüssen und das Erforschen von bisher unentdeckten Höhlen. Schwimmen war für sie eine angenehme Abwechslung, diente ihnen aber eher zur Erholung denn als Sport. So ließen sie sich Zeit, und als auch sie, beladen mit einem randvoll gepackten Picknick-Korb den Weg zwischen den Dünen hindurch antraten, hatte die Sonne den Zenit bereits überschritten. Sie fanden ihre Schwester im Schatten ihrer Sonnenmuschel auf einer Decke liegend, die Augen geschlossen, tief und fest schlafend.

Antalia träumte. *Gestaltlos glitt sie dahin. Dunkelheit umschloss sie, und sie hatte keine Ahnung, in welche Richtung sie sich bewegte, war jedoch sicher, dass sie irgendwie vorwärtsdrang. Leise Geräusche, die sie nicht zuordnen und deren Ursprung sie nicht zu ergründen in der Lage war, umwehten sie. Eine Stimme sprach sie in einer Weise an, die sie noch nie erfahren hatte. Sie hörte die Worte, dennoch verstand sie nichts. Sanft und freundlich wurde sie immer weiter delegiert. Immer weiter. Antalia folgte den Anweisungen vertrauensvoll und ohne Angst. In weiter Ferne sah sie schließlich einen zarten Lichtschimmer auftauchen ...*

Die Sonne hatte sich über den Rand ihrer Muschel geschoben und streifte nun mit ihren hellen Strahlen Antalias Lider. Sie blinzelte, rieb sich die Augen, sah, noch ganz gefangen von ihrem Traum, um sich und seufzte. Ihr Vater breitete eben eine weitere Decke aus. Der köstliche Geruch des mitgebrachten Essens stieg in ihre Nase. Ihr Magen machte mit einem leisen Knurren unmissverständlich auf sein Vorhandensein aufmerksam. Langsam drehte sie sich auf den Bauch und lächelte ihre Familie an.

»Schön, dass ihr jetzt auch da seid«, begrüßte Antalia sie. »Ich hatte schon fast die Befürchtung, ihr könntet nach der gestrigen Nacht den ganzen heutigen Tag im Bett verbringen wollen.«

»Nicht alle sind so verrückt wie du und meinen, selbst im Urlaub noch vor Sonnenaufgang die Welt aus den Angeln heben zu müssen!«, entgegnete Jori lachend.

Antalia grinste zurück. Jori war seit ihrer Kindheit ihr Lieblingsbruder, und wenn auch Toran mit seinen Interessen näher an den ihren lag, so verband sie mit dem Älteren doch etwas, das sie nicht erklären konnte, aber von Anfang an da gewesen war. Ari, der die Geräusche des Innenlebens ihrer Tochter nicht entgangen waren, angelte nach einer der mitgebrachten Dosen, öffnete sie und reichte ihr ein mit Salat, Käse und Schinken belegtes Sandwich.

»Danke«, sagte Antalia, und biss hungrig hinein.

Zwei weitere folgten, und nachdem sie ihrem Magen eine halbstündige Verdauungspause gegönnt, ihren Eltern ein paar Anekdoten aus dem vergangenen Schuljahr erzählt, ihren Brüdern beim Ausheben eines tiefen Grabens zugesehen hatte, erhob sie sich. Alle gemeinsam gingen zu einem Bad hinunter ans Wasser.

Auch in der Nacht hatte Antalia das Gefühl, schwerelos über einer ihr unbekannten Gegend zu schweben. *Kleine steinerne Häuser, gebaut in einer Form, die sie nur aus alten Geschichtsbüchern kannte, zogen unter ihr dahin. Wesen wie sie, mit schwarzen Haaren, braunen Körpern, gekleidet in farbenprächtige Gewänder unterschiedlichsten Aussehens bevölkerten die Gassen. Sie standen an sprudelnden Brunnen zusammen. Arbeiteten auf den Feldern, wuschen, kochten oder buken. Lachen drang zu ihr hinauf und zog sie zu ihnen hinunter. Sie war eine von ihnen, erfüllt mit einer tiefen Zufriedenheit. Teil eines Ganzen. Ein Kind auf dem Arm, etwa zehn weitere um sich herum, stand sie mit Yuro auf dem Dorfplatz. Woher wusste sie, dass das Mädchen an ihrer Seite so hieß? Antalia betreute die Kleinen. Einige der Kinder malten mit bunten Kreidestücken Bilder auf den Boden. Andere hatten Hüpfkästchen gezeichnet. Holzklötzchen lagen verstreut, wurden eingesammelt, zu Türmen geschichtet. Frieden lag in der Luft.*

Als die Sonne sie am Morgen mit ihren goldenen Fingern aus dem Schlaf kitzelte, hatte Antalia ihren Traum bereits wieder vergessen. Nur die tief empfundene Stimmung hallte noch in ihr nach. Wie schon in ihrem letzten Urlaub war sie die erste, die wach war. Und auch heute trieb sie eine unerklärliche Sehnsucht bereits kurz nach dem Erwachen hinunter zum Meer. Nur, diesmal verzichtete sie nicht auf das Frühstück. Ihren Rucksack auf dem Rücken und ein Lächeln auf den ätherischen Zügen schritt sie den kleinen Trampelpfad hinab, ihrem Element entgegen.

Tage unterschiedlichsten Wetters schlossen sich an. Wilde Stürme peitschten die Wellen zu haushohen Wogen, ließen sie grollend auf den Sand herniederbrechen. Die schäumende Gischt spritzte meterweit. Das zähe Dünengras bog sich bis zum Boden, krallte sich mit seinen Wurzeln fest, leistete dem Orkan trotzigen Widerstand. Das waren die Tage, an denen Antalias Familie höchst ungern die schützenden vier Wände verließ. Auf ihren Wunsch, nach draußen zu gehen, erntete sie ungläubiges Kopfschütteln. Nur ihr Vater und Jori waren gelegentlich für eine Stunde bereit, sie zu begleiten. Während die beiden ihre liebe Not mit dem Kampf gegen die Böen hatten, schien Antalia einfach durch sie hindurchzulaufen, ohne den geringsten Widerstand zu spüren. Stets überzog ein Lächeln ihr Gesicht, sobald sie sich den Fluten näherten, derweil die Züge ihrer Begleiter von Anstrengung gezeichnet waren. War sie auch sonst eher mitteilsam und überschäumend in ihren Reden, so wurde sie hier des Öfteren schweigsam wie ein Fisch. Ihre Augen waren dunkel, wenn sie versonnen auf dem wogenden Nass ruhten.

Antalias Nächte waren durchzogen von Träumen, an die sie sich morgens meist kaum noch erinnerte. *Sie ging durch einen Wald, dessen dichtes Blätterdach die Sonnenstrahlen nur bruchstückhaft bis zum Boden durchdringen ließ. Wundersame Schattenspiele zauberten verspielte Muster auf die weiche Krume unter ihren Füßen, auf ihren Körper, banden sie ein in die Natur. Ohne erkennbaren Grund saß sie wenig später an einem plätschernden Bach, der eine sich im leisen Sommerwind wiegende, bunte Wiese durchzog. Das Zirpen von Grillen drang an ihre Ohren. Bienen summten. Buntschillernde Schmetterlinge und Käfer unterschiedlichster Farben schwirrten um sie herum. Das Wasser des Baches war klar, kräuselte sich im stetigen, ruhigen Fluss, sprang an manchen Stellen über glänzende, glatt geschliffene Steine, fing das Licht des strahlenden Himmelsgestirns in glitzernden Tropfen ein und reflektierte es wie funkelnde Edelsteine. Die Äste einer einsamen Trauerweide neigten sich weit über sie hinweg. Die zarten, grünen Blätter berührten sanft ihr Haar, streichelten sie wie liebkosende Finger. Langsam tauchte Antalia ihre Hand in das Bächlein, um ein wenig Wasser herauszuschöpfen und ihren Durst zu stillen, doch als sie sie wieder herauszog, war diese ebenso durchsichtig wie das kühle Nass.*

Auch diesmal verging der Urlaub viel zu schnell, der Abschied wurde Antalia noch schwerer als beim ersten Mal. Selbst die Unternehmungen zuhause konnten die Melancholie, die sich auf ihr Gemüt gelegt hatte, nicht immer durchbrechen. Solange sie beschäftigt war, vergaß sie zuweilen die Sehnsucht, die sich in ihr Herz gegraben hatte. Sobald sie jedoch zur Ruhe kam, brach diese wieder durch. Ein Gummiband schien ihren Brustkorb zusammenzudrücken.

In diesem Jahr lag ihr Geburtstag auf dem letzten Ferientag, einem Sonntag. War er im Vorjahr schon in die Schulzeit gefallen und nahezu untergegangen, so hatten ihre Eltern diesmal all ihre Freunde eingeladen. Sie feierten mit Musik und Tanz, Speisen und Getränken, Spiel und Spaß von Samstagabend bis Sonntagmittag. Siebzehn war nun mal ein magisches Alter, das gebührend gewürdigt werden musste.

Krank?

Zurück in Domarillis bahnte sich für Antalia eine schwere Zeit an. Alles, was bisher so selbstverständlich funktioniert hatte, begann, zu einem täglichen Kraftakt zu werden. Schon das Aufstehen am Morgen erforderte eine Überwindung. Sie schleppte sich durch die Tage. Der Unterricht wurde zu einer Tortur, und nur eiserner Disziplin verdankte sie es, die Tage bis zum Abend durchhalten zu können. Eines Nachmittags, sie, Xero, Oriri und Nerit hatten sich in den Schulgarten gesetzt, um dort ihre Übungsarbeiten zu erledigen, trat Redor zu ihnen, der seine dienstfreie Zeit zu einem Entspannungsspaziergang nutzte. Sein Blick verharrte auf Antalia, deren angespannte Haltung ihm nicht entging.

»Hallo, ihr vier«, sprach er die jungen Leute an. »Recht habt ihr, der Enge der Schulmauern zu entfliehen und die Bildung mit der Nähe zur Natur zu verbinden.«

»Lang wird das nicht mehr möglich sein«, antwortete Xero. »Meine Eingeweide zucken. Das ist ein untrügliches Zeichen für einen Wetterumschwung.«

Redor lachte. Xeros Eingeweide mussten für alle möglichen Dinge herhalten und waren berüchtigt, sogar unter den Medizinern.

»Vorgestern hat sein rechtes Ohr geglüht, aber auf die wichtige Unterredung, die es angeblich für den Abend angekündigt hat, warten wir noch heute«, kicherte Nerit.

Auch Oriri grinste. Xero verdrehte die Augen. Diese Neckereien waren üblich, und nicht selten forderte er sie bewusst heraus, um mit ein wenig Erheiterung allzu spannungsvolle Situationen aufzulockern. Xero war kein sonderlich begabter Schüler, was die Inhalte des Unterrichts anging. Aber er war ein Meister der Kampfkunst mit traumhaften Reflexen, einer unüberbotenen Beobachtungsgabe und einer Intuition, die immer wieder in Erstaunen versetzte. So hatte er auch diesmal bewusst »seine Eingeweide« ins Spiel gebracht, um Antalia wenigstens ein kleines Lächeln zu entlocken. Dies schien auch, als er von Redor zu ihr hinüber sah, geglückt zu sein.

»Na, dann will ich euch auch gar nicht lange unterbrechen«, ergriff Redor erneut das Wort, nickte allen noch einmal zu und setzte seinen Weg fort. Er beschloss, Antalia ein wenig im Auge zu behalten.

Natürlich schlug das Wetter am nächsten Tag noch nicht um. So hatten die Schüler zwei weitere Wochen die Gelegenheit, ihre Studien an der frischen Luft weiterzuführen. Redor seinerseits nutzte die Zeit, sein Sorgenkind Antalia weiterhin unauffällig zu beobachten.

Am Abend vor dem Jahreswechsel klopfte es an die Tür seines Dienstraumes, und Xero, Antalia untergehakt, stand davor.

»So«, sagte er mit einer Stimme, die keinen Widerspruch zuließ, »hier gehst du jetzt rein, und du kommst nicht eher wieder raus, als bis du dich endlich ausgekotzt hast! Wenn du schon mit uns nicht reden willst, dann lad deinen Ballast wenigstens hier ab!«

Nachdrücklich schob er sie in das Zimmer, nickte dem Mediziner noch einmal um Verständnis bittend zu, schloss die Tür und kehrte in den Speisesaal zurück. Reglos stand Antalia noch immer an der Stelle, zu der Xero sie geschoben hatte. Tränen liefen über ihre Wangen. Obwohl ihre Augen weit geöffnet waren, schien sie weder den Raum noch den Mann darin erfassen zu können. Sanft ergriff Redor sie am Ellenbogen, führte sie zu der Liege, die an der linken Wand unter dem Fenster stand, war ihr beim Niederlegen behilflich, zog sich einen Stuhl heran und setzte sich ihr schräg gegenüber. Antalias Unterlippe zitterte. Sie starrte die Decke an, aber sah sie sie auch? Vorsichtig nahm Redor ihre rechte Hand in seine beiden. Sie war eiskalt und feucht. So verharrte er eine Weile. Schließlich entspannte sich der Körper des Mädchens. Ein tiefer Atemzug entwich ihrer Brust, und endlich, endlich begann sie zu reden.

»Ich weiß nicht, was mit mir los ist«, brach es aus ihr heraus. »Ich höre Dinge, die ich nicht hören sollte, und andere, von denen es wichtig wäre, **dass** ich sie höre, entziehen sich mir. Als wäre ich zeitweise taub. Meine Augen spielen verrückt. Über immer längere Zeiträume hinweg sehe ich kaum noch etwas, habe das Gefühl, durch einen Wasserfilm zu starren. Alles ist undeutlich und verzerrt. Aber als ich gestern die Schwimmbrille absetzte und ohne diese untertauchte, da war auf einmal alles klar ...« Sie schluchzte. »Überhaupt – das Wasser – es zieht mich an wie ein Magnet, es flüstert, ... nicht jedes Wasser – nur das, das fließt ... der Yolago unten in Olayum ... das Meer. ... Ich träume nicht bizarr und unverständlich. Eher so, als sollte ich irgendwas vermittelt bekommen. Aber wenn ich aufwache, kann ich die Informationen nicht abrufen. Ich suche und finde sie einfach nicht mehr ...«

Ein leises Aufstöhnen unterbrach Antalias Redefluss. Ihre Linke näherte sich ihrem Gesicht, wischte über die feuchten Wangen und fiel, kraftlos, wie es den Anschein hatte, wieder neben ihren Körper zurück.

»Und dann dieser ständige Kampf um jede noch so kleine Bewegung«, fuhr sie leise fort. »Alles erfordert so viel Kraft – alles, außer dem Schwimmen. **Dabei** habe ich seit einiger Zeit den Eindruck, das Becken sei zu klein ... und wenn ich mich nicht zurückhalte, durchbreche ich die Mauern und schwimme einfach davon ...«

Erschöpft schwieg sie. Redor hatte sie kein einziges Mal unterbrochen, keine Fragen gestellt, nur hin und wieder genickt. Sicher, er hatte auch schon Schizophrenie erlebt, aber das, was die junge Frau berichtete, deutete nicht in diese Richtung. Die letzten zwei Wochen, in denen er sich intensiv mit ihr beschäftigt hatte, hatten ihm einiges eröffnet, was ihm bisher nicht bewusst geworden war. Die Anmut ihrer Bewegungen, das Flattern ihrer Haare, auch wenn es absolut windstill war. Soeben fiel ihm der Wechsel der Farbe ihrer Augen auf. Ohne ein einziges Zwinkern waren sie auf die Decke gerichtet. Deren durchscheinend dunkles Sherrybraun wurde zu einem leuchtend hellen Honiggelb, als sie ihre Verbundenheit mit dem Wasser darzustellen versuchte. Die Hand in der seinen verlor an Spannung. Als er abermals in ihr Gesicht blickte, hatten sich ihre Augen geschlossen. Ihr Brustkorb hob und senkte sich in regelmäßigen Abständen. Sie war eingeschlafen. Sorgsam deckte er Antalia mit einer Decke aus einem seiner Schränke zu, nahm in seinem bequemen Schreibtischstuhl Platz, legte die Füße hoch, löschte die kleine Lampe, die auf dem Tisch stand ... und machte sich auf eine anstrengende Nacht gefasst.

Rätsel

FLIEDERFARBEN SCHOBEN sich die Sicheln der drei Monde über den Horizont. Die Luft flirrte, und so waren ihre Ränder weich und ihre Farbe sanft. Das silberne Licht der Sterne umspielte sie. Ihr Spiegelbild auf der glatten Oberfläche des unendlichen Ozeans wirkte fast ebenso still wie das Original weit oben am Firmament. Dunkel und ruhig war das Meer, die es bewohnenden Wesen durchbrachen nur selten den trennenden Spiegel. Die Winde geizten mit ihrer Kraft, streichelten nur zaghaft über das andere Element. Gleichklang und Harmonie lag über dem Bild. Weißschimmernder Nebel stieg auf. Er legte sich wie ein Tuch aus Seide über das Wasser. Allmählich verschlang er alles, und nur eine mit einer weißen Wolke gefüllte Unendlichkeit blieb übrig.

»Folge deinem Herzen, Antalia!« Leise drang die bekannte und doch so fremde Stimme in ihr Bewusstsein.

Schon oft hatte sie diese in ihren Träumen vernommen. Aber erstmals vermeinte sie, die Stimme zu erkennen. So viele Laute hatte sie bereits gehört. Nicht alle hatte sie zu verstehen vermocht. Auch diese hatte sie bisher nicht zuordnen können, wenngleich ihr Klang von Anfang an seltsam vertraut gewesen war.

»Es gibt keinen direkten Weg.«
»Die Erinnerung wird dich leiten.«
»Vertraue, liebe, lache und lebe!«
»Du bist nicht allein!«
»Lausche, suche, erkenne und hüte!«
»Vergiss uns nicht!«

Mit einem Ruck erwachte sie. Noch deutlich war ihr die Empfindung des Fallens bewusst, und obwohl der Aufschlag weich und schmerzfrei gewesen war, so stellte er doch den abrupten Abbruch des vorangegangenen Geschehens dar. Verwirrt sah sie sich um. Im Dämmerlicht des noch frühen Morgens erkannte Antalia, dass sie noch immer auf der Liege in Redors Untersuchungszimmer lag. Den Mediziner selbst gewahrte sie erst, nachdem sie sich aufgesetzt hatte. Hatte er tatsächlich die ganze Nacht in diesem Zimmer verbracht, um sie nicht alleine zu lassen? Eine warme Welle der Zuneigung durchströmte sie und gleichzeitig so etwas wie Scham, dass er ihretwegen solche Unannehmlichkeiten auf sich nahm. Leise glitt sie von der Liege und war eben im Begriff, die Tür zu öffnen und den Raum zu verlassen, als sie Redors Stimme sagen hörte: »Bitte, geh noch nicht, Antalia.«

Hin- und hergerissen zwischen dem Wunsch zu fliehen und dem Bedürfnis, sich ihm zu offenbaren, blieb sie stehen. Der Kampf war entschieden, noch bevor er begonnen hatte. Langsam drehte sie sich um. Als sich ihre Blicke begegneten wusste sie, dass er sie nicht für verrückt hielt, sie nicht als Psychopathin einstufte, sondern erkannt hatte, dass sie mit Veränderungen ihrer selbst rang, in eine Sackgasse geraten war und Hilfe brauchte.

»Erzähl mir von den Träumen der letzten Nacht«, bat er. Als Antalia beunruhigt ihre Augen von ihm abwandte, fuhr er erklärend fort: »Ich habe dich murmeln hören. Es war wie eine Rezitation, aber ich konnte die Worte nicht verstehen. Wieder und wieder hast du sie wiederholt. Sie müssen wichtig gewesen sein. Vielleicht sind sie der Schlüssel zu allem. Versuche, dich zu erinnern.«

Schweigend ging das Mädchen zu der Liege zurück, von der sie sich wenige Minuten zuvor erst erhoben hatte, legte sich abermals darauf nieder, schloss die Augen und bemühte sich, die verflossenen Träume zurückzuholen. Redor setzte sich, wie auch am Tag zuvor, in den noch immer neben der Liege stehenden Stuhl. Er ergriff ihre Hand, die heute warm und weich in der seinen lag. Die Zeit schritt voran. Redor spürte Antalias Ringen um jeden Erinnerungsfetzen. Jeden noch so flüchtigen Eindruck. Jedes verwaschene Wort.

Eine halbe Stunde war bereits vergangen, als sie mit rauer Stimme zu flüstern begann. »Einer der Sätze, an die ich mich zu erinnern glaube, lautete: »Folge deinem Herzen, Antalia«, und ein weiterer: »Vergiss uns nicht«. Es war noch mehr, aber ich kriege es nicht zu fassen.«

»Was sagt denn dein Herz?«, fragte Redor ohne jeglichen Sarkasmus.

»Es hat Heimweh!«, antwortete Antalia spontan, ohne sich ihrer Aussage bewusst zu sein.

»Das habe ich vermutet«, entgegnete der Mediziner. »Aber es ist nicht das Heimweh nach dem Zuhause in den Bergen, nach deiner Familie, nicht wahr?«

Benommen drehte Antalia den Kopf. Das war keine rhetorische Frage.

»Nein«, gab sie zögernd zu. »Es ist das Wasser. Es ist immer wieder das Wasser.«

»Vielleicht bist du eine Nixe«, begann Redor behutsam, ihr seine Gedankengänge darzulegen.

»Das sagen meine Brüder auch immer, wenn sie mich necken wollen«, schleuderte sie ihm plötzlich verletzt und wütend entgegen - dunkelroter Bernstein funkelte ihn an.

»Ich will dich nicht necken. Ich meine das ernst, sehr ernst!«, erwiderte Redor ruhig. »Ich bin schon eine ziemlich lange Zeit an dieser Schule, weißt du, und es kommen Kinder von überall hierher, um des Sportes wegen hier zu lernen. Man hört eine ganze Menge, wenn man sich nicht nur auf die rein medizinische Betreuung der Schüler beschränkt. Ich klinke mich, wie du weißt, auch oft in das alltägliche Leben ein, unterhalte mich, sehe mich als Ansprechpartner und Vertrauensperson. Ich interessiere mich für die Herkunft der Einzelnen, die familiären Hintergründe, die Geschichten, mit denen sie aufgewachsen sind. Das kann bei der Behandlung mancher Krankheiten sehr hilfreich sein. Wenn jemand mit der Vorstellung von Geistern, guten sowie bösen, aufgewachsen ist, hat es sich als äußerst wirksam herausgestellt, ihm das Herbeirufen von Heilgeistern durch die Einnahme der Medizin zu erklären. Das kurbelt die Selbstheilungskräfte an und beschleunigt den Gesundungsprozess. Bei dir ist mir deine Verbundenheit mit dem

Wasser aufgefallen. Schon von Anfang an. Von all den Schwimmern, die an Domarillis trainieren, bewegt sich keiner in solch vollkommener Harmonie mit dem nassen Element. Es gibt Geschichten, in denen Wasserbewohner vorkommen. Meist sind es Märchen. Aber möglicherweise besitzen sie einen wahren Kern.«

Stumm, mit gesenkten Augen, hatte Antalia Redors Ausführungen gelauscht. Die große Angst, sie würde langsam, aber sicher verrückt werden, begann sich zurückzuziehen. Er hatte ihr einen Weg aufgezeigt. Einen Weg zu sich selbst. Ein flüchtiges Lächeln überflog ihre Züge, und als die Lider ihre Augäpfel erneut freigaben, strahlten diese wie sanft schimmernder Whisky.

Die nun folgenden Tage waren für Antalia leichter zu ertragen, auch wenn das Auf und Ab ihrer Befindlichkeit sie nach wie vor sehr mitnahm. Bisher hatte sie die Lehrer über ihren Zustand hinwegtäuschen können. Ihren Freunden jedoch war er nicht verborgen geblieben. So war sie nicht umhingekommen, sich auch ihnen anzuvertrauen. Nerit weinte, als Antalia endete. Xero hatte sie in die Arme genommen und lange festgehalten, Oriri dumpf vor sich hingestarrt, wie er es oft tat, wenn er nach Problemlösungen suchte und es in seinen Gehirnwindungen rauschte.

Nach einer ziemlich langen Weile, während der keiner der vier auch nur ein Wort gesagt hatte, setzte Oriri plötzlich zu sprechen an. »Ich bin an der Küste aufgewachsen, wisst ihr. In einem kleinen Fischerdorf, wo sich die Leute jeden Abend in der einzigen Gaststätte des Ortes treffen, um den Tag ausklingen zu lassen. Manchmal erzählen die Alten Geschichten. Das ist so Tradition. Eine hab ich besonders oft gehört. Dass in den Nächten, in denen es ganz dunkel und der Himmel von schwarzen Wolken verhangen ist, die Meeresbewohner ihre missratenen Babys, die unter Wasser nicht leben können, am Strand ablegen und hoffen, dass die Landwesen sie aufziehen. Ich hab mal gefragt, ob einer von denen das schon mal gesehen hätte. Da haben die anderen gelacht und gesagt, ich solle nicht jedes Seemannsgarn für bare Münze nehmen. Aber vielleicht ist ja doch was Wahres dran.«

Antalia war in Xeros Armen zusammengezuckt. Das waren fast dieselben Worte gewesen, die auch Redor gebraucht hatte. Aber sie war doch kein Findelkind? Ihre Eltern waren Ari und Marian, und Jori und Toran waren ihre Brüder. Ihre Gedanken überschlugen sich. Nie hatten ihre Eltern sie wie eine Fremde behandelt. Und sie hatte sie auch nie etwas anderes sagen hören, als dass sie deren Tochter sei. Natürlich war ihr der Unterschied zwischen den anderen und ihr aufgefallen. Aber auch die Nachbarn hatten Kinder, die alle unterschiedlich in ihrem Aussehen waren.

»Du solltest mit deinen Eltern reden«, drangen Xeros Worte in ihren aufgewühlten Geist. Ihm war weder ihr Zusammenzucken noch ihre Verwirrung entgangen.

»Ja«, erwiderte Antalia mechanisch, »ja, ich sollte mit meinen Eltern reden.«

Klarstellungen

ES WAR NICHT GANZ EINFACH, die drei Direktoren der Schule von der Notwendigkeit einer einwöchigen Unterbrechung des Schulbesuches zu überzeugen. Nachdem aber sowohl Madame Galidu, als auch Redor bei ihnen vorgesprochen hatten, in einer fast zweistündigen Beratungssitzung alle Argumente eingehend diskutiert worden waren und letztendlich die dafür sprechenden deutlich überwogen hatten, verabschiedete sich Antalia am letzten Tag der Woche schweren Herzens von ihren Freunden. Sie trat die Reise in die Heimat an. Marian holte seine Tochter am Halteplatz des Schienen-Pendler-Netzes in der Hauptstadt Tamira ab. Seine Augen waren sorgenvoll verschleiert, als er ihr auf dem schmalen Gehsteig des Gleises entgegenging und ihren unsicheren Gang bemerkte. Fast wäre sie an ihm vorbeigelaufen, und dass sie ihn nicht erkannte, erschreckte ihn am meisten. So trat er ihr, als sie auf gleicher Höhe waren, mitten in den Weg, zog sie an sich und hielt sie, wie nur ein besorgter Vater seine geliebte Tochter zu halten vermag. Antalia schmiegte sich an ihn. Ihre Tränen tropften auf die Weste, die er immer trug. Deren Duft nahm ihr in seiner Vertrautheit ein klein wenig von der Anspannung, unter der sie stand. Noch lange, nachdem alle anderen Reisenden das Gleis verlassen hatten, standen sie so da. Allmählich hörten Antalias Schultern auf zu beben. Ihre Tränen versiegten. Ihr Atem normalisierte sich.

»Was auch geschieht«, hörte sie Marian leise sagen, »du bist unsere Tochter, und du wirst es immer bleiben!«

»Ich weiß!«, erwiderte Antalia ebenso leise, löste sich aus ihres Vaters Umarmung, wischte sich über das Gesicht, und gemeinsam machten sie sich auf den etwa eineinhalbstündigen Fußweg zu ihrem ›Häuschen in den Höhen‹.

Obwohl Antalia tausend Fragen auf der Zunge lagen, brachte sie nicht eine Einzige heraus. Die Konzentration auf den für sie nur schemenhaft erkennbaren Weg hinderte sie nachdrücklich daran. Auch für ihren Vater war die Situation ungewohnt und beängstigend. Endlich angekommen, führte er seine Tochter in die geräumige Küche, drückte sie behutsam auf die weich gepolsterte Eckbank, schenkte ihr ein Glas Wasser ein, setzte sich zu ihr und begann, den Blick auf seine auf dem Tisch gefalteten Hände gerichtet, unsicher und stockend zu sprechen.

»Wir wollten es dir nie sagen, Ari und ich, denn du solltest nie das Gefühl haben, dass du nicht ebenso zu unserer Familie gehörst wie Jori und Toran. Tatsache ist jedoch, dass Ari dich nicht zur Welt gebracht hat und ich dich nicht gezeugt habe.« Er strich Antalia sanft übers Haar, und so warm seine Hand auch war, sie zitterte leicht. »Es ist etwas mehr als siebzehn Jahre her. Jori war zwei, Toran noch kein ganzes Jahr alt, da haben wir schon einmal Urlaub am Meer gemacht. Es war der erste, den wir uns damals leisten konnten, Ari war hochschwanger ...« Er schluckte. »... sie hat das Kind in den Dünen zur Welt gebracht. Es war eine Blitzgeburt. Das kleine Mädchen starb wenige Minuten nachdem es das Licht der Welt erblickt hatte. Die Jungs schliefen. Es war Nachmittag, und so haben wir das Baby begraben ... oben auf dem Sandberg, der dein Lieblingsplatz geworden ist. Wir haben versucht weiterzumachen, als ob nichts geschehen wäre. Aber Ari hat sehr gelitten. Jeden Abend ist sie zu dem kleinen Grab gegangen, hat wie du den Sonnenuntergang angesehen. Sie hat sich täglich neu von der Tochter verabschiedet, die sie nur ein einziges Mal in den Armen wiegen durfte. Am Tag vor unserer Abreise, so hat sie es mir jedenfalls erzählt, stand auf einmal eine Frau neben ihr. Groß, schlank, mit hellen Haaren und tiefdunklen, schmerzgetrübten Augen. Sie trug etwas auf den Armen, in Tücher von wundervollen Farben und Mustern eingeschlungen, und schien Ari gar nicht wahrzunehmen. Auch diese Frau gab sich dem Zauber des Sonnenuntergangs hin, als ob sie daraus Kraft zöge für das, was sie vorhatte. Schließlich legte sie ihr Bündel neben das Grab unseres Babys und ging zum Strand hinunter. Langsam, gebeugt, als ob jede Bewegung sie unsägliche Überwindung kostete. Sie richtete sich dort zu ihrer vollen Größe auf und glitt Schritt für Schritt tiefer und tiefer in die ruhigen Fluten. Sie versank, als hätte es sie nie gegeben. Vielleicht hat es sie nie gegeben. Niemand suchte nach ihr. Keine Zeitung, kein Radiosender hat sie je erwähnt...« Wieder schluckte er. »Ari hat erst, als sie schon fast verschwunden war, reagiert, ist von der Düne hinuntergerannt, ins Wasser hinein. Aber sie war nicht mehr da. Sie war einfach weg, als hätte sie sich aufgelöst. Ari hat gesucht, wirklich gesucht. Erfolglos. Und erst als sie total erschöpft einfach nicht mehr konnte, ist sie an den Strand zurückgekehrt. Sie war schon auf halbem Weg zurück, als ihr das Stoffbündel wieder einfiel. Sie lief zurück. Als sie endlich hier ankam, nass, ausgekühlt und am Ende ihrer Kräfte, brachte sie dich mit. Sie hatte dir bereits einen Namen gegeben, dich die Milch ihrer prallvollen, schmerzenden Brüste trinken lassen. Für sie warst du die Tochter, die sie wenige Tage zuvor verloren hatte ... und dasselbe wurdest du für mich, als sie dich mir in den Arm legte.« Seine Augen waren feucht, als er zu Antalia aufblickte. »Das ist deine Geschichte. Von diesem Zeitpunkt an warst du unser Kind. Und das wirst du immer bleiben!«

Von beiden unbemerkt war auch Ari nach Hause gekommen, in die Küche geschlüpft und an den Tisch herangetreten. Eine ihrer Hände sank nun auf Marians, die andere auf Antalias Schulter nieder. Beide sahen zu ihr auf. Ari begrüßte sie mit je einem Kuss auf die Stirn. Antalia rückte ein Stück zur Seite, und ihre Mutter ließ sich neben sie gleiten. Es tat ihr gut, die Nähe und Wärme ihres Körpers zu spüren.

»Was ist los, mein Kind?« fragte Ari ruhig. »Der Brief der Direktoren war ein ziemliches Durcheinander, aber außer dass er sehr dringend klang, verschiedene gesundheitliche Probleme aufzeigte, die dich anscheinend auch seelisch stark belasten, und andeutete, dass du befürchtest, nicht wirklich unsere Tochter zu sein, habe ich nicht allzu viel daraus entnehmen können.«

»Papa hat mir schon erzählt, wie ich zu euch gekommen bin«, flüsterte Antalia.

Aris Kopf senkte sich zu einem langsamen Nicken, ihre Hand legte sich auf Antalias und drückte sie.

»Es gibt zwei Ebenen der Familienzugehörigkeit«, fuhr sie das Schweigen durchbrechend fort, »eine davon ist die genetische. Und auf dieser, das ist wahr, gehörst du der unseren nicht an.« Auch ihr fiel das Reden schwer, dennoch sprach sie tapfer weiter. »Aber da ist noch die andere, die, auf der wir einander wertschätzen, einander lieben, wir einander zugehörig fühlen ...« Sie verstummte kurz. »... du weißt, was ich meine. Auf dieser Ebene wirst du *immer* zu uns gehören!«

Antalia nickte. Marians Hand legte sich über die beiden der Frauen. Was auch kommen würde, sie alle waren in Liebe verbunden.

»Ich weiß ja nicht, wie es euch geht«, durchdrang schließlich seine Stimme den Mantel der Melancholie, der sich über die drei gesenkt hatte, »aber ich hab ganz schrecklichen Hunger!«

»Ich auch!«, seufzte Antalia und streckte ihre verspannten Glieder. »Ich glaube, ich habe seit Ewigkeiten nichts Vernünftiges mehr gegessen, und Mamas Küche ist doch immer noch die beste.«

Marian lachte verhalten, und auch seine Anspannung löste sich. »Das hätten wir also geklärt. Lasst uns später darüber beraten, wie es weitergehen soll, ja? Ich denke, eine kleine Erholungspause können wir jetzt alle gebrauchen.«

Beim Abendessen berichtete Antalia von ihren Träumen, den Veränderungen, ihrer Perle, ihrem Gespräch mit Redor, dem Austausch mit ihren Freunden.

»Du glaubst, dass Oriri der Wahrheit ziemlich nah gekommen ist, nicht wahr?«, hakte Marian behutsam nach.

»Ich weiß nicht, was ich glauben soll. Es ist nur einfach ... das Wasser. ... Es scheint mich ... zu rufen. Das Meer ... alles hat mit dem Urlaub am Meer begonnen ...«

»Hast du das Gefühl, dass du gehen musst?«

»Das Gefühl ... ja ... irgendetwas drängt mich. Xero, glaube ich, versteht mich am besten. Und Oriri scheint nur darauf zu warten, dass mir Schwimmhäute und Kiemen wachsen, ich anfange zu röcheln und er mich heroisch aus Domarillis hinaustragen und in den Yolago gleiten lassen kann. Manchmal habe ich Angst, er könnte recht haben, und ich versuche, mich mit dieser Möglichkeit auseinanderzusetzen, sie zu akzeptieren. Aber mein Herz ... will nicht gehen. Ich gehöre doch hierhin, zu euch, zu Jori und Toran.«

»Wahrscheinlich wirst du irgendwann gar keine Wahl mehr haben.« Aris Stimme war kaum mehr als ein Hauch.

»Wenn ich nur irgendetwas wüsste ...«, schluchzte Antalia, »... aber ich hänge in der Luft, ringe um sich verflüchtigende Träume. Ich versuche, mich an das zu erinnern, was die Stimmen mir sagen. Nichts ist greifbar, alles rinnt mir wie Sand durch die Finger und lässt meine Hände leer zurück.«

»Vielleicht solltest du aufhören zu kämpfen, mein Kind. Du leidest, das bemerkt jeder, der dich nur ein klein wenig kennt. Manches jedoch muss man einfach geschehen lassen und annehmen. Das ist nicht leicht. Es erfordert viel Mut, viel Kraft ... und eine bewusste Entscheidung. Ich will dich nicht drängen, Antalia, weder in die eine noch in die andere Richtung. Aber es gibt so viele Dinge zwischen Himmel und Erde, von denen wir nicht das Geringste wissen oder wofür wir keine Erklärung haben ...«, Aris Stimme wurde noch leiser, »... warum Jara sterben musste und du unsere Tochter wurdest ...«

Sie nahm Antalia in ihre Arme und hielt sie lange fest.

Darieno

SIE HATTEN IHN genötigt, die ›Gemeinschaft‹ zu verlassen, um nach dem einzigen bekannten ›Wandler‹ außer ihm selbst zu suchen – auf diesem Planeten, dessen Oberfläche unübersichtlich und riesengroß war. Sie hatten ihm weder sagen können, wie er aussah, noch wo er sich aufhielt. Darieno gewann zusehends den Eindruck, dass es den Meisten sowieso vollkommen egal war, sie nur einfach dem Druck, den der alte Eloru auf sie ausübte, nichts entgegenzusetzen hatten.

»Bring ihn schnellstmöglich hierher zurück!«, instruierte ihn der Alte eindringlich.

»Wie soll ich ihn finden?«, hatte Darieno ihn angeschnaubt. »Und wie soll ich mit ihm in Kontakt treten?«

»Du wirst einen Weg finden«, hatten die ruhigen, emotionslosen Stimmen des Rates geantwortet.

Konnte sich dieses Gremium überhaupt vorstellen, was es da von ihm verlangte? Vor welche schier unlösbare Aufgabe es ihn stellte? Es war Ewigkeiten her, seit er von **oben** in den Schoß der ›Gemeinschaft‹ zurückgekehrt war. Er hatte fast keinerlei Erinnerung mehr an die Zeit, die er **dort** verbracht hatte. Lange hatte er mit seinem Schicksal gehadert, sich mit dem Rat gestritten. Dessen unveränderter Gleichmut, diese unglaubliche Geduld, mit der sie seinen Argumenten immer und immer wieder entgegengetreten waren und die ihn eigentlich hatten besänftigen sollen, hatten ihn nur umso mehr in Rage versetzt. Konnten sie ihn denn gar nicht verstehen? Er gehörte hierher – **hier** und nirgendwo sonst wollte er sein. Es hatte alles nichts genutzt.

Eloru hatte ihn bis fast zur Oberfläche begleitet – der Grenze, ab der er alleine klarkommen musste. Mit Argusaugen hatte der Alte verfolgt, wie Darieno sich, noch immer widerstrebend, dem Strand näherte. Er setzte seinen Fuß auf den feinkörnigen Boden - und wurde zu einem der Wesen, die an der Luft lebten.

Darieno war wütend. Er hasste diesen Körper, der allem und jedem Widerstand entgegensetzte, dessen Schwerfälligkeit ihn rasend machte, der regelmäßig mit Nahrung versorgt werden musste und dessen Ausscheidungen ihn anekelten. Seine ersten Bewegungen waren ungelenk, unkoordiniert und von einer Langsamkeit, die seine Selbstbeherrschung auf eine harte Probe stellte. Neben der Leichtigkeit, die seine bisherige immaterielle Erscheinung begleitet hatte, kam er sich nun wie ein Felsklotz vor, schwer und steif. Zorn loderte in ihm. Glücklicherweise war der Strand um diese Zeit unbesucht. Nur Sand und Meer, soweit das Auge reichte. Zeit und Platz genug, sich auszutoben.

Als er es endlich geschafft hatte, die Gegebenheiten zu akzeptieren, ging er daran, die neuen Verhältnisse auszutesten. Zu üben. Sich einen Überblick zu verschaffen. Fast zwei Stunden torkelte er am Ufer des Ozeans entlang, kämpfte mit diesem fremden Körper, der ihm gehörte und doch nicht seiner war. Er versuchte, lang vergessene Bewegungsabläufe in sein Gedächtnis zurückzurufen. Sie umzusetzen. Irgendwie klarzukommen. Allmählich bekam er sich in den Griff. Seine Haltung wurde stabiler. Seine Schritte sicherer. Das Vorwärtskommen kontinuierlicher. Je weiter er sich am Ufer entlangbewegte, desto häufiger begegneten ihm Wesen, die wie er aussahen – mit Ausnahme ihrer Bekleidung. Den Blicken, mit denen sie ihn bedachten, entnahm er, dass nackt sein hier ungewöhnlich und nicht erwünscht zu sein schien. Wenn er nicht in irgendeiner Zelle verschwinden wollte, musste er wohl oder übel schnellstmöglich dafür sorgen, dass er unter den anderen nicht auffiel. Woher wusste er das nur?

Intensiv die Umgebung in Augenschein nehmend, lief er weiter. Gelegentlich sah er vereinzelte Hütten, später richtiggehende Häusergruppen. Vorsichtig näherte er sich ihnen, spähte durch die Fenster, drückte behutsam Klinken herunter – und fand schließlich ein Häuschen, das unverschlossen war. Bleierne Schwere breitete sich in ihm aus, kaum dass er die Tür hinter sich zugezogen, in einem der Sessel Platz genommen und einen Moment lang die Augen geschlossen hatte. Dieser Körper benötigte Ruhepausen, und er forderte sie gnadenlos ein. Darieno war eingeschlafen, noch bevor er sich dessen bewusst war.

Früh am nächsten Morgen erwachte er mit einem Bärenhunger. Die Sonne hatte den Horizont noch nicht überschritten, nur ein silberner Lichtstreifen kündigte bereits den Tag an. Darienos Gehirn war in der Nacht von einer riesigen Menge lange verschütteter Informationen heimgesucht worden, hatte fieberhaft daran gearbeitet, diese zu filtern, zu sortieren, zu strukturieren. Es präsentierte ihm nun, kaum dass ihm halbwegs bewusst war, wo er sich befand, die ersten Ergebnisse. Seine Blase bedurfte dringend der Entleerung, sein Magen der Füllung und seine Blöße einer Bedeckung. Ersteres war ohne Weiteres zu bewerkstelligen. Eine Toilette war in dieser Hütte vorhanden, und das Wissen um deren Benutzung war eines der Dinge, die seine Gehirnwindungen als vordringlich und wichtig eingestuft und daher abrufbereit im Vordergrund angeordnet hatten. Ein weiteres wichtiges Element war das der Bekleidung. Nur etwas Passendes zu finden, gestaltete sich nicht ganz so einfach. Darieno durchsuchte die beiden Truhen und den Schrank, die neben dem Sessel, in dem er genächtigt hatte, zwei Stühlen und einem Tisch die einzig vorhandenen Möbelstücke waren. Zwischen vielen Lappen, Tüchern, Tüten und Zeitungen fand er eine noch einigermaßen saubere kurze Hose, die zwar offensichtlich einem weitaus korpulenteren Mann gehörte, aber mit ein wenig gutem Willen würde auch er sie tragen können. Sogar etwas Essbares fand er, nachdem er mühevoll in seinen Erinnerungen gestöbert und eine Tüte mit gerösteten Brotscheiben als solches identifiziert hatte. Seinen Durst stillte er, nachdem er die Hütte wieder verlassen hatte. Aus einem gebogenen Eisenrohr lief ein fingerdicker Wasserstrahl in ein Steinbecken. So gestärkt und eingekleidet, setzte er sich auf eine kleine Bank, ließ sich von der Sonne bescheinen und versuchte, sich einen Plan für sein weiteres Vorgehen zurechtzulegen. Zuerst, das war ihm klar, musste er sich etwas Vernünftiges zum Anziehen besorgen. Auch um ausreichend Nahrung sollte er sich wohl kümmern, und dass er beides nicht umsonst bekam, wurde ihm ebenfalls klar, je länger er es seinen Erinnerungen gestattete, sich aus dem Schlick der annähernden Vergessenheit herauszuwühlen und an Präsenz zu gewinnen.

›Arbeit‹ hieß das Zauberwort, und ›Perlen- oder Muscheltaucher‹ die Antwort auf die Frage: ›Welche?‹

Ein weiteres Problem, das sich ihm stellte, war die Sprache. Er konnte hören, das hatte Darieno bereits festgestellt. Nur ... würde er die Worte verstehen, die die Landwesen benutzten? Und sie mit seinen Stimmorganen nachahmen können?

»Wer nicht wagt, der nicht gewinnt«, murmelte er vor sich hin und registrierte sehr wohl, dass es durchaus vernehmbare Laute waren, die seinem Mund entschlüpften. Aber waren es auch die richtigen?

So vieles war ungewohnt und so ganz anders als in der ›Gemeinschaft‹. Mit einem Ruck erhob er sich. Eigentlich hatte er Müßiggang noch nie leiden können. Da mittlerweile die Neugier, die das Dasein tief unten im Meer nahezu erstickt hatte, mehr und mehr zum Leben erwachte, beschloss er: Wenn er nun schon einmal dazu verdammt war, diese ihm auferlegte Suche erfolgreich mit dem Auffinden der gewünschten Person zu beenden, dann sollte er hier und jetzt den Anfang zu machen. War es möglicherweise genau diese Einstellung, die Eloru mit seinem Auftrag erreichen wollte? Vielleicht sollte Darieno ihm tatsächlich dankbar sein, dass er ihn vor der Abstumpfung bewahrt hatte, die bei nahezu allen Wasserwesen zu einem vorspringenden Charakterzug geworden war.

Die Suche beginnt

Es WAR NICHT LEICHT gewesen. Zuerst hatte Darieno sich einfach auf eine der Liegen, die zuhauf am Strand herum und sowohl Touristen als auch Einheimischen zur Verfügung standen, gelegt. Er hatte den Unterhaltungen der Wesen gelauscht, die nach und nach die anderen mit Beschlag belegten. Wie aufsteigende Luftblasen war die Sprache an die Oberfläche seiner Erinnerungen gestiegen, je länger seine Hörorgane ihrer permanenten Einwirkung ausgesetzt waren. Mehr und mehr konnte er den Worten einen Sinn zuordnen. Er verstand zunächst einzelne Sätze, später ganze Zusammenhänge der Gespräche um ihn herum. Zwei Tage lang stillte er seinen Durst an dem kleinen Brunnen, seinen Hunger mit Brotscheiben, nächtigte in der unverschlossenen Hütte. Dann wagte er es, in einem der Strandcafés nach Arbeit zu fragen. Drei Monate lang kellnerte er von morgens bis nachmittags oder von nachmittags bis spät in die Nacht, schlief in einer kleinen Mansarde über der Gaststätte, deckte sich mit dem Nötigsten an Bekleidung und einem großen Rucksack ein. Er war kein großer Redner, jedoch ein aufmerksamer Zuhörer, und auch die Tageszeitungen studierte er gewissenhaft, um sich von der Welt ein möglichst genaues Bild zu machen.

Ein einziger Artikel hatte in der siebten Woche sein besonderes Interesse geweckt. ›*Landesrekord von Nachwuchsschwimmerin unterboten*‹ war die Schlagzeile gewesen, und ein Bild hatte ein junges Mädchen gezeigt, das scheu in die Kamera lächelte. Ein Geschöpf wie jedes andere – oder doch nicht? Sie war auffallend hübsch gewesen, und ihre Augen hatten einen Farbton wie die seinen – manchmal jedenfalls. Ob sie diejenige war, die er finden musste? Er hatte den Bericht ausgeschnitten, ihn so oft durchgelesen, bis er ihn auswendig konnte, sich das Bild bis in die kleinsten Details eingeprägt und es dann in seinem ledernen Portemonnaie verstaut.

Ein weiterer Monat verstrich, dann jedoch verließ Darieno das kleine Städtchen, ausgestattet mit einer kompletten Campingausrüstung, festen Schuhen, einer umfangreichen Wanderkarte und dem festen Vorsatz, dieses Mädchen zu finden und zu ergründen, ob sie tatsächlich diejenige war, die er suchte.
Natürlich hätte er auch das planetenübergreifende Transportnetz in seiner Verschiedenheit nutzen können, aber diesen sich auf unterschiedliche Weise fortbewegenden Kabinen traute er nicht über den Weg. Zwar waren sie durch ihre Rundumverglasung so konzipiert, dass man die Gegend, durch die man sich bewegte, gut erkennen konnte, aber es bestand keine Möglichkeit, sie individuell anhalten und einen besonders interessanten Punkt näher in Augenschein nehmen zu können. Genau das war es, was Darieno daran am meisten störte. Nein, zu Fuß war er eindeutig am besten unterwegs. Auch wenn es zugegebenermaßen die mit Sicherheit langsamste Art der Fortbewegung war. Die Flüsse wären eine Alternative gewesen, wenn er nur auch etwas hätte mitnehmen können. Jedoch ausgenommen dem, was er direkt auf der Haut trug, das war leider unmöglich. So wanderte er nun schon seit einigen Stunden auf diesem Weg, der ihn zuerst aus Tarill heraus, durch Wiesen, an bestellten Äckern entlang und schließlich in einen Wald hineingeführt hatte, den er wohl vor Anbruch der Dunkelheit nicht mehr verlassen würde. Es machte ihm nichts aus. Darieno genoss die Einsamkeit. Sie war eine Erfahrung, die er, seit er das Wasser verlassen hatte, zumindest zeitweise als sehr angenehm empfand. Die Kühle des Waldes bildete eine willkommene Abwechslung zur Hitze unter freiem Himmel. Der Geruch nach Erde, sich zersetzenden Blättern und blühenden Büschen kitzelte seine Nase – etwas, das das Leben unter Wasser nicht kannte. Nachdem er sich mit diesem Körper arrangiert und sich sogar mit ihm angefreundet

hatte, machte er immer wieder Erfahrungen, die ihm im immateriellen Zustand vollkommen versagt blieben. Es war wunderschön, mit der Hand über einen Moosteppich zu streichen, die Rinde eines Baumes zu erfühlen, die raue Oberfläche und Kälte eines Steines im Schatten und das Nass des Brunnenwassers wahrzunehmen. In der Nähe einer kleinen Quelle schlug er sein Zelt auf und schlief ein, nachdem er eine einfache, aber nahrhafte Abendmahlzeit zu sich genommen hatte. Außergewöhnlich problemlos und gelöst.

So vergingen viele Tage. Darieno zählte sie nicht. Sein Ziel war ein Ort namens Olayum, und von dort aus würde er sich zur Domarillis-Schule durchfragen. Ob er dort ein paar Tage früher oder später ankam, spielte für ihn keine Rolle. Er brauchte die Zeit. So viele Erinnerungen überschwemmten ihn geradezu, seit er unterwegs war. Die Zeit, die er zuvor bei den Landwesen verbracht hatte, drängte mehr und mehr das Dasein in der ›Gemeinschaft‹ beiseite. Wieso hatte er sich so sehr gesträubt, diese zu verlassen?

›Es war wohl die Macht der Gewohnheit und die Angst vor etwas Neuem‹, gestand er sich ein, und ein nachsichtiges Lächeln legte sich auf seine Gesichtszüge - auch etwas, das erst allmählich wieder zurückkehrte: der Spiegel von Empfindungen.

Je länger er durch die sich immer wieder verändernde Landschaft wanderte, stellte er mit einigem Erstaunen fest, dass ihm sein Orientierungssinn hier ebenso gute Dienste leistete wie in den Fluten. Er freute sich darüber, wenigstens damit auch im Trockenen etwas anfangen zu können. Die kleinen und größeren Ortschaften, die sein Weg kreuzte, nutzte er zur Ergänzung seiner Nahrungsmittel, zu kurzen Gesprächen und ab und zu, wenn dunkle Wolken den Himmel verhängten, zu einer Übernachtung in einem richtigen Bett in einem Gästezimmer.

Irgendwann begann der Weg, steiniger zu werden. Der tiefe, fruchtbare Boden wechselte sich immer häufiger mit kargem, felsigem Untergrund ab, und die Steigung nahm deutlich zu. Das Wetter schlug um. War es am Anfang seiner Reise noch meist sonnig und trocken gewesen, so bedeckte nun allmorgendlich dichter Nebel die Landschaft. Es wurde kälter, und Wolken verdeckten oft tagelang die lichtspendende Sonnenscheibe. Eines Abends führte ihn der Weg über einen klaren, unentwegt vor sich hin murmelnden, nicht besonders tiefen, aber mindestens fünf Meter breiten Bach.

›Das muss der Yolago sein‹, dachte Darieno. ›Es sei denn, ich hab mich komplett verlaufen.‹

In der Ferne sah er Lichter aufflammen. Häuser, in deren Räumen Lampen entzündet wurden, deren Helligkeit nach draußen in die beginnende Dämmerung fiel und ihm beim Gedanken an eine warme Mahlzeit das Wasser im Munde zusammenlaufen ließ. Zügig schritt er weiter und fand auch, ohne großartig suchen zu müssen, eine gemütliche Gaststätte. Sauber, freundlich und gut besucht. In ihr kehrte er ein. Nachdem er nach einem Zimmer gefragt, sein Gepäck abgestellt, sich gesäubert und gekämmt hatte, nahm er an einem Tisch, der bis auf einen allein sitzenden Mann unbesetzt war, Platz. Er studierte kurz die gereichte Speisekarte, bestellte einen Misunisaft sowie eine Schale Eintopf und lehnte sich dann zufrieden in dem bequemen Sitz zurück.

Redor hing seinen Gedanken nach. Es war sein erster freier Abend seit mehreren Zyklen, und er brauchte dringend einen Ortswechsel, um ein wenig Ablenkung zu finden. Antalia hatte die Schule vor mehr als zwei Wochen verlassen. Seitdem hatte er nichts mehr von ihr gehört. Die Direktoren drucksten auf seine Nachfragen hin auffällig herum, und die wenigen Auskünfte, zu denen sie sich doch hatten hinreißen lassen, waren alles andere als beruhigend oder informativ. Er seufzte. Natürlich hatte er sie nicht angelogen, als er sagte, nicht alles Neue müsse auch etwas Schlechtes bedeuten, aber in welchen Archiven er auch gestöbert, welche Kollegen er gelöchert und welche eigenen Erklärungen er sich auch zurechtgelegt hatte, nichts hatte ihn zufriedenstellen und seine Besorgnis aus dem Weg räumen können. Er musste sich eingestehen, dass dieses Mädchen ihn mehr beschäftigte als all die anderen Schüler. Sie war ein kleiner Wildfang gewesen, als sie erstmals nach Domarillis kam. Braungebrannt vom häufigen Aufenthalt an der frischen Luft, mit kurz geschnittenen, fast weiß gebleichten Haaren, deren unendlich viele Wirbel es in ein kaum zu bändigendes Gewuschel verwandelt hatten. Aufmerksam hatte sie sich sowohl das Gebäude, als auch das Terrain, das zur Schule gehörte, angesehen, eine Unmenge Fragen gestellt, die jedoch wohlüberlegt gewesen waren und von ehrlichem Interesse gezeugt hatten. Dieses Mädchen war nicht überraschenderweise hier gelandet. Seinem Eindruck nach hatten ihre Eltern sie gut auf den Schulwechsel vorbereitet, sich mit ihr zusammen beratschlagt, Vor- und Nachteile diskutiert und sie dazu ermuntert, alles, was ihr wichtig war, zur Sprache zu bringen. Höflich und sehr bestimmt hatte Antalia sich all denen selbst vorgestellt, die von da an in ihre Erziehung, Betreuung und Ausbildung involviert waren. Der Abschied von ihren Eltern und wohl auch der von ihren beiden Brüdern, denen sie schon zuhause Lebewohl gesagt hatte, schien ihr nicht gerade leichtgefallen zu sein, aber sie war aufgeschlossen und bereit, das, was da auf sie zukommen sollte, bestmöglich zu meistern. Schon damals war sie ein Ausnahmetalent gewesen, sobald sie sich im Wasser bewegte. Sie war vielseitig, fand Synchronschwimmen ebenso faszinierend wie Rettungsschwimmen, Tauchen oder Stilschwimmen. Aber nie prahlte sie mit ihren Fähigkeiten. Für sie schienen diese schon immer zu ihrem Leben dazuzugehören. Da sich die neuen Schüler, besonders am Anfang, wenn die Leistungsfähigkeit noch ausgelotet werden musste, häufigen Check-ups zu unterziehen hatten, war sie regelmäßig in seinem Behandlungszimmer zugegen gewesen und er ebenso oft Beobachter ihrer Trainingseinheiten. Es hatte sich ein vertrauensvolles Verhältnis zwischen ihnen entwickelt, wie es zwischen einem Sportler und dem ihn betreuenden Mediziner so unendlich wichtig ist. Nie in der ganzen Zeit waren irgendwelche Probleme aufgetreten, und oft hatten beide scherzhaft über die routinemäßigen Kontrolluntersuchungen gelästert.

In Nerit, Oriri und Xero hatte Antalia einen kleinen, aber zuverlässigen Freundeskreis gefunden. Die vier unternahmen vieles gemeinsam in ihrer knapp bemessenen Freizeit, besuchten Konzerte im Dorfgemeinschaftshaus, verabredeten sich zu kleinen Tagesausflügen, tüftelten gelegentlich harmlose, aber unterhaltsame und witzige Streiche aus, unter denen sowohl Mitschüler als auch Lehrer oder Hauspersonal zu leiden hatten. Sie waren eine fröhliche kleine Truppe, die sich gegenseitig unterstützte, wenn irgendeiner irgendwelche Schwierigkeiten hatte - seien sie schulischer oder privater Natur. So hatte es Redor auch keineswegs gewundert, dass Xero Antalia an diesem Tag so rigoros zu ihm geschleppt hatte, da ihre Sehfähigkeit erstmals fast vollständig ausgefallen war.

Er schreckte auf, als der Kellner das bestellte Essen vor ihn auf den Tisch stellte und freundlich einen guten Appetit wünschte. Sein Gegenüber schien gleichfalls aus einer Art Tagtraum gerissen worden zu sein. Als Redor aufsah, trafen sich ihre Blicke für einen Moment, und die des anderen wirkten ebenso orientierungslos wie es seine eigenen zweifellos waren. Er nickte ihm grüßend zu und begann, schweigend zu essen.

Wenig später wurde auch Darienos Eintopf serviert, den er, nun wieder mit allen Sinnen in dem kleinen Gasthof angekommen, mit großem Appetit vertilgte. Verstohlen beäugte er den Mann, der offensichtlich mit seinen Gedanken weit weg gewesen und gewaltsam ins Hier und Jetzt zurückgerissen worden war. Sorgenfalten hatten seine nun wieder vollkommen glatte Stirn gefurcht, als sich ihre Augen begegnet waren. Aber eigentlich schien er ein eher fröhlicher Kerl zu sein, denn unzählige Lachfältchen umrandeten seine lapislazuliblauen Sehorgane. Er wirkte sympathisch. Sollte er ihn einfach nach dem Weg zur Domarillis-Schule fragen?

›Warum nicht. Mehr, als dass er mir nicht weiterhelfen kann oder will, wird nicht geschehen.‹

Mit diesem Vorsatz gewappnet, beendete Darieno sein Mahl, wartete, bis auch sein Tischnachbar aufgegessen hatte und die leeren Geschirre abgeräumt waren, bevor er den anderen ansprach.

»Entschuldigen Sie, bitte«, begann er, »könnten Sie mir sagen, wie ich zur Domarillis-Schule komme?«

Redor lächelte zurückhaltend. »Warum wollen Sie dorthin?«, fragte er skeptisch.

»Ich suche jemanden«, legte Darieno seine Karten offen auf den Tisch. »Ein Mädchen, groß, blond, aber außer dass sie eine erstklassige Schwimmerin ist und hier zur Schule gehen soll, weiß ich leider nichts weiter von ihr.«

Redor zuckte zusammen. Was veranlasste diesen Fremden, denn das musste er sein, er hatte ihn noch nie zuvor hier gesehen, ausgerechnet nach Antalia zu suchen? Und noch dazu gerade jetzt? Misstrauisch besah er sich sein Gegenüber nun genauer. Wie ein Krimineller sah er nicht gerade aus, auch nicht wie ein Headhunter. Eher wie einer, der etwas wusste. Er hatte dieselben Augen wie sie.

»Sie heißt Antalia«, gab er vorsichtig eine erste Auskunft. »Aber sie hat die Schule vor etwas mehr als zwei Wochen wegen gesundheitlicher Probleme verlassen.«

Darieno erschrak. »Bitte, könnten Sie mir diese Probleme etwas näher erläutern?«

Der Mann mit den dunklen blauen Augen sah ihn abschätzend an. »Warum interessieren Sie sich für sie?«, hakte er argwöhnisch nach.

In Darienos Hirn arbeitete es. Er musste diesem sympathischen, aber überaus misstrauischen Burschen reinen Wein einschenken, wenn er sich dessen Unterstützung sichern wollte. Und das musste er schnell tun. »Ich werde Ihnen sagen, warum ich sie suche. Sie ist ein Wasserwesen und ein Wandler - genau wie ich. Aber ihre besonderen Fähigkeiten scheinen bisher nicht zutage getreten zu sein.«

Redor schüttelte verständnislos den Kopf. »Möglicherweise stellen ihre gesundheitlichen Probleme den Anfang einer Art der Metamorphose dar, wie sie manche unserer Art durchlaufen«, fuhr Darieno eindringlich fort.

Er erinnerte sich an eine Reihe aufeinander folgender Zeichnungen. Eine unbestimmte Angst bemächtigte sich seiner, obwohl er sich nicht erklären konnte, warum er so etwas für ein Geschöpf, zu dem er keinerlei Beziehung hatte, überhaupt empfinden sollte. »Diese Phase ist gefährlich für sie, denn wenn sie nicht die richtige Unterstützung erfährt, überlebt sie sie möglicherweise nicht. Darum ist es von ungeheurer Wichtigkeit, dass ich sie finde.«

Der andere sah ihn noch immer mit unverändertem Gesichtsausdruck an. Darieno stöhnte innerlich auf. Hoffentlich kam er nicht zu spät. »Es gibt außer mir und ihr keine weiteren«, sprach er hastig weiter, »und dass Sie mir in Anbetracht der Tatsache, wie ich Sie gerade überfallen habe, nicht mehr sagen wollen, kann ich durchaus verstehen. Was soll ich tun, damit Sie mir glauben?«

Redor hatte Darieno kein einziges Mal unterbrochen, so abenteuerlich sich dessen Ausführungen auch angehört hatten. »Beweisen Sie es mir!«, war alles, was er auf dessen Frage erwiderte.

Darieno rief nach dem Kellner. Er beglich seine Rechnung, was Redor ebenfalls tat. Sie verließen die Gaststube, und Darieno forderte Redor mit einem Kopfnicken auf, ihm zu folgen. Am Ufer des Yolago angekommen, entkleidete Darieno sich. Scham konnte er sich in Anbetracht der Dringlichkeit nicht leisten. Er stieg in die Fluten. Selbst im Licht des Mondes war es für Redor zu erkennen, dass dessen Körper transparent wurde, als verschmelze er geradezu mit dem Wasser, würde eins werden mit dem nassen Element. Nur noch schemenhaft nahm er dessen Umrisse wahr, verfolgte gebannt, wie er sich im Einklang mit den Fluten bewegte. Ja, genau so sah es aus, wenn Antalia ins Wasser stieg, ihre Bewegungen sich denen der Wellen anpassten …

»Werden Sie mir helfen?« Darienos Stimme durchschlug wie ein Peitschenschlag die nächtliche Stille.

»Ja!«, antwortete Redor, und schon auf dem Rückweg zur Gaststätte begann er, ihm von Antalia zu erzählen.

Erst als die ersten Sonnenstrahlen sich mühevoll durch den eintönig grauen Wolkenteppich zu tasten begannen, verließ er Darienos Zimmer, um unbegrenzten Urlaub zu beantragen und diesen in die Höhen zu begleiten.

Metamorphose

ERSCHÖPFT WAR ANTALIA zu Bett gegangen. So vieles war an diesem Tag auf sie eingestürmt, dass sie kaum wusste, wo ihr der Kopf stand. Noch immer schwirrte all das, was sie heute erfahren hatte, in einem wirren Durcheinander in ihrem Schädel herum. Alle Versuche, ein kleines bisschen Ordnung und Struktur in dieses Chaos hineinzubringen, versagten kläglich. Sie schloss die Augen ... und fiel ...

Der grelle Lichtblitz malträtierte ihre Netzhaut noch, als sie den weiter und weiter in die Dunkelheit zurückfallenden Planeten längst hinter sich gelassen hatten. Ihre Trommelfelle vibrierten noch immer von den Schreien der Millionen von Stimmen derer, die der Explosion nicht zu entkommen vermocht hatten. Nichts und niemand war in der Lage, ihnen jetzt noch zu helfen. Längst schon war die Atmosphäre in der unglaublichen Hitze verpufft, hatte die enorme Druckwelle alles Leben unwiederbringlich ausgelöscht. Nur wenige waren dem Desaster entkommen und irrten nun, gepeinigt von Schuldgefühlen, Trauer, Wut und Resignation durch den Raum. Nur die Hoffnung, eines Tages eine neue Heimat zu finden, hielt sie aufrecht, ließ sie weitermachen, suchen ...

Die wievielte Umrundung es war – keiner wusste es. Aber er schien perfekt zu sein. Ein riesiger Ozean und von Flüssen durchzogene Landmassen bildeten die Oberfläche dieses Himmelskörpers. Üppiges Grün, Berge, Wüsten, Savannen, Moore und schneebedeckte Pole nährten die Vermutung, dass sie endlich fündig geworden waren.

Sanft setzte das riesige Schiff auf, und als sich dessen Schleusen öffneten, entströmten seinem Innern vor Glück taumelnde Wesen, deren äußeres Erscheinungsbild sich in nichts von dem unterschied, was sie kannte und liebte. Die Gruppe war merklich kleiner geworden. Erste Hütten standen nicht weit vom Ufer des riesigen Meeres, dessen weißer Sandstrand lang und seicht auslief. Große, mit Früchten behangene Bäume und mit Gras bewachsene Flächen schlossen sich an. Hinter jeder der Hütten war ein kleiner Garten, in dem die Bewohner allerlei Nahrungsmittel aus dem mitgebrachten Saatgut der Heimat anzubauen versuchten. Einige Sorten schienen zu gedeihen, andere dagegen nicht. Auch wenn die einheimische Vegetation üppig und auch die Fauna keineswegs gering war, einfach war es für die Neuankömmlinge nicht.

Jahrhunderte mussten vergangen sein. Große Teile des Planeten waren inzwischen bevölkert, die einzelnen Gruppen hatten nur teilweise den Kontakt zueinander aufrecht erhalten können. Zu anderen wiederum war er komplett abgebrochen. Die Entwicklung verlief in sehr unterschiedlichen Bahnen. Sprachliche Dialekte schlichen sich ein, erschwerten die Kommunikation. Verhaltensweisen wichen voneinander ab. Antalia stand auf der oberen Plattform eines pyramidenförmigen Gebäudes und überblickte die unter ihr liegenden Steinbauten. Es waren sorgfältig gemauerte Häuser. Keines höher als einstöckig. Die meisten mit Dachterrassen. Saubere, aus festgestampftem Erdreich bestehende Straßen durchliefen die Siedlung, die um einen runden Dorfplatz herum aufgebaut war. Eine sprudelnde Quelle, deren klares Wasser sich in ein riesiges Steinbassin ergoss, zierte dessen Mitte. Kleinere, zu fließenden Brunnen gebaute Wasserstellen waren an mehreren Orten innerhalb des Dorfes zu erkennen. Mehrere hundert Meter entfernt floss ein breiter Strom gemächlich dahin. Am gegenüberliegenden Ende des Dorfes befand sich eine riesige, mit Holzpfählen umzäunte Weide, die in mehrere Abschnitte unterteilt war. Kyoris, Scherrfinos und Ziegus belegten eine Seite, und Ponnarys unterschiedlicher Farbe, aber unverkennbar derselben Rasse, die andere. Hüter wechselten sich bei der Bewachung der Herden ab. Ob wilder Tiere oder anderer Diebe wegen, er-

schloss sich Antalia nicht. Sie war nur Beobachter ohne Einfluss auf das Geschehen. Eine Gruppe Berittener preschte heran, und laute Freudenschreie ließen die Bewohner auf dem Dorfplatz zusammenströmen. Zwei Borigonfelle hingen aufgespannt auf zwei Gerüsten. In großen Körben wurde das Fleisch der Tiere transportiert. Sofort zog eine Gruppe junger Männer, ausgerüstet mit Äxten und Sägen, in den nahe gelegenen Wald, Frauen, Mädchen und auch einige Männer bemächtigten sich der Fleischkörbe. Es wurde unverkennbar ein Festmahl zubereitet, an dem sich alle Bewohner beteiligten. Fröhliche Lieder begleiteten die Arbeiten, die Leute lachten und scherzten. Als die Sonne sich allmählich auf den Horizont zuschob, wurden mehrere Feuer entfacht. Als die lodernden Flammen zu schimmernder Glut heruntergebrannt waren, begann ein köstlicher Duft über die Landschaft hinwegzuziehen. Gemeinsam feierten alle den Jagderfolg. Sie tanzten, sangen, lachten. Diese Gruppe lebte zusammen wie eine große Familie. Wärme und Zuneigung durchströmten Antalias Herz.

Röchelnd fuhr Antalia aus dem Schlaf. Ihr Körper war schwer wie Blei, und sie bekam kaum noch Luft. Sie wollte schreien, aber kein Laut entrang sich ihrer trockenen Kehle. Ihre Augen starrten ins Nichts, und Panik kroch in ihr hoch. Neben sich fühlte sie die Wärme eines anderen Körpers – womöglich auch mehrerer. Plötzlich wurde sie angehoben. Ihre Glieder waren steif. Sie wurde aus ihrem Zimmer hinausgetragen, über den Flur ... ins Bad? Sie roch bereits das Wasser, noch bevor sie in die große Wanne niedergelassen wurde, der nasse Spiegel sich über ihr schloss und das beängstigende Gefühl zu ersticken allmählich verschwand. Die Starre zog sich aus ihren Gliedern zurück, der Stein auf ihrer Brust löste sich auf, und als ihr Blick die Wasseroberfläche durchdrang, schwammen dort die vertrauten Gesichter ihrer Brüder, ihrer Eltern und Redors.

Er und Darieno waren vor zwei Tagen zusammen mit Jori und Toran, die ihr Studium in Colligaris unterbrochen hatten und ebenfalls nach Hause zurückgekehrt waren, im ›Haus in den Höhen‹ eingetroffen. Da Redor Antalias Eltern nicht unbekannt war, hatte es nicht lange gedauert, bis er ihnen seinen Begleiter vorgestellt und kurz den Grund ihres Aufenthalts erklärt hatte. Auch Jori und Toran hatten seinen Erläuterungen aufmerksam zugehört.

»Sie wird sich verwandeln. Irgendwann. Ich kann nicht sagen, wie lange es dauern wird. Und dann ist sie an der Luft nicht mehr überlebensfähig. Wir brauchen ein Becken. Irgendetwas, das wir mit fließendem Wasser füllen können.«

»Was meinst du mit fließendem Wasser?«, unterbrach ihn Toran.

»Wasser aus einem Fluss, einem Bach, einem Gewässer, das irgendwo ins Meer mündet. Brunnen-, Grund- oder Seewasser, das keinerlei Verbindung zum großen Ozean hatte, kann ihr nicht helfen.«

»Warum nicht?«, wollte Marian wissen.

»Es muss irgendwie mit den Kristallen zu tun haben. Ich kann es nicht näher erklären. Ich weiß selbst nicht mehr, außer das es so ist!«, antwortete Darieno und hoffte, sie würden ihm einfach glauben und seine Ratschläge befolgen.

Seit er Antalia von Angesicht zu Angesicht gesehen hatte, ihm die Perle unterhalb ihrer Kehle geradezu ins Auge gesprungen war und sich die Erkenntnis, was er da wirklich vor sich liegen hatte, wie ein Blitzschlag in sein Gehirn gebrannt hatte, war es für ihn zu seiner Lebensaufgabe geworden, sie zu retten.

Einen ganzen Tag lang waren sie alle, bewaffnet mit Eimern und Wanderschuhen, zum etwa einen Kilometer entfernt fließenden Lor gepilgert. Einem schmalen, aber tiefen Flüsschen, das sich in Tamira mit dem Talesso vereinte und im Olinoro-Delta ins Meer mündete. Sie hatten dessen Wasser geschöpft, es zurückgetragen und die Wanne bis wenige Zentimeter unter deren Rand damit gefüllt. Abwechselnd hatte immer einer von ihnen neben Antalias Bett

Wache gehalten. Alle hatten gebetet, dass die Zeit, die ihnen zur Verfügung stand, ausreichen möge. Darieno war regelrecht zu einem Arbeitstier mutiert. Maschinengleich war er den Weg wieder und wieder entlanggestapft, bis er spätabends völlig entkräftet nahezu zusammengebrochen war. Bei der ersten gemeinsamen Mahlzeit gegen Mitternacht berichtete er so ausführlich, wie es ihm aufgrund seines momentanen Zustandes noch möglich war, von seiner Mission. Vieles ließ er ungesagt. Es war selbst für seinen Geist noch so unfassbar, dass er unmöglich schon die richtigen Worte hatte finden, geschweige denn sie jemand völlig Ahnungslosem hätte darlegen können. Noch am Tisch war er eingeschlafen. Die anderen hatten ihn nur einfach in eine Decke gehüllt und weiterschlafen lassen.

Antalia fühlte sich eingeengt, ihrer Bewegungsfreiheit beraubt, aber auch erlöst von der qualvollen Erstickungsattacke. Schwankend zwischen Freude, Angst, Unsicherheit und dem Drang, einfach wieder einzuschlafen und zu hoffen, alles, was sie zurzeit erlebte, sei nichts als ein ausgewachsener Albtraum, lag sie in der Wanne und überlegte, wie sie in diesem Zustand mit den anderen kommunizieren sollte.

Ein weiteres Gesicht schob sich in ihr Sichtfeld. Ein Gesicht, das sie nicht kannte. Es war schmal, wie ihr eigenes. Und auch wenn die Haare, die es umrandeten, dunkler als die ihren waren, so waren sie doch von einem leuchtenden dunklen Gold. Genau wie seine Augen, die sie einerseits besorgt, andererseits aber auch beruhigend und mit einer Intensität ansahen, dass sie vermeinte, selbst unter Wasser transpirieren zu müssen. Ihre Blicke bohrten sich ineinander.

»Hab keine Angst!« Die Stimme war einfach da, in ihrem Kopf. Seine Stimme? »Wir werden alles tun, um dir zu helfen.«

Antalia versuchte zu nicken. Konnten die anderen es sehen? Wieder glitt sie in den ihr schon bekannten Dämmerzustand hinüber, wehrlos, ergeben.

Zerklüftete Felsen, zackige Klippen und jede Menge Geröll, so weit das Auge reichte. In der Ferne schneebedeckte Gipfel, vom Sonnenlicht in schimmerndes Gold getaucht. So hell, dass es blendete. Hoch oben, noch weit über den Dächern der Berge kreisten einsam zwei Schneefalken. Ihre ausgestreckten Schwingen, fast bewegungslos trieben sie majestätisch auf den Strömen der Luft dahin. Schwerelos, fast unwirklich. Ihre Schatten streiften das Gestein, glitten lautlos darüber hinweg, verschmolzen mit denen der Natur. Ein kaum sichtbarer Pfad wand sich in Serpentinen an den steilen Hängen entlang. Er war schmal und doch ausgetreten, als würde er oft benutzt. Eine einsame Gestalt quälte sich, beladen mit einem schweren, undefinierbaren Bündel vorwärts, verschwand in den Biegungen, tauchte wieder auf und verharrte schließlich vor einem riesigen Quader, der sich so perfekt in die Landschaft einpasste, dass ein Unkundiger ihn niemals entdecken konnte. Auf ein geheimes Klopfsignal hin schwang eine kleine Felsentür auf. Die Gestalt schlüpfte hindurch und fand sich in einem großen Hof aus geebnetem Gestein wieder, der von in den Berg geschlagenen Wohnräumen umschlossen war: eine Art Kloster. Abgeschieden lebten hier etwa 50 Yuremi, Schriftgelehrte, Wissenschaftler, Forscher. Sie kultivierten das alte Wissen ebenso wie das der weisen Männer und Frauen aus den weiter unten angesiedelten Dörfern, beobachteten den Lauf der Gestirne, dokumentierten das Wetter, züchteten die begehrten Heilpflanzen der hohen Bergregionen, boten ihr Heim all denen an, die dem Alltag für eine Zeitlang entfliehen wollten, Ruhe suchten. Zweimal im Jahr fand hier ein großes Treffen der Ratgeber statt, die bis zu 14 Tage dazu nutzen konnten, sich mit Ihresgleichen auszutauschen, Erfahrungen weiterzugeben, Kraft zu tanken, Exerzitien zu betreiben oder einfach der Natur eine Weile näher zu sein, als ihnen das in ihren Dörfern möglich war. Ein Ort des Wissens, der Erkenntnisse, der Träume ...

Eine Oase in der Wüste, riesig in ihrer Ausdehnung, bestand mit Zelten unterschiedlichster Größen. Die Farbenfreude war auffallend. Bunte Stoffe in allen Schattierungen leuchteten einem schon von Weitem entgegen. Gesang lag in der Luft. Schmetterlinge und prachtvoll gefiederte Vögel bevölkerten die laue Luft. Ein Wasserfall ergoss sich in ein unregelmäßig geformtes Becken. Kinder und Erwachsene tollten im kühlen Wasser, lachten, neckten einander. An einer anderen Stelle brannten Schmiedefeuer. Glühendes Metall wurde zu filigranen Kunstgegenständen geformt – zu Ringen, Broschen, Ketten. Schleifer bearbeiteten die aus der nahen Edelsteinmine geborgenen Steine, arbeiten sie in die Kunstwerke der Schmiede ein. Der anfallende Schleifstaub wurde zu Farben verarbeitet, der die wunderbaren Stoffe, die auf großen Webstühlen hergestellt wurden, in allen Farben des Regenbogens erstrahlen ließ. Karawanen mit schwerbeladenen Lasttieren brachten die Waren in weit entfernte Regionen, tauschten sie gegen Kräuter, Gewürze, Nutzgegenstände. Der Handel blühte.

Regen fiel in dicken Tropfen auf die ausgedörrte Erde nieder. Der Boden konnte ihn gar nicht so schnell aufnehmen, steinhart und trocken, wie er war. Nicht lange, da wälzten sich reißende Schlammströme durch die staubigen Täler, begruben die verlassenen Hütten, die versengten Felder, die Skelette verendeter Tiere und Hominiden unter sich. Über Monate hinweg hatte die Sonne gebrannt, die Brunnen versiegten. Wälder, Büsche und Wiesen welkten dahin, verdorrten. Die Tiere hatten sich in ihre Höhlen tief unter der Erde geflüchtet, waren verstört in die Siedlungen geirrt, elend verdurstet. Die Dorfbewohner waren geflohen, ihrer Hoffnungen beraubt, gebrochen, oft am Ende ihrer Kräfte. Kinder und Alte waren gestorben. Wehklagen hatte wie der Rauch der Bestattungsfeuer die Luft geschwängert. Mutlosigkeit, Verzweiflung und Trauer hatte sich auf die Überle-

benden gelegt wie ein alles erdrückender Fels. Glasige Augen stierten verloren ins Nichts. Nicht einmal für Tränen konnten die ausgemergelten Körper ein paar Tropfen Wasser erübrigen. Und als der lang ersehnte Monsun endlich über dem verbrannten Land niederging, hatte die Natur bereits aufgegeben. Alles wurde hinweg gespült, begraben unter Schlamm und Schlick.

Jahre später hatte sich die Landschaft vollkommen verändert. Wo einst blühende Gärten das Auge erfreuten, glitzerte nun die Oberfläche eines in seiner Ausdehnung unüberschaubaren Sees.

Abermals schreckte Antalia auf. Noch immer lag sie im Wasser. Nein, sie lag nicht: Sie schwebte! Ihr Körper fühlte sich so leicht an, als sei er gar nicht mehr vorhanden. Sie blickte an sich herunter – transparente Gaze wie treibende Seide, kaum mehr als ein Nebelhauch, geformt wie sie, ein Hologramm, fast unsichtbar. Sie schrie auf. Hysterie und Schock lähmten ihr Denken, zogen sie in einen Strudel der Panik. Allein, aufgelöst – weg, einfach weg ...

Eine Hand durchstieß die Wasseroberfläche. Wurde wie sie. Berührte sie. Diese Hand **berührte** sie! Sie nahm die Verbindung wahr. Bis sie jedoch realisierte, was dies bedeutete, vergingen weitere qualvolle Minuten der Hysterie. Nur langsam zog sich die Lähmung zurück, gestattete es ersten zaghaften Gedanken, wieder Fuß zu fassen, den verkrampften, wenn auch durchscheinenden Körper zu entspannen.

»Du bist ein Wandler wie ich, Antalia.« Wieder diese Stimme, die einfach da war – so sicher, so warm, stark und sanft zugleich. Dieser Anker, der einzige Halt in einer völlig aus den Fugen geratenen Realität. »Uns ist die wunderbare Fähigkeit gegeben, sowohl in den Tiefen des Ozeans als auch auf dem Land zu leben. Das, was du jetzt bist, ist die immaterielle Erscheinungsform des Wasserwesens, das ein Teil von dir ist. Ich weiß, es ist erschreckend, so gar nicht mehr da zu sein. Aber du bist noch da, glaube mir. Und wenn du es dir ganz fest wünschst, wird dein Körper wieder greifbar werden und außerhalb des Wassers leben können. Versuch es, ich bin bei dir!«

»Ich will zurück in mein altes Leben!«, schluchzte sie tonlos.

»Das geht nicht!«, entgegnete die Stimme bedauernd, aber auch kompromisslos. Dann jedoch änderte sich ihr Tonfall wieder. »Gib jetzt nicht auf, Antalia!«, bat sie inständig. »Du hast es fast geschafft. Die Metamorphose ist nahezu abgeschlossen, und danach kannst du sein, was du sein willst. Gib nicht auf!«

Die Stimme verklang, und erneut übermannte sie der Schlaf.

Rückblicke

DARIENO SASS NOCH LANGE auf dem kleinen Hocker neben der Wanne, starrte leer auf die darin treibende Gestalt des jungen Mädchens. Sie durchlief eine Entwicklungsphase, die selbst ihm unheimlich war, und von der er nur aufgrund weit zurückliegender Studien überhaupt Kenntnis hatte. Sein eigener Übergang war so wenig spektakulär gewesen, dass er sich zu fragen begann, ob *sie* tatsächlich ein ebensolches Wesen war wie er selbst.

Geboren in den Tiefen des Ozeans, eingebettet in die große ›Gemeinschaft‹ war er von Anfang an Teil eines Ganzen gewesen. Mit einer Abweichung: Schon immer war er, im Gegensatz zu all den anderen, von einer Neugier durchdrungen, die der ›Gemeinschaft‹ vollkommen fehlte. Deren gesamtes Dasein verlief in vorgeformten Bahnen: ruhig, vorhersehbar, langweilig. Niemand interessierte sich für die aufsteigenden Blasen, die aus dem Bassin auf dem großen Platz aufstiegen. Keiner versuchte, die Quelle des fluoreszierenden bläulichen Lichts zu ergründen, das das Dunkel so weit unter der Meeresoberfläche vertrieb. Nie verließen sie den beleuchteten Umkreis, um die dahinter liegenden Weiten zu erforschen. Darauf angesprochen, blieben sie ihm die Antwort meist schuldig. Sie ermahnten ihn, sich anzupassen. Ignorierten seine Andersartigkeit. Oft hatte er versucht, die Wenigen, die im selben Zeitraum wie er selbst geboren worden waren, für seine Expeditions-Touren zu gewinnen. Erfolglos. Sie waren von gleicher lethargischer Emotionslosigkeit wie alle. So zog er oft alleine los, ließ sich mit der Wasserströmung treiben. Er begleitete die feinen, aufsteigenden Blasen, die, je höher sie stiegen, größer wurden. Fasziniert betrachtete er die bunte Vielfalt an Leben und Vegetation, die sich in den Regionen entwickelt hatte, die das strahlende Himmelsgestirn mit seiner Helle und Wärme versorgte. Eines Tages gewahrte er sein erstes Boot. Ein aus Holzleisten gezimmertes kleines Ruderboot. Seine Paddel durchbrachen in gleichmäßigem Rhythmus wieder und wieder die Wasseroberfläche und erzeugten kleine Strudel. Sachte und ruhig glitt das Gefährt vorwärts. Machtvoll brach sich sein Forschungsdrang bahn. Er verfolgte das Boot, und als das Wasser zu seicht wurde, als dass er weiterhin hätte schwimmen können, setzte er seinen Fuß auf den feinkörnigen Grund, richtete sich auf ... und lief, noch etwas unsicher und wankend, einfach weiter. Jung wie er war, empfand er diese Umstellung kaum als problematisch. Die neuen Eindrücke jedoch verschlugen ihm schier den Atem. Hatte er unter Wasser schon eine Menge an Erfahrungen gemacht, die seinen Horizont um ein Vielfaches dessen erweitert hatten, was die ›Gemeinschaft‹ ihm bieten konnte, so war das, was sich ihm hier darbot, mit nichts zu beschreiben. Hunderte Individuen bevölkerten den Strand, stoben hierhin und dorthin, ein Höllenlärm an verschiedenen Lauten, Tönen und Stimmen malträtierten seine noch ungeübten Hörorgane, drangen ungefiltert in seinen unbedarften Geist. Es trieb ihm Tränen in die Augen. Es war zu viel auf einmal. Mit einem unartikulierten Gurgeln brach er zusammen – und erwachte im Schatten eines riesigen, aus Stroh geflochtenen Sonnenschirmes, auf eine Decke gebettet, etwas wohltuend Kühles auf der Stirn. Eine freundliche Stimme, die wohl zu dem besorgten Gesicht gehörte, das über dem seinen schwebte, sprach unaufhörlich auf ihn ein. Er versuchte, den Lauten einen Sinn zuzuordnen, gab aber nach einer Weile erschöpft auf. Die Frau tat wenig später dasselbe, offensichtlich erkennend, dass er sie nicht verstand. Als es Abend wurde, die Leute nach und nach den Strand verließen und auch die Familie, die sich so rührend um ihn gekümmert hatte, ihre Decken zusammenfaltete und zu den nicht allzu weit entfernten Hütten aufbrach, blieb er zurück. Er war einsam, angefüllt mit unendlich vielen neuen Eindrücken und doch bis zum Zerreißen angespannt und voller Erwartung, was nun geschehen würde. Zum ersten Mal sah er die Sonne, deren Licht hier oben den Tag erhellt hatte, am

Horizont versinken. Er nahm den sich daran anschließenden Wechsel wahr, als es zusehends dunkler wurde, die Nacht heraufzog, Stille sich auf ihn niedersenkte, und nur noch die winzigen weißen Pünktchen in unerreichbarer Höhe über ihm die ansonsten nahezu vollständige Finsternis durchbrachen. Die Nähe des Wassers, dessen leises Rauschen ihn wie ein Wiegenlied einschläferte, übte eine seltsam betäubende Wirkung auf seinen überanstrengten Geist aus. Und als er wieder zu sich kam, schob sich bereits rotglühend die lichtspendende Scheibe, deren Verschwinden ihn mit einem Anflug von Trauer erfüllt hatte, wieder über den Kamm der weit entfernten Hügel, denen er den Rücken zugekehrt hatte.

Begleitet von immer mehr Stimmen, wanderte das Licht höher und höher, sandte seine wundervollen Strahlen zu ihm hernieder, erfüllte ihn mit Wärme und Freude. Auch die Landbewohner kamen wieder. Wie selbstverständlich fand ihn seine Familie und nahm ihn wie einen wieder gefundenen, einst verlorenen Sohn auf. Zunächst durch Gebärden, die mit Lauten untermalt wurden, eignete er sich Schritt für Schritt ihre Sprache und Gewohnheiten an, studierte ihr Verhalten, lernte, was immer sie ihm beizubringen vermochten. Nichts, was ihm die Unterwasserwelt zu bieten hatte, konnte diese neuen Erfahrungen übertrumpfen.

Monate vergingen. Er fand Freunde, lebte ein freies, fröhliches, ungezwungenes Leben. Die Natur spendete üppige Nahrung. Kinder gab es unzählige. Niemand fragte, woher er gekommen war. Eine lange Zeit war er ein Teil dieser Sippe, bis die Neugier ihn weitertrieb. Die Flüsse nutzend erkundete er große Teile des Landes. Er kam im Wasser so viel schneller voran als an Land. So lernte er – alterte. Als junger Mann, angefüllt mit Erfahrungen, von denen er glaubte, die ›Gemeinschaft‹ würde sie begrüßen und als Bereicherung ansehen, trat er die Reise in seine Heimat an – um sie nicht wieder zu verlassen.

Kaum jemand hatte seine Abwesenheit bemerkt. Warum auch? Für sie hatte sich nichts verändert, und einer mehr oder weniger fiel tatsächlich nicht auf. Selbst als er euphorisch von seinem Leben außerhalb des Wassers berichtete, schien das die anderen weder sonderlich zu interessieren noch zu beeindrucken. So war er nicht wenig erstaunt darüber, vor den Rat gerufen zu werden. Diese ›Fünfzehn Weisen‹, wie sie auch genannt wurden, verlangten erneut einen detaillierten Bericht. Erfreut, dass seine Erfahrungen endlich doch zur Kenntnis genommen wurden, referierte er abermals über sämtliche Eindrücke, die er erhalten, Erkenntnisse, die er gewonnen und Emotionen, die er durchlebt hatte. Schweigend lauschten die Ratsmitglieder, ausdruckslos ihre Gesichter. Erst als er geendet hatte, richtete Eloru, der Älteste unter ihnen, das Wort an ihn, und Darieno vermeinte, erstmals einen leisen Unterton von Überraschung und Freude herauszuhören.

»Endlich bekomme ich durch dich eine Bestätigung für die Richtigkeit einer Behauptung, über deren Wahrheitsgehalt ich schon nicht mehr nachzudenken gewagt habe. Selbst ich, der ich seit unzähligen Zyklen in dieser Gemeinschaft weile, weiß nur durch ein unbeabsichtigt belauschtes Streitgespräch der Ratsmitglieder meiner Kindheit, dass es Gerüchte gibt, die besagen, dass wir nicht allein auf dieser Welt sind. Es gäbe neben uns auch außerhalb des Wassers intelligente Wesen, die uns sehr ähnlich seien. Es soll schon einmal zu Kontakten gekommen sein, und sie nannten diejenigen, denen es laut dieser Erzählungen gelungen war, ›Wandler‹. Du musst ein solcher sein, Darieno, ein Bindeglied zwischen uns und den Wesen des Landes. Seit unendlich langer Zeit scheint unserer Gemeinschaft kein Kind mit dieser Fähigkeit mehr geboren worden sein, sonst fände diese uralte Geschichte nicht so wenig Beachtung.«

Eloru schwieg erschöpft, und er ließ ihm Zeit, sich ein wenig zu erholen. Denn er spürte, dass Eloru noch nicht alles gesagt hatte, was ihm auf dem Herzen lag.

»Ich möchte dir etwas zeigen«, fuhr der Alte schließlich fort. »Vielleicht gelingt es dir, mit deinem erweiterten Wissen herauszufinden, was es darstellt und welche Funktion es hat.«

Resignation und ein Funken Hoffnung schwangen in der sonst so stereotypen Stimme mit. Eloru nahm ihn an der

Hand. Mühelos bewegten sie sich über den glitzernden Sand, über wunderschöne, aber unbeachtete Muscheln hinweg, auf das etwas außerhalb der Stadt liegende Terrain zu. Eine Kuppel, zusammengestellt aus tausenden sechseckiger, perlmuttfarben glänzender Plättchen, schob sich in ihr Blickfeld.

»Wieso habe ich diesen riesigen Bau bisher noch nie wahrgenommen?«, richtete er seine stumme Frage an Eloru.

»Nur wer weiß, dass er da ist, kann ihn auch finden«, antwortete dieser und glitt unbeirrt weiter.

Ein Eingang war nicht zu erkennen, aber an einer Stelle zierte das Monument einer Figur die Fassade hinter dem Säulengang, der in einem riesigen Kreis einmal rund um die Kuppel führte und diese zu tragen schien.

»Versuche, mit deinem Wissen den Eingang zu finden und diesen zu öffnen!«, vernahm er abermals Elorus Stimme. Seine Worte waren Befehl und Flehen zugleich.

So hatte die ›Gemeinschaft‹ ihn wieder eingebunden, mit einer Aufgabe, der er sich voller Hingabe und jener unendlichen Ausdauer seiner Rasse widmete. Anfangs war er voller Euphorie gewesen. Rückschläge hatten ihn eher beflügelt als frustriert. Die Zeit war dahingeglitten. Bedeutungslos. Unbeachtet. Irgendwann war ihm ein, wenn auch bescheidener, jedoch wichtiger Erfolg beschieden gewesen. Ein minimaler Teil uralten Wissens hatte sich ihm offenbart. Er hatte es nahezu inhaliert. Jedes noch so kleine Detail in sich aufgesogen. Abgespeichert. Aber ein weiterer Fortschritt blieb ihm, so sehr er sich mühte, verwehrt. Resignation überdeckte allmählich seinen Forschungsdrang. Die Erinnerungen an oben verblassten, die neuen Erkenntnisse brachten ihn nicht weiter, schienen nutzlos zu sein. Die Gleichförmigkeit des Lebens in der ›Gemeinschaft‹ färbte Schritt für Schritt auch auf ihn ab, sog ihn auf, machte ihn zu einem der ihren. Eine einzige Unterbrechung riss ihn noch einmal kurzzeitig aus seiner Lethargie.

Bis der Rat ihn ein zweites Mal rufen ließ.

Auch der alte Eloru, weit unten auf dem Grund des Ozeans, erinnerte sich, während er spürte, wie seine Vitalität abnahm und sich auf den unvermeidbaren endgültigen Abschied vorbereitete. Als lägen nicht unzählige Zyklen dazwischen, sah er Darieno auf sich zukommen.

Diese Augen, in denen sich so überdeutlich die riesige Palette seiner Empfindungen widerspiegelte, loderten. Endlich, endlich war er einen kleinen Schritt weitergekommen. Elorus Emotionsreichtum reichte bei Weitem nicht an den Darienos heran. Gefühle waren etwas, dessen die ›Gemeinschaft‹ im Laufe der Zeit fast vollkommen verlustig gegangen war. Er folgte ihm gemessenen Schrittes. Je näher sie dem Kuppelbau kamen, desto deutlicher erkannte er zwei Pforten. Eine rechts, eine links des Monuments. Die rechte war nach innen aufgeschwungen. Als er hinter Darieno vorsichtig hindurchschlüpfte, weiteten sich auch seine Augen. Der Durchlass führte in einen Gang, der einmal vollständig um die perlmuttfarbene Kuppel herumführte, und dessen Wände unzählige Zeichnungen zierten. Sie mussten wohl die Anfänge ihres Lebens auf dem Meeresgrund dokumentieren. Den meisten Darstellungen konnte er keinerlei Bedeutung zuordnen. Einige Ausschnitte hingegen waren ihm seltsamerweise vertraut, wenn er auch nicht hätte benennen können, woher dies kam. Lange betrachtete er die Bilder, nahm sie in sich auf, versuchte zu ergründen, was sie vermitteln sollten. Die weiteren vierzehn Ratsmitglieder, die Darieno ebenfalls an seinem Erfolg teilhaben lassen wollte, sahen sich die Zeichnungen allerdings nur ein einziges Mal wohlwollend an - wenn man deren Regung denn überhaupt so nennen konnte. Sie zogen sich anschließend scheinbar desinteressiert wieder zurück. Der große Durchbruch jedoch, den Eloru sich erhofft hatte, war Darieno bisher nicht gelungen.

Bald darauf war Chayana bei ihm aufgetaucht, eine der Jüngeren, bei denen Eloru gar keine Emotionen mehr wahrgenommen hatte. Sie war vollkommen verändert, und wenn er dem Ausdruck in ihren blassen Augen einen Namen hätte geben können, so wäre es Panik gewesen. Ihre Gedanken übermittelten sich ihm so schnell, dass er sie bitten musste, ihm diese noch einmal zu wiederholen, da er kaum die Hälfte davon aufzunehmen imstande gewesen war.

»Etwas geschieht mit mir!«, brach es wie ein Sturzbach über ihn herein. »Seit ich ein Kind erwarte, bricht die Welt mehr und mehr in Stücke. Es saugt das letzte bisschen Kraft aus mir heraus. Die gewohnte Ruhe und Sicherheit zerfließen zu Nichts. Ich sehe Dinge, die ich nicht sehen will. Fühle, was ich nicht fühlen will – was ich nicht kenne, was niemand kennt. Es bombardiert mich mit Fragen ...«

Chaos strömte zu Eloru hinüber, dem auch er, alt und weise, wie er war, keinen Begriff zuordnen konnte.

»Vielleicht kann Darieno dir weiterhelfen«, versuchte er, die völlig verstörte Gestalt ihm gegenüber zu beruhigen, und während sie sich gemeinsam auf den Weg machten, pulsierten Zuckungen wie elektrische Schläge durch das Wasser.

Mit einer Gier, der die Darienos fast in den Schatten stellte, war Chayana über die Wandmalereien hergefallen. Sie hatte Darieno mit Fragen überhäuft, ihn nahezu an den Rand seiner Selbstbeherrschung getrieben, schließlich mit ihm zusammen nach Antworten gesucht – und einige wenige auch gefunden.

Als ihr Baby geboren wurde, war sowohl ihr als auch ihm ganz schnell klar, dass es hier unten nicht überlebensfähig sein konnte.

»Vielleicht hat sie oben eine Chance«, hatte Darieno behutsam auf sie eingeredet.

Chayana war nahezu zusammengebrochen. Nach allem, was sie durchgemacht hatte, sollte sie es nun weggeben? In eine ihr vollkommen unbekannte Region dieses Planeten. Weg aus dieser behüteten Gemeinschaft, die ihr ein und alles war? Das kleine Geschöpf, das sie fest an sich gepresst hielt, zappelte, gurgelte, röchelte. Die honiggelben Augen blickten verzweifelt zu ihr auf, es rang um jede Lebensminute.

»Ich werde sie selbst nach oben bringen«, hatte Chayana schließlich am Ende ihrer Kräfte gehaucht.

»Das kannst du nicht!«, hatte Eloru seine Einwände hervorgebracht.

»Doch!«, *hatte diese daraufhin voller Überzeugung erwidert, war auf eine der Wandzeichnungen zugestürzt, die ein Wesen wie sie, eingehüllt in eine Art Kokon, darstellte, der erkennbar aus der Tiefe kommend nach oben trieb. Als der Kokon die Wasseroberfläche durchstieß, legte er sich um den transparenten Körper, verlieh ihm eine feste Form – und das Wesen betrat das Festland. Auf einer der nun folgenden Zeichnungen sah man den Kokon zerplatzen – das Wesen darunter sterben. Aber auch eine, auf der es wieder in die Fluten zurückkehrte.*

»So!« Sie deutete auf die Bilderfolge, legte, verzweifelt und hoffend, ihre durchlässige Hand auf das erste. Etwas löste sich aus der Zeichnung, formte eine kleine Blase, weitete sich aus, legte sich um Chayana und ihr Kind, entzog sie ihren Blicken ...

Chayana war zurückgekehrt, hatte aber unter der Trennung so sehr gelitten, dass sie nicht viel später die Reise in die Auflösung angetreten und den endgültigen Abschied vollzogen hatte. Seitdem bemühte sich Eloru, dieses Kind nicht zu vergessen.

Benommen schüttelte der Alte den Kopf. Die Erinnerungsbilder lösten sich auf. Ob Darieno sich **daran** ebenfalls noch erinnerte? Wusste er, auf welche Mission er geschickt worden war? Und – hatte er in der Vorhalle mit den Wandzeichnungen genügend Erkenntnisse erhalten, um dieses Kind, wenn er es denn fand, wohlbehalten zurückzubringen?

Freundschaft

WIE LANGE **A**NTALIA, abgetaucht in Traumbilder, die nur von kurzen Wachphasen unterbrochen worden waren, vor sich hingedämmert hatte, konnte sie nicht sagen. Als sie jedoch diesmal erwachte, lag sie wieder in ihrem Bett. Sie hatte schemenhaft mitbekommen, dass sie, seit sie zuhause angekommen war, keine Sekunde alleine verbracht hatte. Dass aber außer ihrer Familie, Redor und diesem anderen, dessen Stimme sie erreicht hatte, als sie gar nicht mehr da gewesen war, auch ihre Freunde an ihrer Seite ausgeharrt hatten, war ihr bisher entgangen. Nerits leise Singstimme drang an ihr Ohr, und von irgendwo in diesem Haus vernahm sie Oriris unverkennbar aufgebrachte und Xeros geduldig auf ihn einredende Stimme.

›Müssten die drei nicht in der Schule sein?‹ Antalia versuchte vorsichtig, ihre Augen zu öffnen, und es gelang. Noch etwas verschwommen sah sie Nerit zu ihrem eigenen Lied tanzen. Die Sonnenstrahlen fielen schräg durch das große Dachfenster, das diesem Raum viel Licht und Wärme zukommen ließ. Kleine Staubpartikel schwebten in der bewegten Luft. Ihre Freundin erstrahlte wie eine Nebelnymphe im ersten Morgenrot. Verzaubert wie einst sah Antalia ihr zu, und ein entrücktes Lächeln legte sich auf ihre von Anstrengungen gezeichneten Züge. Ihre erste Begegnung mit Nerit schob sich über den Horizont des Vergessens.

Scheu und zurückhaltend war diese an ihrem ersten Schultag als Letzte in den Klassenraum geschlüpft, hatte sich schüchtern umgesehen und sich schließlich mit dunkler Verlegenheitsröte im Gesicht auf dem noch freien Platz neben ihr niedergelassen. Antalia hatte sie aus den Augenwinkeln heraus beobachtet: ein zartes Wesen mit heller Haut, leuchtend grünen Augen und kastanienbraunen Haaren, die in dunklem Bordeaux leuchteten, wenn die Strahlen der Sonne auf ihnen spielten. Still war sie, fast schweigsam. In sich zurückgezogen, als hätte sie Angst vor der Welt um sich herum. Ihre Haltung hingegen war voller Spannung, wie ein Bogen, dessen aufgelegter Pfeil sich kurz vor dem Abschuss befand. Antalia hatte sich keine Sportart vorstellen können, die dieses filigrane Persönchen auszuüben imstande gewesen wäre. Ihres eigenen Trainingsplanes wegen fand sie auch lange Zeit keine Möglichkeit, es herauszufinden, und fragen mochte sie Nerit ebenfalls nicht.

Eines Tages jedoch war das Becken von den damaligen Wettkampfschwimmern für ein letztes, abschließendes Sondertraining geblockt, und ihr eigenes ersatzlos gestrichen worden, was ihr Zeit und die entsprechende Gelegenheit verschaffte. Heimlich war sie diesem elfengleichen Mädchen gefolgt, durch Gänge und über Treppen, hinauf in den Tanzturm, wie sie ihn von da an nannte. Eine große Halle, deren Boden mit glänzendem Parkett ausgelegt, an deren einen Wand eine durchläufige Haltestange angebracht, und deren andere komplett bespiegelt war, hatte sie perplex Luft holen lassen. Was machte man hier? Nerit war nirgendwo zu sehen, aber auf einmal durchzogen zarte Flötenklänge die Luft. Ein leises Klappern kündete von einer ins Schloss zurückfallenden Tür – und dann sah Antalia sie: gekleidet in strahlendem Weiß, den fast durchsichtigen Rock, der in Zipfeln unterschiedlicher Länge mehrstufig bis knapp unter ihre Knie auslief und der eng anliegende Dress, der ihre zarte Statur noch zerbrechlicher wirken ließ, als es ohnehin schon den Anschein hatte. Sie bewegte sich zu den Tönen, schwebte geradezu über den Boden. Ihr gesamter Körper: Ausdruck der Musik. Sie war Mond, Sterne, Nebel der Nacht. Sie war der heraufziehende Morgenstern, der still kreisende Adler am Firmament. Antalia war gefangen von ihrem Tanz, ihrer Anmut, ihrer Performance. Gebannt, verzaubert verfolgte sie die fließenden Bewegungen ihrer Tischnachbarin. Nerit war eins mit der Musik, und erst als die letzten Töne verklangen, wurde sie wieder zu dem schüchternen Mädchen, das Antalia kannte. Spontan verlieh sie ihrer Begeisterung

Ausdruck, indem sie lautstark applaudierte. Nerit zuckte zusammen – aber dann stahl sich ein Lächeln auf ihr Gesicht. Sie sah zu Antalia hinüber. Ihre Blicke begegneten sich. Die offensichtliche Freude der heimlichen Zuschauerin ließ Nerit um mehrere Zentimeter wachsen. Erstmals seit sie diese Schule gemeinsam besuchten, hörte sie Nerit laut und kraftvoll »Danke« sagen.

»Darf ich bleiben?«, fragte Antalia leise.

Nerit nickte. Noch zwei Stunden lang saß Antalia still in einer Ecke des Raumes und sah ihr bei ihrem Training zu. Von diesem Tag an entwickelte sich langsam eine zaghafte Freundschaft zwischen den beiden Mädchen. Sie begannen, ihre Gedanken auszutauschen, machten gemeinsam ihre Übungsaufgaben, verbrachten immer häufiger ihre freie Zeit miteinander. Irgendwann vertraute Nerit Antalia an, dass sie eine Waise war, ihre Eltern bei einem Lawinenunglück vor zwei Jahren ums Leben gekommen waren und sie seitdem unter Amtsvormundschaft stand.

»Der Tanz ist mein Anker, weißt du. Er gibt mir Kraft und schenkt mir Vergessen. Ich glaube, ohne ihn hätte ich längst aufgegeben.« Antalia hatte sie vorsichtig in den Arm genommen, und Nerit hatte sich nicht gewehrt. So waren sie allmählich fast zu Schwestern geworden. Nerit war in den Ferien mit zu ihr nach Hause gekommen, hatte die Urlaube mit ihrer Familie verbracht, ... bis die ›Feen‹ sie angeworben hatten und Nerit die schulfreie Zeit auf Tournee-Reisen zu verbringen begann.

Auch der Beginn ihrer Freundschaft mit Oriri und Xero drang machtvoll an die Oberfläche ihrer Erinnerung: *Oriri war anfangs ein Lästermaul gewesen. Seine wilden, schwarzen Locken und seine übermütig glitzernden, ebenfalls schwarzen Augen waren, wie seine stets sarkastisch angehauchten Bemerkungen, allgegenwärtig und kaum zu ignorieren. Alles und jedes kommentierte er schamlos. Wenn ihm etwas nicht passte, hielt er mit seiner Meinung nicht hinterm Berg. Er beschwerte sich lautstark über die regelmäßigen Check-ups und fluchte hemmungslos über das schlechte*

Wetter, wenn er gezwungen war, in der Halle statt draußen zu trainieren. Parkour, das schnelle, scheinbar mühelose und kunstvolle Überwinden von Hindernissen jeglicher Art, war seine Disziplin. Zu seinem Trainingsprogramm gehörten sowohl Ausdauer- als auch Kraft-, Konditions-, Geschicklichkeits- und Koordinationstraining. Aufgewachsen in ärmlichen Verhältnissen, schon früh sich selbst überlassen, hatte er nur überleben können, indem er sich einerseits eine gewisse Kaltschnäuzigkeit sowie einen nahezu undurchdringlichen Schutzpanzer aus Arroganz zugelegt und andererseits ein Fluchtverhalten entwickelt hatte, das es seinen Gegnern unmöglich machte, ihn zu erwischen. Er war ein Einzelgänger, der nichts und niemanden an sich heran und den offensichtlich alles völlig kalt zu lassen schien. Den meisten ging er mit seinem Verhalten derart auf die Nerven, dass sie es auch gar nicht erst versuchten und möglichst viel Abstand zwischen sich und ihn zu bringen suchten. Oriri war ein Genie, was die schulische Seite anbelangte, kam im Unterricht problemlos mit, wusste in den Naturwissenschaften nicht selten mehr als die Lehrer und machte sich einen Spaß daraus, sie vor der Klasse bloßzustellen. Ermahnungen oder Strafen prallten an ihm ab wie an einer Betonmauer. Selbst die Androhung des Schulverweises beeindruckte ihn nur mäßig. Fast ein halbes Jahr lang hielt er dieses Verhalten durch, wurde zum Außenseiter und schien diese Rolle zu genießen. Einzig Xero durchschaute ihn wohl von Anfang an und gab sich, so sehr er auch Oriris meist an den Tag gelegtes Gehabe verabscheute, gelegentlich mit ihm ab, wenn ihre Trainingseinheiten zusammenfielen. Manchmal liefen die beiden, die lange Laufstrecken außerhalb des Schulgeländes bevorzugten, ein bis zwei Stunden nebeneinander her. Dies waren die kurzen Zeiten, in denen auch Oriris andere Seite ab und an durchzublitzen begann. Gesegnet mit einer herausragenden Intelligenz hatte er bereits als kleines Kind sehr schnell erkannt, auf welche Weise er seine Ziele, die er schon sehr früh klar vor Augen hatte, erreichen konnte. So hatte er es aufgrund seiner schulischen Leistungen auch tatsächlich geschafft, eines der wenigen Stipendien für Domarillis zu ergattern. Oriri nahm sehr wohl wahr, dass Xeros Interesse an ihm nicht geheuchelt, sondern aufrichtig war. Nach und nach öffnete er sich, erzählte, vertraute Xero die Geheimnisse seiner Vergangenheit an. So erlangte Xero allmählich mehr und mehr Einsicht in sein wahres Wesen. Er konnte sich eines gewissen Respekts angesichts seiner Leistungen nicht erwehren. Fast unmerklich entwickelte sich zwischen ihnen ein Vertrauensverhältnis, und Oriris Verhalten begann, sich zu ändern.

Es war an einem der ersten wirklich warmen Tage ihres ersten Schuljahres. Eine Hälfte lag bereits hinter ihnen. Alle hatten sich eingelebt und an die Regeln gewöhnt. Antalia und Nerit waren zu einem Spaziergang ins Dorf aufgebrochen, als es hinter ihnen plötzlich ganz fürchterlich krachte und eine aufgescheuchte Horde wilder Schweriagus aus dem angrenzenden Wald hervorbrach. Schnaubend rasten die Tiere auf die beiden vor Schreck wie gelähmt dastehenden Mädchen zu, als beide von starken Armen gepackt, ein Stück weit mitgezogen, in den Straßengraben gestoßen und von zwei warmen, stoßweise atmenden Körpern bedeckt wurden. Die Schweriagus sprangen über sie hinweg, stoben weiter, bis das Klappern ihrer Hufe verklang und der aufgewirbelte Staub sich wieder senkte. Stöhnend wälzten sich Oriri und Xero, die wenige Augenblicke zuvor von einem Dauerlauf aus dem Wald gekommen waren, die Situation sofort erkannt und instinktiv gehandelt hatten, von den Mädchen herunter. Oriri blutete aus einer Wunde am Rücken, und Xeros rechtes Bein sackte weg, als er sich aufzustellen versuchte. Noch ganz benommen richteten sich auch Antalia und Nerit auf. Erst jetzt wurde ihnen bewusst, welches Risiko die Jungen eingegangen waren, um sie vor der tobenden Horde zu retten. Wortlos wandten sich alle vier wieder in Richtung Schule, einander gegenseitig stützend. Erst als der Schock allmählich abklang, brach ein wahrer Wortschwall aus ihren Mündern hervor. Die Spannung entlud sich in Gelächter und Tränen. Der Beginn einer wunderbaren Freundschaft ...

... die sich über Jahre bewährte, sie zusammenschweißte, sie vieles gemeinsam hatte durchstehen lassen.

Eine warme Welle der Geborgenheit durchlief Antalia, als Nerit mit glitzernde Perlen auf den Wangen zu ihr trat, »du bist endlich wieder da«, hauchte und sie behutsam in ihre schlanken, elfengleichen Arme nahm.

Lange verharrten sie in ihrer Umarmung, schweigend, bis Antalia sich endlich zu fragen traute: »Wie lange hab ich geschlafen? Ich hab doch geschlafen, oder nicht?«

Nerits Stimme klang noch immer erstickt, als sie leise antwortete. »Du hast geschlafen, zeitweise, ... und du hast einen Veränderungs-Zyklus durchlaufen, ... ich hatte wahnsinnige Angst um dich. Ich hab diese Unsicherheit schon kurz nachdem du die Schule verlassen hattest, kaum noch ausgehalten. Oriri und Xero ging es genauso. Wir haben Redor gelöchert, wann immer wir eine Gelegenheit dazu bekamen, und schon nach vier Tagen ist er regelrecht geflohen, wenn er uns irgendwo nur von Weitem sah. Etwas mehr als zwei Wochen nach deinem Weggang war auch er plötzlich verschwunden. Da hat uns nichts mehr gehalten. Mitten in der Nacht sind wir ausgerissen, haben uns bis nach Domar durchgeschlagen, sind von dort mit der Schienen-Pendler-Gondel bis Tamira gereist, und hierher gelaufen. Das ist jetzt vier Wochen her. Redor hat uns in der Schule entschuldigt, die ganzen Nachfragen rigoros abgebügelt, deiner Familie zur Seite gestanden. Darieno hat bis zur absoluten Erschöpfung neben dir ausgeharrt, ... einmal mussten Jori und Toran ihn gewaltsam ins Bett schaffen, weil er fast delirierte, so verausgabt war er.«

»Wer ist Darieno?«, unterbrach Antalia Nerits Berichterstattung.

»Der, dem du wahrscheinlich dein Überleben verdankst!«, fuhr Nerit inbrünstig fort. »Er ist mit Redor zusammen hier angekommen. Er spricht nicht viel. Nur das Nötigste. Aber er wusste oder hatte zumindest eine ziemlich genaue Vorstellung davon, was mit dir geschah, und wie man dich durch diese Metamorphose hindurchbekommen würde. Er schläft jetzt.«

»Darieno«, wiederholte Antalia kaum hörbar. »Er hat mich erreicht, als ich ganz weit weg war, aufgelöst, unstofflich und transparent. Er war mein Anker, hat mir immer wieder Mut zugesprochen, mich beruhigt, mich ermahnt durchzuhalten, nicht aufzugeben.«

»Ich sollte den anderen Bescheid sagen, dass du wach bist!«, durchfuhr es Nerit siedend heiß, und ihre Wangen erglühten. »Kann ich dich für einen Augenblick alleine lassen?«, fragte sie schüchtern, und als Antalia verständnisvoll nickte, stürzte sie aus dem Raum.

Wenig später schoben sich alle, die nicht wie Darieno gerade schliefen, leise hinter Nerit ebenfalls in Antalias Zimmer. Ein unterdrückter Aufschrei entwich Antalias Brust, als sie neben ihren Eltern ihre Brüder, Redor, Oriri und Xero erblickte, allesamt mit feuchten Augen, unter denen unübersehbar dunkle Ringe eingegraben waren. Schmal waren sie alle geworden, seit Antalia sie das letzte Mal bewusst gesehen hatte. Nun legte sich ein Strahlen auf ihrer aller Gesichter, das so viel Freude, so viel Erleichterung ausdrückte, dass Antalia sich nahezu erschlagen fühlte von so vielen freigesetzten Emotionen. Jori war der Erste, der an ihr Bett herantrat, sich vorsichtig darauf niederließ und seine Schwester liebevoll in die Arme schloss. Er bebte und verbarg sein Gesicht in ihren langen Haaren, um sie seine Tränen nicht sehen zu lassen. Sie schmiegte sich an ihn, glücklich, ihn so zu fühlen, wie sie ihn in Erinnerung hatte. Auch Toran trat nun zu ihnen, umschloss Antalias Hände mit den seinen, drückte sie sanft und zärtlich. Einige Minuten verharrten die Geschwister in inniger Verbundenheit, bevor die beiden Brüder sich behutsam von ihrer Schwester lösten und endlich auch Ari und Marian die Gelegenheit bekamen, ihre wiedergeborene Tochter zu umarmen. Redor beobachtete die Szene mit der erzwungenen Neutralität des Mediziners, der einen Patienten durch eine schwere Krankheit hindurch begleitet hatte. Xero fiel Nerit um den Hals, und Oriri tat dies nach einem Moment des Zögerns ebenfalls.

Lange hielt Antalia nach den überstandenen Strapazen an diesem Tag noch nicht durch. Schon nach etwa einer Stunde fielen ihr die Augen wieder zu. Redor bestand darauf, sie schlafen zu lassen, denn allem Anschein nach benötigte ihr nun wieder materieller Körper dies, um sich zu regenerieren und zu festigen. Wie bisher, nur wesentlich weniger beunruhigt, blieb Xero, der nach Nerit mit Wache an der Reihe war, neben Antalias Bett sitzen. Die anderen verließen leise wieder das Zimmer. Seine Augen ruhten auf ihrem Gesicht, welches erstmals seit langem wieder vollkommen ruhig und entspannt war. Er hatte dieses Mädchen gern, sehr gern, und vielleicht war das der Grund, warum er mehr als alle anderen mit ihr gelitten hatte, Darieno ausgenommen. Was Antalia ihm bedeutete, konnte Xero aufgrund der wenigen Andeutungen, die dieser den Freunden gegenüber gemacht hatte, nur vermuten, aber seine Aufopferung ging weit über die eines Fremden hinaus. Es war nicht Eifersucht, die sich in ihm regte, eher die Sorge, dass Darieno Antalia aus ihrem sozialen Netz herausreißen, sie mit sich nehmen, und dadurch womöglich zerstören würde. Mehr als einmal hatte Xero ihn im Erschöpfungsschlaf murmeln hören. Die wenigen Worte, die deutlich genug gesprochen waren, waren ihm Anlass genug zu glauben, dass sie für sein Volk so etwas wie eine Göttin darzustellen schien. Augenscheinlich hatte sie für ihn eine Bestimmung zu erfüllen, war mit einer konkreten Mission ins Leben gesandt worden. Eine Gänsehaut überspannte seinen Rücken. Seine emotionale Empfindsamkeit war nicht immer von Vorteil. Manchmal drängte sie ihm mehr auf, als er zu ertragen glaubte, denn sie führte ihn näher an die anderen heran, als diese selbst das oft wahrnahmen. Er wollte Antalia nicht verlieren. Sie hatte seinem Leben so viel Freude, so viel Sinn eingehaucht, dass allein die Vorstellung, sie verschwände vollständig daraus, ihn in Panik zu stürzen drohte. So in seinen eigenen Überlegungen gefangen, saß er aufgewühlt und doch reglos neben ihr.

Nicht einmal die Konzentrationstechniken, die unabdingbar mit der Beherrschung seines Kampfsportes einhergingen, zeigten längerfristig Erfolg.

Offenbarungen

VON TAG ZU TAG WURDE Antalia kräftiger, hatte längere Wachphasen, nahm Schritt für Schritt wieder am Leben teil. Viel von dem, was sie während ihrer Metamorphose geträumt hatte, war ihr nicht im Gedächtnis geblieben, und im Moment lag es ihr fern, die Erinnerung krampfhaft hervorzukramen. Ihr Blick war nach vorn, nicht nach hinten gerichtet. Ganz schnell wollte sie die zurückliegenden sieben Wochen vergessen. Aber das war nicht so einfach, wie sie es sich vorgestellt hatte. Da war Darieno, der genau in dieser Phase in ihr Leben geplatzt war und es noch mehr durcheinander wirbelte als die körperlichen Veränderungen. Seine Stimme begleitete sie, und die sanfte Berührung seiner Hand auf ihrer Schulter war so allgegenwärtig, als läge sie noch immer dort. Etwas in ihr zog sie zu ihm hin, er jedoch hielt, seit sie in Nerits Gegenwart wieder zurückgekehrt war, einen Abstand zu ihr, der selbst den anderen auffiel. Natürlich war er nicht umhingekommen, sich ihr vorzustellen, aber als Antalia ihm im Überschwang ihrer Gefühle voller Dankbarkeit um den Hals fiel, war er steif wie ein Brett geworden und hatte sich bemüht, den Blicken aller auszuweichen. Seitdem ging er ihr aus dem Weg. Anfangs nahm sie das nicht so deutlich wahr, denn Redor bremste den Enthusiasmus gewaltig aus, mit dem sie sich nun wieder, als sei nichts geschehen, ins Leben stürzen wollte. Er bestand darauf, dass sie es langsam anging, verordnete ihr Spaziergänge an der frischen Luft, überprüfte täglich ihren Puls, ihren Blutdruck, ihre Temperatur, hatte ein Augenmerk auf ihr Allgemeinbefinden. Ihre Eltern machten kleine Ausflüge mit ihr, ihren Brüdern, ihren Freunden. Abends saßen sie lange zusammen, unterhielten sich, spielten Gesellschaftsspiele. Überzeugt davon, dass es Antalia tatsächlich wieder gut ging, verließ Redor das ›Haus in den Höhen‹ eine Woche später, um nach Domarillis zurückzukehren.

Es war der zweite Tag nach Redors Abreise. Dicke Regenwolken verdeckten schon früh die Sonne, verfingen sich in den Gipfeln der Berge, legten sich wie graue Schatten über die Landschaft. Die Blumen schlossen ihre Blüten. Der Gesang der Vögel wurde leiser, verstummte. Die Stimmung im Haus war angespannt, als läge Elektrizität in der Luft und brächte sämtliche Nerven zum Vibrieren. Die vier Freunde hatten sich in den Partykeller zurückgezogen, aber nach Feiern war ihnen nicht zumute. Oriri hatte, gnadenlos geradlinig wie er war, darauf hingewiesen, dass es eigentlich keine Notwendigkeit mehr gäbe, der Schule fernzubleiben. Die anderen mussten ihm zustimmen, wenn sie ehrlich waren und sich nicht selbst belügen wollten. So saßen sie nun hier und versuchten sich am Unterrichtsstoff der letzten Wochen, den sie verpasst hatten. Sowohl Nerit als auch Xero hatte ihres unerlaubten Verlassens der Schule wegen schon in der Vorbereitungsphase ein schlechtes Gewissen überkommen, und so hatten sie wenigstens ihre Schulbücher eingepackt, um vor sich selbst zumindest den guten Willen zur Fortführung ihrer Studien zu erwecken. Oriri hatte lauthals gelacht, als sie ihm das beichteten, denn *er* hatte sich nicht einmal mit dem Gedanken daran getragen. Trotzdem nahm er sich die Zeit, seine Freunde, für die das Lernen wesentlich mehr Probleme barg als für ihn selbst, bestmöglich zu unterstützen. Noch eine Woche, so waren sie übereingekommen, dann wollten auch sie nach Domarillis zurückkehren.

Marian, Ari, Toran und Jori hatten die Küche mit Beschlag belegt, wo sie gemeinsam an einem etwas außergewöhnlichen Abendessen herumbastelten.

»Wenn schon die allgemeine Stimmung schlecht ist, sollte wenigstens das Essen gut sein«, hatte Ari argumentiert und die Vorratskammer durchstöbert.

Ein schelmisches Grinsen erhellte daraufhin Marians Gesicht, er zog Pfannen und Töpfe aus dem Küchenschrank, legte zwei Schneidebretter samt Messer bereit, winkte seinen Söhnen auffordernd zu. Das hatten sie früher oft gemacht, und welche Laune auch immer vorher geherrscht hatte, sobald sie gemeinsam zu werkeln begannen, hatte jeder seinen Spaß gehabt. Nicht selten wurden beim Arbeiten Probleme angesprochen, Diskussionen geführt, Missverständnisse bereinigt, oder einfach nur Unsinn gemacht. So schallte auch diesmal schon nach kurzer Zeit Gelächter durchs Haus, Toran beglückte die anderen mit einer lautstark geschmetterten Ulkballade, und Jori gab nach und nach die neuesten Witze des laufenden Studiensemesters zum Besten.

Einzig Darieno konnte sich nicht dazu entschließen, der einen oder anderen Gruppe seine Teilnahme angedeihen zu lassen. In ihm rumorte es. Seine Gedanken drehten sich seit Tagen im Kreis. Der Wortlaut seiner Mission, seines Auftrages brannte ihm hinter der Stirn. Er sollte, musste Antalia zur ›Gemeinschaft‹ am Grunde des Meeres bringen! Für dieses Volk, sein Volk und das ihre, hing unglaublich viel davon ab, dass dieses Mädchen zurückkam. Sie allein, da war sich Darieno ganz sicher, konnte das Siegel brechen, den Durchgang öffnen, zum Wissen der Ahnen vordringen. Sie war mehr als nur ein ›Wandler‹, ein einzelnes Bindeglied zwischen den Wasserwesen und den Landbewohnern. Sie trug die Perlen, die er auf manchen der Wandzeichnungen gesehen hatte, deren Bedeutung jedoch auch Eloru ihm nicht hatte erklären können. Niemand konnte das. Es gab sie nicht mehr, weder bei den Wasserwesen noch hier oben – außer bei ihr. Diese Perlen waren der Grund, weswegen er sein Leben gegeben hätte, sie zu retten. Weswegen er ihr näher gekommen war als je einem Geschöpf zuvor. Er hatte seine eigene Angst zurückgedrängt, Zuversicht selbst dann noch geheuchelt, als ihm schon jede Hoffnung nahezu abhanden gekommen war. Er war eine Verbindung mit ihr eingegangen, die tiefer und inniger war, als er es je für möglich gehalten und weder geplant noch gewollt hatte. Er war ihr Anker gewesen, ihr Licht in der Dunkelheit, der Funken der Wärme in der Kälte der Einsamkeit. Seine Hand hatte sie gehalten, als sie an der Schwelle zur Auflösung stand. Dieser Kontakt hatte es ihr ermöglicht, hindurchzugehen – und zurückzukommen, ohne Schaden zu nehmen. Woher er das wusste? Er war mitgegangen, weil er der einzige war, der es konnte. Er war bereit gewesen, sie durch die Pforte zurückzustoßen, wenn sie selbst es nicht vermocht hätte, diese auch von der anderen Seite zu durchschreiten. Aber auf dieser anderen Seite war Antalia so stark gewesen, nicht unsicher, verwirrt, schutzbedürftig, sondern selbstsicher, aufrecht – wissend. Aber sie hatte dieses Wissen nicht mitnehmen können, nicht bewusst jedenfalls. Es war da, dessen war Darieno sich sicher, aber sie konnte es nicht abrufen, nicht erreichen – nicht jetzt, nicht hier oben. Und es war seine Aufgabe, sie ihrer Bestimmung zuzuführen, sie aus ihrem vertrauten Leben zu reißen – wegen dem, was sie war. Darieno stöhnte gequält auf. Es gab kein Entrinnen, und irgendwie musste er es ihr beibringen, ihrer Familie, ihren Freunden. Er mochte sie, alle, denn zwischen ihnen gab es etwas, das er auf dem Meeresgrund nie kennengelernt hatte. Es war dieses Gefühl der Zusammengehörigkeit, dieses Füreinander-da-sein, ohne eine Gegenleistung zu erwarten, das Vertrauen, das sie einander entgegenbrachten. Sie teilten Freude und Leid, waren längst nicht immer einer Meinung, aber sie achteten einander. Selbst nach heftigen Streitereien gingen sie wieder aufeinander zu, ohne einander böse zu sein. Das alles hatte er in der relativ kurzen Zeit, die er bei ihnen verbracht hatte, erfahren. Sie hatten ihn, einen Fremden, bedingungslos aufgenommen, seinem Urteil vertraut, seine Anweisungen befolgt. Und sie hatten seine Absonderung akzeptiert, ohne ihn auszugrenzen.

Ein Donnerschlag riss ihn aus seinen Gedanken. Er saß auf dem Bett des Zimmers, das neben dem Antalias lag und das er, seit Redor zur Domarillis-Schule zurückgekehrt war, alleine bewohnte. Auch hier gab es ein großes Dachfenster, auf das nun der Regen in großen, klatschenden Tropfen niederprasselte und in rinnenden Strömen ablief. Gleißend helle, wildgezackte Blitze zuckten über das Firmament, tauchten die in dichte Schwärze gehüllte Landschaft in bizarre Formen. Der Wind hatte aufgefrischt, war von der sanften Brise der letzten Tage zu einem tosenden Orkan angeschwollen, der laut heulend um die Ecken des Hauses fegte, sich an den Zacken der Felsen brach, die Bäume des Waldes ächzen ließ und mit schaurigen Tönen das Donnerkrachen untermalte. Das Chaos der Natur entsprach nahezu dem Chaos seiner Empfindungen. Wie gebannt sah Darieno dem Schauspiel außerhalb der ihn schützenden Mauern zu – ließ sich ablenken, gefangen nehmen.

So entgingen ihm das leise Schnarren der sich öffnenden Tür, als diese sachte über das glatte Holz des Fußbodens schleifte, die vorsichtig gesetzten Schritte und die gezwungen ruhigen Atemzüge der sich ihm nähernden Person. Antalia wollte ihn eigentlich nur zum Abendessen bitten, als sie ihn jedoch in sich gekehrt auf dem Bett sitzen sah, den Blick nach draußen gerichtet, den Körper im zuckenden Licht der Blitze einer Statue gleichend. Seine traurigen Augen schimmerten im Spiegel des Fensters wie reiner Bernstein, und sie konnte ihn nicht ansprechen. Wie von einem Magneten angezogen, schob sie sich näher, immer näher, glitt neben ihn, ließ ihren Kopf gegen seine Schulter sinken. Darieno fuhr zusammen, aus tiefer Versunkenheit aufgeschreckt. Während er sich noch zu erinnern versuchte, wo er denn eigentlich war, spürte er die Wärme ihres Atems, der allmählich durch seine Kleidung drang, zart wie der Flügelschlag eines Schmetterlings, sanft wie die Daunenfedern eines frisch geschlüpften Vogelkükens. Wann hatte ihn jemand schon einmal auf diese Weise berührt? Hatte er je so intensiv gefühlt? Was machte dieses Mädchen mit ihm?

»Warum weichst du mir aus, Darieno?«, vernahm er ihre Stimme an seinem Ohr, flüsternd, unsicher wie er selbst.

»Weil ich dir ... euch allen ... so viel zu sagen habe ... und einfach nicht weiß, wie ich es tun soll!«, brach es aus ihm heraus, ohne dass er es zu verhindern in der Lage gewesen wäre.

»Es geht um die Wasserwesen, nicht wahr?«, fragte Antalia angespannt, und doch auch ein wenig neugierig.

Darieno nickte, drehte sich langsam zu ihr um. Er sah sie seit Ewigkeiten, wie es ihm schien, erstmals wieder direkt an. Scheu tastete sie nach seiner Hand. Warm, behutsam und doch fest schloss sie sich um die seine. Er zog sie an sich, an seine Brust, unter der sein Herz in harten Schlägen pochte.
»Auch *du* gehörst zu ihnen, Antalia. Du ... wurdest geboren ... in der Stadt auf dem Meeresgrund ... wie ich. Aber du warst anders ... von Anfang an ... und deine Mutter war gezwungen, dich nach oben zu bringen, wenn sie dich nicht schon wenige Augenblicke später hätte tot in ihren Armen halten wollen.« Er schluckte schwer. »Chayana hat diesen Verlust nie verkraftet ... Sie hat schon kurz darauf die Reise ohne Wiederkehr angetreten.«

»Chayana«, wiederholte Antalia kaum hörbar. »Ist das der Name meiner ... Mutter?«

»Ja und nein. Sie hat dir das Leben geschenkt, und das ihre geopfert, ... aber deine Mutter ist Ari, und sie wird es immer bleiben!«

Antalia verstand, was er ihr damit sagen wollte.

»Und du sollst mich zurückbringen«, nahm sie den Faden wieder auf, aber ihre Stimme zitterte.

»Ich sollte dich finden – und dich zurückbringen. So lautete der Auftrag. Ursprünglich. Doch dann traf ich Redor. Ich war zutiefst erschrocken, als er mir von deinen Problemen berichtete. Es gibt kaum noch Wandler, und das Wissen um sie ist verloren gegangen wie so vieles. Ein Quäntchen davon habe ich vor zig Zyklen wiederentdeckt. Auf Bildern, uralten Bildern, die niemand erklären konnte, die ich mir selbst zu erschließen versuchte. Mein eigener Übergang war ganz anders. Vielleicht, weil er andersherum war. Ich war nicht im Geringsten auf *deine* Art der Verwandlung vorbereitet. Ich habe getan, was ich für richtig hielt, um dich durch diese Metamorphose zu begleiten, dir die andere Seite deines Wesens begreifen und verstehen zu helfen, weil ich es nicht besser wusste ...«

Seine Stimme erstarb.

»Aber du hast es geschafft, Darieno!« Antalias Stimme war fest.

»Ja, ich hab es geschafft, dank Redors Hilfe«, murmelte er.
»Den ersten Schritt ...«

»Was wird kommen, Darieno? Warum sprichst du nicht einfach mit mir?«

»Weil ich Angst habe!«, schrie er sie plötzlich an. »Angst davor, was es dir, deiner Familie, deinen Freunden antut, wenn ich dich mit mir nehme. Ich weiß nicht, was mit dir geschehen wird! In mir wirbeln Hoffnungen, Wünsche, Sehnsüchte herum, aber keine Gewissheit. Alles fußt auf Vermutungen ...«

Erschrocken über seinen Ausbruch hielt er inne.

Antalia an seiner Seite war ruhig, fast zu ruhig. »Ich möchte dir auch etwas sagen. Ich habe viel geträumt. Ich kann mich jedoch nur an sehr wenig erinnern. Aber das Wasser ruft mich. Ich weiß nicht, wie ich es anders ausdrücken soll. Ich werde nicht zur Schule zurückkehren, jedenfalls nicht gleich. Ich kann auch nicht hier bleiben. Es ... fühlt sich nicht ... richtig an. Ich kann es nicht erklären. Aber irgendwo, zwischen dem, was du vermutest, dem, was dir aufgetragen wurde, und dem, was meine Erfahrungen mich empfinden lassen, wird der Weg liegen, der uns zum Ziel führt. Ich werde mit dir kommen – wenn wir es den anderen erklärt haben.«

Die anderen hatten das Abendessen längst beendet, die Speisen aber stehengelassen, als Antalia und Darieno die Küche betraten. Xero hatte sie zurückgehalten, darauf bestanden, sie nicht zu stören. Als die beiden sich nun zu ihnen setzten, konnte niemand leugnen, dass irgendetwas geschehen war. Obwohl Darieno und Antalia keinerlei Körperkontakt zueinander hatten, sich nicht einmal an den Händen hielten, strahlte ihr gesamtes Auftreten eine Zusammengehörigkeit aus, die vorher nicht dagewesen war.

»Alles in Ordnung?«, fragte Marian, und als beide nickten, nahm er das hin, ohne weitere Erklärungen einzufordern.

Die Unterhaltung, die nur mühsam in Gang gehalten wurde, wirkte erzwungen, das entging keinem. Schließlich sah Antalia von ihrem Teller auf und ergriff das Wort. »Ich weiß, ihr alle macht euch noch immer Sorgen um mich. Und ihr fragt euch, was geschehen ist, und wie es weitergehen wird. Wir werden euch verlassen, Darieno und ich. Er hat einen Auftrag und ich eine Mission. Wir werden euch alles, was wir selbst wissen, erklären, aber es ist nicht viel. Das meiste sind Vermutungen – und Gefühle.«

Ein Schwall aus Fragen prasselte auf sie ein, und zu Darienos Erstaunen lächelte Antalia.

»Nicht jetzt!«, wiegelte sie ihre Freunde und ihre Familie ab. »Lasst auch uns zuerst aufessen, und dann einen gemütlicheren Platz suchen.«

»Das ist fast wie am ersten Ferientag, wenn zuhause alle nach den Zeugnisnoten fragen, nicht wahr?«, griff Ari unterstützend ein, und verlegenes Gelächter entspannte die Situation ein wenig.

Es wurde ein schweigsames Abendmahl, und auf den Gesichtern aller spiegelten sich die Unsicherheit, die Emotionen und die Fragen, mit denen sie kämpften. Wohl jeder empfand es wie eine Art Erlösung, als sie endlich zusammen im Wohnzimmer saßen. Die zugezogenen, bunten Webgardinen grenzten den tosenden Sturm aus. Das leise knackende Kaminfeuer mit seiner Wärme und den flackernden Bildern, die es an die Wände warf, durchbrach die abgrenzende Kälte der Ungewissheit. Darieno und Antalia saßen auf der großen Couch nebeneinander, ohne sich jedoch zu berühren. Nerit neben ihr kuschelte sich an Xero. Oriri hatte es sich in einem der drei Sessel gemütlich gemacht, die Beine untergeschlagen. Marian und Ari hatten etwas steif die beiden verbliebenen Plätze besetzt. Jori und Toran nahmen auf dem Fußboden Platz. Antalia ballte die Hände zu Fäusten, unwillkürlich, reflexartig, nahm einen tiefen Atemzug, straffte die Schultern, sah noch einmal in die Runde und begann zu reden. »Ich weiß nicht, was Darieno euch allen während der Zeit, in der ich nicht ansprechbar war, erzählt hat. Aber gewiss hat er euch eröffnet, dass er ein Wandler ist, aus dem Meer kam und den Auftrag hatte, mich zu finden. Auch ich bin ein Wandler, so wie er. Aber ich scheine noch mehr zu sein. Ich ... trage diese Perle. Redor sagte, es sei nicht die einzige. Ich habe noch nicht herausgefunden, was genau es damit auf sich hat. Aber ich habe geträumt. Kein heilloses Durcheinander. Eher so, als sollten mir diese Träume irgendetwas mitteilen. Und ich glaube, diese Perlen haben irgendwie damit zu tun. Außerdem wird das Gefühl, dass das Wasser mich ruft, stärker – mit jedem Tag, der vergeht. Ich weiß nicht, wie ich es anders bezeichnen soll ...«

Sie stockte, sah hilfesuchend zu Darieno. Dieser sah gequält von seinen Händen auf, die er angestarrt hatte, um den fragenden Blicken der anderen nicht begegnen zu müssen.

»Ich will sie euch nicht wegnehmen«, murmelte er schließlich. »Aber ich habe dort unten, wo ich herkomme, etwas entdeckt. Zeichnungen, die den Bildern in Antalias Träumen sehr ähnlich zu sein scheinen, ... und Abbildungen von Wesen, die wie sie diese Perlen tragen. Mein halbes Leben lang habe ich damit zugebracht, diese Malereien zu entschlüsseln, ihnen einen Sinn zuzuordnen, aus ihnen zu lernen. Aber es gibt einfach zu viele Lücken, und das Volk auf dem Meeresgrund kann mir nicht helfen.«

Auch er verstummte. Wieder war die Spannung im Raum fast greifbar.

»Und du glaubst, dass Antalia der Schlüssel zu allem ist!«, fasste Oriri schließlich in Worte, was mittlerweile allen offenbar geworden war.

Darieno nickte. Endlich war es heraus.

»Wann wollt ihr aufbrechen, und von wo aus?«

»Gibt es irgendwas, das ihr vorhabt mitzunehmen?«

»Seid ihr wirklich sicher, dass das, was ihr glaubt, tun zu müssen, das Richtige ist?«

»Werdet ihr zurückkommen? Wird Antalia zurückkommen?«

Die Fragen droschen nur so auf Antalia und Darieno ein.

»Nicht gleich morgen, aber schon sehr bald«, beantwortete Antalia die erstgestellte Frage. »Ich ... würde gerne richtig von euch allen Abschied nehmen, denn ich weiß nicht, wie lange ich weg sein werde und ob ich zurückkommen kann. Aber die Erinnerung an euch wird mich begleiten, wohin es mich auch verschlagen und was immer geschehen wird«, fügte sie ihrer ersten Aussage leise hinzu.

Es war schon weit nach Mitternacht, als sie zusammen das Wohnzimmer verließen, um der Müdigkeit, die sich fortgesetzt machtvoller auf sie gelegt und schließlich jeglicher Konzentration beraubt hatte, Rechnung zu tragen und zu Bett zu gehen. So sehr die Diskussionen es infrage zu stellen versucht hatten, war es Antalia doch mehr und mehr zur Gewissheit geworden, dass ihre Entscheidung die richtige war. Etwas in ihr, dem sie keinen Namen geben konnte und dessen treffendste Beschreibung Drang oder einfach nur Gefühl hätte lauten können, signalisierte ihr dies, seit sie sich entschieden hatte – nachdrücklicher denn je. Noch viel zu aufgewühlt, als dass sie jetzt schon Schlaf hätte finden können, entzündete sie eine der Kerzen, die ein ganzes Schubfach ihres Schreibtisches füllten. Sie sank auf den davor stehenden Stuhl, starrte nachdenklich in das beruhigende Licht des sanft glimmenden Dochtes und ließ den Abend noch einmal Revue passieren.

Xero war, wenn sie an die vergangenen Stunden zurückdachte, der Schweigsamste von allen gewesen – abgesehen von Darieno, der ausschließlich dann den Mund aufgemacht hatte, wenn sie selbst nicht mehr weiter wusste. Er hatte wie sie versucht, allen verständlich zu machen, was sowohl ihn als auch Antalia zur ›Stadt auf dem Meeresgrund‹ zog. Er hatte jedoch ebenfalls keine rationalen Beweggründe aufführen können. Letztendlich hatte Oriri es mit dem Sport verglichen und war damit wohl tatsächlich sehr nahe an den Kern der Sache herangekommen.

»Warum quälen wir uns, um sportliche Höchstleistungen zu erbringen?«, hatte er in die Runde gefragt. Alle Blicke hatten sich erstaunt und verwirrt auf ihn gerichtet. »Weil wir diesen inneren Drang in uns spüren! Nicht jeder, aber du, Xero, und du, Nerit, zumindest ihr müsstet verstehen, was ich meine.«

Es hatte eine Weile gedauert, aber letztendlich hatten beide langsam genickt, und der Kampf um das Begreifen des Warum war zumindest einstweilen entschieden.

Antalia lächelte. Sie wusste, wie schwer es ihren Freunden, ihren Brüdern und auch ihren Eltern fiel, sie in diese absolute Ungewissheit zu entlassen. Sie rechnete es ihnen hoch an, dass es zwar rational gesehen für sie keinen Grund gab, weswegen Antalia aus ihrem bisherigen Leben ausbrechen, die vorgezeichnete Bahn verlassen sollte, sie ihre Entscheidung aber dennoch akzeptierten. Bei ihren Freunden schien dies ein wenig anders zu sein. Vielleicht lag es daran, dass diese selbst schon eine Menge Umbrüche erlebt hatten und Antalias Beweggründe besser nachvollziehen konnten. Nerit war von einer schüchternen Waisen zu einem glitzernden Stern am Himmel der berühmtesten Tanzgruppe weit über die Landesgrenzen hinaus geworden. Oriris Wesen hatte sich, je länger er mit ihnen zusammen war, grundlegend gewandelt, und Xero ... Xero war stets der Gurt gewesen, der sie alle zusammenhielt. Er war die Kraft, die Zuverlässigkeit, der Mut, das Vertrauen, die Energie, die kontinuierlich da war und sie alle trug. Warum fiel ihr das jetzt erst auf?

»Weil es so unaufdringlich, so selbstverständlich, so allgegenwärtig gewesen war«, musste sie sich eingestehen.

Xero war die Mitte, der Ruhepol ihrer Gruppe, die Schulter zum Anlehnen, die Konstante im Sturm des täglichen Auf und Ab.

Es klopfte an ihrer Tür. Antalia schrak zusammen.

»Darf ich reinkommen?«, vernahm sie Xeros gemurmelte Frage.

»Ja«, antwortete sie.

Langsam senkte sich die Klinke, und die Tür wurde mit einem leisen Scharren aufgedrückt. Der schlanke Körper ihres Freundes schob sich in das Zimmer, dessen einzige

Beleuchtung noch immer aus dem schwachen Flackern einer einzelnen Kerzenflamme bestand. Sein Gesicht war ernst, fast traurig, als er wortlos ihre Hände ergriff, sie behutsam aus ihrem Stuhl zog, zu ihrem Bett führte, sich darauf niedersetzte und sie mit einem bittenden Nicken aufforderte, neben ihm Platz zu nehmen. Noch immer ihre Hände haltend, begann er zu sprechen. Entgegen dem, was sie gewohnt war, klang seine Stimme rau und brüchig. »Ich habe Angst um dich, Antalia. Die hatte ich während der ganzen Zeit deiner Umwandlung. So sehr ich dagegen ankämpfe, sie ist immer noch da. Es ist nicht Darienos wegen. Er wäre für dich gestorben, und ich glaube, das täte er nach wie vor, wenn er dir damit helfen oder dich damit schützen könnte. Aber nach allem, was er erzählte, befürchte ich, dass dort unten etwas auf dich wartet, dem du nicht gewachsen bist, das dich überfordert – und dich damit vielleicht zerstört. Ich will dich nicht verlieren, Antalia.«

Er löste seine Hände von den ihren, griff unter sein Hemd, streifte etwas über seinen Kopf, das Antalia im Dämmerlicht nur schemenhaft erkennen konnte, und drückte es in ihre Rechte. Sie hob die Hand näher zu den Augen, um den Gegenstand zu betrachten. Es war eine Schneckenmuschel an einem dünnen Lederband. Filigrane Muster zierten die sich nach unten verjüngenden Windungen. Die Farben konnte sie nicht erkennen, dennoch schien diese Muschel in ihrer Hand zu pulsieren wie ein rhythmisch schlagendes Herz.

»Trag du ihn, so werde ich immer bei dir sein«, bat Xero kaum hörbar.

Ein Kloß hatte sich in Antalias Kehle gebildet, und ihr Blick füllte sich mit Tränen. Zärtlich fuhr sie die Rundungen der Muschel ab, während glänzende Bäche über ihre Wangen liefen.

»Wir Zaikidu glauben an die Macht der Gedanken. Ich habe all meine guten Wünsche für dich in diesen kleinen Talisman hinein meditiert. Er war mein ganzes bisheriges

Leben lang mein Begleiter. Er soll dir Schutz und Erinnerung sein.«

Sanft strichen Xeros Hände über ihr nasses Gesicht. Dann legte er ihr das Band um den Hals, hauchte einen zarten Kuss auf ihre Stirn, nahm sie sachte in seine Arme und hielt sie einfach nur fest. Lange saßen sie so da, … und als die Morgensonne ihre ersten Strahlen vorsichtig durch die aufsteigenden Dunstschwaden schickte, lagen die beiden, vollständig bekleidet, eng aneinander geschmiegt, tief und fest schlafend auf Antalias Bett.

Abschied

AUCH **N**ERIT WAR VIEL zu aufgewühlt, um trotz ihrer Müdigkeit schlafen zu können. Unruhig wälzte sie sich in ihrem Bett hin und her, setzte sich auf, legte sich wieder hin. Durch die geschlossenen Lider drangen nur noch ab und zu die in immer größeren Abständen aufflackernden Blitze des allmählich abklingenden Gewitters. Das zu einem gleichmäßigen Rauschen übergegangene Geräusch des Regens hätte sie eigentlich einlullen müssen, … aber sie konnte die hinter ihrer Stirn umherjagenden Gedanken nicht mit einem Schalter einfach abstellen, wie sie es sich wünschte. Antalia war so optimistisch, so zuversichtlich gewesen. Sie schien keine Angst vor dem zu haben, was die Zukunft für sie bereithielt. Auch sah sie allem Anschein nach keine Alternative zu der Mission, die sie zu erfüllen hatte. Nerit seufzte verhalten. Sie verstand Antalia gut, auch wenn die Endgültigkeit der vor ihnen liegenden Trennung ihr das Herz schwer werden ließ.

»Ich kann sie nicht begleiten, selbst wenn ich es wollte«, murmelte sie. »Es wäre jedoch schön, wenn sie etwas mitnehmen könnte, das sie an mich erinnert und das ihr vielleicht ein bisschen von unserer Nähe zurückgibt, wenn sie alleine und einsam ist.«

Ihr Blick fiel auf das Armband mit den in schimmerndem Silber eingefassten, kleinen Amethysten, dessen Zwilling Antalia trug. Sie hatten sie während ihrer ersten gemeinsam verbrachten Ferien gekauft, sich gegenseitig angelegt und einander heimlich Schwester genannt.

»Das würde ich gerne mit ihr tauschen. So hätte ich etwas Dauerhaftes von ihr, und sie würde mich auch nicht vergessen.« Beseelt von dieser Idee gelang es ihr endlich, die Spirale in ihrem Kopf anzuhalten, die Augen zu schließen, … einzuschlafen.

Oriri schrieb. Ganz gegen seine Gewohnheit. Schreibkram jeglicher Art lag ihm gar nicht. Wo er konnte, drückte er sich davor. Kurze Notizen, ja, mehr brauchte er in der Regel nicht. Wann immer es ihm möglich war, hatte er mehr vermieden. Nun jedoch schrieb er einen Brief und versuchte, den nahenden Abschied zu verarbeiten, seine Gefühle in Worte zu fassen, Antalia irgendwie zu vermitteln, was sie ihm bedeutete.

»Du bist schön, Antalia. Dich nicht mehr ansehen zu können, wird mir fehlen. Du bist nett. Ich werde dein »Ach komm, Oriri!« und das leise Lachen in deiner Stimme vermissen. Du bist klug – auf eine gänzlich andere Weise als ich. Und ich hoffe, dass dein Wissen dir dort, wohin du gehst, von Nutzen sein wird. Es gibt viele Formen der Liebe, und ich möchte, dass du weißt, dass auch das, was ich für dich empfinde, eine davon ist. Behalte mich in deinem Herzen, Antalia, als einen Freund, der dich ungern gehen lässt, dessen Leben du nachhaltig geprägt hast, und der stets für dich da sein wird, wenn du ihn brauchst. Komm zurück! Dein Oriri.«

Er las ihn nicht noch einmal durch, sondern faltete ihn bedächtig zusammen, legte ihn auf das kleine Nachtschränkchen neben seinem Bett, entkleidete sich, schlüpfte unter die Bettdecke, rollte sich zusammen, das Gesicht der Wand zugekehrt, schloss die Augen ... und glitt wenige Augenblicke später in den Schlaf hinein.

Marian und Ari versuchten auf ihre Weise, mit der Entscheidung ihrer Tochter zurechtzukommen.

»Sie gehört uns nicht. Niemand gehört einem anderen, und dass sie uns eines Tages verlassen würde, haben wir immer gewusst. Schon seit sie die Schule gewechselt hat, ist sie ein kleines Stück von uns weggegangen«, versuchte Ari, ihre Empfindungen in Worte zu fassen.

»Aber sie war nie ganz weg«, warf Marian ein. »Sie hätte jederzeit zu uns kommen können oder wir zu ihr.«

»Damit komme ich am schwersten klar ...«, bekannte Ari. »... diese Ungewissheit, ob sie zurückkommt ...«

»Sie wird immer bei uns sein, solange wir an sie denken, uns an sie erinnern. Ich bin mir sicher, sie wird auch uns nicht vergessen! Aber wir müssen sie ihren Weg gehen lassen. Du weißt es, und ich weiß es.« Marian nahm seine Frau zärtlich in die Arme. »Was immer auch geschieht, sie wird unsere Tochter bleiben!«, bekräftigte er noch einmal.

Ari schmiegte sich an ihn, und so schliefen auch sie, ganz dicht beieinander, endlich ein.

In dem Zimmer, das Jori und Toran teilten, wurde noch heiß diskutiert. Die beiden Brüder waren weit davon entfernt, die Entscheidung ihrer Schwester, ins Meer zu gehen, einfach so hinnehmen zu können.

»Es gibt keinen rational erklärbaren Grund. Und diese ganze gefühlsduselige Erklärungssucherei überzeugt mich kein bisschen! Sie sollte die Schule anständig beenden, und bei den sportlichen Leistungen, die sie zu erbringen in der Lage ist, braucht sie sich um ihre Zukunft keine Gedanken zu machen«, argumentierte Toran.

Jori wiegte bedächtig den Kopf. Auch ihm fiel es schwer, die Beweggründe Antalias nachzuvollziehen, jedoch hatte er deutlich gespürt, wie sehr sie darum gerungen hatte, ihnen diese einigermaßen verständlich zu erklären. »Glaub mir, ich versteh es auch nicht. Sie hat eine schwere Zeit hinter sich, und auch ich gebe zu, dass diese Verwandlungen, die sie durchgemacht hat, mehr als beunruhigend und außergewöhnlich waren. Aber jetzt ist sie wieder sie selbst.«

»Ja, und Darieno hat sie total durcheinander gebracht. Ich hab nichts gegen ihn, aber ich glaube, er hat sich da in etwas reingesteigert und sie mit hineingezogen.«

»Wir sollten noch mal mit ihr reden, mit ihr alleine!«, stimmte Jori seinem Bruder zu, bevor auch sie das Licht löschten, um endlich zu schlafen.

Als Antalia erwachte, fiel ihr zuerst die ungeheure Geborgenheit auf, die sie fühlte. Xero lag neben ihr, seinen

Arm noch immer locker um sie geschlungen. So viel Wärme, so viel unaufdringliche Nähe ...

›Er ist ein Zaikidu‹, fiel ihr seine nächtliche Eröffnung wieder ein.

Irgendwoher kannte sie diesen Begriff, aber es dauerte eine ganze Weile, bis sie den Zusammenhang herzustellen in der Lage war. Die Zaikidu waren ein geheimnisumwittertes Nomadenvolk, von dem man sagte, dass es in den Wüsten lebte. Sie sollten die Fähigkeit haben, sich unsichtbar zu machen. Antalia hatte einmal einen kurzen Zeitungsartikel über sie gelesen. Der Autor war eine der Kontaktpersonen seiner Eltern, einer der Wenigen, die je Zugang zu ihnen gefunden, viele Jahre mit ihnen zusammengelebt und geschworen hatten, ihre Aufenthaltsorte niemals preiszugeben. Er berichtete von ihrer großen Friedfertigkeit, ihren Naturkenntnissen, ihrer Beobachtungsgabe und ihrem Einfühlungsvermögen.

»*Die Zaikidu sind Nomaden. Sie leben in den Deserts am Rande von Lirmador. Das derzeitige Oberhaupt der Sippe heißt Kariotu - seine Söhne Noruma und Xerothian. Noruma, der Ältere, wird eines Tages seines Vaters Nachfolge antreten, wie es der Brauch des Nomadenvolkes ist. Die Zaikidu meiden den Kontakt zu Personen außerhalb ihres eigenen Volkes. Sie kennen die geheimen Unterschlupfe in der sandigen Unendlichkeit, verborgene Quellen und Oasen. Der Wind verweht ihre Spuren. Die Sterne sind ihre Wegweiser, wenn sie des Nachts umherziehen, um für ihre Familien Nahrung zu besorgen. Sie sind wie Schatten, die sich im Sonnenlicht auflösen. Wenn sie sich doch in die Dörfer und Städte der Sesshaften begeben, was höchst selten vorkommt, fallen einzig ihre smaragdgrünen Augen auf, die meist weich und verstehend schauen. Sie sind Geschöpfe wie wir, aber sie haben ihre eigene Art zu leben und wollen sich diese nicht zerstören lassen.*«

Wie lange konnte es her sein, dass Antalia über diesen Artikel gestolpert war? Er hatte sie fasziniert, und sie hatte sich vorzustellen versucht, wie die Mitglieder dieses Stammes wohl aussahen, wie sie lebten. Ob sie die gleiche Sprache sprachen wie sie? Hatten diese Leute nie das Bedürfnis, die Wüste zu verlassen, die Berge, das Meer, die sanft geschwungenen Hügel des Ellkanos kennenzulernen?

Und Xero war einer von ihnen. Warum hatte er das bisher nie erwähnt? Sie hatte ihn wohl tausende Male angeblickt, die scharfgeschnittenen, klaren und ausdrucksstarken Gesichtszüge, das kurze, haselnussbraune Haar, die bodenlosen, tiefgrünen Augen, in denen man versinken konnte wie in einem stillen Bergsee. Sie hatte nie etwas anderes als einen Freund in ihm gesehen.

›Er ist ein Empath‹, schoss es ihr durch den Kopf. ›Deshalb weiß er immer so genau, was jemanden bedrückt, wie wir uns fühlen, warum wir lachen. Er weiß, was ich durchgemacht habe. Er kann die Emotionen hinter den Masken wahrnehmen – und er selbst kann sich nicht verstellen.«

Vielleicht war das der Grund, warum sie unter sich blieben. Auch Xero, das wurde ihr erst jetzt bewusst, hielt sich, soweit es ihm möglich war, von Massenaufläufen fern, ließ nur einen ausgesuchten Kreis an sich heran. ›Und die, für die er sich entschieden hat, bedeuten ihm mehr als vielen anderen die eigene Familie. Für ihn muss es, nach allem, was er mit mir geteilt hat, noch grausamer als für die anderen sein, mich gehen zu lassen.‹

Liebevoll strich ihre Hand über sein im Schlaf entspanntes Gesicht. Sie würde ihn vermissen, möglicherweise mehr als es ihr bisher bewusst gewesen war. Aber sie konnte nicht bleiben – auch nicht seinetwegen. Ganz ruhig blieb sie liegen, sog Xeros Nähe in sich auf. Sie bemühte sich, ihn nicht zu wecken und dieses wunderbare Gefühl zu zerstören. Das Unwetter der Nacht hatte sich verzogen, und obwohl die Wolken noch tief hingen, wies der Himmel bereits weitflächig blaue Löcher auf. Die Sonne grüßte die Welt mit Licht und Wärme. Das niedergedrückte Gras richtete sich wieder auf. Die geöffneten Blumenblüten verströmten betörende Düfte. Die Singvögel ließen ihre Lieder weit über das kleine Tal hinwegschallen. Antalia lauschte, prägte sich die Geräusche so genau wie möglich ein, von denen sie wusste, dass sie sie zumindest für eine längere Zeit nicht mehr vernehmen würde.

»Ich kann dieses Leben nicht mit nach unten nehmen, aber die Erinnerung daran«, sagte sie sich. »Vielleicht werde ich lange davon zehren müssen.«

Xero regte sich, riss sie aus ihren Überlegungen. Noch nicht ganz wach, drückte er sie abermals an sich, bevor er seinen Arm langsam von ihr wegzog und die Augen aufschlug. Fragend blickte er sie an. Antalia lächelte.

»Danke!«, flüsterte sie, und Xero lächelte ebenfalls.

Nach und nach erwachten alle. Als der köstliche Duft frisch gebackenen Brotes nach oben zog, öffneten sich die Zimmertüren. Leises Trappeln auf der hölzernen Treppe kündete Ari das Auftauchen der jungen Leute an, noch bevor sie in der Küche erschienen. Auch Marian trat eben zur Haustür herein, eine Kanne frischer Iruju-Milch in der linken und einen Strauß Wiesenblumen in der rechten Hand. Er wünschte allen einen guten Morgen, stellte die Kanne auf den bereits gedeckten Tisch, die Blumen in eine Vase und nahm als letzter ebenfalls Platz. Die Stimmung war wesentlich gelöster als noch in der Nacht. Sogar Jori und Toran klinkten sich in die Unterhaltung ein, ohne die Diskussion um Antalias Weggang erneut aufleben zu lassen.

Als alle ihr Frühstück beendet hatten, war sie selbst es, die das Thema abermals ansprach. »Ich möchte gerne einen letzten Spaziergang zum Lororo-See hinauf machen. Noch einmal die schneebedeckten Berggipfel im Abendrot sehen, das Echo von Il unser Lied zurückwerfen hören. Es wird nicht leichter, wenn wir den Abschied verschieben. Darum sollten wir ihn nicht unnötig hinauszögern. Aber diesen einen Tag mit euch allen zusammen wünsche ich mir noch. Und ihr zwei«, fuhr sie mit einem leicht schelmischen Grinsen an ihre Brüder gerichtet fort, »solltet auch aufhören, euch Gedanken darüber zu machen, wie ihr mich doch noch umstimmen könntet.«

Betreten sahen die beiden sie an.

Antalia lachte. »Ach, guckt doch nicht so. Ich kenn euch jetzt mein ganzes Leben lang, und wenn euch irgendwas, das ich vorhatte, in irgendeiner Form nicht behagt hat, habt ihr immer versucht, es mir auszureden. Glaubt ihr, das hätte ich nicht bemerkt?« Dann wurde sie wieder ernst. »Ich hab euch sehr lieb. Alle beide. Aber es ist **mein** Weg, und ich bitte euch, das zu akzeptieren. Ich weiß auch, dass die Bauchentscheidungen bis auf wenige Ausnahmen weiblich sind, aber sie sind nicht weniger richtig als die, die nach langer Auswertung vorliegender Tatsachen und Fakten rein logisch getroffen werden. Lasst mich in Liebe gehen, nicht im Groll.«

Jori und Toran schluckten. Antalia hatte ihre Pläne durchkreuzt, noch bevor sie sie auch nur ansatzweise hatten umsetzen können. Schließlich entwich ein tiefer Seufzer Torans Brust.

Jori schluckte ein weiteres Mal, bevor er erwiderte: »Du bist erwachsen geworden, kleine Schwester. Es war nie leicht, dich vom Gegenteil überzeugen zu wollen, wenn deine Meinung bereits feststand, und diesmal, fürchte ich, haben wir tatsächlich auch keine besseren Argumente als du. Es ist schwer, deine Entscheidung hinzunehmen und machtlos mitansehen zu müssen, wie du vielleicht für immer aus unserem Leben verschwindest, nachdem wir es über so viele Jahre mit dir geteilt haben. Gib uns ein bisschen Zeit, das zu verarbeiten. Und dann werden wir dich gehen lassen.« Er ergriff ihre Hand und drückte sie.

Darieno atmete hörbar auf. Steif und angespannt hatte er mit den anderen zusammen am Tisch gesessen, innerlich bebend auf den Überfall wartend, mit dem sie gnadenlos über ihn herfallen würden. Aber nichts dergleichen geschah. Nachdem nun auch Antalias Brüder ihren Widerstand aufgegeben hatten, war er sicher, dass ihre Reise zumindest unter guten Voraussetzungen beginnen würde. Nun endlich konnte auch er sich wieder in die zuerst noch etwas schleppende, jedoch zusehends lockerer werdende Unterhaltung einbringen. Die Sonne hatte den Zenit schon weit überschritten, als sie die Tafel aufhoben. Die Stimmung war unerwartet gelöst und heiter.

Nicht viel später brachen sie zu dem von Antalia gewünschten Spaziergang auf. Nerit wich kaum von deren Seite. Sie sprach wenig, wies ihre Freundin jedoch immer wieder auf Kleinigkeiten wie das besondere Muster eines Schmetterlings, die außergewöhnliche Farbe einer Blüte, das sinnliche Lied eines Vogels oder das wundervolle Spiel von Licht und Schatten der vom Wind bewegten Blätter der Bäume auf dem Boden unter ihren Füßen hin. »Du solltest das in deinem Gedächtnis behalten. Wer weiß, wie eintönig es dort unten sein wird. Und ... auch mich solltest du nicht vergessen!«

Sie streifte ihr Armband über das zarte Handgelenk, die feingliedrigen Finger, und hielt es Antalia hin. Diese folgte ihrem Beispiel.

»Schwester!«, sagte sie.

»Schwester!«, erwiderte Nerit, als sie die Schmuckstücke tauschten. Ihre Augen waren trocken, und ein warmes Lächeln lag auf ihren filigranen Zügen. »Wirst du mich vermissen?«, fragte sie geradeheraus.

Antalia antwortete nicht sofort. »Wenn meine Erinnerungen nicht wie meine Träume irgendwohin versinken, wo ich sie nicht abrufen kann, werde ich dich vermissen, und nicht nur dich. Ich möchte alles im Gedächtnis behalten, was in meinem bisherigen Leben wichtig war, ganz besonders euch ...« Sie ließ den Satz offen, aber Nerit verstand sie auch so.

»Komm zurück, Antalia, wann auch immer das sein mag«, bat sie.

»Ich werde es versuchen!«, schwor diese und drückte Nerits Hand.

Als sie nach Hause kamen, tauchte die Abendsonne mit ihrem langwelligen Licht das Tal bereits in leuchtendes Rot. Das Land schien zu brennen. Das sich sanft wiegende Gras täuschte glühende Wellen vor, reflektiert von langsam dahintreibenden Federwolken. Hoch über den Gipfeln der

Berge grüßte der Tag Abschied nehmend mit einem strahlenden Saphirblau zu ihnen hinunter. Ein von Marian aus trockenen Ästen und kleingehackten Baumstämmen aufgeschichtetes Feuer prasselte in der steinernen Umfriedung im hinteren Teil des Gartens. Wohlriechender Rauch stieg, ab und an ein wenig verweht, in kleinen Kräuseln dem Firmament entgegen. Jori verschwand kurz im Haus, und als er sich wieder zu ihnen gesellte, trug er etwas bei sich. Schnell senkte sich nun die Dunkelheit über sie, während Jori auf einem der um das Feuer verteilten Kissen Platz nahm und umsichtig die alte Gitarre, die früher sein Dauerbegleiter gewesen war, aus ihrer ledernen Hülle herausnahm. Schon beim Stimmen füllte ihr weicher Klang die Luft mit wehmütigen Tönen. Joris Hände glitten über die Saiten, entlockten ihnen zarte Melodien. All seine Gefühle flossen in sein Spiel, offenbarten Antalia mehr, als er mit Worten hätte ausdrücken können. Sie setzte sich zu ihm, und gemeinsam sangen sie auf die alte Weisen, die sie so oft zusammen gesungen hatten, wenn der Tag sich neigte und die Nacht heraufzog. Toran stimmte ein, und so vereinten sich ihre Stimmen zu einem Chor, der Nerit, Oriri und Xero in ihren Bann schlug, während sie hingebungsvoll den Geschwistern lauschten. Die Zeit entglitt, der Garten war angefüllt mit Musik, untermalt vom Zirpen der Grillen und dem leisen Knacken und Zischen der sich in den Flammen auflösenden Hölzer. Erst Marians behutsamer Hinweis, das Essen sei fertig, durchbrach die melancholische Stimmung.

Das Feuer war zu Glut heruntergebrannt. Die Kühle der Nacht senkte sich wie ein glitzerndes Netz auf die Gräser und Büsche, ließ die kleinen Hauthärchen sich aufrichten und trieb frostige Schauer über die noch immer im Garten Sitzenden hinweg. Antalia war eben aufgestanden, um ein paar Decken zu holen, als sie bemerkte, dass ihr jemand folgte. Kaum im Haus zog dieser Jemand sie sanft auf die Seite. Schüchtern, fast verschämt, drückte Oriri ihr etwas in die Hand, das sie sofort als einen Zettel identifizierte. Fragend sah Antalia ihn an.

»Lies«, bat er leise.

Behutsam faltete sie das kleine Stück Papier auseinander, und schon die ersten Buchstaben offenbarten ihr, dass Oriris Hand beim Schreiben gezittert haben musste. Langsam wanderten ihre Augen über die Zeilen. Einmal, zweimal, dreimal. Die Kehle schnürte sich ihr zu. Ihr Blick begann zu schwimmen. Eine einzelne Träne tropfte auf das Schriftstück, das ihre nun ebenfalls bebenden Hände hielten. Eine solche Tiefe hatte sie bei Oriri nie vermutet. Spontan schlang sie die Arme um seinen Hals, zog ihn ganz nah zu sich heran und küsste ihn. Sein Mund war warm und weich. Er entzog sich ihr nicht, obwohl sein Gesicht zu glühen begann. Unsicher umschlossen sie seine Arme, während er zaghaft ihren Kuss erwiderte.

»Ich werde dich nicht vergessen!«, hauchte sie, als sich ihre Lippen voneinander gelöst hatten. »Ich wusste nicht, dass ich dir so viel bedeute. Du ... hast es mich nie so deutlich erkennen lassen.«

Oriri drückte sie noch einmal wortlos an sich, sagte aber nichts. Antalias Kopf sank gegen seinen Brustkorb. Laut und schnell hörte sie sein Herz schlagen, während seine Hände zaghaft über ihren Rücken strichen. Wärme breitete sich in ihr aus. Sie schloss die Augen und gab sich ganz Oriris zarten Berührungen hin, die plötzlich abrupt aufhörten. Schlagartig wurde Antalia klar: So bewandert ihr Freund in den meisten Angelegenheiten des täglichen Lebens war, so unbeholfen war er in Gefühlsdingen. Schweigend, jeder zwei Decken tragend, kehrten sie wenig später zu den anderen zurück.

Antalia schlief unruhig, schreckte immer wieder auf. Als sie ein weiteres Mal erwachte, hätte sie vor Schreck fast aufgeschrien. Jemand saß auf ihrem Bett. Eine Hand verschloss ihren Mund, aber nicht brutal und fest, sondern sanft, bittend – Xeros Hand. Augenblicklich entspannte sich ihr Körper. Ein Lächeln stahl sich auf ihr vom Mondschein nur schwach angeleuchtetes Gesicht. Die Hand glitt zur Seite, strich sachte über ihre Wange.

»Xero...thian?«, flüsterte sie.

Ein kurzes Beben durchlief den Körper ihres Freundes. »So hat mich schon lange niemand mehr genannt«, erwiderte er mit Sehnsucht in der Stimme. »Du hast Manaos Bericht gelesen, nicht wahr?«

Antalia nickte. »Ja, aber das ist schon lange her. Warum bist du nicht mehr bei deinem Volk? Haben sie dich weggeschickt, weil du eine Gefahr für deinen Bruder, den nachfolgenden Herrscher, bist?«

Xero schüttelte den Kopf. »Nein, damit hat es nichts zu tun. Ich bin hier, weil ich es **kann**. Es gibt nicht viele in unserem Volk, die es ertragen, mit so vielen **lauten** Emotionen bombardiert, so vielen ungefilterten Gefühlen überschüttet zu werden. Die meisten brechen regelrecht darunter zusammen, brauchen Tage, sich davon zu erholen. Ich bin einer der wenigen Grenzgänger. Das heißt, ich kann mich auch unter Nicht-Empathen bewegen, ohne den Verstand zu verlieren.«

»Das ist also der Grund, weswegen ihr Zaikidu unter euch bleibt!«, stellte Antalia sachlich fest.

Xero senkte bestätigend den Kopf. »Es schweißt uns zusammen, aber es isoliert uns auch. Wir kennen unser Territorium, jedoch eben oft nur das. Wir geben unser Wissen, unsere Lehren, unsere Erfahrungen weiter, allerdings bieten sich uns nur wenige Chancen, Neues hinzuzulernen. Das führt zur Stagnation. Ein weiteres Problem ist das der Inzucht, dessen Gefahr immer größer wird, da wir ein kleines Volk sind. Darum schicken sie uns Grenzgänger aus, um Kontakte nach außen zu knüpfen, unser Wissen zu erweitern, frisches Blut in den Stamm zu bringen. Es ist nicht so, dass wir niemanden an uns heranlassen. Auch wenn die Gerüchte das wiedergeben. Viele, die es versucht haben, kamen nicht damit klar, dass ihr Gefühlsleben sich vor uns ausbreitet wie ein offenes Buch. Man kann uns nicht anlügen! Auch Oriri konnte sein wahres Wesen nicht vor mir verbergen. Damals. Ganz am Anfang. Ich habe gefühlt, wie seine Seele weinte. Darum habe ich mich um ihn bemüht, ... und es hat sich gelohnt. Bei Nerit hat es sich ähnlich verhalten. Aber sie hatte dich! An sie heranzukommen wäre schwerer gewesen – für mich. Bei uns gibt es diese Diskrepanzen nicht. Vieles war neu für mich, manches unverständlich, aber ich trage durch mein Leben dazu bei, mein Volk zu erhalten. Vielleicht tust du auf deine Weise dasselbe.«

»Warum hast du nie jemandem gesagt, dass du ein Zaikidu bist?«

»Ich wollte einer von euch sein, kein mythenumranktes Fabelwesen. Manao hat uns erzählt, welche Geschichten über uns im Umlauf sind. Auch darum sind wir Grenzgänger gehalten, uns nicht zu verraten. Und ... ich war ein Kind, als man mich nach Domarillis schickte. Ich hatte, wie jeder von euch, mit der Trennung von meinen Eltern, dem Verlust des gewohnten Umfeldes zu kämpfen.«

»Weswegen erzählst du mir das alles? Und weshalb gerade jetzt?«, wollte Antalia wissen.

»Weil ich denke, dass du eine ähnliche Aufgabe hast wie ich. Möglicherweise kann dir dieses Wissen dabei helfen. Das ... und Darieno.« Er schwieg. »Ich kann dir nicht sagen ›Geh nicht!‹«, flüsterte er schließlich. »Aber ich werde auf deine Rückkehr warten, wann auch immer sie sein wird!«

Antalia war tief gerührt. Am späten Nachmittag Nerit, vor wenigen Stunden Oriri und nun Xero. Sie konnte unmöglich mit Worten ausdrücken, was deren Eröffnungen ihr bedeuteten. Sie konnte die Emotionen, die in ihr zu toben begannen, nicht zurückdrängen, nicht unterdrücken, nicht verschließen. Vor Xero schon gar nicht. Verwirrung, Freude, Betroffenheit, Scham, Wärme, Zärtlichkeit, Vertrauen, Sehnsucht, Wehmut, und etwas, das Oriri mit an Sicherheit grenzender Wahrscheinlichkeit »eine der vielen Formen der Liebe« genannt hätte, wirbelten in ihr durcheinander. Handlungsunfähig lag sie in ihrem Bett, den Blick starr zur Decke gerichtet, nur undeutlich wahrnehmend, dass Xero von diesem herunterglitt und sich auf den Boden kniete. Seine Hände schoben sich unter ihre Bettdecke. Eine legte sich auf ihr Brustbein. Dahinter schlug ihr Herz wie in einem Trommelwirbel. Die andere Handfläche ruhte auf der kleinen Perle in der Kuhle unter ihrem Hals. Das Gefühl der Geborgenheit durchströmte sie, floss von Xero auf sie hinüber. Ihr Atem beruhigte sich. Das Chaos in ihrem Kopf klang ab.

»Das geht auch nur, wenn es zugelassen wird«, murmelte er erklärend. »Schlaf jetzt, Antalia, und sammle Kraft. Du wirst sie brauchen!«

Nach diesen Worten hauchte er ihr abermals einen zarten Kuss auf die Stirn, zog seine Hände behutsam zurück und verließ auf Zehenspitzen das Zimmer.

Redors Geschenk

DER LUFTWAGEN BRUMMTE leise. Zusammengedrängt saßen Antalia, Oriri, Nerit, Xero, Darieno und Toran auf den hinteren Plätzen, die eigentlich nur für vier Personen konzipiert waren. Jori und Marian teilten sich die kleine Beifahrerbank. Ari steuerte das Gefährt. Die Landschaft glitt unter ihnen hinweg. Längst hatten sie die Gebirgswelt verlassen, riesige Waldflächen überflogen, und selbst die Hügel gingen allmählich in flaches Land über. Ein letztes Mal versuchte Antalia, so viel wie möglich davon bewusst in sich aufzunehmen, denn schon bald würden sie das Meer erreichen.

Ari hatte den Vorschlag gemacht, Antalia dort in den Ozean zu entlassen, wo sie einst gefunden wurde. Auch wenn es ein weiter Weg war, so hatten alle beschlossen, sie bis dorthin zu begleiten. Antalia schwankte zwischen der Trauer, ihre Familie und Freunde verlassen zu müssen und dem unwiderstehlichen Drang diesem Ruf, den sie vernahm, Folge zu leisten.

Langsam veränderte sich abermals die Vegetation. Der Untergrund wurde zusehends sandiger. Moosteppiche und das spröde, aber unglaublich widerstandsfähige Dünengras nahmen mehr und mehr Fläche ein. Knorriges Nadelgehölz löste die hoch aufragenden Blätterbäume ab. Stachelige Ginster- und Sanddornbüsche nahmen die Stellen der Rosensträucher ein. Breite Wege gingen in schmale Trampelpfade über, die sich in den Sandhügeln verloren. Der Wind frischte zusehends auf, beugte die Gräser, fegte die trockenen Sandkörner wie Nebelschwaden über den festgetretenen Untergrund. Die wohlbekannte Hütte der letzten beiden Urlaube schob sich in Aris Gesichtsfeld. Mit einem sanften Ruck setzte der Schwebewagen wenig später auf dem Landeplatz an deren Seite auf.

Eine einsame Gestalt lief ihnen entgegen, als sich die Türen des Gefährts öffneten und sie einer nach dem anderen ausstiegen. Redors vertrautes Gesicht hätte sie nicht mehr überraschen können, wenn er direkt vor ihnen vom Himmel gefallen wäre. Ein Lächeln lag auf seinen Zügen. Seine blauen Augen jedoch blickten ernst, vielleicht sogar traurig, als er sie begrüßte.

»Wie kommt es, dass *Sie* hier sind?«, fragte Marian, bevor ein anderer auch nur den Mund aufgemacht hatte. »Sollten Sie nicht in der Schule sein?«

»Ich war in Domarillis. Aber eine Unruhe, die ich mir selbst nicht erklären konnte, ließ mich nicht los. In der dritten Nacht bin ich aufgeschreckt, mitten aus einem Traum. Das letzte, woran ich mich noch erinnern konnte, war ein zartes, hellgelbes Licht. Ein solches strahlte mir von meinem Nachttisch entgegen. Ich habe dort ein kleines Kästchen stehen, in dem ich allerlei Dinge aufbewahre, die eine besondere Bedeutung für mich haben: ein buntes Blatt von dem Baum im Garten meiner Eltern, mein erster ausgefallener Milchzahn, die Nadel, die man mir zum Abschluss meiner Ausbildung zuerkannte – kleine Erinnerungsstücke eben. Darunter ist auch eine Perle. Sie stammt von einem meiner Urahnen. Man erzählt, sie habe nach der Verbrennung seiner Leiche am nächsten Morgen in der Asche gelegen. Jedenfalls ist sie sehr, sehr alt. Meine Mutter bewahrte sie auf einem dunklen Samtkissen in einem kleinen gläsernen Kästchen auf, das immer neben ihrem Bett stand. Als sie vor sieben Jahre starb, ging die Perle in meinen Besitz über. Ich selbst mache mir nichts aus Schmuck. Anfangs habe ich ihr keinerlei weitere Bedeutung beigemessen, außer dem ideellen Wert. Aber dann kam der Tag, an dem Antalia erstmals wegen dieses Dinges unter ihrem Hals bei mir auftauchte. Die alten Erzählungen drängten sich mir mit solcher Macht auf, dass ich sie unmöglich ignorieren konnte. Meine Gedanken verselbständigten sich. Ich begann, sowohl Antalia, als auch diese Perle im Auge zu behalten. Immer wieder nahm ich sie aus ihrem Kästchen heraus, versuchte, der Perle ihr Geheimnis zu entlocken. Dabei fiel mir die seltsame Wärme auf, die sie abgab, sobald ich sie in meine Hand nahm. Und in jener Nacht leuchtete sie – wie Antalias Perle so oft während der Metamorphose geleuchtet hatte. Ich ... wollte sie ihr mitgeben.«

Redor griff in die rechte vordere Hosentasche, und als er seine Hand wieder herauszog und diese öffnete, lag darin eine Kugel von glänzendem Perlmutt, ungeheurer Reinheit, glatt, ohne jeglichen Fehler, von der Größe seines kleinen Fingernagels. Vorsichtig reichte er sie zu dem wie gebannt auf sie starrenden Mädchen hinüber, deren rechte Hand sich unwillkürlich zu einer aufnehmenden Mulde geformt hatte. Kaum berührte die Perle ihre Haut, begann sie abermals, sanft zu leuchten, rollte zur Mitte von Antalias Handteller, grub sich augenscheinlich in diesen hinein, als wäre diese Stelle schon immer ihr Hort. Fasziniert sahen alle dem unglaublichen Schauspiel zu, dass sich über mehrere Minuten hinzuziehen schien, tatsächlich aber nur wenige Sekunden dauerte. Antalias Finger krümmten sich, umschlossen das schimmernde Juwel. Sie blinzelte. Der Bann war gebrochen. Der sie einhüllende Zauber zerplatzte wie eine Seifenblase.

»Ich habe hier auf Sie gewartet. Irgendwie wusste ich, Sie würden bald kommen«, fuhr Redor fort, als hätte es keine Unterbrechung gegeben.

»Danke«, erklang Antalias Stimme.

Es schien nicht aus ihrem Mund, sondern aus weiter Ferne zu erschallen. Die Farbe ihrer Augen war von dunklem Whisky zu transparent hellem Honiggelb geworden. Unbändige Freude unterstrich dies eine gehauchte Wort. Wie von einem unsichtbaren Band angezogen, wandte sie sich dem schmalen Pfad zu, den sie schon unzählige Male zum Meer hinuntergegangen war. Leise summend, der Welt entrückt und doch in vollkommener Harmonie mit ihr, setzte einen Fuß vor den anderen, unzögerlich und sicher. Darieno folgte direkt hinter ihr, Redor, Jori, Toran, Antalias Eltern und ihre Freunde ebenfalls in geringem Abstand.

Der Wind blies zunehmend stärker, je näher sie dem offenen Strand kamen. Schon von Weitem war das Tosen der Wellen zu hören. Sie überschlugen sich klatschend, brachen auf den aufgewühlten Sand hinunter, gruben sich teilweise in diesen hinein, liefen teilweise meterweit aus, als wollten sie alles trockene Land unter ihren Massen begraben. Weiß schäumte die Gischt. Dicke Flocken flogen, hochgeschleudert von der Wucht des Aufpralls wie Styroporschnipsel durch die Luft. Sie wurden von den Böen erfasst und fortgeweht. Der feine Sand rieb wie Schmirgelpapier über die Haut der sich durch den Sturm Kämpfenden, ließ sie die Kleider vor Kälte enger an den Leib ziehen und die Arme schützend vor die Gesichter heben. Einzig Darieno und Antalia schien das Wüten des Windes nichts auszumachen. Gelassen schritten die beiden voran, augenscheinlich völlig unberührt von den Mächten der Natur. Näher und näher kamen sie den tobenden Fluten, deren durchsichtige Klarheit heute zu einem matschigen Graubraun aufgewirbelt war. Antalias Schritte verlangsamten sich, obwohl ihre Augen sehnsuchtsvoller denn je auf den sich über den Horizont hinaus erstreckenden Ozean gerichtet waren. Xero trat neben sie und ergriff ihre Hand.

»Der Augenblick des Abschieds ist gekommen, nicht wahr?«, fragte er.

Antalia nickte. »Bei uns gibt es eine kleine, aber, wie ich finde, sehr schöne Zeremonie, wenn jemand die Gruppe verlässt. Alle, die dem Gehenden nahestehen, legen ihre Hände über die seinen. So stellen wir noch einmal eine enge Verbindung vor einer Trennung her, die allen Kraft gibt.«

Sofort bildeten Marian, Ari, Toran, Jori, Nerit, Oriri, Redor und Darieno einen Kreis um ihn und sie. Zehn Hände legten sich übereinander, verharrten. Energien, die keiner vorher je wahrgenommen hatte, gingen ineinander über, vereinten sich, durchströmten jeden Einzelnen, schweißten sie zusammen wie die Glieder einer Kette, die ewig halten würde. Einen Moment lang schienen die Naturgewalten innezuhalten, die Tiefe und Endgültigkeit der anstehenden

Trennung zu erkennen, die Lebewesen einander ungestört Lebewohl sagen zu lassen. Als die Hände sich lösten, umarmte Antalia wortlos einen nach dem anderen, bevor sie, Darieno an ihrer Seite, aufrecht und sicher der Wassergrenze entgegenging. Sie drehte sich noch ein letztes Mal um und hob grüßend den Arm. Ein Leuchten lag auf ihrem Gesicht, als erglühe es von einem Licht in ihrem Inneren. Ihre Augen strahlten so hell wie Kieselsteine. Ihr Haar umschmeichelte ihren Kopf wie ein Meer sanft wiegender Kornhalme in der Abendsonne. Das Wasser umspülte ihre Füße. Zärtlich. Streichelnd. Je weiter sie in die Fluten hineinging, desto mehr drängte sich den Beobachtenden der Eindruck auf, dass diese sie wie mit ausgebreiteten Armen empfingen. Tiefer und tiefer wurde der Grund, versanken Beine, Gesäß, Taille, Oberkörper. Eine riesige Welle türmte sich auf, überschlug sich genau an dem Punkt, an der Antalia und Darieno sich befanden, … und als sie weit auf den Strand hinauf auslief, waren die beiden verschwunden.

Das Meer

IN DEM AUGENBLICK, da die Welle über ihnen zusammenstürzte, ergriff Darieno Antalias Hand. Er zitterte vor Anspannung. Noch war sie ein Landwesen. Würde sie wie er in der Lage sein, sich zwischen zwei Wimpernschlägen in ein Wasserwesen zu transformieren? Und wenn nicht, was sollte und könnte er tun? Seine Finger umschlossen die ihren, ... aber es waren kein Fleisch, keine Knochen, die er spürte. Es war die seltsame und doch so vertraute gazeartige, immaterielle Daseinsform der ›Gemeinschaft‹, der sie beide angehörten. Auch sie war in ihrem Element. Die Last der Ungewissheit, die ihn nahezu erdrückt, schier gelähmt, sich von allen zurückziehen lassen hatte, fiel wie ein Felsbrocken von seinen Schultern. Für einen Augenblick lang fühlte er sich frei und sorglos. Leicht wie zwei Blätter im Wind trieben beide dahin, richtungslos und doch kontrolliert, wie von einem unsichtbaren Leitstrahl dirigiert. Die Pracht der Unterwasserwelt glitt lautlos an ihnen vorüber, und wenn auch das fehlende Licht des Tagesgestirns die Farben blasser erscheinen ließ, so malte deren ungeheure Vielfalt doch eine faszinierende Landschaft auf den unberührten Grund.

›Mein Zuhause‹, vernahm Darieno Antalias Gedanken.

Eine weitere Sorge verflüchtigte sich wie Rauch, der von einer Windböe erfasst und zerfasert wurde. Dieses Mädchen brauchte keinen Zuspruch, keine Anweisungen, keine Führung. Irgendetwas in ihr leitete sie, und sie würde den Weg, der ihr bestimmt war, mit ihm an ihrer Seite oder ohne ihn finden. Wenn sie ihm auch oft schwach, verletzlich, verwirrt und unsicher erschienen war, die andere Seite, die er nur kurz und umso intensiver wahrgenommen hatte, als sie durch das Tor gegangen war, stach empor ... vielleicht dauerhaft, möglicherweise nur sporadisch, ... aber sie war da.

Antalias Gesicht wandte sich ihm zu. Ein lautloses Lachen manifestierte sich, und er schüttelte benommen den Kopf. Natürlich, so wie er ihre Gedanken aufnahm, tat sie dasselbe mit den seinen, solange sie durch Berührung miteinander verbunden waren. Wie hatte er das nur vergessen können?

»Du warst zu lange oben«, antwortete sie belustigt auf seine lautlose Frage, bevor sie abrupt wieder ernst wurde. »Und du hast zu viel ausschließlich über mich nachgegrübelt. Nur der erste Schritt ist getan. Alles andere müssen wir auf uns zukommen lassen – du genauso wie ich. Bleib an meiner Seite, Darieno, bitte, denn auch wenn ich den Schlüssel in mir trage, so kann ich ihn bisher nicht benutzen. Ich habe unendlich viele Fragen, suche ganz genau wie du nach Antworten. Ich weiß nicht einmal ansatzweise, was mich dort unten erwartet, aber ... ich will keine einsame Göttin sein, verehrt ... und doch ausgegrenzt. Auch nicht für dich!«

»Das wirst du nicht. Wir sind uns auf vielerlei Ebenen bereits zu nah gekommen, als dass ich dich ... je wieder wie eine Fremde behandeln könnte«, entgegnete er, mühsam den wahren Wortlaut zu verbergen suchend.

Dieses Kind, denn gemessen an den vielen Zyklen, die er im Gegensatz zu ihr bereits durchlebt hatte, war sie das, brachte seine gesamte Gefühlswelt durcheinander. Mühelos hatte sie die Distanz, die zwischen den Mitgliedern der ›Gemeinschaft‹ herrschte, durchbrochen. Und wenn er auch schon immer ein wenig anders als der Rest gewesen war, so hatte er doch durch sie Emotionen in sich aufkeimen gespürt, die er vorher nie wahrgenommen, von deren Vorhandensein er schlichtweg keine Kenntnis gehabt hatte. Xero hatte deren Erwachen ebenso wie seinen inneren Kampf gespürt.

»Sei behutsam! Lass ihr Zeit, und verletze sie nicht!«, waren seine Worte gewesen, bevor er sich an jenem Morgen nach der Eröffnung vor seinem Zimmer von ihm getrennt hatte.

Seine Augen waren dunkel gewesen, wie die von jemandem, der einen Schmerz tief in sich trägt, wissend, dass dieser bis an sein Lebensende sein Begleiter sein würde. Benommen schüttelte Darieno den Kopf. Er würde sich jetzt und auf der Stelle verraten, wenn er dieses Wirrwarr, das sein Denken immer wieder vom Wesentlichen abzulenken versuchte, nicht unter Kontrolle bekam.

»Danke«, vernahm er ihre Erwiderung, bevor sie ihre Hand langsam aus der seinen zog und so den allzu intensiven Kontakt abbrach. Wie viel sie wohl von seinem Gefühlschaos mitbekommen hatte?

Nebeneinander glitten sie weiter, hinunter in die unauslotbaren Tiefen des Ozeans. Pechschwarze Dunkelheit umschloss sie, und obwohl dies für Antalia eine vollkommen neue, unbekannte Situation war, schien sie weder beunruhigt noch unsicher oder verängstigt zu sein. Der Weg zur ›Stadt auf dem Meeresgrund‹ war ihr augenscheinlich ebenso vertraut wie ihm selbst. Lange bewegten sie sich Seite an Seite dahin, während die Beschaffenheit des Grundes sich immer wieder änderte. Der anfangs sandige Boden, der wenig später von weitreichenden Korallenriffen abgelöst worden war, ging über in Geröll. Muschelbänke, Algen und Seegrasfelder wurden durch graues Ozeanmoos ersetzt, in dem nur noch vereinzelt Leben wahrzunehmen war. Als selbst die letzten Lichtwellen nicht mehr bis in die vorhandene Tiefe vorzudringen in der Lage waren, verlor sich auch der widerstandsfähigste Organismus in den ewigen Schatten.

Aufmerksam verfolgte Antalia die landschaftliche Veränderung, ebenso wie ihre eigene. Ein nicht zu erklärender Sog hatte sie ergriffen, wies ihr die Richtung, leitete sie, ohne dass sie einen Orientierungspunkt oder sonstige Landmarken benötigt hätte. Sie spürte weder die Kälte des Wassers noch den unheimlichen Druck, der stärker und stärker wurde, je tiefer sie in die Finsternis vorstießen. Sie war wie das Element, in dem sie sich bewegte, und doch war sie sich ihres Körpers bewusst, auch wenn er nun ... anders war, transparent. Sie sah sich, sah Darieno, nahm ihre Umgebung auf die neue Art wahr ... und bewegte sich vorwärts, ohne genau zu wissen, wie sie dies tat. Die mittlerweile so vertraute Gestalt ihres Begleiters vermittelte ihr Geborgenheit. Es war unbeschreiblich, wie sicher sie sich in seiner Gegenwart fühlte.

Jeder seinen eigenen Gedanken nachhängend trieben sie dahin. Die Zeit verrann. Nicht nachvollziehbar und bedeutungslos.

Irgendwann begann der Grund, sich abermals zu ändern, und seltsamerweise wich die alles umgebende, pechschwarze Dunkelheit allmählich einem diffusen Blau, obwohl sie sich kilometerweit unter der Wasseroberfläche befinden mussten. Mikroskopisch kleine Leuchtpartikelchen erglühten rings um sie, gaben ein zunächst unbestimmtes, jedoch heller und heller die Umgebung erleuchtendes grellblaues Licht weiter. Hatte Antalia noch vor wenigen Stunden geglaubt, Wasser wäre in der Tiefe ruhig und still, so wurde sie nun eines Besseren belehrt. Sie verharrte, nahm staunend dieses Wunder in sich auf, das für Darieno eine solche Selbstverständlichkeit war, dass er ihr Zurückbleiben zuerst gar nicht bemerkte.

»Wir nähern uns der Stadt«, ließ er sie wissen.

Antalia schrak auf. Sie hatte ihn verstanden, auch ohne dass er sie berührte.

»Wie machst du das?«, richtete sie ihre lautlose Frage an ihn.

Nun war es an ihm, leise zu lachen. »Ich mache gar nichts Besonderes. Hier unten verständigen sich alle auf diese Weise. Ohne Berührung kannst du jedoch nur das wahrnehmen, was jemand beabsichtigt, dich wissen zu lassen, selbst über geringe Entfernungen.«

Antalia nickte und kehrte an Darienos Seite zurück. Nach einer weiteren Zeitspanne, deren Dauer sie unmöglich hätte benennen können, tauchten in der Ferne Formen auf, die Antalia entfernt an die lehmfarbenen Plateau-Bauten aus einem ihrer Träume erinnerten. Ein in seinen Maßen unüberschaubarer Schirm aus zartblauem, flirrendem Licht lag darüber, dessen Gleichmäßigkeit keinerlei Schatten erzeugte und die Gebäude seltsam konturlos erscheinen ließ. Sie verringerte ihre Geschwindigkeit. Darieno passte seine an. Langsam, fast vorsichtig, wie zwei Detektive, die einen ihnen unbekannten Ort zunächst genau in Augenschein zu nehmen beabsichtigten, bevor sie sich offen zu erkennen gaben, näherten sie sich der Stadt, die wie ausgestorben wirkte. Obwohl sie sich daraufhin keineswegs weiterhin bemühten, ihre Ankunft geheim zu halten, begegneten sie keinem einzigen Lebewesen ihrer eigenen Art, was selbst Darieno beunruhigte. Wo waren die anderen?

»Lass uns zum Haus des Rates gehen«, schlug er schließlich vor. »Irgendetwas muss geschehen sein. Vielleicht erfahren wir dort mehr.«

Antalia schloss sich ihm an, aber auch das Ratsgebäude in der Mitte der Stadt war verwaist.

»Gibt es hier nicht auch so etwas wie Informationstafeln oder Mitteilungszettel?«, fragte Antalia.

Darieno verneinte, winkte sie näher zu sich, nahm abermals ihre Hand in die seine und begann, ihr ein wenig mehr vom Leben der ›Gemeinschaft‹ zu erklären.

»Es mag dir unbegreiflich sein, aber so etwas wie einen wirklichen Gemeinschaftssinn, ein Zusammengehörigkeitsgefühl oder eine enge Bindung zwischen zwei oder mehreren Individuen gibt es hier so gut wie gar nicht. Sie nennen sich wohl ›Gemeinschaft‹, aber inzwischen bin ich zu der Erkenntnis gelangt, dass hier zwar eine Art Zusammenleben von Wesen gleicher Gattung praktiziert wird, aber eigentlich jedes Mitglied ausschließlich auf sich alleine fixiert ist. Es findet kaum noch ein Austausch statt. Die Kommunikation erschöpft sich größtenteils in belanglosen Floskeln. So etwas wie Interesse, egal wofür oder woran, bringt kaum noch jemand auf. Selbst den Ratsmitgliedern gelingt es nur noch für einen verschwindend kurzen Zeitraum, wenn überhaupt.«

Darienos Erläuterungen waren stockend, als würde er sich der traurigen Wahrheit, die er ihr offenlegte, selbst erst soeben bewusst.

»Der alte Eloru war die einzige Ausnahme – und Chayana, als sie ihr Kind erwartete«, fuhr er gedankenverloren fort.

Antalia schluckte.

»Eloru«, wiederholte sie. »Ist er derjenige, der dich auf die Suche nach mir geschickt hat?«

In stummer Bestätigung senkte Darieno den Kopf.

»Wo ist er?«, wollte Antalia wissen, und eine unheimliche Unruhe ergriff sie.

»Der Übergangstempel«, drang auf einmal sein panischer Schrei in ihren Geist, heiß wie Feuer und gleichzeitig kalt wie Eis, als wolle ihr Innerstes verbrennen, während ihre Glieder zur Bewegungslosigkeit erstarrten.

Darieno krümmte sich. »Nein, nein, noch nicht jetzt!«, stöhnte er, bevor er sich blitzschnell vom Boden abstieß, Antalias Oberarm packte und sie gnadenlos mit sich zog.

Mit irrsinniger Geschwindigkeit schoss er dahin und zog das Mädchen, dessentwegen der Alte sich so verzweifelt gegen den nahenden, unabwendbaren Abschied gestemmt hatte, hinter sich her.

»Lass es noch nicht zu spät sein, lass es noch nicht zu spät sein.« Wie eine Endlosschleife kreiste die sich stetig wiederholende Bitte durch seine und ihre Gedanken, machte es ihr unmöglich, eigene Überlegungen anzustellen.

Erst als mit einem Mal eine riesige Menge Körper unter ihnen auftauchte, transparent wie die ihren, stoppte Darieno abrupt, orientierte sich kurz, und stieß dann ohne erkennbare Rücksichtnahme zu einer bestimmten Stelle hinunter, deren Besonderheit sich Antalia nicht sofort erschloss. Keiner der Anwesenden schien auch nur im Geringsten überrascht oder erschrocken zu sein. Teilnahmslos blickten sie die beiden plötzlich auftauchenden Gestalten an. Ihre Emotionslosigkeit traf Antalia wie ein eiskalter Guss. Geschockt und verwirrt sah sie Darieno an, dessen Augen wie festgefroren auf eine einsame, auf einer Art schwebender Bahre liegende Gestalt gerichtet waren. Eine türkis flammende Korona umgab den transparenten Körper. Antalia entzog Darieno ihren Arm, ohne zu überlegen. Sie ging wie in Trance auf die Bahre zu, durchschritt den ihn umflackernden Lichtkranz. Ihre rechte Hand öffnete sich, senkte sich auf den Brustkorb des alten Mannes. Redors Perle begann, darin zu leuchten, tauchte sie und Eloru in hellgrünes Licht, separierte sie von all den anderen. Die Lider des Alten flatterten, glitten wie in Zeitlupe nach oben. Farblose Augen richteten sich auf Antalia.

Eine sanfte Stimme murmelte: »Du bist wieder da, kleines Mädchen. Du bringst Licht in die Dunkelheit unseres abgeschiedenen Daseins. Belebe, was nahezu tot. Führe zusammen, was getrennt. Und gib unserem Volk zurück, was es vor langer Zeit verlor.«

Eine Flut von Bildern zog plötzlich an ihren Augen vorüber. Unbändige Freude teilte sich ihr mit, während die Flammen der hellgrünen Korona größer wurden, sich hin zu einem gelblichen Farbton verschoben, hoch auflodernden. Die Augen des Alten schlossen sich wieder und dessen Körper begann, sich aufzulösen wie auch die Perle in Antalias Hand.

Ohnmächtig brach das Mädchen zusammen. Es war zu viel, einfach zu viel, was sie in dieser kurzen Zeit aufnehmen und verarbeiten sollte. Eine Fülle von Informationen überflutete ihren Geist. Erreichte die Belastungsgrenzen, legte ihre Denkvorgänge lahm. Ihr ganzer Organismus geriet aus den Fugen. Ein seltsamer Vorgang, dessen Zeuge einzig Darieno war, lief wie in Zeitlupe vor seinen Augen ab, während er sie in seinen Armen hielt und hilflos auf sie niedersah. Die goldschimmernden Flammen schienen sich auf Antalias Brustkorb zu sammeln, sich in diesen hineinzubrennen, zu Kugeln zu formen und allmählich zu verglimmen. Darieno konnte seinen Blick nicht von diesem schaurig schönen Schauspiel abwenden. Gebannt starrte er auf die zuckenden Lichtzungen, bis endlich nichts mehr von ihnen zu sehen war, außer zwei dicht beieinander liegenden, schimmernden Perlensträngen, die deutlich sichtbar den Brustkorb des bewegungslos daliegenden Mädchens überzogen.

Puzzleteile

ANTALIA BLINZELTE. Einen Augenblick lang war sie vollkommen orientierungslos. Wo war sie? Nach und nach kehrte die Erinnerung an das zuletzt Geschehene zurück, und dankbar lächelte sie zu Darieno hinauf, dessen Augen noch immer sorgenvoll auf ihr Gesicht geheftet waren. Seine Arme wiegten sie sanft. In ihrem Kopf klang ein leise gesummtes Lied, getragen, ruhig und voller Melancholie. Tiefe Falten durchfurchten seine Stirn, die sich, obwohl auch sein Körper transparent wie ihr eigener war, deutlich gegen das gleichförmige, überall zu sein scheinende Licht abzeichneten.

»Was ist passiert?«, fragte sie.

Darieno zuckte zusammen. Obwohl er sie ansah, war er mit seinen Gedanken ganz woanders. Die zarte Melodie überdeckte sowohl diese, als auch das Chaos in Antalias Kopf.

»Du warst ohnmächtig«, klärte er sie auf.

Die Erleichterung über ihr Erwachen, die seine Worte unterstrich, hüllte sie ein wie eine warme Decke. Behutsam zog er sie näher an sich, schwankend zwischen dem Wunsch, sie möge es zulassen, seine Nähe als ebenso angenehm empfinden wie er die ihre, und der Angst, sie werde ihn wegstoßen, sich eingezwängt oder belästigt fühlen. Er spürte ihr Zittern, aber selbst als er sich über sie beugte und seine Lippen leicht die ihren berührten, leistete sie keinen Widerstand. Konnte es sein, dass sie sich auf die gleiche Weise zu ihm hingezogen fühlte wie er sich zu ihr? Er wagte kaum, diesen Gedanken weiter zu verfolgen, denn sie würde ihn unweigerlich mitbekommen, so nah, wie sie einander in diesem Moment waren.

»Lass mich nicht los!«, vernahm Darieno Antalias stumme Bitte. »Ich ... bin so überfüllt mit ... Bildern, Worten ... und Dingen, die ich noch nicht verstehe. Ich weiß nicht, wohin mit alldem, aber wenn du mich hältst, wird irgendwie alles ein wenig leichter ...«

Und so hielt er sie, während sich die Menge um sie herum allmählich zerstreute. Interesselos, mechanisch wie Roboter, die nur ihrer Programmierung folgten. War mit Eloru das letzte Wesen dieser ›Gemeinschaft‹, das noch ein kleines bisschen Empfindsamkeit besessen hatte, unwiederbringlich verschieden? Antalias Augen schlossen sich abermals, aber sie schmiegte sich an ihn wie ein Mädchen an seinen geliebten Vater, voller Vertrauen und in völliger Unschuld. Darieno kämpfte. Er kämpfte gegen all die Gefühle, die sowohl seinen Geist, als auch seinen Körper überfluteten, ihn in einen reglosen Klumpen glühender Hitze verwandelten – eine Bombe, bereit zu explodieren.

»Sie ist noch ein Kind«, hämmerte es in seinem Schädel, andererseits kicherte es in seinen Eingeweiden: »Bist du dir sicher? Sie ist eine Frau, eine wunderschöne Frau!«

So verharrte er mit steifen Gliedern und tobenden Emotionen, bemüht, dieses Wesen in seinen Armen nicht zu verschrecken. Antalia hingegen schien so sehr mit dem Chaos hinter ihrer eigenen Stirn beschäftigt zu sein, dass sie von dem seinen nichts mitbekam. Irgendwann entspannte sich ihr Körper. Das Zittern hörte auf. Sie glitt in einen befreienden Schlaf. Auch Darieno erlangte allmählich seine Kontrolle zurück, beruhigte sich, schlief ebenfalls ein, ausgelaugt und am Ende seiner Kraft.

Er träumte: *Ein schmaler Pfad wand sich an der steil abfallenden Bergflanke entlang. Unter ihm erstreckte sich eine üppig mit Wiesenblumen übersäte Grasfläche, die sich in immer schneller aufeinander folgenden Wellen im Wind wiegte. Dicht an die Felswand gepresst, schob Darieno sich Stück für Stück vorwärts, ihm voran eine junge Frau, deren samtschwarze Haare im Sonnenlicht silbern glänzten. Kalte Böen streiften ihre Gesichter, nötigten sie, die schützenden Mützen tiefer und die wärmenden Schals höher zu ziehen. Rostrote Moosflechten, deren Oberfläche schon lange kein*

Tropfen Wasser mehr berührt hatte, knackten leise unter den Sohlen ihrer Wanderschuhe.

»Es ist nicht mehr weit«, vernahm er ihre vor Anstrengung raue Stimme, während sie ihm noch einmal kurz ihr Antlitz zuwandte.

Ihre dunklen, fast burgunderfarbenen Augen, deren Iris mit winzigen, goldenen Glitzerpünktchen durchwirkt war, fingen seinen Blick ein. Er nickte und folgte ihr weiterhin, sorgsam darauf achtend, dass seine Füße den sicheren Untergrund nicht verließen. Hinter der nächsten Biegung verstummte das Rauschen des aufkommenden Sturmes, und die plötzliche Stille wirkte fast wie ein Schlag. Sie standen auf einem ausladenden Plateau wie auf dem Boden eines Kessels, umringt von nahezu senkrechten Wänden aus grauem Gestein. Ihnen direkt gegenüber war eine Öffnung erkennbar, die auf eine dahinter befindliche Höhle schließen ließ.

»Dort drüben ist er, der Eingang zu meinem Lieblingsplatz«, erklang abermals die Stimme der jungen Frau, in deren Augen ein freudiges Leuchten getreten war, und die nun nach seiner Hand griff und ihn mit sich zog.

Von dem vormals lichtüberfluteten Platz tauchten sie ein in die zunächst absolute Dunkelheit einer Grotte, deren Ausmaße und Beschaffenheit sich ihnen erst allmählich mit der Eingewöhnung ihrer Sehorgane an das hier herrschende Dämmerlicht offenbarte. In überwältigtem Erstaunen pfiff Darieno laut durch die Zähne. Ein mehrfaches Echo antwortete ihm, und sprachlos sah er sich um. Reinster Bergkristall war augenscheinlich der Hauptbestandteil dieses sich wie eine Muschel nach innen eröffnenden Hohlraumes. Säulen aus transparentem Amethysts wechselten ab mit Nestern von Smaragd, Rosenquarz, Rubin und feinsplittrigem, samtpelzigem Schwefelgelb. Von irgendwo in der Ferne drang das stetige Tropfen von Wasser an seine Ohren, und je weiter er seiner Begleiterin in einen tief in den Berg hineinreichenden Stollen folgte, desto mehr veränderte sich die Beschaffenheit der sie umschließenden Wände. Feuchter Kalk löste die schimmernden Edelsteine ab. Tropfsteine, die über Jahrtausende hinweg faszinierende Formen und bizarre Land-

schaftsbilder erschaffen hatten, bannten seine Blicke. Richtungsloses Glühen erhellte ihren Weg, brachte die überwältigende Schönheit der Gesteinsformationen wunderbar zur Geltung. Nachdem der Gang, in den die junge Frau hineingegangen war, sich zunächst kaum wahrnehmbar verjüngte, ging er auf einmal in eine kugelförmige Ausbuchtung über, deren Grund die spiegelglatte Fläche eines nicht besonders großen, dafür aber mit glasklarem Wasser gefüllten Sees bildete. In den ruhigen Tiefen wiederholten sich die Skulpturen der Höhlendecke, schraubten sich korkenzieherartig gewundene Stalaktiten weiter nach unten, als es die Augen zu erfassen vermochten. Eine schmale Kante, einer Bank nicht unähnlich, befand sich rechter Hand, und auf diese sank seine Begleiterin nieder, ihre Augen nach wie vor in das Rund vor ihr gerichtet.

»Ist das nicht wunderschön? Alles. Die Kristallhöhle direkt hinter dem Eingang, der Stollen, und diese Grotte.«

Darieno musste ihr zustimmen. Er setzte sich neben sie. Schweigend nahmen sie die besondere Stimmung dieses einzigartigen Ortes in sich auf.

»Ich möchte dir noch etwas zeigen«, durchbrach erneut die Stimme der jungen Frau, die ihm so vertraut und trotzdem fremd und eigenartig verzerrt vorkam, die fast vollkommene Stille.

Sie ergriff seine Hand, erhob sich, und schritt direkt auf die wie ein Spiegel vor ihnen sich ausbreitende Fläche des kristallklaren Sees zu ... und anschließend in diesen hinein. Darieno folgte ihr abermals, viel zu perplex, um sich weigern zu können. Warm wie Sommerwind umschmeichelte die durchsichtige Flüssigkeit seine Knöchel, seine Beine, seinen Oberkörper, nahm ihn auf wie in Mutters Schoß. Die sanfte Neigung des Grundes geleitete sie tiefer und tiefer, eingehüllt in das gleichmäßige Strahlen, das auch die Höhle erhellt hatte – bis sie plötzlich auf einer hohen Sanddüne standen. Eine laue Brise spielte mit ihren Haaren. Die Sonne versank mit einem letzten feuerroten Aufglühen in den Fluten des unendlichen Ozeans, der sich vor ihnen erstreckte. Tränen rannen über die samtene Haut der leicht geröteten Wangen der jungen Frau, als sie sich verzweifelt an Darieno drückte, ihre Arme um seinen Hals schlang – und doch nicht verhindern konnte, dass sie sich allmählich wie die Schwaden des Morgennebels auflöste ...

»Neiiiiiin!« Darienos Gedankenschrei riss nicht nur ihn aus dem Schlaf, den sowohl er als auch Antalia dringend zum Sammeln neuer Kräfte benötigt hatte.

Verwirrt blickte sie zu ihm auf. Seine Augen waren schreckgeweitet, und er schien sie nicht an, sondern durch sie hindurchzusehen. Darieno nahm sich selbst ausschließlich als eine gallertartige Masse wahr, unfähig, auch nur eine minimale Bewegung auszuführen. Warum konnte er diesem Traum nicht entkommen, so sehr er sich um ein Erwachen bemühte? War er nicht zurück in der ›Stadt auf dem Meeresgrund‹? Und hielt er nicht Antalia in seinen Armen? Wer war diese fremde junge Frau, die ihm sogar bis hier hinterhergekommen war und sich nun an deren Stelle an ihn schmiegte? Welche Streiche spielte ihm sein überlastetes Gehirn? Panik kroch in ihm hoch, schloss sich eiskalt um sein Herz, drückte es schmerzhaft zusammen. Flucht war unmöglich. Und nun legten sich auch noch diese Hände an seine Wangen ...

Antalias Gedanken rasten. Sie sah sich durch Darienos Augen: eine Gestalt, die sie kannte und die ihn augenscheinlich in helle Panik versetzte. Welcher Albtraum hielt ihn noch immer gefangen? Wie konnte sie ihn erreichen? Diesen Zauber durchbrechen? Fast von selbst fanden ihre Hände den Weg zu seinen Wangen, strichen zärtlich darüber, berührten ihre Lippen die seinen, strich ihre Zunge zögernd über die sich unwillkürlich bildende Öffnung. Nun endlich schien sie zu ihm vorzudringen. Ein Zittern durchlief Darienos Glieder. Der starre Blick seiner Augen wurde weicher. Ihr Fokus veränderte sich. Erkannte er sie? Mit einem lauten Stöhnen entwand er sich den Fesseln der unbändigen Angst, die ihn in ihren Klauen gehalten hatte. Gleichzeitig jedoch zerbrach Darienos selbst auferlegte Zurückhaltung in tausend nicht mehr zusammenfügbare Stücke, trieb davon und ließ ihn schutzlos, nackt und voller Leidenschaft zurück. Wie eine Rose die Strahlen der Sonne, so saugte er ihre Nähe in sich auf. Er erwiderte ihren Kuss mit solcher Inbrunst, derartiger Hingabe, dass Antalia sich nahezu erschlagen von der Intensität seiner über sie hinwegfegenden Emotionen fühlte. Sie erbebte, als er sich an sie presste, und die Glut seiner Haut sie nahezu verbrannte. War es das, was sie sich erhofft und im Stillen erwartet hatte? So kraftvoll, unbändig, wild? Erschrocken kauerte sie sich zusammen, und ebenso erschrocken ließ Darieno sie los. Keuchend saßen sie sich gegenüber. Keiner wagte es, Blickkontakt zu dem anderen aufzunehmen. Zu viel war in den letzten Minuten über sie hereingebrochen.

Schließlich war es Antalia, die die beklemmende Spannung, die sich zwischen ihnen aufgebaut hatte, durchbrach, indem sie wieder ein Stück auf ihn zurückte und schüchtern fragte: »Was denkst du, wer sie ist, diese *andere*?«

»Ich ... weiß es nicht, ... aber ... ich habe sie schon mehrfach gesehen. Wenn auch nur kurz, ... während deiner Metamorphose. Sie ... war du, ... oder du ... warst sie. Sie schob sich einfach über dich ... oder aus dir heraus, als wäre sie dein dunkler ... Zwilling ...«

Antalia schwieg nachdenklich und verwirrt.

»Wo befinden sich diese Bilder, von denen du erzählt hast?«, wechselte sie abrupt das Thema.

Sie musste sich ablenken, der Erschließung ihrer Aufgabe näher kommen, und diese Zeichnungen brachten möglicherweise noch ein bisschen mehr Licht in das Dunkel, durch das sie sich mühsam vorwärts tastete.

»Komm!«, forderte Darieno sie leise auf.

Einladend streckte er ihr seine Hand entgegen. Antalia ergriff sie. So sehr er sie auch mit seinem Gefühlsausbruch überrollt hatte, so wenig fürchtete sie sich vor ihm. Tief in ihrem Inneren wusste sie, dass er ihr nie wehtun, sie nie absichtlich verletzen würde. Seite an Seite bewegten sie sich durch das gleichmäßige Licht. Niemand begegnete ihnen. So standen sie wenig später allein vor dem großen Monument, das den Eingang zum Säulengang kennzeichnete, der die riesige Kuppel umlief. War die Statue bisher die gesichtslose Darstellung irgendeines Wasserwesens gewesen, so veränderte sich deren Aussehen in dem Moment, als Antalia vor sie trat und ihren Blick zu dem nicht vorhandenen Antlitz emporhob. Wie ein Spiegel nahm sie plötzlich ihre Züge an. Aber nicht nur ihre, auch die ihres Zwillings traten wechselweise zutage, und über ihrem Kopf blitzte für einen Moment ein filigranes Lichtdiagramm hervor. Zu kurz jedoch, um eine bestimmte Form oder gar einen Belang erkennen zu lassen.

»Was hat das zu bedeuten?«, flüsterte Darieno, dem die Transformation ebenfalls nicht entgangen war.

»Lass es uns herausfinden!«, ermunterte ihn Antalia, und unverkennbare Nervosität untermalte ihre Worte.

Die Tür, durch die Darieno unzählige Male den Säulengang betreten und auch wieder verlassen hatte, war aufgeglitten. So durchschritten sie die Öffnung gemeinsam. Langsam, sehr langsam bewegten sie sich an der Galerie der Zeichnungen entlang. Darieno konnte die kleinen Zahnräder in Antalias Gehirnwindungen nahezu ticken hören, während sie Stück für Stück die dargestellten Szenen in Informationsdateien verwandelten, diese weiterreichten, den entsprechenden Verarbeitungszentren zuordneten, und sie schließlich in irgendeinem Speicher ablegten. Ob wohl am Ende ein aussagekräftiges Gesamtbild herauskam, das ihnen in irgendeiner Weise weiterhalf? Ewigkeiten später, so jedenfalls schien es Darieno, hatten sie den langen Rundgang einmal umwandert und waren schließlich wieder an der Eingangstür angelangt.

»Und, kannst du irgendetwas mit diesen Bildern anfangen?«, konnte er seine Neugier nicht länger im Zaum halten.

»Ich weiß es noch nicht«, antwortete Antalia unbestimmt. »Ein Teil dieser Bilder kommt mir vertraut, manche der Darstellungen tatsächlich bekannt vor. Aber so sehr ich mich auch bemühe, ich kann die Verbindung zu ihnen nicht herstellen. Vielleicht ist einfach alles zu viel, und ich sollte erst einmal eine Pause machen. Oder denkst du, dass es eilig ist und ich weitermachen müsste?«

»Ich denke, dass es keinen Sinn hat, Antworten auf unsere Fragen erzwingen zu wollen, solange sich uns die Inhalte der Informationen, die wir erhalten haben, noch nicht erschließen. Lass uns einen Moment innehalten. Ich – möchte dir gerne den Platz zeigen, den ich oft aufgesucht habe, wenn ich nicht mehr weiter wusste. Er ist ... außerhalb der Stadt.«

»Dieser Platz ist etwas Besonderes für dich, nicht wahr? Du ... hast ihn bisher niemandem gezeigt oder über ihn gesprochen?«

»Nein, aber wer hätte sich auch dafür interessiert? Wirst du mich begleiten, selbst wenn wir dort ganz alleine sein werden?«

»Ich habe keine Angst vor dir, Darieno.«

»Aber ich«, bekannte er dumpf, bevor er sich unversehens von ihr abwandte und vorauszugleiten begann.

Antalia heftete sich an seine Fersen. Hinter der Stadt, kaum noch von deren Licht erhellt, erhob sich ein mehrere hundert Meter hohes Felsmassiv. Dunkle und fast schwarze Schatten signalisierten unterschiedliche Strukturen, Spalten, Zerklüftungen, schmale Absätze oder größere Plateaus. Nicht weit unter dem Gipfel steuerte Darieno auf eine Nische zu, die nahezu die Form eines großen, bequemen Sofas aufwies, und setzte sich darauf nieder. Antalia nahm neben ihm Platz.

»Ist sie nicht wunderschön, unsere Stadt?«, hörte sie ihn murmeln. »So friedlich, und die Muster, die Wege und Bauten bilden, erscheinen immer wieder anders – je nach dem, wie man sie betrachtet. Wie oft schon habe ich hier gesessen, diese beruhigend auf mich einwirken lassen, meine Gedanken geordnet oder geträumt.«

Er verstummte, und Antalia versuchte, nicht mittels Berührung herauszufinden, was hinter seiner Stirn vorging. Sie schaute nur einfach auf ihre Geburtsstätte nieder und versuchte ebenfalls, zur Ruhe zu kommen. Lange saßen sie so zusammen. Schweigend. Einander nah, jedoch durch eine fühlbare Barriere getrennt. Dann tastete Darieno abermals zaghaft nach ihrer Hand. Seine raue und brüchige Stimme erklang in ihr, und aufmerksam widmete sie sich den mit offenkundiger Mühe geformten Worten.

»Ich weiß nicht mehr, was ich tun soll«, begann er. »Du stellst alles in mir auf den Kopf. Manchmal habe ich das Gefühl, ich werde wahnsinnig. Etwas, gegen das ich mich nicht wehren kann, geht in mir vor. Ein Teil von mir will dich vor allem beschützen, dir zur Seite stehen, dein Begleiter, dein Berater und, wenn es sein muss, dein Diener sein. Aber da ist auch diese andere Seite, die immer deutlicher zutage tritt, die mich erschreckt, der ich mich machtlos ausgeliefert fühle, von deren Vorhandensein ich bisher nicht die leiseste Ahnung hatte: Emotionen, für die ich keine Erklärung habe, legen mein Denken lahm, degradieren mich zu einem brünstigen Tier, dessen Verstand vollkommen ausgeschaltet ist. Ich … habe so etwas noch nie erlebt, … und verglichen mit dir bin ich alt, Antalia …! Ich verbrenne, wenn du mich berührst. Ich möchte dich an mich ziehen, dich mit Küssen überhäufen, dich in meinen Armen halten, in deine sanften Augen sehen und dir alle Zärtlichkeit der Welt schenken …«

Ein Geräusch, das an der Oberfläche wohl ein verzweifeltes Stöhnen gewesen wäre, schüttelte Darienos Körper. Unwillkürlich versuchte er, seine Hand von der ihren zu lösen.

»Nicht!«, keuchte er, als Antalia diese mit der freien bedeckte, und damit ein Entkommen unmöglich machte. »Nicht!«, doch das Mädchen mit den schwarzen Haaren, dessen burgungerfarbene, goldgesprenkelte Augen ihn schier hypnotisierten, rückte unaufhaltsam näher, senkte den Kopf auf seine Schulter, lehnte sich an ihn – bereit anzunehmen, was immer nun auf sie zukommen würde.

Wie eine Welle schwappten Darienos nicht mehr zu bändigende Empfindungen über sie hinweg, begruben sie unter sich, zogen sie in einen Strudel aus Leidenschaft, Hingabe, Liebe. Wie lange dauerte dieses Szenario, das alles ausblendete, Ort und Zeit in die Bedeutungslosigkeit verbannte? Auch wenn ihre Körper sich nicht bewegten, so teilten sie etwas miteinander, das man nur Ekstase und bedingungslose Aufrichtigkeit nennen konnte. Offen, ohne jegliche Zurückhaltung ließ Darieno allem, was in ihm tobte, freien Lauf. Ebenso offen nahm Antalia in sich auf, was auf sie einströmte. Später klangen die überschäumenden Emotionen ab, verebbten allmählich Glut und Gier. Ihr Herzschlag beruhigte sich. Erschöpft schliefen sie ein, ohne ihre Positionen auch nur geringfügig zu verändern.

In Antalias Träumen tauchten die Gesichter ihrer Freunde, ihrer Familie auf. Als sie aber erwachte, war alles, woran sie denken konnte, die sich perlmuttfarben über eine riesige Fläche wölbende Kuppel, deren Zugang sich ihnen bisher nicht eröffnet hatte. Deren Innerstes barg jedoch die Antworten auf all ihre Fragen. Da war sie sich seltsamerweise sicher. Darieno neben ihr regte sich ebenfalls. Antalia lächelte ihn an, und er lächelte ein wenig verlegen zurück.

Das Erinnerungsarchiv

»IRGENDWO DORT unten«, sie deutete auf die schimmernde Kuppel am Rande der Stadt, »liegen die Antworten. Und ich weiß, dass es einen Weg hinein gibt, wir müssen ihn nur noch finden.«

»Dann sollten wir die Suche fortsetzen«, nahm Darieno den Faden auf. »Du gibst ja doch nicht eher Ruhe, als bis du alle dich betreffenden Geheimnisse gelüftet hast.«

Antalia grinste. Ihr altes Ego, das seit Beginn ihrer Metamorphose mehr und mehr durch Unsicherheit und Veränderung überdeckt worden war, wühlte sich allmählich durch die Überlagerungsschichten, blinkte gelegentlich schelmisch hindurch und zeigte sporadisch, dass es durchaus noch vorhanden war. Noch einmal sah sie sich nach Darieno um, dann tauchte sie nach unten ab, unbeirrbar auf den Kuppelbau zu und stoppte wenige Meter vor der riesigen Skulptur. Nachdenklich verharrte sie dort und richtete ihren Blick konzentriert auf deren Antlitz, das wiederum zu einem Abbild ihrer selbst wurde. Als hielte sie eine stumme Zwiesprache mit ihr, befand sie sich vor der Statue. Abermals schoben sich feine Lichtfäden durch die graue Fläche über deren Haupt, und je länger Antalia reglos verweilte, desto deutlicher konnte Darieno die dreidimensionale Abbildung einer flammenden Sonne erkennen, in deren Innerem ein Schriftzug verborgen war. Dessen Bedeutung vermochte er nicht zu enträtseln. Ansatzlos setzte Antalia sich wieder in Bewegung, bedeutete Darieno, hinter ihr zu bleiben, steuerte zielsicher auf die Figur zu und ließ schließlich ihren Kopf sanft gegen das glatte Material sinken. Das Monument teilte sich in der Mitte. Wie die Flügel einer riesigen Schiebetür bewegten sich die beiden Seiten langsam auseinander, gaben einen zunächst dünnen Spalt preis, der sich allmählich vergrößerte. Als Antalia und Darieno diesen und den dahinterliegenden, leicht abschüssigen, kurzen Gang durchschritten, standen sie am Rand eines riesigen runden Raumes, dessen Dach die perlmuttfarbene Kuppel bildete. Was auch immer sie erwartet hatten, das Bild, das sich nun ihren Augen bot, war es mit Sicherheit nicht gewesen. Der Raum war vollkommen leer, bis auf zwei fast unter dem Zenit platzierten und bequem aussehenden Liegesesseln. Der Boden unter ihren Füßen war glatt, klar und transparent wie eine Glasfläche, die Wände von dunklem Material, das an mahagonifarbenes Holz erinnerte. In gleichmäßigen Abständen von etwa drei Metern befanden sich Nischen von einem Meter Breite. Deren Tiefe wurde vollständig von schmalen, exakt eingepassten Schubladenelementen ausgefüllt, von denen keines höher als vier Zentimeter war, und auf deren Innenpolstern glatt geschliffene, von grauen, rauchähnlichen Schlieren durchwirkte Kiesel lagen. Die Schubladen begannen etwa 50 Zentimeter über dem Boden und endeten ungefähr auf Darienos Schulterhöhe. Alle Nischen sahen gleich aus, und sie umzogen das gesamte Rund. Keine Knöpfe. Keine Schilder. Keine blinkenden Lämpchen. Nichts, was auch nur einen kleinen Anhaltspunkt dafür lieferte, welchem Zweck diese Halle diente. Enttäuschung machte sich in Antalia breit. Wie eine Marionette stolperte sie auf einen der Sessel zu, sank wie ein Stein in diesen hinein, als sie ihre Kräfte wie den Sand einer Eieruhr aus sich herausrinnen spürte. Sie stützte den Kopf in ihre Hände und begann, haltlos zu weinen. Sie war sich so sicher gewesen, hier Antworten auf ihre Fragen zu finden. Alles hatte sie hierher gedrängt. Wie von einem unendlich langen Band, das irgendwer langsam aber stetig aufwickelte, hatte sie sich exakt hierher gezogen gefühlt, um nun feststellen zu müssen, dass alle bisherigen Mühen umsonst gewesen waren. Darieno trat hinter sie und massierte sanft ihre bebenden Schultern.

»Leg dich zurück und ruh dich ein wenig aus«, murmelte er, seine eigene Enttäuschung mühsam niederkämpfend.

Antalia befolgte seinen Rat, neigte sich gegen die weiche Rückenlehne des Sessels, die sich sofort ihren Körperkonturen anpasste, legte die Arme auf die breiten Armstützen, schloss die Augen … und erschrak fürchterlich, als es plötzlich in der Halle dunkel wurde. Eine Stimme drang zu ihr, die von überall zu kommen schien.

Sie begrüßte Antalia mit den Worten: »Willkommen im Erinnerungsarchiv! Leider sind die Erinnerungsspeicher gelöscht, und Auskünfte über die Vergangenheit unserer Rasse sind nicht mehr abrufbar. Sie können jedoch gerne Ihre eigenen Erinnerungen hier konservieren und somit beginnen, unseren Nachfahren ein neues Archiv aufzubauen. Entspannen Sie sich. Alles andere geschieht von selbst.«

Antalia zuckte zusammen. Rechts und links ihrer Brustwirbelsäule fühlte sie eine prickelnde Wärme. Nicht unangenehm, aber als taste irgendetwas vorsichtig suchend in ihr Innerstes hinein. Diese Wärme breitete sich in ihrem gesamten Brustkorb aus, durchströmte schließlich den ganzen Körper. Ihre Perlenstränge begannen zu leuchten, erstrahlten schließlich in hellgelbem Licht. Mit einem Mal begannen sich an der Decke über ihr, Bilder zu formen. Antalias Gedanken wurden zu strukturierten Sätzen. Ihre Stimme jedoch war die eines anderen. Ruhig. Angenehm. Mit einem leisen Hauch von Melancholie. Und ihr Klang erinnerte Darieno ein wenig an … Xero. Wie festgefroren blieb er dort stehen, wo er die Schultern des Mädchens massiert hatte. Er war gebannter Zeuge eines Schauspiels, das in keiner Weise dem entsprach, was er und sie sich ausgemalt hatten.

»Wir kamen auf diesen Planeten vor unendlichen Zeiten«, begann Antalia, »den Todesschrei unseres Volkes in den Ohren. Bilder der Explosion unserer Heimatwelt hinter den Augen. Einzig vorwärts getrieben von dem Wunsch, dass das Opfer vieler für die wenigen Überlebenden nicht umsonst gewesen sein möge.«

Die Bilder des lange zurückliegenden Traumes flimmerten über die den Saal überspannende Kuppeldecke. Darienos Augen waren starr darauf gerichtet, während er aufmerksam und begierig den erklärenden Worten der unbekannten Stimme lauschte, die Antalias eigene überdeckte.

»Eines der wenigen Schiffe, deren Start noch gelungen war, landete hier. Die kleine Gruppe der an Bord Befindlichen taumelte heraus. Erschöpft. Tränenlos. Mit nur einer kaum noch brennenden Flamme der Hoffnung in ihren Herzen. Diese Welt jedoch nahm uns mit offenen Armen auf, bot alles, was wir zum Überleben brauchten. Entfachte den Lebenswillen neu. Ein Teil von uns blieb auf dem Land. Ein anderer Teil bevorzugte die unermesslichen Tiefen des Ozeans, ... und diese Gruppe nahm auch das Schiff mit. Über einen langen Zeitraum hinweg unterhielten die Wasserwesen und die Landwesen gute Kontakte zueinander. Es fand ein reger Wissens- und Erfahrungsaustausch statt. Jede Seite war sich der gemeinsamen Wurzeln bewusst. Schleichend nahmen die gegenseitigen Besuche ab, verringerte sich das Interesse an den jeweils anderen, separierten wir uns voneinander.«

Immer wieder tauchten kurze Sequenzen wie die Szenenzusammenschnitte eines Filmes an der Kuppeldecke auf.

»Das muss die Zeit gewesen sein, als der Zeitsplitter aktiv wurde, denn je weniger unsere beiden Völker verband, desto unterschiedlicher begann unsere jeweilige Entwicklung zu verlaufen. Die Landwesen eroberten nach und nach die gesamte Oberfläche dieses Himmelskörpers. Besiedelten ihn. Bildeten Gruppen, die einander irgendwann aus den Augen verloren. Sie vergaßen, dass es noch andere ihrer Art gab und sie alle einem Volk entsprangen. Wir waren nie kriegerisch, und so fanden eher Freudenfeste denn Kämpfe statt, wenn der Zufall Einzelne oder ganze Stämme aufeinander treffen ließ. Jedoch die Fähigkeit, in den Gewässern zu leben, bildete sich mehr und mehr zurück. Gleiches geschah mit den Perlensträngen, die uns die wortlose Kommunikation, das Speichern der alten Erinnerungen und das Wahrnehmen unausgesprochener Emotionen ermöglicht hatten. Was allerdings dankenswerterweise erhalten blieb, war das Gefühl der Zusammengehörigkeit. So viel für den Moment zur Entwicklung der Landwesen.«

Eine Flut von schnell ineinander überblendenden Kurzfilmen huschte über die perlmuttfarbene Fläche. Zu schnell, als dass Darieno Einzelheiten aufzunehmen imstande gewesen wäre. »Nun ein paar Fakten über die Wasserwesen.« Der Ort der Beobachtung wechselte erkennbar von der Landseite des Planeten ins Meer hinunter. »Waren auch wir anfangs noch voller Neugier, begierig, die Welt um uns herum zu entdecken, ihr ihre Geheimnisse zu entlocken, so nahm doch dieser Drang nach und nach ab. Wir wurden bequem. Dank der Ewigkeitskristalle, die schon unser Schiff mit allem, was benötigt wurde, versorgt hatten, brauchten wir uns weder um Nahrung noch um Kleidung oder andere lebensnotwendigen Dinge zu kümmern. Alles, was das Dasein angenehm machte, war zu Genüge vorhanden. Wir mussten uns dessen nur bedienen. Wir pflanzten uns fort. Anfangs müssen sehr viele Babys zur Welt gekommen sein, und solange immer wieder einige von uns sich für das Leben oben entschieden oder Mitglieder der dortigen Gemeinschaften zu uns herunterstießen, war auch alles in bester Ordnung. Wann dieser Austausch nachließ und schließlich ganz verebbte, vermag niemand zu sagen. Es wurde nie exakt herausgefunden. Es muss ein ebenso schleichender Prozess gewesen sein, wie jede gravierende Entwicklung es über lange Zeiträume hinweg ist, sodass er niemandem auffiel. So ist es nicht verwunderlich, dass keiner dieses Phänomen hinterfragte. Ebenso wenig wie die stets gleichbleibende Größe unserer Population. Sie wurde nie groß genug, um weitere Städte auf dem Meeresgrund zu gründen.«

Mit einem Ruck richtete Antalia sich auf, zerrte die Arme von den Lehnen, sah schreckensstarr um sich. Ein Aufschrei, der eindeutig wieder ihrer Stimmlage entsprach, riss auch Darieno aus seinem Bann.

»Was war das?«, keuchte sie.

Noch etwas benommen, aber längst nicht so geschockt wie Antalia, schüttelte Darieno behäbig den Kopf.

»Wenn mich nicht alles täuscht, waren das Erinnerungen«, antwortete er langsam. »Erinnerungen, die du in dir trägst, auch wenn es nicht deine eigenen sind. Sie sind …«, unsicher sah er auf sie nieder, schluckte angestrengt, um den Kloß aus seinem Hals zu entfernen, und sprach dann heiser weiter, »... offensichtlich ... in deinen Perlensträngen gespeichert.«

Antalias Starre löste sich. Darienos Worte hatten etwas in ihr zum Klingen gebracht. Eine Mauer durchbrochen. Sie einen Schritt näher zu dem Wissen gebracht, das sie in sich trug, zu dem sie jedoch bisher nicht vorzudringen in der Lage war.

»Jaaaaa«, erwiderte sie gedehnt, und ihre Augen begannen zu leuchten. »Ich ... bin ein Erinnerungsträger. Ich trage ... die gesamte Entwicklungsgeschichte der Meereszivilisation in mir, ... von den Anfängen ... bis heute. Ich kann ... dieses Archiv wieder aufbauen ... und mehr ...«, wie in Trance sprach sie weiter, »... ich kann der ›Gemeinschaft‹ von ihren Brüdern und Schwestern außerhalb des Wassers berichten.« Sie stockte. »Aber woher weiß ich so viel über die Entwicklungen, die sich auch nach der Trennung an Land vollzogen haben? Ob die Bilder meiner Träume, die Stimmen zumindest teilweise ... die Erinnerungen der anderen sind? Vielleicht ist *Sie* ... meine andere Seite, ein Teil meines Unterbewusstseins, meine Ergänzung. Nein«, sinnierte Antalia weiter, »sie ist der Erinnerungsträger der Landwesen, so wie ich jener der Wasserwesen bin. Aber wann sind wir zusammengekommen? Wo sind wir verschmolzen?«

Darieno, der sich ihren Gedankengängen unbeabsichtigt anschloss, schüttelte nach einer Weile resignierend den Kopf.

»Wie und warum du zu diesen ganzen Erinnerungen gekommen bist, wirst du wahrscheinlich nie herausfinden«, verlieh er seinen eigenen Überlegungen Ausdruck. »Aber du sollst sie weitergeben. Dessen bin auch ich mir mittlerweile sicher. Nur solltest du sie dir vorher vollständig zu erschließen versuchen. Ich ... würde dir gerne dabei helfen.«

»Wenn doch meine Eltern, Jori, Toran, Xero, Nerit, Oriri und Redor hier bei uns sein könnten«, seufzte Antalia. »Ich hätte ihnen so viel zu erzählen. Sie fehlen mir, auch wenn ich noch gar nicht lange weg bin.«

Darieno setzte sich neben sie und nahm sie in seine Arme. »Mach eine Pause. Wir haben beide eine Menge zu verarbeiten. Die Zeit, dies vernünftig zu tun, sollten wir uns nehmen. Zu viel auf einmal macht nur konfus. Und wer weiß schon, was unserem Verstand noch alles zugemutet wird?«

»Lass uns zu deinem Lieblingsplatz zurückkehren«, bat Antalia.

Gemeinsam verließen sie die große Halle, um abermals in der Höhe des Bergmassivs Ruhe und Kraft zu tanken.

Solosaya

ANTALIA TRÄUMTE, und diesmal wusste sie genau, dass es so war. Die Bilder, die an ihr vorbeizogen, wurden kommentiert von einer sanften, wohlklingenden männlichen Stimme, aus der die Weisheit hohen Alters ebenso herauszuhören war wie die Hoffnung, dass irgendwann diese Aufzeichnung von jemandem entschlüsselt werden möge.

Ein alter Mann mit schlohweißen Haaren stand auf einer hohen Klippe, die steil zum Meer hin abfiel. Der Wind ließ das hohe Gras, das bis zu deren Rand reichte, leise rascheln. Die Sonne streichelte die Natur mit ihrem sanften Licht. Erste Möwen zogen ihre Kreise über den glitzernden Wellen. Mit wie zu einem Gebet erhobenen Händen sah der Alte dem lichtspendenden Gestirn entgegen. Seine Augen leuchteten. Eine ganze Weile verharrte er so, bevor er mit einem Lächeln der Klippe den Rücken kehrte, und zu seinem kleinen Häuschen, das nur wenige Meter entfernt stand, zurückkehrte, sich auf die wettergegerbte Holzbank setzte, seine rechte Hand auf sein Herz legte, die Augen schloss, und zu sprechen anhob.

»Lasst mich euch eine Geschichte erzählen, meine Geschichte. Nun, da ich alt bin, wirklich alt, erachte ich es als angebracht, sie zu speichern, um damit hoffentlich dazu beitragen zu können, das Volk auf dem Meeresgrund aus seiner Isolation und seiner Lethargie herauszuführen. Mein Name ist Solosaya. Ich wurde geboren auf der Insel Noeliaru, und das Haus, vor dem ich nun sitze, war vor undenklichen Zeiten mein Elternhaus. Nicht weit von hier ist unser Dorf. Ich hatte eine sehr glückliche Kindheit, wuchs mit fünf Geschwistern auf. Drei älteren Brüdern und zwei jüngeren Schwestern. Deren Gesichter sind mir noch heute in Erinnerung, als sei es gestern gewesen, dass wir zusammen gearbeitet, gespielt und gelacht haben. Ich muss wohl um die zehn Jahre alt gewesen sein, als ich über die Klippen

hinab ins Meer stürzte und ohnmächtig wurde. Als ich wieder zu mir kam, weitab von der mir bekannten Welt in den Tiefen des Ozeans, trieb ich dahin. Mein Körper hatte sich verändert. Ganz offensichtlich war ich nicht ertrunken, denn ich konnte mich bewegen und meine Umgebung deutlich wahrnehmen. Einem unbestimmbaren Sog folgend, glitt ich durch die unendlichen Weiten, einem Ruf entgegen, den ich nicht mit den Ohren, sondern mit meinem Herzen vernahm. So gelangte ich in die ›Stadt auf dem Meeresgrund‹, wo ich, Fluch oder Segen, nahezu mit Irisulo zusammenstieß. Er war das erste Wesen der gleichen Erscheinungsform, zu der sich auch mein Körper transformiert hatte. Er war der Älteste der 15 Mitglieder des damaligen Rates der Weisen. Wie ich jedoch erst später herausfand, einer der Wenigen, der noch nicht in vollkommene Trägheit verfallen war. Ihm fiel sofort auf, dass ich fremd war. So nahm er sich meiner an. Er führte mich in sein Haus, spielte mit mir. Er fragte mich behutsam aus, aber auch das wurde mir erst viel später bewusst. Er wies mich in das Leben hier unten ein. Irisulo erkannte meine Neugier, meinen Forschungsdrang und auch das Heimweh, das sich meiner bemächtigte, je länger ich von meiner Familie getrennt war. Wenn er je erstaunt gewesen war zu erfahren, wo ich herkam, so hat er es jedenfalls nie gezeigt. Schweren Herzens ließ er mich wieder ziehen. Meiner Schätzung nach etwa drei oder vier Wochen später. Seltsamerweise bereitete es mir gar keine Probleme, die kleine Insel wiederzufinden, die mein Zuhause war. Schon während ich noch um sie herumschwamm, um am Hafen aus dem Wasser zu steigen, wo die Boote der Fischer in der leisen Dünung gut vertäut vor sich hindümpelten, beschlich mich das Gefühl, dass etwas nicht stimmte. Das Dorf hatte sich verändert. Kaum noch etwas sah hier so aus, wie ich es in Erinnerung hatte. Verwirrt sah ich mich um, suchte nach bekannten Häusern, irgendeiner Landmarke, an der ich mich orientieren konnte. Ich war ein Fremder in einer Heimat, die ich nur für wenige Wochen verlassen hatte, wie ich noch immer glaubte. Blind vor Tränen rannte ich durch die Straßen. Wenigstens die Felder waren noch da und am Ende des schmalen Weges mein Elternhaus. Der Putz bröckelte von den Wänden. Die einst rot leuchtenden Dachziegel waren mit Moos überwuchert. Stumpf. Teilweise brüchig. Zaghaft klopfte ich an die splissige Holztür, die meine Brüder und ich einmal im Jahr abschleifen und neu lasieren mussten. Eine heisere Stimme bat mich herein. Ich drückte die rostige Klinke herunter, stemmte die knarrende Tür auf, schob mich in den dahinterliegenden Flur. Am Ende des Raumes, der unsere große Küche gewesen war, stand eine alte Frau. Sie stützte sich mühsam am Rahmen der Küchentür ab und sah mir ruhig entgegen. Plötzlich stieß sie einen Schrei aus und wäre mit Sicherheit gestürzt, wenn ich sie nicht aufgefangen hätte. Ihre Augen starrten mich an, und ihre Lippen zitterten.

»Solo? Solo?«, flüsterte sie.

Ich nickte. Sie kannte mich. Aber ich wusste nicht, wer sie war.

»Solo«, flüsterte sie abermals, »ich bin Ayris, deine jüngste Schwester Ayris!«

»Ayris«, wiederholte ich mechanisch. »Du ... kannst nicht Ayris sein. Ayris ist ...«, mir blieben die Worte im Halse stecken.

Wie ein Vorschlaghammer krachte die Erkenntnis in mein Gehirn, dass ich länger weg gewesen sein musste, als es mir bewusst war, oder dass die Zeit dort unten vollkommen anders verging als hier oben, ... denn ich war immer noch zehn. Mein Körper war noch immer der gleiche wie der des Jungen, der vor wenigen Wochen ins Meer gefallen war. Ich floh, wie von Peitschenhieben gegeißelt. Glühende Dolche bohrten sich in meine Seele, marterten mich mit Schmerzen jenseits aller Vorstellungskraft. Ich rannte, bis meine Lungen brannten, meine Beine ihren Dienst versagten und ich ohnmächtig zusammenbrach. Es war schon stockfinstere Nacht, als ich zurückkam. Die alte Frau, die meine kleine Schwester war, saß am Küchenfenster, den Blick in die Dunkelheit gerichtet. Vorsichtig näherte ich mich ihr, nahm sie in die Arme, und wir weinten zusammen. Die nächsten Tage verbrachten wir fast ausschließlich mit reden. Sie erzählte mir von dem, was sich hier oben ereignet hatte, und ich ihr von meinen Erfahrungen in der ›Stadt auf dem Meeresgrund‹. Ayris stellte meine Worte nie infrage, auch wenn ich außer meiner immer noch vorhandenen Jugend keinerlei Beweise für den Wahrheitsgehalt meines Berichtes vorzuweisen hatte. Sie hingegen zeigte mir viele Bilder. Es war sehr schmerzhaft für mich zu erfahren, dass außer ihr niemand aus meiner Familie mehr lebte. Auch Ayris starb drei Jahre später. Ich verließ die Insel, denn die Erinnerungen, die sie für mich barg, ertrug ich nicht mehr. Mit den Karawanen der Odir durchstreifte ich die Wüsten, stieg zu den Yuremi auf das Dach der Welt, durchquerte die Moore und Steppen, hütete Iruju auf den saftigen Weiden der Biduri-Berge. All das brachte mir jedoch nicht die ersehnte Ruhe. So stieg ich eines Tages in den Yr, der mich in seiner Strömung mit sich ins Meer hineintrug. Wie schon einmal folgte ich dem Ruf der Sehnsucht, den nur das Herz, nicht aber der Verstand wahrnimmt. Zurück in die Stadt. Zurück zu Irisulo. Hier war alles wie immer. Irisulo aber wirkte mehr als verwirrt ob meiner Veränderung. Lange saßen wir beieinander. Er wollte alles wissen, was mir in der verschwindend kurzen Zeit widerfahren war, nachdem ich die ›Gemeinschaft‹ verlassen hatte. Ich berichtete, und er hörte zu, ohne mich zu unterbrechen.

»Weißt du, Solosaya«, sagte er, als ich geendet hatte, »mein Großvater hat mir immer Geschichten erzählt, in denen Wesen wie du vorkamen. »Wandler« hat er sie genannt. Manchmal entsprangen sie unserer Gemeinschaft, manchmal kamen sie von oben zu uns herab. Es waren schöne Erzählungen und traurige zugleich. Von verlorenen Erinnerungen. Wegen, die sich trennten. Freundschaften, die auseinanderbrachen. Gefühlen, die erloschen. Durch dich musste ich erkennen, dass sie wahr sind. Er hat die Vergangenheit und die Zukunft gesehen.«

Mehr sagte er nicht, aber ich wusste, was er damit meinte. Wenig später nahm der Alte mich an der Hand und führte mich zum größten Gebäude der Stadt. Obwohl ich sie bereits mehrere Male von oben gesehen hatte, war mir dieses nie bewusst geworden.

»Warum ist es mir nicht schon längst aufgefallen?«, fragte ich perplex.

»Die Kuppel ist ... irgendwie ... nicht immer da«, antwortete der Alte ernst. »Nicht einmal alle, die sie gezeigt bekamen, finden sie wieder. Frag mich nicht, warum das so ist. Ich weiß es nicht. Auch kenne ich nicht ihre Bedeutung, habe keine Ahnung, was sich darunter verbirgt. Finde es heraus. Du bist jung, und augenscheinlich besitzt du etwas, das uns allen fehlt.«

Mit diesen Worten verließ er mich, und ich versuchte genau das zu tun, wozu er mich aufgefordert hatte. Ausgehend von der Statue, die die Fassade vor einem Säulengang zierte, der in einem riesigen Kreis einmal rund um die Kuppel führte und diese zu tragen schien, umrundete ich langsam diese schimmernde Halbkugel. Als ich wieder dort ankam, von wo ich losgegangen war, enttäuscht, nicht den kleinsten Hinweis auf einen Eingang gefunden zu haben, ließ ich resigniert mein Haupt gegen die glatte Struktur der Statue sinken. Lautlos glitt diese auseinander. Durch einen etwas abschüssigen Gang gelangte ich in eine riesige Halle. Wie und warum war es ausgerechnet mir gelungen, hier hereinzukommen? Ich habe geforscht, jede Schublade geöffnet. Aber außer dass dieser Raum einst von großer Bedeutung gewesen sein muss, konnte ich nichts weiter in Erfahrung bringen. Sein Vorhandensein ist nur noch wenigen Mitgliedern der ›Gemeinschaft‹ bekannt. Was er darstellt weiß keiner mehr. Der Zutritt scheint seit undenklichen Zeiten niemandem mehr gelungen zu sein, obwohl ich glaube, dass einst jeder hier hineinkommen konnte. Er musste lediglich einen Schlüssel tragen. Bis heute kann ich nur mutmaßen, dass die Perlen, die so oft auf den Bildern der Säulengalerie auftauchen, die ich irgendwann später entdeckte, sowohl die Schlüssel zu diesem Kuppelsaal darstellen als auch in der Lage sind, Erinnerungen zu speichern. Die kleine Erhebung unterhalb meines Halses musste eine solche sein. Ich habe die Wandzeichnungen studiert und all meine Erfahrungen und Erkenntnisse, wie ich sie den Bildern entnahm, in diese hineinmeditiert. Vielleicht bin ich der Letzte, dem sich das

Tor geöffnet hat. Ich habe sehr viel Zeit hier unten verbracht. Dabei ist mir aufgefallen, dass nur immer dann Kinder geboren werden, wenn im vorangegangenen Zyklus Mitglieder der ›Gemeinschaft‹ diese endgültig verlassen hatten – und auch immer nur in genau derselben Anzahl. Aber ich habe nie herausgefunden, weswegen das so ist. Ebenso wenig ist es mir gelungen, in Erfahrung zu bringen, wer oder was für dieses ›Zeitsplitter-Phänomen‹ verantwortlich ist. Wie gerne hätte ich mein Wissen, so gering es auch sein mochte, mit allen Bewohnern dieser Stadt geteilt. Aber die Alten Ratsmitglieder sind über die vergangenen Zyklen verschieden. Von den Jüngeren konnte sich außer Eloru kaum noch einer über einen längeren Zeitraum aus dem allgemeinen Phlegma herauskämpfen. So reifte in mir ein Plan. Irrsinnig. Weitab jeder vernünftigen Grundlage. Einzig fußend auf einer Hoffnung, die ich mir möglicherweise selbst nur eingeredet habe. Aber ich setzte diesen Plan in die Tat um. Selbst wenn ich nie erfahren habe, ob ihm auch nur ein winziger Erfolg beschieden ist.

An der Zeit hier unten gemessen, kehrte ich in kurzen Abständen immer wieder zu den Landbewohnern zurück. Ich lebte unter ihnen, vereinigte mich mit ihren Frauen. Zeugte Nachkommen. Vielleicht ist unter ihnen wenigstens einer, der die Fähigkeit der Wandlung in sich trägt. Ich bete, dass diese Geschichte, die ich an langen Abenden wieder und wieder erzählte, nicht im Sumpf des Vergessens untergehen, sondern weitergetragen werde, und so irgendwann dazu beitrage, unser sich in unterschiedliche Richtungen entwickelndes Volk wieder zusammenzuführen ...«

Fragen und Antworten

DARIENO WAR IRGENDWANN wach geworden. Antalias Traum teilte sich ihm durch den unvermeidlichen Kontakt intensiv mit. Sie war gegen seine Schulter und wenig später mit dem Kopf in seinen Schoß gesunken. Ihr Körper hatte im Schlaf zu ihm Verbindung aufgenommen, sodass er fast den Eindruck gewann, selbst am dargestellten Geschehen beteiligt zu sein, zumal Solosayas Bericht sich in vielen Punkten mit seinen eigenen Erfahrungen deckte. Trotz einiger Antworten hatte Solosaya jedoch auch eine Menge weiterer Fragen aufgeworfen, zu deren Beantwortung er bisher noch nicht vorgestoßen war. Aber eine Idee reifte in ihm: Sollte Antalia tatsächlich in ihren Perlensträngen die Erinnerungen der gesamten Rasse tragen? Vielleicht war sie in der Lage, gezielte Fragen zu beantworten, wenn sie abermals in diesem Sessel im Erinnerungsarchiv lag. Ob sie wohl auf die Inhalte dieses Traumes noch zurückgreifen konnte, wenn sie erwachte?

»Sie kann!«, vernahm er Antalias Stimme. »Und ich sehe in einer gezielten Befragung ebenfalls die beste Möglichkeit, zu Antworten zu gelangen.«

»Hab ich wirklich so laut gedacht?« Wäre Darienos Körper materiell gewesen, hätte man unzweifelhaft die Verlegenheitsröte in seinem Gesicht brennen sehen.

»Hast du«, antwortete Antalia, »und dabei vergessen, dass unsere Berührungen gegenseitig waren.«

»Du erschließt dir immer mehr Geheimnisse, und mir entziehen sich zusehends simple Alltäglichkeiten«, bekannte er ergeben.

»Vielleicht kommst du allmählich in das Alter, in dem die Wasserwesen beginnen, tranig zu werden«, neckte sie ihn.

»Nein, das ist es nicht!«, entgegnete er ernster als erwartet. »Ich war nur nie jemandem so nahe …! So … wirklich nahe. Körperlich, geistig und emotional. Ich habe noch nie so viel von einem anderen mitbekommen wie von dir. Außer dir, deiner Familie und deinen Freunden hat sich auch bisher keiner so sehr für mich interessiert. Ich denke, wir sind beide in etwas hineingeraten, das uns auf unterschiedlichen Ebenen wachsen und reifen lässt, Eigenschaften zutage fördert, die irgendwo in uns latent angelegt sind, jedoch bisher brachlagen. Es ist nicht gerade einfach, damit umzugehen, zumindest für mich nicht.«

»Aber du hältst dich tapfer«, beteuerte Antalia, noch immer ein leises Lachen in der Stimme, »und ich bin sehr froh darüber, dich an meiner Seite zu haben!«

»Na ja, da wir das jetzt geklärt haben, sollten wir eventuell zur Tat schreiten und herausfinden, wie nah wir mit unseren Spekulationen der Wahrheit gekommen sind«, gab Darieno nun auch wieder ein wenig lockerer zurück.

»Wonach soll ich fragen?« Noch einmal lachte Antalia leise.

»Nach allem, was dir einfällt. Du hast so viel Zeit mit der Erforschung der Bilder in der Säulengalerie verbracht und willst gewiss viel mehr wissen, als mir je zu fragen einfiele.«

»Optimist!«

»Ja! Aber was bleibt mir auch anderes übrig?«

»Aufgeben!«

»Jetzt? Wo wir schon so weit gekommen sind? Das kann ich nicht! Das konnte ich noch nie! Selbst wenn ich auf dem Zahnfleisch zu einem Wettkampf gekrochen bin: Ich war da!«

»Es stimmt also. Oriri hat mir davon erzählt.« Der Gedanke an den schwarzhaarigen Jungen trieb einen Schauder über ihren Rücken, und seltsamerweise hatte sie das unbestimmte Gefühl, schneller vorankommen zu müssen. Gerade so, als liefe ihnen die Zeit davon.

»Lass uns gehen«, forderte sie Darieno auf.

Gemeinsam trieben sie abermals auf den Kuppelbau zu. Kaum auf wenige Meter herangekommen, nahm die Statue abermals Antalias Züge sowie die der anderen an. Wie schon beim ersten Mal legte sie ihren Kopf behutsam und sanft gegen das glatte Material, aus dem sie gefertigt war. Erneut bildete sich in deren Mitte ein haarfeiner Spalt. Wie eine sich öffnende Schiebetür glitten die beiden Seiten der Skulptur auseinander.

Antalia und Darieno durchschritten den kurzen Gang und schließlich den Kuppelsaal, bis sie in dessen Mitte vor den beiden Sesseln anhielten. Antalia ließ sich auf demselben wie beim vorherigen Mal nieder. Wiederum erklang die körperlose Stimme. Sie fühlte das warme Tasten. Der Raum verdunkelte sich. Darieno nahm auf dem zweiten Sessel Platz, drehte ihn so, dass er Antalia ansehen konnte, wenn auch er bequem saß.

Er konzentrierte sich und formulierte seine erste Frage: »Woher kommt das blaue Leuchten, dass diese Stadt in stets gleichbleibendes Licht hüllt?«

»Das Licht kommt von den Ewigkeitskristallen. Sie lagerten in dem Raumschiff, das unser Volk hierherbrachte.«

»Was genau sind diese Ewigkeitskristalle?«

»Die Ewigkeitskristalle sind natürlichen Ursprungs auf dem nun zerstörten Heimatplaneten unserer Spezies. Man fand sie in den Tiefen unserer Ozeane. Sie sind von reiner, transparenter, kristalliner Struktur, ähnlich den in großer Höhe gefundenen Bergkristallen. Im Wasser schimmern sie meist hellblau. Sie können jedoch alle Spektralfarben annehmen. Sie sind nahezu unzerbrechlich, vielseitig einsetzbar, und Quellen unversiegbarer Energie. Sie versorgen die Bewohner der Städte auf dem Grunde des Meeres mit allem zur Lebenserhaltung Notwendigem. Sie können eine Art Symbiose mit einzelnen Wesen unserer Spezies eingehen. Solange eine Gruppe in einem absoluten Abhängigkeitsverhältnis mit ihnen lebt, kann deren Anzahl nicht höher sein als die der vorhandenen Kristalle. Man kann kleine Kristallsplitter als Erinnerungsspeicher verwenden, aber die Speicher erlöschen, wenn sie nicht gepflegt werden. Wie genau diese Steine aufgebaut sind und wie und warum sie bewirken, was sie bewirken, haben wir trotz all unserer Forschungen nicht herauszufinden vermocht. Aber sie scheinen in gewisser Weise zu uns zu gehören, über uns zu wachen, das Leben in den Tiefen über einen längeren Zeitraum hinweg überhaupt erst zu ermöglichen. Und sie sind augenscheinlich zeitmanipulativ ...«

Antalias verbale Antwort war begleitet von Bildern, die ähnlich eines Dokumentarfilmes über die gewölbte Decke des Archives flimmerten, wie Darieno es bereits kannte.

»Warum ist die Kuppel, das Erinnerungsarchiv, unsichtbar?«

»Wie der Name schon sagt, es ist ein Erinnerungsarchiv, und nur jemand, der sich noch erinnern kann oder erinnern will, ist in der Lage, es auch zu sehen.«

»Welche Funktion oder Aufgabe haben die Perlenstränge, die deinen Brustkorb bedecken?«

»Ja, die Perlenstränge ...«, die erläuternde Stimme, die durch Antalia zu Darieno sprach, setzte einen Moment lang aus, als suche sie nach einer Erklärung für etwas, das bisher nie erklärt werden musste. »... unsere Spezies wird mit diesen Erinnerungssträngen geboren. Die kleineren, tiefer liegenden Perlen bergen unsere Entwicklungsgeschichte ab einem gewissen Zeitpunkt, der sich stets ein wenig mehr in Richtung Gegenwart verschiebt, je weiter unsere Entwicklung voranschreitet. Dies geschieht, solange immer wieder neue Erkenntnisse und Geschehnisse hinzukommen, die unsere gesamte Art betreffen. Durch konzentriertes in sich Hineinhorchen können diese Erinnerungen abgefragt und abgerufen werden. Mittels Meditation wird die zeitnaheste mit persönlichen Inhalten gefüllt. Jede gemeinsame oder individuelle Erinnerung kann im Erinnerungsarchiv hinterlegt werden. Jeder kann auf die hier archivierten Daten zugreifen. So sind wir alle Teil eines Ganzen. Alle Individuen sind in einer gewissen Weise miteinander verbunden und können ihre gegenseitigen Emotionen wahrnehmen. Wir sind in der Lage, uns wortlos zu verständigen. Es mag sein, dass auch die Fähigkeit der Wandlung in diesen Perlen begründet liegt.«

Darieno schluckte. Wenn das stimmte, musste auch er ein Perlenträger sein, ... und mit all den anderen Vermutungen lagen sie bisher ebenfalls richtig.

»Was war das für eine Hülle, die sich um Chayana legte und es ihr ermöglichte, dich an die Oberfläche zu bringen?«, fragte er weiter.

»Wir nennen sie Illusion. Die Illusionen wurden für diejenigen unter uns erschaffen, die mit dem Wechsel zwischen Wasser und Land Probleme hatten, um auch ihnen wenigstens für kurze Zeit den Aufenthalt im jeweils anderen Medium zu ermöglichen. Sie arbeiten gut und zuverlässig, nur wenn die Schutzhülle der Illusion durch irgendetwas verletzt oder beschädigt wird, kann sie zerspringen. Der sich darunter befindliche Organismus vergeht. Es kam nicht oft vor, ... aber es ist bereits geschehen ...«

»Wo ist das Raumschiff?«

»Unter dir und über dir. Das Erinnerungsarchiv ist ein Teil davon, die Stadt ist aus ihm gebaut.«

»Wie können die Erinnerungsspeicher wieder reaktiviert werden?«

»Durch Erinnerungen.«

Darieno wartete auf weitere Ausführungen. Vergebens.

Seufzend stellte er seine nächste Frage: »Wie können wir die Mitglieder der ›Gemeinschaft‹ aus ihrer Isolation herausführen?«

Antalia schwieg. Lange. Eine Menge Bilder überfluteten die Decke der Halle, als suche sie in ihnen nach einem Hinweis. Einem Fingerzeig. Einer Lösung. Schneller und schneller reihten sich die Bildfolgen aneinander, bis Darieno schließlich den Blick abwenden musste. Ihm wurde schwindlig. Formen und Farben wirbelten durcheinander, schlingerten, lösten sich in bunten Nebeln auf.

Mit einem Aufschrei riss sich Antalia von der Rückenlehne ihres Sessels los. Sie keuchte. Grelle Blitze zuckten hinter ihren Augen, ließen ihre Umgebung in gleißendem Licht und nachtschwarzem Schatten versinken. Darieno sprang auf, wollte sie in seine Arme schließen, ließ sie jedoch augenblicklich wieder los. So heftig brach das Gewitter in Antalias Gedanken auch über ihn herein. Er konnte ihr nicht helfen. Machtlos musste er mit ansehen, wie es ihren Körper schüttelte, sie sich an den Armlehnen ihres Sessels festkrallte und darum rang, ihre Fassung zurück zu erlangen. Er sah sie kämpfen. Die eiserne Disziplin der Sportlerin jedoch machte sich bezahlt. Stück für Stück eroberte sie sich die Kontrolle, gewann sie die Beherrschung über Geist und Körper zurück.

»Die ... jetzige Situation dieser Gemeinschaft ... ist nicht in den Erinnerungssträngen verankert«, würgte sie schließlich keuchend hervor. »Der Leser hat alle Daten abgetastet, ... und außer in den Erinnerungen Solosayas nichts darüber gefunden. Die letzte Frage ... hat ihn nahezu kollabieren lassen. Wir können also im Grunde genommen nur Vermutungen darüber anstellen, was genau für deren aktuellen Zustand verantwortlich ist. Ganz genauso vermögen wir ausschließlich zu mutmaßen, wie wir ihn ändern, und unser Volk aus diesem Dämmerzustand herausholen können.«

»Wir müssen also selbst eine Lösung für dieses Problem finden!«, konstatierte Darieno.

Antalia nickte und stützte ihren Kopf in die Hände. Lange verharrte sie so. Wie schon einmal meinte Darieno, die feinen Nervenbahnen ihres Gehirns erglühen zu sehen, während kleinste Schaltkreise Informationen auslasen. Selektionen wurden vorgenommen. Wichtiges von Unwichtigem getrennt. Fakten mit Überlegungen verknüpft und so mögliche weitere Vorgehensweisen ausgearbeitet. Endlich erhob sie sich, ging auf ihn zu und schmiegte sich an ihn.

»Was fühlst du, Darieno?«, wollte sie nach einer Weile von ihm wissen und sah ihm nun tief in die bernsteinfarbenen Augen, deren Farbton sich jäh den ihren anglich.

»Leere«, antwortete er nach einem Moment des in sich Hineinhorchens.

Antalia nickte.

»Und jetzt?«, fragte sie, nachdem sie sich das Bild ihrer Familie vor ihr inneres Auge gerufen hatte.

»Liebe. Zusammengehörigkeit. Vertrauen. – Und die Wärme, die der Nähe, die ihr füreinander empfindet, entspringt. Du denkst an deine Familie?«
Wieder nickte das Mädchen.
»Was empfindest du jetzt Darieno?«, hörte er abermals ihre Stimme in seinem Kopf.
Die Gefühle, die nun auf ihn einströmten, waren von einer solchen Intensität, dass er ihr nicht antworten konnte. Vier Gesichter drängten alles andere aus seinem Blickfeld. Vierstimmiges Lachen drohte seinen Schädel zu sprengen, und ein unsichtbares, jedoch umso deutlicher spürbares Band, rein und stark, verband die jungen Leute. Wie ein Film lief ein kurzer Zeitabschnitt aus dem gemeinsamen Leben der Freunde vor seinen Augen ab, katapultierte ihn mitten hinein in deren Schulalltag, ihr Training, ihre Freizeit, ihre gegenseitige Zuneigung, die Verantwortung, die sie füreinander empfanden, die Achtung voreinander und die Anerkennung ihrer Unterschiedlichkeit, die ihre Freundschaft bereicherte, anstatt sie zu behindern. Darieno zuckte wie unter Stromstößen zusammen. Nie zuvor hatte er etwas Gleichartiges erlebt. Reflexartig stieß er Antalia von sich. Diese jedoch stand wie ein Fels, eine Hand um die Schneckenmuschel geschlossen, die Xero ihr geschenkt hatte, den anderen Arm noch immer in der Haltung, in der er um seinen Oberkörper gelegen hatte. Der Talisman pulsierte im warmen, gelben Licht. Der Energiestrom, der von dieser Stelle über Antalias Herz, durch ihren Arm, ihre Hand, auf ihn überging, war noch immer schwach zu sehen.
»Das war sehr deutlich, nicht wahr?« Ein wissendes Lächeln lag auf ihren Zügen. Sie erwartete keine Antwort, denn Antalia kannte sie längst. »Ich habe die Muschel als Verstärker benutzt, meine eigenen Gedanken und Gefühle durch sie hindurchgeleitet, den empathischen Überreichtum der Zaikidu der Emotionslosigkeit des Meeresvolkes entgegengesetzt. Ich glaube, das ist der Weg, die Gemeinschaft aus ihrer Abstumpfung, ihrer Betäubung, ihrem Vergessen herauszuholen.«

Darieno bebte noch immer im Nachhall der Emotionen und Bilder, die ihn durchflutet hatten.

»Du machst mich fix und fertig!«, hauchte er. »Und du degradierst mich zu deinem Versuchsobjekt.«

»In einem gewissen Sinne schon, ja«, gab sie zu. »Aber du warst der Einzige, der zur Verfügung stand.«

»Du hättest mich wenigstens vorwarnen können!«

»Dann wäre es nicht authentisch gewesen.«

»Du bist wohl auch nie um eine Ausrede verlegen, was?«

»Nicht mehr oft. Oriri war ein ausgezeichneter Lehrmeister.«

»Du vermisst ihn, nicht wahr?«

»Ich vermisse sie alle drei, fast mehr als meine Familie. Ich habe in den letzten Jahren so viel mehr Zeit mit ihnen verbracht. Ich weiß nicht, ob du das verstehen kannst, ob du je solche Freunde hattest. Kameraden, die einfach alles für dich tun würden und du für sie ebenso.«

Darieno blieb stumm. Oh ja, er verstand sie gut. Sehr gut sogar. Zwar hatte er selbst nie solche Freunde gefunden, aber das, was er für dieses Mädchen empfand ...

Kontaktaufnahme

»WIR MÜSSEN HANDELN, Darieno!«, riss Antalias Stimme ihn aus seinen Gedanken. »Es ist wieder nur so ein Gefühl, aber du weißt aus eigener Erfahrung, dass die Zeit hier unten anders vergeht als oben. Ich habe Angst, schreckliche Angst, dass ich zurückkomme und keiner von ihnen mehr da ist. Dir ist es so ergangen ... und Solosaya.«

Mühsam rang Darieno seine Emotionen nieder. »Was hast du vor?«, fragte er, seine Aufmerksamkeit bewusst auf die vor ihnen liegende Aufgabe lenkend.

»Wir müssen sie alle irgendwie hierherbekommen! Ich kann sie nur hier drinnen alle auf einmal erreichen, und ich muss sie alle erreichen. Glaubst du, es gibt einen Weg, sie hierhinzulotsen?«

»Ich werde den Rat aufsuchen«, versprach er ihr. »Ich weiß, dass dieser noch immer über Mittel und Wege verfügt, alle Mitglieder der Gemeinschaft zusammenzurufen. Du hast es bei Elorus Übergang gesehen.«

»Werden sie dich empfangen, dir Gehör schenken?« Antalia war mehr als skeptisch.

»Sie werden, wenn sie dich an meiner Seite sehen! Der Rat selbst erteilte mir den Auftrag, dich zu finden und zurückzubringen! Das können sie nicht vergessen haben!«

»Dann lass uns gehen. Einen Versuch ist es allemal wert.«

Sie verließen das Archiv. Wenig später standen sie abermals vor dem Ratsgebäude. Lautlos glitt auch hier ein Stück Wand zur Seite, als Darieno seine Hand darauflegte. Sie traten ein. Die Stille, die ihnen entgegenschlug, war fast schlimmer als ein Schrei aus tausend Kehlen. Alles wirkte verlassen, steril, tot. Ein Anflug von Panik schüttelte Antalia. Unwillkürlich ballten sich ihre Hände zu Fäusten, pressten sich ihre Lippen aufeinander. Sie konnten, durften nicht umsonst gekommen sein! Ob Darieno die gleichen Befürchtungen hegte wie sie? Äußerlich war ihm nichts anzusehen, und der

Abstand zwischen ihnen verhinderte wirksam eine direkte Wahrnehmung. War das eine Schutzhandlung seinerseits, oder war er tatsächlich so ruhig, wie er sie glauben machen wollte? Still glitt sie hinter ihm dahin. Zielsicher bewegte er sich durch die langen Korridore, bog gelegentlich links oder rechts ab, ignorierte Öffnungen, die Blicke in angrenzende Räume zuließen. Noch immer war es unheimlich ruhig. Antalia war so sehr damit beschäftigt, ihre schwarzen Gedanken niederzuringen, dass sie unsanft mit Darieno zusammenstieß, als dieser vor einer weiteren Öffnung stehenblieb.

»Hier ist ihr Versammlungsraum«, sagte er in diesen hineindeutend.

Und tatsächlich, als sie ihren Kopf durch den Durchgang streckte, sah Antalia sie: vierzehn Wesen, die mit leeren Augen auf Stühlen saßen, ähnlich denen des Kuppelsaales. Sie versuchten anscheinend verzweifelt, so etwas wie eine Kommunikation in Gang zu bringen. Forsch trat Darieno ein. Die Köpfe der Anwesenden drehten sich behäbig in seine Richtung. Die verschleierten Augen richteten sich auf ihn. Der ein oder andere schien zu realisieren, wer da so dreist in ihre Versammlung geplatzt war. Noch während er weiter in den Raum hineinschritt, wanderten die Blicke von ihm zu Antalia, die ihm zögernd folgte. Was auch immer sie in ihr sahen, es füllte ihre stumpfen, teilnahmslosen Sehorgane mit etwas, das vorher nicht dagewesen war. Ein Schimmer, ein Funke, das Aufflackern eines Lichtes, das nahezu erloschen gewesen war, sprang von einem zum anderen über. Aufmerksamkeit schlich sich in ihre starren, reglosen Gesichter. Ihre gekrümmten Rücken richteten sich auf, und mit einem Mal wirkten sie nicht mehr wie ein kraftloser Haufen alter Leute, sondern tatsächlich wie ein entscheidungsfähiges Gremium, ein Rat der Weisen, wie er sein sollte. Wie konnte allein Antalias Anblick eine solche Veränderung bewirken? Erstaunt wandte Darieno sich um. Die Perlenstränge in ihrem Brustkorb strahlten ein sanftes, gelbes Leuchten aus. Eben wanderten ihre Hände zu Xeros Talisman, umschlossen ihn behutsam. Das Leuchten breitete sich aus, füllte den Raum mit Licht und Wärme. Zarte Töne vereinten sich zu einer zauberhaften Melodie. Bilder von blühenden Wiesen, rauschenden Wäldern, langsam ziehenden Wolken und einem alles bescheinenden Himmelsgestirn entstanden aus dem Nichts. Als die Musik verklang, lösten sich die Bilder auf, aber ein Glanz blieb in den Augen der Anwesenden zurück.

»Ich bin Antalia, Chayanas Tochter, das Kind, dessentwegen ihr Darieno nach oben schicktet.« Antalias Stimme war kräftig, sicher, selbstbewusst und voller Energie. In diesem Moment war sie die Frau, die Darieno hinter dem Tor, auf der anderen Seite gesehen hatte. »Ich bin hier, um euch dafür zu danken. Das jedoch ist nicht der einzige Grund. Ich brauche eure Hilfe, denn das, was ich mitzuteilen habe, betrifft alle Mitglieder der ›Gemeinschaft‹. Ihr seid der Rat. Euch obliegt es, sie zusammenzurufen. Und genau das möchte ich von euch: Versammelt euch vor der Statue am Kuppelbau! Ihr wisst, wo diese Stelle ist!«

Die letzten beiden Sätze waren Bitte und Forderung zugleich. Keiner der Ratsmitglieder hatte sich der Macht ihrer Worte, ihrem Charisma, der Aura, die sie umgab, während sie sprach, entziehen können. Auch Darieno, der sie bereits gut zu kennen geglaubt hatte, stand noch immer unter ihrem Bann. Erst jetzt, da sie schwieg, das Leuchten allmählich verglomm und sie der Anstrengung wegen, die sie das Ganze gekostet hatte, zu wanken begann, war auch er in der Lage, sich wieder zu regen. Er trat auf sie zu, streckte seine Arme nach ihr aus, spannungsgeladen in der Erwartung überstarker Gefühlsimpulse, stützte sie – und fühlte eine Welle der Erleichterung über sich hinwegrollen. Antalia lächelte ein wenig erschöpft, aber mittlerweile schien sie eine gewisse Übung darin erlangt zu haben, die in ihr schlummernden Kräfte einzusetzen.

»Habe ich das Richtige getan? Habe ich sie erreicht? Die richtigen Bilder gezeigt, die richtigen Worte gewählt?«, fragte sie leise.

»Ich denke schon. Es war auf jeden Fall sehr beeindruckend. Aber warum informierst du mich nicht wenigstens ein ganz kleines bisschen über das, was du zu tun gedenkst? Vertraust du mir nicht genug dafür?«

»Doch, das tu ich. Nur ... gerade eben wusste ich es selbst nicht. Irgendetwas handelt. Vielleicht mein Unterbewusstsein oder die andere. Auch ich registriere es erst in dem Augenblick, in dem es geschieht. Es ist seltsam. Ich bin zwei ... und doch eins. Die Verständigung zwischen ihr und mir funktioniert noch nicht so richtig. Ich meine, nach außen hin schon, aber in mir läuft alles noch ein bisschen drunter und drüber. Ich weiß nicht, wie ich es dir sonst erklären soll.«

Zwischenzeitlich hatten die Ratsmitglieder sich erhoben. Ehrerbietig waren sie näher getreten. Die Antriebslosigkeit, die noch vor kurzer Zeit alle anderen Regungen unterdrückt hatte, war vollkommen verschwunden, zumindest für den Moment.

»Wir werden die ›Gemeinschaft‹ zusammenrufen!«, beteuerte eine der sieben Frauen, die die Hälfte der Ratsmitglieder ausmachten.

Hintereinander verließen sie den Saal, schoben sich an Darieno und Antalia vorbei, wobei ihre Hände wie automatisch zaghaft über deren noch immer sanft leuchtende Perlenstränge strichen. Sie waren allein. Was auch immer die nach Elorus Tod verbliebenen vierzehn Weisen nun taten, weder Antalia noch Darieno waren zu deren Unterstützung vonnöten.

»Weißt du, welche Überzeugung sich mehr und mehr in mir festsetzt?«, durchbrach Antalias Stimme noch einmal die wieder eingetretene Stille. »Nicht alle Ewigkeitskristalle sind auf dem Meeresgrund geblieben. Meine Träume haben mir so viele Orte gezeigt, überall auf diesem Himmelskörper. Ob sich an all diesen noch kleinere oder größere Mengen dieser Kristalle verbergen?«

Abermals entstand eine durch nichts unterbrochene Stille, als Antalia ihre Überlegungen bewusst vor Darieno verschloss. »Ich weiß«, fuhr sie nach einer Weile fort, ihm ihre Überlegungen wieder anzuvertrauen, »ich werde nicht wirklich unser Volk wieder zusammenführen. Dafür wird ein Entwicklungsprozess nötig sein, der mehr Zeit braucht, als einem einzelnen Leben zur Verfügung steht. Aber ich kann den Meeresbewohnern die Erinnerungen zurückgeben. Vielleicht reißt sie das dauerhaft aus ihrer Apathie. Ich wünsche es mir so sehr!«, fügte sie leise seufzend hinzu. »Unter Umständen werden über die Generationen wieder mehr Kinder geboren, die wenigstens einzelne Perlen besitzen, und dadurch die Fähigkeit des Wandelns. Möglicherweise werden irgendwann die Erinnerungsstränge vollständig zurückkehren. Du ... und ich, wir könnten einen Anfang machen. Wir sind nicht an die Ewigkeitskristalle gebunden. Wir sind Wandler. Beide. Das sind die besten Voraussetzungen, ... ein Kind zu bekommen, das wie wir oben und unten leben und das weiterführen kann, was wir begonnen haben ...«

»Was wäre das für ein Kind, Antalia? Das Ergebnis eines Experimentes? Ein Zuchtobjekt? Das Produkt eines Vernunftaktes?« Sich nahezu überschlagend schleuderte Darieno ihr diese Fragen entgegen.

Antalias Augen wurden dunkel wie Portwein. Feine Goldsplitter funkelten ihn aus unergründlichen Tiefen an.

»Nein«, flüsterte sie. »Es wäre ein Kind wie ich, geliebt ...«, die Worte versagten sich ihr.

Hatte Darieno noch nicht begriffen, dass ihr der Altersunterschied egal war? Dass sie ihm vertraute, ihn liebte wie Oriri, wie Xero – und doch auch wieder ganz anders? Seine Arme umschlossen sie, zogen sie an seine Brust. Er bebte ebenso wie sie. Ja, er war noch immer voller Zweifel, haderte noch immer mit dem, was er für sie empfand. Aber er hielt sie fest, vertraute ihr seine Zerrissenheit an.

»Wie lange willst du das noch praktizieren, Darieno?«, vernahm er ihre leise Stimme, dumpf und hohl, ein Pendant dessen, was er fühlte. »Es wird dich ausbrennen, dir irgendwann alle Kraft rauben, und du wirst leer und kalt zurückbleiben, starr wie ein Eisblock, mit einem Herz aus Stein.

Und ja, du wirst mich verlieren, wenn du mich weiterhin zwingst, an zwei Fronten zu kämpfen, denn das werde ich auf Dauer weder ableisten können noch wollen.«

Etwas in Darieno brach. Ganz deutlich spürte Antalia den Widerstand geringer werden, obwohl in seinen Gedanken noch immer zig Argumente kreisten, die sich gegen die Verdrängung wehrten, die gebetsmühlenartig immer wieder in den Vordergrund zu gelangen versuchten. Aber die Entscheidung war getroffen. So sehr er sie immer und immer wieder verinnerlichen musste, er würde sich nicht mehr umstimmen lassen. Er liebte dieses Mädchen, gestand er sich endlich ein. Sie hatte ihm überdeutlich signalisiert, dass sie seine Empfindungen teilte, sich ebenso zu ihm hingezogen fühlte wie er zu ihr. Welche Vorbehalte er sich bisher auch zurechtgelegt hatte, er musste sie über Bord kippen, wenn er die zarten Bande, die zwischen ihnen entstanden, nicht rigoros auf ewig durchtrennen wollte.

Wie auch immer die vierzehn Weisen es bewerkstelligt hatten, als Antalia und Darieno aus dem Ratsgebäude heraustraten, waren die Straßenfluchten angefüllt mit sich im Gleichstrom vorwärts bewegenden Körpern. Wie einem Richtstrahl folgten sie dem Ruf, der nach einem Moment der Verwirrung auch die beiden Wandler erreichte. Sie jedoch waren durchaus in der Lage, sich zu widersetzen, was ansonsten wohl niemandem gelang. Antalia kniff die Augen zusammen. Das einförmig blaue Leuchten, das der ganzen Umgebung ein für sie ungewohntes, eigenwilliges Aussehen verlieh, führte zu einem in Amplituden an- und abschwellenden Druck in ihrem Kopf, je länger sie ihm ausgesetzt war. Dieser machte es ihr zunehmend schwerer, sich zu konzentrieren. Sie sehnte sich nach dem sanften, gelben Licht der Sonne, die am Abend glutrot hinter den Wipfeln der Berge versank. Die Sonne überzog die Schneefelder mit einem Hauch von rosa und ließ die zerklüfteten Hänge in allen Schattierungen zwischen Orange und Rubin brennen. Sie wünschte sich die Dunkelheit der Nacht herbei, nur durchbrochen vom Glitzern der Sterne, die sich wie eine samtene Decke über alles legte, die Lider schwer werden ließ, der Müdigkeit Raum gab, in erholsamem Schlaf Vergessen und Regeneration bescherte. Aber die größte aller Aufgaben lag noch vor ihr. Wenn sie auch eine ungefähre Vorstellung davon hatte, was sie der ›Gemeinschaft‹ mitteilen wollte, so quälte sie doch noch immer die Ungewissheit, ob der Weg der richtige war, den sie zu beschreiten gedachte, und ob das Vorhaben gelingen würde, von dem sie selbst nichts als eine vage Vorstellung hatte.

»Wir sollten zusehen, dass wir zum Kuppelbau kommen«, riss Darieno sie aus ihren Gedanken. »Ich glaube nicht, dass irgendeiner der Stadtbewohner aus eigener Kraft oder eigenem Antrieb den Weg in das Erinnerungsarchiv findet. Auch die Ratsmitglieder werden das nicht bewerkstelligen können. ***Du*** wirst den Durchgang öffnen müssen.«

Antalia nickte geistesabwesend. In ihr prickelte es. Eine Anspannung, gegen die sie machtlos war, zog ihr Innerstes zusammen. Nahezu mechanisch steuerte sie auf die riesige Statue zu, legte ihren Kopf an das glatte Material, sah die Wände zur Seite gleiten, durchschritt den Gang, die Hälfte der Halle und verharrte vor dem Sessel des Lesers, während die Mitglieder der Gemeinschaft nach und nach den Saal füllten. Sessel über Sessel schoben sich aus dem transparenten Boden, verwandelten den Raum in ein Panoramakino unglaublichen Ausmaßes. Wie an unsichtbaren Fäden gezogen fand jeder einen Platz. Erst als es sich alle bequem gemacht hatten, die Gesichter der gewölbten Decke zugewandt, setzte sich auch Antalia. Wieder verdunkelte sich der Raum. Einen letzten Blick zu Darieno hinüberwerfend, legte sie ihre Hände auf Xeros Talisman, senkte die Lider und verbannte jegliche störenden Einflüsse aus ihrem Wahrnehmungsbereich. Sie sammelte sich, lauschte hochkonzentriert in sich hinein und rief schließlich, so laut es ihr auf mentaler Ebene möglich war, nach dem vormaligen Besitzer der Muschel über ihrem Herzen.

Die Rückkehr der Sonne

MIT EINEM ERSTICKTEN Röcheln brach Xero in die Knie. Sein Gesicht war aschfahl, die Augäpfel nach oben verdreht, als sehe er in seinen eigenen Schädel hinein. Seine rechte Hand fuhr zu der Stelle seiner Brust, unter der sein Herz schlug. Die andere stützte den nach vorn sinkenden Körper auf dem Boden ab. Nerit eilte an seine Seite. Etwas Ähnliches war ihrem Freund schon einmal widerfahren, vor etwa eineinhalb Jahren. Damals hatte es nur Sekunden gedauert, aber Xero war es wie mehrere Minuten vorgekommen. Ob er auch diesmal wieder steif und fest behaupten würde, Antalia hätte damit zu tun? Xero stöhnte, und selbst Nerit, deren empathische Fähigkeiten sich bei Weitem nicht mit denen von Xeros Sippe messen konnten, in der sie seit etwas mehr als zwei Jahren lebte, wenn ihre Truppe Tourneepause machte, spürte den ziehenden Schmerz, der seinen Kopf und seinen Brustkorb durchtobte. Der Hilferuf blieb ihr in der Kehle stecken, als Noruma bereits an Xeros anderer Seite niedersank und seine Hände an die Schläfen seines Bruders legte. Xeros mentaler Schrei musste das gesamte Dorf aufgeschreckt haben, denn hinter Noruma schlossen sich Kariotu, dessen Partnerin und wohl so ziemlich alle Erwachsenen Zaikidu an. In Windeseile umstellten sie die beiden. Hände legten sich an die Schläfen, smaragdgrüne Augen schlossen sich zu meditativer Konzentration. Selbst Nerit wurde in diesen Kreis eingebunden. Erstmals erfuhr sie, welch ungeheuren Gefühlsströme diese Personen zu kanalisieren in der Lage waren.

Und dann ... hörte sie Antalias Stimme: »Bewohner der ›Stadt auf dem Meeresgrund‹, ich habe euch hierher rufen lassen, um euch etwas zurückzugeben, das vor langer Zeit verloren ging: das Wissen um eure Vergangenheit, das eurem Leben einen neuen Sinn und euch eine andere Perspektive für eure Zukunft geben kann. Ihr habt vergessen. So viel vergessen. Euch in die Isolation zurückgezogen. Eure Neugier aufgegeben. Eure Instinkte verleugnet! Ihr vegetiert nur noch dahin, erhalten und versorgt von dem blauen Leuchten, das euch umgibt. Ihr werdet sterben, ohne je erfahren zu haben, was es bedeutet zu leben. Eure Vorfahren gaben euch ein Überlebenspotenzial mit, das ihr habt verkümmern lassen, das ihr der Gleichgültigkeit opfertet. Aber ihr seid mein Volk, und ich wurde geschickt, euch aus der Dunkelheit ans Licht zu führen. Euch zu zeigen, dass das Leben noch andere Qualitäten zu bieten hat als die, die ihr seit Ewigkeiten pflegt. Ich will euch aufrütteln. Eure Lethargie durchbrechen. Die erloschenen Emotionen in euch neu entfachen. Ich möchte euch aus der Abhängigkeit der Ewigkeitskristalle lösen. Euch die Schönheit dieser Welt offenbaren. Den Mut in euch wecken, neue Erfahrungen zu sammeln. Ich will euch helfen, die Eintönigkeit eures Daseins zu durchbrechen. Euch einen Weg weg von dem Abgrund zeigen, auf den ihr zusteuert! Ihr seid nicht alleine! Als Teil eines der Zerstörung seines Heimatplaneten entronnenen Volkes kamt ihr vor undenklichen Zeiten in einem Raumschiff auf diesen Planeten, ausgestattet mit der wundervollen Fähigkeit, sowohl an Land als auch in den Fluten des Meeres zu leben. Nur wenige entschieden sich für einen dauerhaften Aufenthalt auf dem Grunde des Ozeans. Viele jedoch blieben auf dem Land. Besiedelten diesen gesamten Himmelskörper. Die Zeit trieb euch auseinander, und ihr vergaßt, dass ihr alle demselben Volk angehört. Die Anzahl der Wandler, die geboren wurden, verringerte sich von Generation zu Generation. Doch während sich das Leben an der Oberfläche ausbreitete, die Population wuchs und gedieh, gerietet ihr in die Isolation, sondertet euch mehr und mehr ab, wurdet dekadent, phlegmatisch, teilnahmslos ... und einsam. Ich bin ein Erinnerungsträger, und ich möchte euch all mein Wissen zukommen lassen, auf dass ihr es für einen neuen Aufbruch nutzen könnt.«

Nerit sah durch Antalias Augen die vielen transparenten Körper in den bequemen Sesseln unterhalb der gewölbten, perlmuttfarbenen Kuppel. Sie registrierte die Bilderflut, die ihre Worte begleiteten, unterstrichen, und fühlte, was ihre Freundin durch den Leser auf die annähernd reglos lauschenden Gestalten übertrug. Nahezu erschlagen von dem Szenario, dessen Zeuge sie soeben wurde, unfähig, sich den über sie hereinbrechenden Informationen zu entziehen oder sie ein wenig abzumildern, verharrte sie reglos. Sie hielt den Kontakt. Und sie begriff: Antalia nutzte ihre Freundschaft, ihre Verbindung zu Xero, und dieser stellte ihr den Gefühlsreichtum seines gesamtem Clans zur Verfügung, um sie bei ihrer gewaltigen Aufgabe zu unterstützen. Das Volk auf dem Meeresgrund sollte vor der totalen Aufgabe seiner selbst bewahrt werden.

Es war ein Kraftakt sondergleichen. Sie merkte, wie sie selbst zu zittern begann. Eine warme Hand legte sich auf ihre Schulter. Neue Energie durchströmte sie. Sie sah eine leuchtende Sonne, deren helle Strahlen die Oberfläche des Wassers in flüssiges Gold verwandelte, den Farbreichtum der Korallenriffe schier überfließen ließ und die weißen Sandkörner zum Schimmern brachte. Plötzlich durchbohrte ein greller Blitz ihren Schädel, durchstach wie ein Schwert die Fluten des Meeres, sank tiefer und tiefer, eine blendende Spur hinter sich herziehend. Er verlor sich in der samtenen Schwärze unergründlicher Bodenlosigkeit. Dann brach die Verbindung auseinander.

Nerits Netzhaut sendete ausschließlich Signale flammender Punkte an ihr Gehirn. Xero neben ihr krümmte sich, wimmerte unterdrückt. Noruma lag schwer atmend und ebenfalls zusammengerollt wie ein Baby im Mutterleib neben seinem Bruder. Alle, die an dieser kraftraubenden Aktion beteiligt gewesen waren, sanken nach und nach zu Boden, wo sie erschöpft und ausgelaugt liegenblieben. Viele pressten die Handflächen gegen ihre Köpfe. Manche stöhnten. Einige waren augenscheinlich ohnmächtig. Aber alle Gesichter waren von Anstrengung gezeichnet. Ihr Verstand war schier überfordert vom Begreifen dessen, was sie soeben gesehen und erfahren hatten. Auch Nerits Stirn war heiß, als ob sie fieberte. Ihr Mund war so trocken, dass sie glaubte, tagelang ohne Wasser in einer Wüste umhergeirrt zu sein. Ihr Schädel schien bersten zu wollen. Ein unkontrollierbares Zittern schüttelte ihre Glieder. Doch dann hielt ihr jemand einen Tonbecher an die Lippen, und kühles Nass rann durch ihre Kehle wie ein Lebenselixier. Allmählich reduzierten sich die Lichtblitze, klangen die unwillkürlichen Zuckungen ab, und als sie die Augen aufschlug, blickten sie Oriris schwarze Pupillen sorgenvoll an. Woher war er so plötzlich gekommen?

»Vielleicht hättest du dich besser da raushalten sollen«, brummte er. »Nicht genug, das Xero völlig am Ende ist, Noruma keucht wie eine überanstrengte Dampfmaschine, und alle anderen sind ebenfalls kaum in der Lage, in ihre Hütten zurückzukehren.«

Er füllte den Becher erneut, drehte Xero behutsam auf den Rücken, hob seinen Kopf so weit an, dass er trinken konnte, und setzte ihm das Gefäß an die Lippen. Xero trank mit geschlossenen Augen. Mechanisch. Unbewusst. Nerit, der es mittlerweile gelungen war, sich in eine sitzende Position zu bringen, bettete seinen Kopf in ihren Schoß, während Oriri sich bereits dessen Bruder zuwandte. Ihr Freund arbeitete wie ein Uhrwerk, wanderte von einem zum andern, füllte seinen Wasserkrug, wanderte weiter, legte kühlende Tücher auf glühende Stirnen, breitete Decken über fröstelnde Körper. Niemand, nicht einmal die unbeteiligten Kinder, konnte ihm helfen. Was auch immer hier vor sich gegangen war und woran er keinen Anteil gehabt hatte, es hatte sämtliche Zaikidu schachmatt gesetzt. Nachdem endlich alle versorgt waren und Dunkelheit sich auf das Dorf niedergesenkt hatte, kehrte Oriri zu seinen Freunden zurück. Xeros Lider flatterten. Oriri hielt abermals den Becher an seine Lippen. Diesmal schien das Wasser seine Lebensgeister aus dem Koma zu erwecken. Er versuchte, sich aufzurichten. Oriri ergriff Xeros Hand und half ihm behutsam. »Mach langsam, Junge. Keiner erwartet jetzt Luftsprünge von dir. Wenn du jedoch meinst, den Helden spielen und bereits aufstehen zu müssen, während alle anderen sich dem Erschöpfungsschlaf hingeben, dann mach dich darauf gefasst, dass du schneller wieder auf der Nase liegst, als du blinzeln kannst.«

Nerit, die sich zwar ebenfalls noch recht schwach fühlte, der es aber bereits deutlich besser ging, lachte verhalten. »Du bist wie immer gnadenlos direkt, Oriri. Aber du kamst, wie so oft, gerade richtig. Ich freue mich riesig, dass du da bist. Was verschlägt dich so plötzlich hierher?«

»Dein hochverehrter freiwilliger Partner hat mir geschrieben, mich einer Ahnung wegen aus der himmlischen Ruhe des Yuremi-Klosters herausgerissen und in die Wüste zitiert. Und was macht man als guter Freund? Alle Zelte abbrechen und mit fliegenden Fahnen das teure, vertraute Terrain verlassen, um am anderen Ende der Welt mindestens zwei, wenn nicht mehr Leben zu retten.«

»Mit dem Wasserkrug in der Hand und Ironie im Gepäck«, meldete sich nun endlich auch Xero zu Wort. Seine Stimme war schwach, aber seine Augen strahlten.

»Es ist schön, dass du da bist, alter Freund. Wir haben uns so lange nicht mehr gesehen. Bleib ein paar Tage, und dann lass uns zusammen aufbrechen ...«

»Bin ich Wandergeselle, oder was?«

»Woher soll ich das wissen? Aber ich dachte, du bist ein Freund.«

»Ich bin ein Freund!«, konterte Oriri, doch dann begannen seine Augen ebenfalls zu glänzen. »Du willst ans Meer ...«

»Antalia wird zurückkommen, bald!« bestätigte Xero. »Wir sollten dort sein.«

Langsam kehrte Antalia aus dem tranceähnlichen Zustand, in dem sie sich befunden hatte, in die Gegenwart in ihren Körper im Sessel des ›Lesers‹ zurück. Die Verbindung mit Xero, mit Nerit und mit all den anderen, die diese beiden unterstützt hatten, klang in ihr nach, so jäh diese auch abgebrochen worden war. Sie fühlte sich ihnen noch immer so nah, dass es eine ganze Weile dauerte, bis sie realisierte, dass sie nicht an deren Seite, sondern im Erinnerungsarchiv der ›Stadt auf dem Meeresgrund‹ war. Darienos Augen waren auf sie gerichtet. Was er sah, reflektierte er derart ungefiltert, dass Antalia meinte, in einen Spiegel zu blicken.

Ihre Haare waren schwarz! Der goldene Schimmer, der stets wie glänzendes Stroh das Licht der Sonne eingefangen und zurückgeworfen hatte, war vollkommen verschwunden. Mehr denn je sah sie nun wie die andere aus.

»Was hast du da gerade eben gemacht?« Darieno kämpfte um jedes Wort, noch immer gefangen von der Darbietung, die Antalia erst vor augenscheinlich wenigen Minuten beendet hatte.

»Ich habe mir helfen lassen«, war ihre kurze Antwort.

»Du hast dir helfen lassen«, wiederholte er mechanisch. »Herrje, jetzt lass dir doch die Worte nicht einzeln aus der Nase ziehen!«, ranzte er sie ungehalten an, als er den Bann vollständig abgeschüttelt hatte. »Ich mach mich hier für dich zum Narren, unterstütze dich, wo ich nur kann, und du hältst es nicht mal für nötig, mich auch nur ein kleines bisschen in das einzuweihen, was du vorhast oder was sich daraus entwickeln könnte!«

Antalia zuckte zusammen, sein Ausbruch holte sie vollends aus der Zwischenwelt zurück. Es war das erste Mal, dass sie Darieno so erlebte: wütend! Als sie sich jedoch langsam von der Rückenlehne ihres Sessels löste und sich ihm entgegenneigte, war es nicht Angst, Verlegenheit oder Schuldgefühl, was sich in ihren Zügen spiegelte. Auch war sie ob seines Grolls keineswegs verletzt. Nein! Ein breites Grinsen lag auf ihrem Gesicht. In dem Moment, als sich ihre Blicke trafen, erklang in ihm ein glockenhelles Lachen, das er bisher nur aus Erzählungen kannte.

»Oh Darieno«, keuchte sie, als sie sich wieder etwas beruhigt hatte, »du bist doch nicht etwa eifersüchtig?« Noch immer bebten ihre Schultern vor Heiterkeit. Dann wurde sie übergangslos wieder ernst. »Ich lasse dich nicht absichtlich außen vor. Es ist nur so, dass sich mir erst erschließt, was ich tun soll, tun muss, sobald ich es tue. Dann ist dieses Wissen auf einmal da. Ich kann es jedoch, wie schon gesagt, bisher nicht im Vorfeld einer Aktion abrufen.«

Plötzlich schlug ihre Stimmung abrupt um, und die Kraft, die ihr eben noch innegewohnt hatte, verpuffte so schlagartig wie die Luft aus einem platzenden Ballon.

Schluchzend fuhr sie fort: »Es ... ist auch für mich unheimlich viel, was in dieser wahnsinnig kurzen Zeit geballt auf mich einströmt. Immer dann, wenn ich aktiv werde, schiebt sich etwas über mich, als würde ich zu einem Medium. Zum Kanal. Zum Überbringer für jemanden oder etwas, der oder das sich selbst nicht verständlich machen kann. Ich ... bin dann einfach nur noch eine Hülle, die diese andere Macht benutzt, in gewissem Maße ein ebensolcher Zuschauer wie du ... und doch auch wieder nicht, denn ich kann auf die Art einer Informationsweitergabe Einfluss nehmen. Es ist schwierig in Worte zu fassen. Es passiert so vieles gleichzeitig. Und es ist ein groteskes, bizarres Gefühl zu wissen ... und dann doch nicht zu wissen ...«

Abermals nahm Darieno sie in seine Arme. Die Finger seiner Rechten legten sich sachte auf ihre Lippen, unterbrachen auf wunderbare Weise den Wortschwall, der aus ihr heraus und ihm entgegen quoll. Wie ein Laken, das sie sanft einhüllte, überdeckte seine mühsam errungene Ruhe ihren überreizten Geist. Wie gut es tat, keine Rechtfertigungen mehr abzugeben, nicht mehr zu denken, sich einfach nur noch fallen zu lassen. Die Konturen des Raumes um sie herum begannen zu verschwimmen. Die transparenten Körper der in den tausenden Sesseln Liegenden lösten sich auf. Sie versank in einer Wolke aus schwarzem Samt, geborgen und aufgehoben in Darienos Nähe. So bekam sie nicht mit, wie in die reglosen Gestalten der Meeresbewohner das Leben zurückkehrte. Sie mit glänzenden Augen um sich sahen. Sich nach und nach erhoben und aus dem Kuppelsaal strömten. Ein leises Wispern griff um sich, das schließlich zu einem Orkan anschwoll, je mehr Individuen nach draußen traten und ihre Umwelt in einem gänzlich unbekannten Zustand vorfanden. Darieno jedoch rührte sich nicht. Er versuchte nicht zu ergründen, was die Bewohner der ›Stadt auf dem Meeresgrund‹ in diese vollkommen anormale Aufregung versetzte. Er hielt Antalia in seinen Armen, denn nichts schien ihm wichtiger zu sein, als sie abzuschirmen, sie behütet Kraft für die noch vor ihr liegenden Aufgaben tanken zu lassen. Was auch außerhalb der Kuppel geschehen war und so sehr Darienos Neugier brannte, er musste sich gedulden. Den bruchstückhaft zu ihm hereinwabernden Gedankenfetzen konnte er ebenso wenig eine befriedigende Antwort auf seine Fragen entnehmen wie Antalias im Erschöpfungsschlaf gemurmelten Worten. Einzig das Wort Sonnenlicht wiederholte sich immer wieder verständlich, als ob sie selbst jetzt weiterhin für ihn nach Erklärungen suchte.

Stunden später erwachte Antalia. Jedenfalls kam es Darieno so vor. Noch immer brummte es um sie herum. Etwas, das die Meeresbewohner regelrecht geschockt haben musste und das nicht ausschließlich Antalias Erinnerungs-Szenario geschuldet war, hatte deren Trägheit hinweggefegt, zwang ihnen einen gegenseitigen Austausch auf, beschäftigte sie mehr, als sämtliche Aufrufe Elorus und seiner selbst es je zustande gebracht hatten. Auch Antalia schien dieses mentale Rauschen wahrzunehmen, denn sie griff sich mit beiden Händen an die Schläfen, als hätte sie Kopfschmerzen.

»Dieser Geräuschpegel raubt mir den Verstand«, wisperte sie gequält. »Ruhe, ich brauche Ruhe, sonst werde ich wahnsinnig!«

Vorsichtig hakte Darieno sie unter, und gemeinsam gingen auch sie auf den Ausgang zu, hinter dem zahllose Körper und eine ungewohnte Helle auf ein grandioses Schauspiel schließen ließen. Ehrfurchtsvoll traten die Meeresbewohner zur Seite, als Antalia und Darieno das Erinnerungsarchiv verließen. Das Erscheinungsbild der Stadt hatte sich tatsächlich vollständig verändert. Die Ewigkeitskristalle hatten ihre bisherigen Positionen verlassen, sich zu einer Kugel zusammengeschlossen. Sie kreisten nun in etwa 500 Metern Höhe über ihnen und tauchten das gesamte Areal in ein sanftes, hellgelbes Licht. Von dieser Kugel ausgehend, zog sich ein ebenfalls hellgelbes Band endlos weiter nach oben, verlor sich schließlich in der Dunkelheit der kilometerdicken Wasserschicht, die die ›Stadt auf dem Meeresgrund‹ von der Oberfläche trennte. Während alle noch staunend nach oben sahen, veränderte sich allmählich die Farbe der Kugel. Sie wechselte von Sanftgelb nach leuchtend Orange, ging schließlich über in feuriges Rot und verblasste dann langsam. Erstmals seit Ewigkeiten senkte sich wohltuende Dunkelheit auf die Stadt hernieder, nur durchbrochen von einzelnen winzigen Lichtpünktchen. Es war Nacht! Zeit, die Augen zu schließen. Zu schlafen. Geist und Körper Erholung zu gönnen. Als ob dies soeben auch der ›Gemeinschaft‹ bewusst würde, löste sich die Versammlung auf, zogen sich die Bewohner in ihre Häuser zurück. Nach und nach verstummte das Gedankenwirrwarr, legten sich Ruhe und Frieden über die Stadt. Ein Frieden, der endlich auch Antalia die ersehnte Entspannung brachte. Der Morgen würde kommen, dessen war sie sich sicher. Der erste Morgen nach der ersten Nacht. Anfang eines neuen Zyklus', einer neuen Ära. Aufbruch in ein neues Leben. Sie hatten dem Volk auf dem Meeresgrund einen neuen Rhythmus gebracht. Nein, einen alten wieder in Gang gesetzt und damit den ersten Schritt zu weitgreifenden Veränderungen getan.

Auch Darieno war zu einer neuen Erkenntnis gelangt. Nun endlich wusste er, warum über dem Haupt der Statue eine strahlende Sonne auftauchte, wenn Antalia vor sie trat. Und er glaubte ebenfalls zu wissen, welche Bedeutung die Schriftsymbole besaßen. Antalia brachte das Licht! Und sie hatte es der ›Gemeinschaft‹ auf mehr als eine Art zurückgebracht!

Aufbruch

DIE DUNKELHEIT TAT das Ihre dazu, Antalia die Auszeit zu ermöglichen, der sie angesichts der Leistung, die sie geistig und körperlich an den Rand ihrer Kapazitäten geführt hatte, dringend bedurfte. Darieno hatte es gerade noch geschafft, sie zu ihrem Platz im Felsmassiv zu schleifen, bevor sie vollends zusammengebrochen und in einen Schlaf ähnlich einer Ohnmacht gesunken war. Diesmal jedoch schien sie nicht zu träumen, denn wenngleich sie in seinem Schoß lag, hörte er weder Stimmen noch zogen Bilder an seinem inneren Auge vorbei. Endlich wurde ihr die Erholung zuteil, die sie so sehr benötigte. In Anbetracht der Tatsache, dass es nun tatsächlich sowohl vollkommen dunkel als auch still war, dämmerte Darieno ebenfalls allmählich ein. Er erwachte erst, als die Ewigkeitskristalle wieder sanftgelb zu leuchten anfingen. Antalia lag nicht mehr in seinen Armen, sondern saß ein wenig abseits, um ihn nicht vorzeitig zu wecken. Sie starrte abwesend auf die langsam aus den Schatten auftauchende Stadt hinunter.

»War diese Nacht genauso lang, wie die Nacht oben?«, murmelte sie vor sich hin. »Oder ist der Zeitsplitter noch immer aktiv? Vergeht die Zeit hier unten nach wie vor anders, langsamer als an der Oberfläche? War die Phase der Dunkelheit nur das dem hiesigen Zeitrahmen entsprechende Gegenstück? Warum überhaupt ist es zu dieser Zeitdifferenz gekommen?«

»Ich könnte dir eine Überlegung dazu anbieten!«, klinkte Darieno sich vorsichtig in ihre Gedanken ein. »Wir haben herausgefunden, dass die Population sich aufgrund der absoluten Abhängigkeit von den Ewigkeitskristallen nicht über eine bestimmte Größe hinaus entwickeln kann. Vielleicht haben die Kristalle im Gegenzug dafür gesorgt, dass ihr Leben entsprechend von längerer Dauer ist. Da über die Jahrtausende hinweg die Vitalität der Meeresbewohner, ihre

Bewegungsfreudigkeit, das Interesse abnahm, Neues zu erkunden, musste mutmaßlich ein Weg gefunden werden, sie ihr Leben nicht länger als üblich empfinden zu lassen, es aber trotzdem längstmöglich zu erhalten. Eventuell liegt es sogar daran, dass eine zu schnelle Abfolge von Geburt und Tod für die Kristalle nicht zu bewältigen ist …«

»Wir reden immer von Zeit«, fuhr Antalia sinnend fort, »aber was ist das eigentlich? Ein willkürlicher Rahmen, um Veränderungen …« Dann jedoch griff sie ihre eigenen Reflexionen wieder auf, fast so, als hätte Darieno sich nicht geäußert. »Alles hängt irgendwie mit dem Sonnenlicht zusammen. Ganz offensichtlich ist es das, was ihnen hier unten fehlt. Zwar konnten die Ewigkeitskristalle das Volk am Leben erhalten, aber als der Austausch abnahm und schließlich ganz versiegte, muss irgendetwas vollkommen aus dem Ruder gelaufen sein. In der fernen Vergangenheit gab es einen kontinuierlichen Transfer. Jeder, der von oben herunterkam, brachte ein wenig dieses Lichts, dieser Energie mit hierher. Und jeder, der von unten nach oben ging, trug einen Teil der Energie der Ewigkeitskristalle in sich. So blieben auf beiden Seiten unsere Fähigkeiten und Erinnerungen intakt. Nachdem die gegenseitigen Kontakte nicht mehr stattfanden, könnte es relativ schnell zu einer Stagnation, und dann zu einer Abnahme vieler einstmals vorhandener Anlagen gekommen sein, was schließlich die uns bekannte Passivität zur Folge hatte. Ich vermute, die Kristalle haben versucht, diesen Veränderungen entgegenzuwirken, und als es nicht funktionierte, das Aussterben der Meeresbewohner so weit als möglich hinauszuzögern. Wenn sie tatsächlich in einer Art Symbiose mit ihnen leben, war das reiner Selbsterhaltungstrieb. Was auch immer diese Kristalle sind, ihnen scheint eine gewisse Intelligenz innezuwohnen. Und noch ein Gedanke beschäftigt mich: Könnte es nicht sein, dass sie gar nicht selbst Energie herstellen, sondern nur die Gabe besitzen, Energien zu transformieren und zu speichern? Oriri hat mir einmal erklärt: Es ist ein Gesetz der Physik, dass Energie niemals verlorengeht, sondern sich nur von einer Form in eine andere wandelt. Vielleicht jedoch ist gerade die Energie des Sonnenlichts der Katalysator, der es ihnen einerseits ermöglicht, sämtliche vorhandenen Energieformen zu nutzen, und andererseits in jene umzuwandeln, die benötigt werden ...«

»Das wäre auf jeden Fall die stichhaltigste Erklärung, die sich bisher finden lässt«, stimmte Darieno ihren Ausführungen zu.

»Und die in mir verankerten Erinnerungen widersprechen ihr nicht ...«, bestätigte Antalia.

Darieno grübelte weiter: »Wenn die Kristalle untereinander in Verbindung stehen, so frage ich mich, weswegen können nicht die, die deiner Überzeugung nach noch irgendwo dort oben verborgen sind, denen hier unten die Sonnenenergie zukommen lassen?«

Antalia zuckte mit den Schultern. »Sie sind möglicherweise durch eine zu große Entfernung und zu viele Erd- und Gesteinsschichten voneinander getrennt. Oder sie befinden sich an Orten, an denen sie selbst nicht oder kaum von den Sonnenstrahlen erreicht werden. Möglicherweise sind sie ebenso inaktiv wie die Kiesel in den Schubladen des Erinnerungsarchives. Oder zumindest derart eingeschränkt, dass zwar ihre natürliche Funktion aufrechterhalten ist, weiterreichende Eingriffe jedoch nicht zu bewerkstelligen sind.«

»Klingt logisch«, billigte Darieno auch diese Begründung.

»Es erklärt aber immer noch nicht, was gestern passiert ist.«

»Das muss Xeros Idee gewesen sein – das Umsetzen einer der Mythen, mit denen er aufgewachsen ist? Meine Sehnsucht nach dem Sonnenlicht? Einfach nur ein Gedankenblitz? Ich weiß es nicht. Aber wie auch immer bewerkstelligt wurde, was mit den Kristallen geschehen ist, es war nicht allein mein Werk. Ich war nur der Kanal.«

»Ihr habt euch also gegenseitig benutzt!«

»So würde ich es nicht nennen, es klingt so abwertend. Wir haben uns gegenseitig geholfen! Das entspricht mehr den Tatsachen und hört sich weitaus netter an.«

»Dem hab ich nichts hinzuzufügen!«

Lächelnd sahen sie einander an, schwiegen.

»Wie soll es jetzt weitergehen?«, durchbrach Darieno als Erster die vertraute Stille.

»Wir können die Gemeinschaft mit all dem neuen Wissen und den vielen Anforderungen, die sie damit zu bewältigen hat, nicht alleinlassen. Das ist mir schon klar. Aber ich kann auch nicht hierbleiben. Nicht dauerhaft. Nicht jetzt! Ich habe Sehnsucht nach meiner Familie, nach meinen Freunden, nach der Welt oben.« Wieder wurden ihre Augen dunkel, und ein wehmütiger Ausdruck schlich sich auf ihre bisher entspannten Züge. »Auch ist es nicht so, dass ich die uralten Erinnerungen nur dem Meeresvolk zurückgeben und sie den Landwesen vorenthalten kann. Um unser Volk zusammenführen zu können, müssen alle von ihrer Herkunft – und ihren Fähigkeiten erfahren. Jedoch ... diese Kunde oben zu verbreiten, wird weitaus schwieriger sein, als es hier unten war. Außerdem nützt es auch nichts, nur das Wissen weiterzugeben. Es müssen wieder Kontakte hergestellt, das Interesse am jeweils anderen Lebensmedium geweckt und Verbindungen geknüpft werden. Nur so kann der endgültige Niedergang der Gemeinschaft verhindert werden. Das alles kann ich unmöglich alleine ableisten. Ich bin nur diejenige, die den Entwurf zeichnet und den Grundstein legt. Bauen müssen wir alle an diesem Haus.«

»Dann lass uns beide damit anfangen.«

Antalia nickte. »Ich werde versuchen, die Erinnerungsspeicher des Archives wieder aufzufüllen. Denn wenn ich wirklich nicht mehr hier herunterkommen sollte, so wäre zumindest das alte Wissen erneut abrufbar und für alle zugänglich.«

»Ich werde währenddessen den Rat der Weisen erneut aufsuchen, um mit ihm gemeinsam einen Plan für die Zukunft auszuarbeiten«, ergänzte Darieno.

»Da hast du dir eindeutig den schwereren Part ausgewählt«, murmelte Antalia.

»Nein«, widersprach er. »Denn eigentlich brauche ich nur dort anzuknüpfen, wo ich zu Elorus Zeiten vergeblich weiterzukommen versucht habe. Und die Vorarbeit hast du ja bereits verrichtet.«

Als Antalia und Darieno das Felsmassiv hinter sich ließen und abermals zur Stadt hinunterglitten, boten die Straßen und Plätze ein vollkommen anderes Bild als noch am Tag zuvor. Sämtliche Einwohner schienen auf den Beinen zu sein. Sie standen in Gruppen zusammen – und unterhielten sich. Manche schauten noch immer so verwirrt, als registrierten sie zum ersten Mal, dass es hier außer ihnen noch andere Lebewesen gab. Kinder jedoch fehlten, das fiel beiden auf, wenn auch sonst alle Altersstufen vertreten zu sein schienen. Darieno nickte Antalia noch einmal aufmunternd zu, bevor sich ihre Wege trennten.

Seltsamerweise folgte ihr niemand, als sie sich wie selbstverständlich auf den Kuppelbau zubewegte, das Portal durchschritt und in den Tiefen der Halle verschwand. Die Sessel waren wieder im Boden verschwunden. Einzig der, in dem sie immer gesessen hatte, stand wie bisher unter dem Zenit des runden Daches, als warte er auf sie. Wie selbstverständlich nahm Antalia abermals Platz, spürte das zarte Tasten, ... die nun schon vertraute Wärme. Sie schloss die Augen, versuchte, sich zu entspannen, und formulierte, so deutlich wie es ihr möglich war, das Anliegen, dessentwegen sie hier war. »Ich will die Erinnerungsspeicher mit meinen Erinnerungen füllen!«

Um sie herum klickte es leise. Sämtliche Schubladen in allen den Raum umlaufenden Nischen glitten auf. Die Perlenstränge auf ihrem Brustkorb begannen zu glühen. Haarfeine Lichtfäden verbanden diese mit den in den Fächern liegenden Kieseln. Das stumpfe Grau der rauchigen Schlieren in ihnen wurde zunehmend heller. Ein Netz, ähnlich dem feinen Gespinst hauchfeiner Seide, breitete sich aus. Ausgehend von Antalia als Mitte breitete sich ein Netz aus, ähnlich einem feinen Gespinst hauchfeiner Seide, wie ein Schirm in den gesamten Raum hinein.

Das Mädchen stöhnte auf. Es war nicht Schmerz, was sie empfand, aber irgendetwas saugte das dargebotene Wissen gierig aus ihr heraus, riss und zerrte sie in verschiedene Richtungen, löste ihren Körper auf, bis nur noch die strahlenden Perlen übrig waren, die allmählich mit dem zarten Geflecht verschmolzen.

Tiefer und tiefer sank das kugelförmige Schiff. Das verdrängte Wasser schoss von allen Richtungen in den Krater zurück, schwappte in meterhohen Wellen übereinander, gurgelte bedrohlich im Sog des sich immer weiter abwärts bewegenden Festkörpers, der eine neue Spezies auf diesen Planeten brachte. Als die Wogen sich glätteten, war der perlmuttfarbene Ball von der Oberfläche aus bereits nicht mehr auszumachen. Nur die Schaumkronen auf dem nun wieder glatten Wasserspiegel zeugten noch von dessen Eindringen ...
Dieser Ort sollte ihre Operationsbasis, der Ausgangs-, Dreh- und Angelpunkt ihres zukünftigen Lebens werden, eine Mulde am Fuße eines Bergmassivs, die das Schiff aufnahm wie die Hand einer Mutter das Haupt ihres Kindes. Weißer Sand, der in den Lichtstrahlen der Ewigkeitskristalle leuchtete wie Schnee, der die Sonne reflektiert, und die Geborgenheit der kilometerdicken Wasserschicht über ihnen boten ideale Bedingungen für einen Neuanfang ...
Zwei Drittel des Raumschiffes lagen im Meeresgrund vergraben. Nur die obere Rundung, in der sich auch der zweite Eingang befand, ragte noch aus dem glitzernden Kies heraus. In einigen hundert Metern Entfernung waren die ersten Bauten einer sich entwickelnden Stadt zu erkennen. Zartgelbes Licht erhellte die samtschwarze Dunkelheit ...
Der Boden unter ihren Füßen war ein mit großer Sorgfalt gelegtes Mosaik. Die Farben waren mit Liebe ausgewählt und mit Hingabe zu einem Muster zusammengestellt, das den Betrachter schon beim ersten Blick fesselte. Die Mitte des Platzes zierte eine Art Brunnen, aus dessen Becken durchsichtige, buntschillernde Blasen sprudelten, schwerelos nach oben schwebten und sich in den Höhen der unendlichen Wasserdecke verloren. Wassergräser und –blumen wuchsen in

kleinen Buchten, betörten die Augen mit ihren Formen und Schattierungen. Gepflegte, mit Muscheln umrandete Wege führten durch eine Parkanlage, deren wogende Pflanzenpracht faszinierende Wesen beherbergte. Fische verschiedenster Art, leuchtend in allen Nuancen des Regenbogens, zogen ruhig ihre Bahnen oder huschten zwischen Korallenriffen dahin. Schnecken schoben sich gemächlich über den Boden, an Halmen schilfartiger Gewächse, über glattgeschliffene oder gezackte Felsen entlang. Farne wiegten sich in der leisen Strömung. Fächerähnliche Blüten öffneten und schlossen sich, schickten kaum wahrnehmbare Düfte in die Fluten. Bänke aus Elfenbein luden zum Verweilen ein. Sanfte Klänge sphärischer Musik begleiteten den Besucher durch diese Oase der Entspannung. Kommunikation und Lachen prägten die Atmosphäre, ausgesandt von den federleicht dahingleitenden, transparenten Wesen, die sich von denen der jetzigen Mitglieder der ›Gemeinschaft‹ nur durch die zartschimmernden Perlenstränge auf den Brustkörben unterschieden. Kinder spielten zu Füßen Erwachsener, liefen einander hinterher, versteckten sich in den Pflanzenwäldern. Der Blickwinkel verschob sich. In den Straßen der Stadt blühte das Leben. Man traf sich zu Diskussionsrunden und Festen, saß handarbeitend zusammen, trieb gemeinsam Sport oder unternahm Ausflüge in die Umgebung. Ganze Gruppen verließen die Stadt, strebten der in weiter Ferne liegenden Wasseroberfläche entgegen, durchbrachen sie, schüttelten das Nass aus den glänzenden Haaren, schwammen ans Ufer und gingen an Land. Freudig wurden sie von Bekannten begrüßt. Nur wenig unterschied den Alltag hier oben von dem unten ...

Das Schiff war ausgeschlachtet. Sie würden diesen Planeten, der sie so freundlich aufgenommen hatte, ihnen Schutzschild und Heimat geworden war, nicht wieder verlassen. Sie würden die Experimente, die zur Zerstörung ihrer Heimatwelt geführt hatten, nie wieder aufnehmen. Auf einstimmigen Beschluss hin waren die Erinnerungen daran gelöscht und erst ab dem Moment wieder erhalten worden, als die Kugel ins All geschleudert wurde und die alte Welt unter ihnen in

Millionen Stücke zerbarst. Einzig der unter der oberen Rundung befindliche Saal entsprach in Funktion und Aussehen noch dem Ankunftszustand. Er war Versammlungs- und Konferenzraum, Fest- und Tanzsaal. Er barg die gesamten Aufzeichnungen der Rasse ab dem Zeitpunkt, als sie auf diesem Himmelskörper ein neues Zuhause gefunden hatte. Das Erinnerungsarchiv war ein gerne und häufig genutzter Ort, jedem bekannt und zugänglich ...

Die Perlenstränge waren kürzer geworden, bei einigen gar nicht mehr vorhanden. Rund um die perlmuttfarben schimmernde Kuppel war ein Säulengang errichtet worden. Hunderte handgefertigte Bildnisse beschrieben einzelne Phasen aus dem Leben der ›Gemeinschaft‹. Manche zeigten freudige Ereignisse, manche traurige. Einige Bilder schilderten Abläufe von Begebenheiten, andere Momentaufnahmen. Bei eingehender Betrachtung jedoch traten deutlich die sich über lange Zeiträume hinweg vollziehenden Veränderungen zutage. Und dann mehrten sich Szenen von Körpern, die den Wandlungsprozess nicht mehr durchzuführen in der Lage waren, die sich halb transparent, halb feststofflich, zwischen den Ebenen gefangen, in Krämpfen wanden. Starben ...

»Hin und wieder konnten die Illusionen helfen. Ab und zu war der Wechsel des Mediums der Weg, das Überleben zu ermöglichen«, erklärte eine gesichtslose Stimme ...

Der warme, hellgelbe Schein war verschwunden. An seine Stelle war das allgegenwärtige hellblaue Leuchten getreten, das Antalia empfangen hatte, als sie mit Darieno zurückgekehrt war. Die Vitalität der Bewohner der ›Stadt auf dem Meeresgrund‹ hatte erkennbar abgenommen, und der Kuppelbau des Erinnerungsarchivs war nicht mehr zu sehen ...

Darieno war unruhig. Dreimal hatte sich die Dunkelheit bereits über die Stadt gelegt, war die Sonne aus Ewigkeitskristallen dunkelrot geworden. Erloschen, um am Morgen ganz langsam wieder zu erstrahlen. Ein paar Ratsmitglieder hatten zusammen mit den ganz Mutigen einen ersten Ausflug unternommen und das Band nach oben verfolgt. Sie waren noch nicht zurück. Er selbst war regelrecht mit Fragen bombardiert worden, hatte diese nach bestem Wissen beantwortet und so viel aus seinem Leben berichtet, wie in der zur Verfügung stehenden Zeit möglich gewesen war. Oh ja, es war Antalia gelungen, die Apathie der Meeresbewohner zu durchbrechen, sie aus ihrer Gleichgültigkeit zu reißen, ihre Neugier zu wecken. Sie wollten so vieles wissen, brannten geradezu vor Tatendrang, waren begierig, etwas an ihrem Dasein zu ändern. Ein Strohfeuer, das nur kurz, aber heftig aufflammte? Oder ein Schwelbrand, der sich allmählich vorwärtsfraß, die alten Gewohnheiten ausradierte und eine dauerhafte Spur der Veränderung hinterließ? Sie erkundigten sich nach Antalia, seiner Begleiterin, dem Mädchen, dessen goldglänzende Haare schwarz wie die Unendlichkeit des Raumes geworden waren. Sie drangen ihn zu erklären, wer oder was sie sei. Das jedoch konnte er ihnen nicht sagen. So gut er sie mittlerweile kannte, so wenig wusste er über sie. Warum war sie noch immer in diesem Kuppelsaal, und warum hatte sich die Tür diesmal hinter ihr geschlossen und nicht wieder öffnen lassen?

Abermals verblasste der zartgelbe Lichtschimmer. Die Stadtbewohner zogen sich in ihre Häuser zurück. Schlaf überdeckte das allgegenwärtige Gedankengesumm. Darieno lief einsam durch die Straßenschluchten, getrieben von einer beklemmenden Ahnung. Das Tor zum Archiv war nach wie vor geschlossen. Jedoch spiegelte die Statue sein Antlitz wider, als sich sein Abstand zu ihr verringerte. Er neigte sein Haupt gegen das glatte Material, wie es Antalia getan hatte. Wartete.

Inbrünstig, fast flehentlich formulierte er schließlich die Worte: »Bitte, öffne dich! Die Sonnenbringerin braucht meine Hilfe!«

Lautlose Bewegung. Ein Spalt, der sich verbreiterte. Gerade soweit, dass er hindurchschlüpfen konnte, und der sich hinter ihm sogleich wieder schloss. Verwirrt tastete er sich durch den nahezu unbeleuchteten Gang. Er erstarrte, als sich das rhythmisch pulsierende, durch den gesamten Raum gewebte Netz haarfeiner Lichtfäden in sein Gesichtsfeld schob. Was ging hier vor sich, und wo war Antalia? Gebannt blieb er am Ende des Durchgangs stehen. Seine Blicke suchten den riesigen Saal ab. Einzelne Fäden lösten sich von den Wänden. Oder spielten ihm seine Augen einen Streich? Wie sollte er sich verhalten? Was würde geschehen, wenn er in die Halle schritt und das Geflecht zerstörte? Fragen, auf die er keine Antwort wusste. So verharrte er reglos, vibrierend vor innerer Anspannung, unfähig, sich zu einem weiteren Schritt durchzuringen. Ja, er hatte sich nicht getäuscht! Immer mehr Fäden verblassten, lösten sich auf, bis nur noch ein diffuses Leuchten unter dem Zenit des Saales übrig blieb. Dort, wo sich die Mitte des Netzes befunden hatte. Nun erst gab die Starre seine Glieder frei. Er steuerte wie ein Eisenspan, den ein Magnet anzog, auf die wogende Korona zu. Nein! Das konnte, durfte nicht sein! Kein endgültiger Übergang! Nicht hier! Und nicht jetzt! Verzweifelt schrie er ihren Namen, griffen seine Hände in den flackernden Lichtkreis. Schon einmal war er ihr in diese andere Dimension hinterhergehechtet, ungeachtet des Risikos, das er damit einging. Gedanken an die Folgen seines Handelns ignorierte er. Damals hatte sie ihn mit zurückgenommen. Diesmal jedoch sah er nicht die starke Frau, sondern ein völlig entkräftetes, dem Zusammenbruch nahes Kind. Hohlwangig, mit riesigen, dunkel umwölkten, burgunderfarbenen Augen, dessen Hand sich ihm zitternd entgegenstreckte. Wie in Zeitlupe bewegte er sich auf sie zu, kämpfte er um jeden Zentimeter, der den Abstand zwischen ihnen verringerte. Stunden schienen vergangen zu sein, als er sie endlich erreichte, sich ihre Fingerspitzen berührten, ihre Hände ineinander glitten. Eisige Kälte betäubte seine Gelenke, kletterte seinen Arm hinauf.

»Ich darf sie nicht loslassen, ich darf sie nicht loslassen!«, keuchte er, zog sie an sich, legte die andere Hand um ihren ausgemergelten Körper.

Wie von einer Kanonenkugel erfasst, wurde er nach hinten geschleudert, prallte irgendwo gegen, krachte zu Boden.

Sein Kopf schmerzte. Es flimmerte hinter seinen Augen. Aber er hielt etwas in seinen Armen, etwas sehr Vertrautes, das sich bebend an ihn drückte.

Ein jäher Aufprall riss sie aus ihrem ... Traum? Wo war sie? Was war passiert? Warum fühlte sie sich so unsagbar schwach? Wie lange lag sie schon hier, leer, vollkommen zerpflückt, ihr Innerstes nach außen gekehrt, auseinandergerissen und neu zusammengesetzt? Ein Arm umschlang sie, hielt sie fest, wiegte sie sanft. Zitternd schmiegte sie sich an den Körper, dessen Wärme die Taubheit aus ihren Gliedern vertrieb. Eine Hand strich zärtlich über ihre Wange, als wischte sie behutsam Tränen hinweg. Zu ausgelaugt, um die Augen zu öffnen, jenseits aller warnenden Gefühle, die ihr Angst oder zumindest Vorsicht hätten signalisieren können, ergab sie sich ganz in die wohltuenden Berührungen dieses Wesens an ihrer Seite. Eingehüllt in eine Wolke aus Watte, umschmeichelt von Federn, durchströmt von Zärtlichkeit trieb sie dahin. Nicht wissend, ob das, was sie empfand, Wirklichkeit war oder Fantasie. Was es auch war, es tat ihr gut, vermittelte ihr Geborgenheit, gab ihr ein wenig Kraft zurück.

Darieno spürte, dass er Antalia nicht vollends erreichte. Ihre Gedanken waren verschlossen. Trotz der Nähe zu ihm nahm er nichts als ein heillos verworrenes Durcheinander ohne jegliche Zuordnungsmöglichkeit wahr. So hielt er sie, streichelte sie, flüsterte sanfte Worte in der Hoffnung, irgendwann doch zu ihr durchzudringen. Die Zeit verrann, immer wieder sank ihm der Kopf auf die Brust, schreckte ihn der plötzliche Ruck aus dem Sekundenschlaf auf. Bis er, ebenfalls erschöpft und dem Zusammenbruch nahe, in einen tiefen, traumlosen Schlaf sank.

Eine Bewegung, eine Drehung, irgendetwas schob sich in diese Welt aus Nichts, in der er versunken war. Das gleichmäßige Grau driftete auseinander, gab einem Schimmer von dunklem Rot ein wenig Raum. Noch etwas schwerfällig öffnete Darieno die Lider. Was er von seiner Umgebung erblickte, verwirrte ihn. Er lag nicht weit vom Eingang des

Archivs entfernt im Sand. Allem Anschein nach vollzog sich soeben ein neuer Tagesanbruch. Das Mädchen in seinen Armen war ebenfalls wach. Seine klaren, fast burgunderfarbenen Augen, deren Iris mit winzigen, goldenen Glitzerpünktchen durchwirkt war, sahen ihn unverwandt an. Waren sie nicht zuletzt direkt unter dem Zenit der perlmuttfarbenen Kuppel gewesen?

»Sie muss zurück, Darieno. Ihre Energien sind aufgebraucht. Der Akt gestern hat sie fast umgebracht. Bevor sie noch irgendetwas bewirken kann, muss sie ihre eigenen Speicher aufladen. Sie weiß, nun müsste sie hier bleiben, da die ›Gemeinschaft‹ endlich aufgewacht ist. Aber es geht nicht. Bitte, bring sie nach Hause!«

Schlagartig war Darieno hellwach! Diese leise Stimme war nicht Antalias! Und die von Erschöpfung gezeichneten Züge, die kraftlosen Bewegungen, die deutlich immense Anstrengung kosteten, gehörten ebenfalls nicht zu ihr! Auch schien diesem Mädchen nicht bewusst zu sein, dass das Auffüllen der Erinnerungsspeicher keineswegs an einem Tag vonstatten gegangen war, sondern sich insgesamt viermal die Dunkelheit über die Stadt gelegt hatte, seit Antalia damit begonnen hatte.

»Wer bist du?«, richtete er seine Frage an sie.

Die junge Frau sah ihn unverwandt an. »Ich bin Jara«, antwortete sie ruhig.

»Wo ist Antalia?«, keuchte Darieno. »Wie soll ich sie nach oben bringen, wenn sie nicht da ist?«

»Sie ist da, aber sie ist ... nur noch ein Hauch, ein Funke, kurz vor dem Erlöschen. Wir haben getauscht, weil ich noch ein kleines bisschen mehr Lebensenergie besitze als sie. Aber wenn wir noch lange herumreden, anstatt uns auf den Weg zu machen, wird auch sie verbraucht sein, bevor wir das Ufer des Meeres erreichen. Gib du dem Rat Bescheid! Ich werde dem Band folgen. Und bitte, komm nach, so schnell du kannst. Alleine werde ich es nicht schaffen.«

Jara wartete seine Antwort nicht ab, sondern entglitt seinen Armen, stieß sich so kraftvoll, wie es ihr noch möglich war, vom weißglitzernden Grund unter ihren Füßen ab und trieb auf die schillernde Kugel aus Ewigkeitskristallen zu, an ihr vorbei, entschwand Darienos Blicken.

Seine Gedanken rasten. Von Antalia bereits ein bisschen darauf hingewiesen, dass außer ihr noch eine weitere Seele ihren Körper bewohnte, war der Schock über die Bestätigung dieser Vermutung nicht gar so heftig. Für den Moment nahm er die neue Situation widerspruchslos als gegeben hin. Auch war ihm die Dringlichkeit hinter Jaras ruhig vorgebrachten Worten keineswegs entgangen. Noch während er sich überlegte, was er den vierzehn Weisen sagen sollte, schritt er bereits in Richtung Ratsgebäude. Vor dem Eingang traf er auf Uyuli: die Frau, die sie als Erste ihrer Hilfe versichert hatte. Sein emotionaler Wirrwarr musste ihre Aufmerksamkeit erregt haben, denn sie sprach ihn direkt an. So knapp es ging, berichtete Darieno von dem Geschehen, dessen Zeuge er geworden war, und von dem Anliegen, das Jara an ihn gerichtete hatte. Uyuli unterbrach ihn nicht, lauschte schweigend, verinnerlichte das Gesagte. Dann legte sie ihre Hand auf Darienos Arm. »Wenn sie kann, wird sie gewiss zurückkehren. Wenn nicht, werden wir unseren Weg ohne ihre Begleitung finden. Sie hat uns unsere Vergangenheit zurückgebracht, uns eine neue Zukunft offenbart, Leuchtfeuer gesetzt, Hoffnung in unsere Herzen gepflanzt, uns die Richtung, in die wir gehen sollten, gezeigt. Aber ihr Pfad verlässt den unseren, wie auch der deine nie jener der ›Gemeinschaft‹ war. Geh in Frieden, Darieno. Ich werde den Rat informieren.«

»Danke, Uyuli!«, erwiderte Darieno bewegt, drückte die auf seinem Arm liegende Hand mit seiner freien, wandte sich um, und folgte der jungen Frau, die Antalia war und auch die andere.

Jara

Es WAR EINE Flucht. Anders konnte man es nicht bezeichnen. Sie versuchte, so schnell sie konnte, so viel Distanz als irgend möglich zwischen sich und die ›Stadt auf dem Meeresgrund‹ zu bringen. Wie von Furien gehetzt, glitt sie an dem leuchtenden Band entlang, das die samtene Schwärze der unendlichen Wasserdecke durchzog. Noch immer spürte sie den unheimlichen Sog, fühlte sie die tastenden Lichtfinger des Lesers, zerrten die hungrigen Ewigkeitskristalle jedwedes Quäntchen Sonnenenergie aus jeder einzelnen Zelle ihres ausgemergelten Körpers.

»Weg, nur weg hier!«, hämmerte es hinter ihrer Stirn.

Antalia hatte nur an ihr Volk gedacht. Dabei war ihr die Gefahr, die die Ewigkeitskristalle darstellten, vollkommen entgangen. Diese Steine waren nicht böse, sie dachten nicht, aber sie lebten von Energie, und ihre Lieblingsmahlzeit war unzweifelhaft Sonnenenergie. Für sie musste es einer wahren Orgie gleichgekommen sein, als Antalia sich mit Xero verband und sich anschließend noch dem Erinnerungsarchiv zur Verfügung stellte. Wieder durchlief Jara ein Schauder. Was, wenn es Darieno nicht gelungen wäre, zu ihr vorzudringen, wenn die Tore geschlossen geblieben wären? Wenn nicht *sie* Antalia vor der völligen Selbstaufgabe hätte bewahren können? Sie waren gemeinsam durchs Leben gegangen. Sie war Antalia, und Antalia war sie gewesen. Bis …, ja, bis die Metamorphose begann und jede von ihnen ein eigenes Bewusstsein entwickelte. Plötzlich war sie nicht mehr eine, sondern zwei Personen. Zunächst war Antalia dominant, Jara ihr Schatten, ein stiller Beobachter, unbemerkter Teilhaber. Sie hatte es nie als Bürde oder Qual empfunden, nur latent vorhanden zu sein, eine untergeordnete Rolle zu spielen. Und dann hatte sich alles rasend schnell verändert. Unversehens wurde es wichtig, dass Antalia von ihr erfuhr, sie einander kennenlernten, zusammenarbeiteten, sich gegenseitig vertrauten. Sämtliche neuen Erkenntnisse, zu denen Antalia, teils mit Darienos Hilfe, teils alleine, gelangt war, waren auch für Jara derart erschlagend gewesen, dass sie die gelegentliche Hilflosigkeit ihres Zwillings durchaus verstand ... und teilte. Gemeinsam hatten sie sich durch die ihnen aufoktroyierte Informationsflut gekämpft. Sie hatten selektiert und sich dann für das Vorgehen entschieden, das Antalia ausgeführt hatte. Bisher hatte sie sich Antalia untergeordnet. Freiwillig. Vielleicht auch aus Angst, selbst nicht stark genug zu sein. Nun jedoch war sie gezwungen, in den Vordergrund zu treten, um ihre Schwester zu retten. Ihre gemeinsame Aufgabe war noch nicht beendet, und allein konnte es weder die eine noch die andere schaffen, das wussten sie mittlerweile beide mit erschreckender Klarheit.

So rang Jara um jeden Meter. Sie verbannte ihre eigene Schwäche in den hintersten Winkel ihrer Wahrnehmung, glitt weiter und weiter der rettenden Oberfläche entgegen. Ab und zu schob sich Darienos Antlitz in ihren nur noch stereotyp ›weiter‹ denkenden Geist. Aber die Kraft fehlte ihr, dieses vertraute Gesicht festzuhalten. So bekam sie seine Ankunft nicht mit. Der Schreck fuhr ihr durch alle Glieder, als er seine Hände auf ihre Hüften legte, um mit seiner Geschwindigkeit auch ihr Vorwärtskommen zu beschleunigen. Ihr mentaler Aufschrei erschütterte ihn bis ins Mark. Wie von einem elektrischen Stromschlag geschüttelt, riss es ihn zurück.

»Ich bin es, Darieno!«, keuchte er auf.

Erst jetzt schien sie ihn zu erkennen. Ihr Schrei verstummte. Abermals legte er seine Arme um ihre Mitte. Diesmal leistete sie keinen Widerstand, sondern passte sich seinen Bewegungen an. Wie viel Zeit mochte wohl vergangen sein, als das Schwarz der unendlichen Tiefen allmählich weniger dunkel, schließlich heller und heller wurde? Irgendwann nahmen ihre Augen sogar die Veränderung von Fauna und Flora wahr. Ein Farbreichtum wie aus einer anderen Welt. Die Strahlen der sich bereits wieder dem Horizont nähernden Sonne zeichneten breite Fächer in die Fluten. Die Oberfläche des Ozeans leuchtete golden, nur leicht gekräuselt von einem zarten Flüstern des Windes, als ihre Köpfe den Spiegel durchbrachen. Jaras Augen füllten sich mit Tränen. Obgleich sie noch meilenweit von jeglichem Festland entfernt waren und es mit Sicherheit noch Stunden dauern würde, bis sie dieses erreichten, fiel doch eine zentnerschwere Last von ihr ab. Sie hatte es geschafft, durchgehalten, nicht aufgegeben. Nun fühlte sie bereits einen ersten hauchfeinen Energiezuwachs, hervorgerufen durch das langwellige Licht des untergehenden Tagesgestirns. Darieno verharrte reglos an ihrer Seite, gestattete ihr diesen Moment der Erleichterung, den ganz persönlichen Augenblick stillen Dankes. Erst als sie sich ihm wieder zuwandte, nickte er kurz und setzte sich erneut in Bewegung.

Die Nacht brach herein. Das von Millionen winziger Lichtpünktchen durchbrochene Dunkel überdeckte die im weichen Luftstrom nur leise gurgelnden Wellen. Nebeneinander, jedoch ohne sich zu berühren, glitten die beiden durch das glasklare Wasser. Der innere Kompass führte sie stetig und untrüglich auf das Ufer zu, von dem aus sie zur ›Stadt auf dem Meeresgrund‹ aufgebrochen waren. Wie viel Zeit mochte wohl hier oben vergangen sein? Unten waren es ihrer Wahrnehmung nach nur wenige Tage gewesen.

Irgendwann tauchten in der Ferne die Umrisse einer Masse auf, die aus der eintönig flachen Ebene der unendlichen Weite des Ozeans herausragte. Sie näherten sich dem Land. Obwohl sie in keinerlei Kontakt miteinander standen, meinte Darieno, Jaras Zittern zu spüren, das er einerseits ihrer Schwäche, andererseits dem überwältigenden Gefühl des Heimkommens zuschrieb. Wäre Antalia an seiner Seite, er nähme ihre Hand in die seine. Und wenn sie die ersten Schritte auf den sandigen Strand hinaus täten, zöge er sie in seine Arme, hielte sie, teilte die sie durchtobenden Empfindungen mit ihr.

»Warum tust du es nicht?« Die vor Tränen heisere Stimme des Mädchens riss ihn aus seinen Gedanken.

Bebend stand sie neben ihm, die Beine noch von Wasser umspült, die Arme von Gänsehaut überzogen, die nasse Bluse an ihrem Körper klebend, dessen Konturen sich deutlich darunter abzeichneten. Ihre Wangen glühten, und dieser Blick, dessen goldener Blitz ihn schier hypnotisierte, bohrte sich in seine Augen. Da war sie wieder, diese Empfindung, die ihn schon einmal überrollt, gegen die er sich nicht zur Wehr hatte setzen können, die ihn in einen Strudel aus Leidenschaft und Hingabe gestürzt und all seine Bedenken hinweggefegt hatte. Sie manipulierte ihn. Er konnte nichts, aber auch gar nichts dagegen unternehmen. Sein rationales Denken war blockiert, seine Logik ausgeschaltet, überlagert von Emotionen, die sich machtvoll Bahn brachen. Es war egal. Jara oder Antalia. Er liebte dieses Wesen, und je erzwungener er dieses Wissen zu ignorieren versuchte, desto brachialer riss es alle Mauern des Selbstschutzes nieder. Antalia hatte recht gehabt, als sie ihm zu verstehen gab, dass ihn dieses Vorgehen eines Tages ausbrennen würde. Er konnte diesen Kampf nicht gewinnen. Warum also gab er ihn nicht endlich auf? Wie ferngesteuert wankte er auf Jara zu, nahm sie auf seine Arme, trug sie den Strand hinauf, dessen trockener Sand warm und weich seine Fußsohlen massierte. Er legte sie behutsam nieder, knöpfte ihre Bluse auf, entblößte ihre kühle und doch so heiße Haut. Sein eigenes Hemd über den Kopf streifend, beugte er sich zu ihr hinunter, übersäte ihren Körper mit Küssen, grub seine Hände in ihr dichtes, pechschwarzes Haar. Ihre Finger tasteten sich über seinen Körper, gruben sich in seine Schulterblätter, zogen ihn näher, immer näher. Ihre Lippen suchten die seinen, öffneten sich verlangend. Lava trieb durch seine Adern, als er seinen Mund auf den ihren presste, ihre Zungen miteinander zu spielen begannen. Ungestüm entledigten sie sich der verbliebenen Kleidung. Es schmiegte sich Schoß an Schoß. Ihre Hände glitten über den Körper des anderen. Es gab kein Halten mehr. Dieses Mädchen, diese Frau versetzte ihn in sinnliche Raserei, spülte das letzte bisschen klaren Verstandes gnadenlos hinweg, degradierte ihn zu einer gefühlsgesteuerten, instinktdirigierten Marionette. Es war ihm egal. Sein Herz hämmerte im Stakkato. Sein Atem flog. Jede Zelle seines Körpers reagierte auf die ihn überflutenden Reize. Er gab sich dieser neuen Erfahrung hin, ließ sich fallen, schloss die Augen, genoss den Rausch der Ekstase, das Resultat der gegenseitigen Liebkosungen. Sie waren einander nah wie nie zuvor. Alle Grenzen waren gefallen, jegliche Zurückhaltung hinweggespült. Sie gaben sich mit allen Sinnen einander hin. Ihre Körper vereinigten sich, füllten ihre Seelen mit dem einen großen »Ja«.

Glückselig, durchdrungen von Liebe und Zärtlichkeit, schwebten sie wie auf Wolken. Die erste Morgenröte streichelte bereits sanft ihre nackten Leiber, als sie allmählich aus den Sphären der Sinnlichkeit in die Realität zurücksanken und eng aneinander geschmiegt erschöpft, aber befreit einschliefen.

Die strahlend helle Scheibe hatte den Zenit bereits überschritten, als Darieno erwachte. Das Mädchen an seiner Seite schien noch zu schlafen. Ihr Brustkorb hob und senkte sich in ruhigen, gleichmäßigen Atemzügen. Die Lider ihrer Augen waren geschlossen. Ihr Gesicht war ihm zugewandt, die vertrauten und doch fremden Züge entspannt. Liebevoll betrachtete er sie. Wie jung sie doch war – und gleichzeitig abgeklärt, weise. Trägerin uralten Wissens gepaart mit neuesten Erkenntnissen. Jetzt jedoch war sie einfach nur ...

»Ja, wer bist du?« murmelte er, und strich zärtlich eine schwarze Haarsträhne aus ihrem Gesicht. »Ich habe dich geliebt mit allen Fasern meines Seins. Und trotzdem weiß ich noch immer nicht, wem ich mein Herz zu Füßen gelegt habe.«

Ein Lächeln überzog das Antlitz des Mädchens, und die faszinierenden Augen, die ihn schon beim ersten Mal in ihren Bann geschlagen hatten, da er ihrer ansichtig geworden war, öffneten sich.

»Ich bin Jara«, flüsterte sie zärtlich. »Die Seele des Mädchens, das sich in dich verliebte, als sie aus Antalias Schatten heraustrat. Auch sie mag dich, vertraut dir ... aber ihr Herz gehört einem anderen. Du musst kein schlechtes Gewissen haben. Du hast deine Leidenschaft immer nur mit mir geteilt.«

»Antalia hatte also recht als sie sagte, sie sei zwei«, flüsterte Darieno.

Jara nickte zustimmend. »Ich kann allerdings genau wie Antalia lediglich Mutmaßungen darüber anstellen, warum das so ist«, eröffnete sie ihm. »Ich bin Aris und Marians Tochter, Joris und Torans Schwester. Ich nehme an, dass Antalia recht hat mit ihrer Vermutung, dass sowohl sie als auch ich Erinnerungsträger sind und es tatsächlich von Anfang an unsere Mission war, unser Volk wieder zusammenzuführen. Mein Körper jedoch war an der Luft ebenso wenig lebensfähig wie der Antalias im Wasser. Aber während sie kämpfte, durchhielt und überlebte, starb der meine. Meine Seele muss sich verzweifelt gegen den endgültigen Abschied zur Wehr gesetzt haben. Als hätten sie immer zusammen gehört, als wäre sie der fehlende Teil eines Ganzen, nahm Antalia sie auf. Wir verschmolzen, wurden eins, wuchsen als eine Person in meiner Familie auf. Erst die Metamorphose nötigte uns erneut zur Separation, offenbarte uns unsere Bestimmung. Es war schwer für uns beide mit den einsetzenden Veränderungen und der Informationsflut, die über uns hereinbrach, klarzukommen und so gut wie unmöglich, mit dem jeweils anderen in Kontakt zu treten. Antalia scheint die Stärkere, die Zähere von uns beiden zu sein. Bisher hat sie unseren gemeinsamen Körper dominiert, ist ihren Weg gegangen, und ich habe ihre Entscheidungen widerspruchslos mitgetragen. Nun jedoch hat sie sich völlig verausgabt, ist ausgelaugt und schwach, kaum mehr als ein Hauch ihrer selbst. Wenn wir nicht beide zu Grunde gehen wollten, war es unumgänglich für mich, vollständig aus ihrem Schatten herauszutreten, denn unsere Aufgabe ist noch nicht beendet. Ich unterliege den gleichen Zwängen wie sie. Welche Rolle mir nun allerdings zuteil wird, entzieht sich bisher meiner Kenntnis. Ich fühle nur, dass wir beide gebraucht werden.«

»Wie wird es weitergehen ... mit ihr und dir?« fragte Darieno vorsichtig.

»Das kann ich dir nicht sagen«, antwortete Jara. »Ich weiß es ebenso wenig wie sie. Wahrscheinlich wird sie, wenn sie wieder zu Kräften gekommen ist, abermals diesen Körper dominieren. Vielleicht wird eine von uns in der anderen aufgehen ... oder vergehen. Möglicherweise finden wir einen Weg, uns bewusst irgendwie abzuwechseln. Oder wir sterben bei oder nach dem Erfüllen unserer Aufgabe.«

Eine Wolke schob sich vor die Sonne. Der Wind, der bisher kaum spürbar gewesen war, frischte auf. Der Temperaturwechsel erfolgte derart abrupt, dass Jara zu frösteln begann, sich erhob und ihre mittlerweile getrockneten Kleider wieder anzulegen begann. Darieno folgte ihrem Beispiel. Eine Weile noch standen sie schweigend nebeneinander und beobachteten die schnell ziehenden Wolken, die das Blau des Himmels wie ein Wal einen Schwarm Sardinen zu verschlingen begannen. Ein schneller Wetterwechsel war an der See nichts Ungewöhnliches. Jedoch in Anbetracht der Tatsache, dass die beiden außer den Kleidern, die sie auf dem Leib trugen, nichts bei sich hatten, kam er äußerst ungelegen.

»Wir sollten uns zu der Hütte begeben, in der wir die Ferien verbracht haben«, schlug Jara vor. »Selbst wenn wir nicht hinein können, so bietet die vorstehende Überdachung doch zumindest ein wenig Schutz vor dem Regen, der gewiss bald einsetzen wird.«

»Hast du etwa Angst vor dem Wasser?«, neckte Darieno sie.

»Und wie!«, gab Jara verschmitzt zurück.

Erstmals lag ein Lachen in ihrer Stimme, und die bisher so ernsten Augen glitzerten belustigt.

»Na, dann komm, bevor es tatsächlich zu stürmen anfängt und wir Gefahr laufen, einerseits völlig durchnässt und andererseits total unterkühlt von den Windböen erfasst und fortgeweht zu werden.« Er griff nach ihrer Hand, und gemeinsam schritten sie auf den Durchgang in den Dünen zu, der in den Trampelpfad überging, welcher zu der kleinen Blockhütte führte, bei der sie Schutz vor dem heraufziehenden Sturm zu finden hofften. Wie selbstverständlich übernahm Jara die Führung. Sie war diesen Weg so oft gegangen. Ein seltsames Kribbeln manifestierte sich in ihrer Magengrube. Hunger? Sie lauschte in sich hinein. Nein, das, was sie fühlte, war etwas anderes. Eine Art Vorfreude. Die Muschel auf ihrer Brust begann, sachte zu pulsieren, als sie sich dem Blockhaus näherten.

»Wir werden erwartet!«, hauchte sie und begann zu rennen.

Aufarbeitung

DAS DÜNENGRAS BOG sich, richtete sich, sobald der Wind etwas nachließ, wieder auf, um wenig später von einer erneuten Bö abermals zu Boden gepresst zu werden. Aufgewirbelt stieben die feinen Sandkörner dahin, verfingen sich in den dichten Halmen, zwangen Jara und Darieno, die Augen zusammenzukneifen. Dicke Tropfen schlugen rings um sie her auf den Weg, in die Büsche, benetzten die langen Stiele der widerstandsfähigen Pflanzen, die dem Wanderdrang der Sandhügel trotzig Einhalt boten und somit für eine gewisse Stabilität des Landschaftsbildes sorgten. Die Arme schützend über die Köpfe erhoben, hetzten die beiden weiter, sich resignierend der Tatsache beugend, dass eine trockene Ankunft bereits zu frommem Wunschdenken verkommen war. Wenn doch nur die Temperatur nicht weiter absank.

Die Vorhänge der Hütte waren zurückgezogen, und obschon noch einige Meter zurückzulegen waren, konnte man im flackernden Feuerschein, der durch die Fenster nach draußen drang, die Umrisse sich bewegender Personen erkennen. Wer wohl ausgerechnet jetzt in der Hütte logierte? Egal, sie würde anklopfen und um Einlass bitten. Wenige Schritte vor der Eingangstür stoppte Jara ihren Lauf, und Darieno schloss zu ihr auf. Bis auf die Haut durchnässt boten beide nicht gerade einen salonfähigen Anblick. Darieno grinste ein wenig schief, als er ihre Absicht durchschaute. Wie auch Antalia war Jara wohl von einem einmal gefassten Entschluss schwer wieder abzubringen. Einen tiefen Atemzug nehmend hob sie die rechte Hand, ballte sie zur Faust und schlug die Knöchel dreimal an das Holz der Pforte. Schrittgeräusche näherten sich. Die Klinke wurde von innen heruntergedrückt, die Tür etwa 30 Zentimeter aufgezogen. Ein markantes, braungebranntes Gesicht, umrahmt von schwarzen Locken erschien dahinter, und ein athletischer Körper verhinderte ein weiteres Hineinsehen in den Raum.

»Oriri!« Jaras Freudenschrei durchdrang das gesamte Häuschen.

Ehe sich der verdutzte Mann versah, hatte sie die Tür zur Gänze aufgestoßen und war ihm um den Hals gefallen. Zwei weitere Personen stürzten herbei. Auch Darienos Augen begannen zu leuchten, als er Nerit und Xero erkannte. Ein Lächeln umspielte Xeros Lippen, als er ihm die Hand entgegenstreckte, ihn vorbei an Oriri und Jara in den kleinen Flur hineinzog und die Tür hinter ihm schloss. Nerit hielt sich ein wenig zurück. Ihr war nicht entgangen, wie steif Oriri unter der Umarmung der fremden Frau geworden war, auch wenn sie ihn gut zu kennen schien und sich in Darienos Begleitung befand. Wo war Antalia? Ihretwegen hatten sie vor Monaten die Zaikidu verlassen, sich auf den Weg gemacht, die Wüste durchwandert. Ihretwegen war ihr Kind in einer Herberge zur Welt gekommen. Endlich in der Stadt Buraja angekommen, hatten sie sich zwar der allen zugänglichen Verkehrsmittel bedient, aber mit der kleinen Sayuri war auch das kein Zuckerschlecken gewesen. Müde und zerschlagen waren sie vor zwei Tagen hier angekommen, und endlich hatte sie ein wenig Ruhe und Erholung gefunden. Seitdem warteten sie, denn Xero hielt unerschütterlich an seiner Behauptung fest, dass Antalia zurückkehren würde.

Schließlich gelang es Oriri, sich aus Jaras Umarmung zu befreien. Befremden im Blick, hielt er sie auf Armeslänge von sich und musterte sie eingehend. Er sah in ein unbekanntes Gesicht, und doch kamen ihm ein Teil der Züge irgendwie vertraut vor. Sie hatte ihn so überschwänglich begrüßt, so glücklich »Oriri« gerufen, dass es ihm fast peinlich war, sich ihrer kein bisschen erinnern zu können. Aus dem Augenwinkel bekam er mit, dass auch Nerit verwirrt war. Einzig Xero, der mittlerweile Darienos Hand losgelassen hatte, umarmte diese Fremde mit einer Selbstverständlichkeit, als kenne er sie seit Ewigkeiten.

»Ihr solltet euch was Trockenes anziehen«, meinte er schließlich, »und dann kommt ins Wohnzimmer. Das Kaminfeuer wird die Kälte aus euren Muskeln vertreiben.«

»Wir sind zurückgekommen, wie wir gegangen sind - ohne Handgepäck«, erinnerte Darieno.

Jara wandte sich Nerit zu, die noch immer etwas unsicher hinter den jungen Männern stand. Sie hielt ihr die Hand mit dem Armband entgegen und sah sie offen an.

»Nerit, Schwester«, sagte sie leise.

Ein unterdrückter Schrei entwich Nerits Kehle. »Wer bist du?«, flüsterte sie.

»Ich bin Jara, und ich bin auch Antalia. Es gibt so viel zu erzählen, aber erst möchte ich diese nassen Kleider loswerden. Ich friere erbärmlich!«

Nerit fasste sich schnell. Für den Moment nahm sie die Worte dieses Mädchens hin, drehte sich um, holte aus dem Schlafzimmer, das sie sich mit Xero teilte und in dem Sayuri friedlich schlief, ein Sweat-Shirt, eine Hose, ein Paar Socken und Unterwäsche. Dankbar nahm Jara die Kleidungsstücke entgegen, verschwand im Badezimmer. Xero, dessen Statur der Darienos ähnlicher war als die Oriris, suchte ebenfalls ein paar Kleidungsstücke zusammen. Wenig später nahmen die beiden, abgetrocknet und umgezogen, auf dem zweiten Sofa des Wohnzimmers Platz. Jaras Blicke glitten über die drei Freunde, die ihnen gegenüber saßen. Sie sahen älter aus, wesentlich älter, als sie sie in Erinnerung hatte.

»Wie lange waren wir weg?«, richtete sie ihre erste Frage an Xero, denn er schien am besten mit der neuen Situation klarzukommen.

»Ziemlich genau sieben Jahre«, antwortete dieser.

Jara schluckte. »Und wie lange ist deine letzte Verbindung mit Antalia her?«

»Etwas mehr als sechs Monate. Ist sie …?«

»Nein, sie ist nicht tot. Sie ruht. Wir haben die Plätze getauscht, denn im Moment bin ich die Stärkere von uns beiden.«

Im Anschluss begannen sie und Darieno abwechselnd zu berichten. Es wurde ein langer Abend und eine lange Nacht. Die drei Freunde lauschten aufmerksam, unterbrachen die beiden nur selten. Sayuri erwachte dreimal. Nerit stillte ihre Tochter, wechselte ihre Windeln und reichte sie dann, als sie Jaras Blicke bittend auf sich spürte, zu ihr hinüber. Diese wiegte das Kind, strich ihm zärtlich über die rosigen Wangen, die dunkelbraunen Haare. Das kleine Mädchen hatte klare, grüne Augen, nicht ganz so dunkel wie Xeros, aber auch nicht so hell wie Nerits. Ihre Haut glich der des Zaikidu, jedoch war sie feingliedrig wie ihre Mutter. Eine Weile war Jara so sehr in die Betrachtung des Babys vertieft, dass sie die an sie gerichteten Worte überhaupt nicht mitbekam. Darieno rüttelte sie sachte an der Schulter, und wie aus einem Traum tauchte sie in den Wachzustand zurück.

»Ich hab nicht zugehört«, bekannte sie. »Augenscheinlich hat mein Geist eine Auszeit gebraucht, und Sayuri hat sie mir verschafft. Wir sitzen hier zusammen. Darieno und ich erzählen, doch gleichzeitig überschwemmen mich ungezählte Eindrücke und Fragen. Es ist seltsam, euch seit Jahren zu kennen – und trotzdem eine Fremde für euch zu sein. Des Weiteren«, wandte sie sich an Xero und Nerit, »ist es ein befremdendes Gefühl, eure Tochter in den Armen zu halten, und selbst noch immer siebzehn zu sein, während ihr mittlerweile um fast sieben Jahre gealtert seid. Auch muss ich immer wieder an meine Familie denken. An Ari, Marian, Toran und Jori. Werden sie mich erkennen? Wie Antalia aufnehmen? Oder zurückhaltend, misstrauisch, vielleicht sogar ablehnend reagieren? Ich kann doch nichts dafür, dass ich bin, was ich bin. Antalia hat sich den Part, den ihr das Schicksal auserkoren hat, ebenfalls nicht ausgesucht. Wir sind beide gezwungen anzunehmen, was sich für uns aufgrund unserer Bestimmung ergibt. Wir müssen irgendwie versuchen, damit klarzukommen und das Beste daraus zu machen. Ich weiß nicht, ob und - wenn überhaupt - wann und wie Antalia wieder an die Oberfläche kommen wird. Aber ich wünsche mir so sehr, dass ich für euch wieder dieselbe bin, die ich war, bevor ich ins Meer ging. Denn ich war immer da, auch wenn mich niemand bemerkt hat.« Ihre Stimme versagte. Zurückgedrängte, ungeweinte Tränen schnürten ihr die Kehle zu.

Nerits Wangen überzogen sich mit einem sanften Rot, als sie sich erhob, ihren Platz neben Xero verließ, Jara schräg gegenüber in die Hocke ging und deren Hände ergriff.

»Gib uns ein bisschen Zeit«, bat sie. »Für uns sind Jahre vergangen, und sowohl deine Veränderung, als auch eure Geschichte sind trotz der Operation, in die Xero und ich involviert waren, alles andere als leicht zu verdauen. Was haltet ihr von der Idee, jetzt erst mal eine Pause einzulegen, etwas zu frühstücken, danach vielleicht ein wenig an die Luft zu gehen ... und uns all die Neuigkeiten, mit denen wir konfrontiert wurden, verarbeiten zu lassen?«

»Ich für meinen Teil halte das für einen ausgezeichneten Vorschlag!«, bekundete Darieno seine Zustimmung.

Jara schloss sich seiner Meinung mit einem stummen Nicken an. Xero und Oriri marschierten bereitwillig in die kleine Küche, während Nerit sich neben Jara auf das Sofa setzte.

»Du solltest deinen Eltern eine Nachricht zukommen lassen. Obwohl Xero der festen Überzeugung war, dass Antalia zurückkehren würde, hat er sie doch nicht darüber unterrichtet, da er sie keinesfalls der Enttäuschung eines Irrtums aussetzen wollte. Sie haben die Zeit, in der auch wir nichts von dir wussten, so tapfer durchgestanden. Immer im festen Glauben an deine Rückkehr und der verzweifelten Hoffnung, dass sie sich nicht einem unhaltbaren Wunschdenken hingeben. Jori und Toran kriegen sich noch immer in regelmäßigen Abständen darüber in die Haare, dass sie dir dein Vorhaben nicht doch auszureden versuchten und haben sich in den ersten zwei Jahren deswegen fast ernsthaft zerstritten. Es war ein regelrechter Kampf, sie davon zu überzeugen, dass du am Leben bist, und ob es uns tatsächlich gelungen ist, bezweifle ich immer noch. Doch wie dem auch sei, sie warten ebenfalls auf eine Botschaft, die ihre Unsicherheit beendet.«

»Was … machen die beiden?«, erkundigte sich Jara zaghaft. »Sie müssten ihre Studien längst beendet haben …«

»Jori hat sich ganz dem Erforschen dieses Planeten verschrieben. Ihm haben es besonders die Höhlen angetan. Vor einigen Jahren, fünf sind es jetzt, glaube ich, hat er gar nicht weit von eurem ›Haus in den Höhen‹ ein verirrtes Iruju aus einer Felsspalte befreit und dabei bemerkt, dass sich dieser Riss bis weit in den Berg hinein erstreckt. Seine Neugier trieb ihn tiefer und tiefer, soweit wie ihm der Schein der kleinen Taschenlampe, die er stets bei sich trägt, das Vorwärtskommen ermöglichte. Er ist auf ein weitverzweigtes Netz von Hohlräumen und Gängen gestoßen, entdeckte faszinierende Gesteinsformationen, unterirdische Wasserreservoire ungeahnter Ausmaße, sowie Edelsteinvorkommen, die in ihrer Anordnung und Vielfalt manches Rätsel aufgeben. Er hat uns Bilder gezeigt. Aber außer der kleinen Gruppe, deren Forschungsleiter ist, lässt er niemanden in sein Heiligtum hinein. Ich glaube, er kompensiert seine Selbstvorwürfe durch diese Art Fanatismus, mit der er sich in die Arbeit stürzt. Er … hat sich sehr verändert. Er ist still und ernst geworden. Seine Crew liebt ihn, denn er versteht es, sie für ihre Tätigkeiten zu begeistern. Aber nach dem Tagewerk zieht er sich oft zurück, … und um sein wahres Inneres, seine Gefühle, seine Gedanken hat er einen Wall gezogen, durch den er niemanden hindurch lässt. Toran nimmt alles gelassener. Er ist seit zweieinhalb Jahren mit Siri zusammen, hat sich in Colligaris häuslich niedergelassen und unterrichtet Architektur an der dortigen Universität. Siri ist technische Zeichnerin, und die beiden ergänzen sich prima, besonders wenn zusätzliche Aufträge an sie herangetragen werden. Er ist ein wenig erwachsener geworden, aber ansonsten der liebenswerte Kindskopf geblieben, den du kennst.«

»Kommt ihr?«, riss Oriris Stimme sie aus ihrer Unterhaltung. »Der Küchentisch biegt sich bereits unter der Last der aufgetragenen Speisen. Und außerdem hab ich Hunger!«

»Du hast Hunger?« Xero sah ihn perplex an. »Ich dachte, solcherlei Empfindungen verschwänden vollkommen, wenn man eine so lange Zeit wie du bei den Yuremi verbringt. Na ja, wenigstens haben sie es geschafft, dir so viel Anstand beizubringen, dich zurückzuhalten und nicht mir nichts dir nichts über alles herzufallen, was unserer Hände Arbeit zustande gebracht haben!«

»Mit Anstand hat das gar nichts zu tun!«, korrigierte ihn Oriri. »Deine Argusaugen und deine Reflexe lassen mir ja sowieso nicht die geringste Chance, auch nur eine klitzekleine Kleinigkeit zu stibitzen. Was also bleibt mir anderes übrig, als mich in mein Schicksal zu fügen, meine Gier zu zügeln«, resigniert richtete er die Augen zur Decke, »unsere herzallerliebsten Heimkehrer nebst deiner Partnerin vom Sofa herbeizurufen, zu warten, bis sie hier Platz zu nehmen geruhen ... und als vollendeter Gastgeber selbstverständlich zu warten, bis jeder sich seinen Teller beladen hat?« Nun grinste er Xero herausfordernd an. »Dann jedoch wirst auch du mich nicht mehr daran hindern, solange in den dargebotenen Leckereien zu schwelgen, bis ich satt bin!«

Ein erstes befreites Lachen schallte durch den Raum, und die Anspannung aller, die für einen aufmerksamen Beobachter offensichtlich die Schultern jedes einzelnen versteift hatte, löste sich auf. Darieno hakte sich bei den jungen Frauen ein, und gemeinsam gingen sie in die Küche hinüber.

Die Gespräche während des Frühstücks gestalteten sich eher schleppend, denn die allgemein durchbrechende Müdigkeit gestattete weder ein interessantes, zusammenhängendes Erzählen noch ein aufmerksames Zuhören. Als nach einer weiteren Stunde alle gesättigt und kaum noch fähig waren, die Augen offenzuhalten, beschlossen sie, alles Weitere auf den nächsten Tag zu verschieben. Sie verkrochen sich in die Betten und auf die Sofas und gaben dem Schlafbedürfnis nach, das alle sekundenschnell ins Reich der Träume beförderte.

Darieno erwachte als Erster. Ein schwaches Dämmerlicht drang von draußen herein. Der Himmel war noch immer wolkenverhangen. Das kontinuierliche Prasseln des Regens, der seit ihrem Eintreffen die Landschaft benetzt hatte, war jedoch nicht mehr zu hören. Schweigend sah er in Jaras ihm zugewandtes Gesicht. Ihm schien, als ob auch Antalias Züge unterschwellig auf diesen zu erkennen seien. Ein Knarren der Holzdielen schreckte ihn aus seinen Gedanken auf. Oriri schlurfte noch ein wenig dösig in Richtung Badezimmer. Wasser rauschte, und kurz darauf betrat er mit nassen Locken und einem schrägen Grinsen das Wohnzimmer. Darieno setzte sich auf. Er legte die Decke zusammen, in die eingerollt er die Nacht verbracht hatte, und bot Oriri an, neben ihm Platz zu nehmen. Dieser kam dem Angebot nach, doch anstelle einer Gesprächsaufnahme sah er nur stumm auf seine Hände nieder.

»Gestern warst du redselig wie eine Marktfrau, und heute schweigst du mich an wie ein Gänseblümchen«, eröffnete Darieno seinerseits die Unterhaltung. »Du bist doch, nach allem, was ich gehört habe, keineswegs schüchtern. Also, rück schon raus mit dem, was du wissen oder mir sagen willst.«

»Ich muss mit dir reden. Aber nicht unbedingt hier, wo alle es mitbekommen!«

»Dann sollten wir uns ein wenig die Füße vertreten. Lass mich mir nur eben den Schlaf aus dem Gesicht waschen und den zwingend notwendigen Bedürfnissen dieses Körpers Genüge tun.«

Oriri nickte. Darieno erhob sich, verschwand nun seinerseits im Bad, und als er es wieder verließ, öffnete Oriri bereits die Haustür, um nach Darieno die Hütte zu verlassen. Eine Zeit lang liefen sie schweigend nebeneinander her. Als sie schon nahezu zwei Kilometer hinter sich gebracht hatten, begann der schwarzhaarige junge Mann zu sprechen.

»Ich weiß nicht, was zwischen dir und Antalia gelaufen ist, aber die, die du mitgebracht hast, ist nicht die, mit der du uns vor sieben Jahren verlassen hast!«, stellte er sachlich fest. »Bei allem, womit ihr uns gestern überschwemmt habt, ist ihre Verwandlung doch reichlich kurz gekommen. Ich will wissen, wer diese Jara wirklich ist.«

Darieno atmete vernehmlich ein und aus, sammelte sich. Er erinnerte sich sowohl der Vermutungen, die Antalia bezüglich ihres Zwillings geäußert hatte, als auch der Erklärung, die Jara selbst ihm gegeben hatte. Daraufhin begann er, Oriri so detailliert, wie er es noch zustande brachte, die seltsamen Zusammenhänge zu erläutern. »Das ist alles, was ich weiß. Und mehr, da bin ich mir ziemlich sicher, kann auch Jara dir nicht erklären.« Noch einmal sog er tief die meeresfeuchte Luft ein. »Glaub doch nicht, dass es für mich einfacher ist als für dich! Ich liebe dieses Mädchen! Sie hat mich berührt, als sie die Metamorphose durchlief. Und so sehr ich versuchte, dagegen anzukämpfen, ich konnte das Erwachen der Gefühle nicht verhindern. Zuerst dachte ich, es sei Antalia, die mein Herz eingefangen hatte. Aber sie war es nicht! Für sie bin ich nur ein Freund. So wie Xero, Nerit und du Freunde seid. Jara hingegen ... empfindet dasselbe für mich wie ich für sie. Nur ... wie lange wird ihr Ego über das Antalias noch dominieren? Ist sie nur so lange deren Platzhalterin, bis diese sich von den Strapazen, denen sie sich aussetzte, erholt hat? Seit ich um die Zwillinge weiß, versuche ich, damit klarzukommen, dass dieses Wesen nie so zu mir gehören wird, wie ich es mir wünsche. Ich will sie festhalten, jede kostbare Sekunde an ihrer Seite verbringen – und doch ist mir bewusst, dass ich sie gehenlassen muss. Ich bin mir keinesfalls sicher, wie gut ich das kann, wenn der Zeitpunkt gekommen ist ...«

Erschöpft unterbrach Darieno seinen Redefluss. Warum hatte er sich eigentlich Oriri gegenüber derart geöffnet? Die schwarzen Augen seines Begleiters schienen zu unendlichen Abgründen zu werden. Der Schmerz, den er in ihnen zu entdecken meinte, war der Spiegel dessen, was er selbst empfand.

»Und ich dachte, du hättest sie mir weggenommen«, drang Oriris verzerrte Stimme an sein Ohr.

»Antalias Herz gehört einem anderen. Wem jedoch, hat Jara mir nicht gesagt«, murmelte Darieno.

»Wir sind wohl alle Figuren auf dem großen Spielbrett des Schicksals, und jeder von uns hat seine Aufgabe zu erfüllen. Bisher war es vonnöten, dass wir den Banden der Freundschaft gefolgt sind. Wahrscheinlich wird diese Strategie auch weiterhin die größtmöglichen Erfolge gewährleisten. Es ist gut, dass du so offen zu mir warst. Ich war wohl von Anfang an derjenige, der dir mit dem größten Argwohn begegnet ist, weil meine Empfindungen den deinen so ähnlich waren. Wir sind Rivalen und sind es auch wieder nicht. Glaubst du, auch wir beide könnten Freunde werden?«

»Es wäre schön, denn ich habe keine anderen«, seufzte Darieno.

Oriri streckte ihm seine Hand hin. »Komm, schlag ein! Geteiltes Leid ist halbes Leid. Geteilte Freude jedoch ist doppelte Freude.«

»Möge Liebe nie Freundschaft zerstören!«, ergänzte Darieno und drückte die dargebotene Rechte kurz aber heftig.

Auch Jara und Nerit spazierten am Strand entlang. Sie hingegen führten keine so tiefschürfenden Gespräche. Nerit trug Sayuri in einem Tuch vor ihrem Bauch, erzählte von den Aufführungen, an denen sie mitgewirkt, und den Orten, die sie durch ihre Reisen kennengelernt hatte.

»Xero und Oriri haben noch lange nach Beendigung der Schulzeit in den Kadern trainiert und an Wettkämpfen teilgenommen. Oft haben wir uns irgendwo getroffen. Sie haben sich unsere Show angesehen, und ich hab sie bei ihren Wettbewerben angefeuert. So haben wir uns nie aus den Augen verloren. Seit fast drei Jahren sind Xero und ich freiwillige Partner und verbringen die Tourneepausen zusammen bei seiner Sippe. Oriri zieht sich immer mal wieder zu den Yuremi zurück. Ein bisschen eigenbrötlerisch war er ja immer schon. Unheimlich wissbegierig obendrein. Und dort findet er jedes Mal noch etwas Neues, das er dem Speicher in seinem Kopf einverleiben kann.« Sie lachte leise bei der Erinnerung daran, wie euphorisch er ihnen darüber beim ersten Mal berichtet hatte. »Aber er hat unsere Freundschaft stets in Ehren gehalten. War da, wenn er gebraucht wurde. Ich glaube, er hat deine Eltern weit öfter besucht als Xero und ich. Und er hat auch die Kontakte zu Jori und Toran intensiver gestaltet. Lass ihn die Depeschen aufgeben, er weiß am genauesten, wohin sie zu richten sind.«

»Ja, ich werde ihn fragen, ob er das für mich tut. Ich ... möchte nicht länger als nötig hier bleiben. Ich habe Sehnsucht nach ... zuhause.«

»Du meinst das ›Haus in den Höhen‹?«

»Ja und nein, ... natürlich ist es einerseits der Ort, an dem auch ich aufgewachsen bin. Aber es ist auch die Familie. Weißt du, in der ›Stadt auf dem Meeresgrund‹, war es eine völlig andere Welt – Antalias Welt. Meine Welt ist hier ...«

Nerit nickte.

»Ich hab sie gesehen, eure drei Welten. Ich verstehe, was du meinst, ... Schwester.«

Nerit lächelte, und Jara lächelte zurück.

»Du und Xero, ihr seid ein Paar«, nahm Jara nach einem Moment der Stille den Faden wieder auf. »Aber was ist mit Oriri?«

»Der?«, entgegnete Nerit amüsiert. »Ich glaube, der genießt es, frei und unabhängig, nur für sich selbst verantwortlich zu sein und tun und lassen zu können, was er will. Er füttert sein Hirn mit allem, was er zu fassen bekommt und nimmt seit einigen Jahren die Weisentreffen bei den Yuremi als willkommenen Informationspool wahr. Manchmal bleibt er länger dort. Das letzte Mal hat er es sage und schreibe auf fünf Monate gebracht, bevor Xero ihn in die Wüste zitiert hat. Das war kurz vor der großen Verbindung. Einige Wochen später sind wir zusammen aufgebrochen. Oriri und Xero haben oft über irgendwelche Dinge diskutiert, von denen ich nicht allzu viel mitbekommen habe. Es war fast wie zur Schulzeit, und ich hatte den Eindruck, dass beide es genossen haben.«

»Das hört sich so komisch an. Für mich ist nicht viel mehr als eine Woche vergangen ...«

»Diese Zeitverschiebung ist etwas, womit wir alle so unsere Akzeptanzprobleme haben, fürchte ich. Aber da müssen wir wohl einfach durch.« Nerit zuckte mit den Schultern. »Wir haben ja noch ein paar Tage, uns einander wieder anzunähern. Bis die Nachrichten alle erreicht haben und jeder zu eurem ›Haus in den Höhen‹ gekommen ist, vergehen bestimmt noch mal mindestens zwei Wochen. Die dürften uns doch genügen, oder?«

»Du bist so viel lockerer geworden«, stellte Jara überrascht fest.

»Harte Arbeit, Selbstdisziplin, ein bisschen Schauspielerei und die Ergebenheit in Tatsachen, die ich schlichtweg nicht ändern kann. Xero war ein ausgezeichneter Lehrmeister, und Sayuri tut das ihre dazu.«

Jara lachte. Es war dasselbe Lachen, das Nerit kannte und das sie mehr und mehr davon überzeugte, dass alles der Wahrheit entsprach, was Darieno und sie berichtet hatten.

»Lass uns zurückgehen. Die Kleine wird bald aufwachen und sich bewegen wollen. Außerdem knurrt mir der Magen. Ich hoffe, Xero hat das Frühstück fertig ...«

»... und uns noch was übrig gelassen!«, ergänzte Jara.

»Er ist nicht Oriri!«, verteidigte Nerit ihren Partner würdevoll, bevor sie einander lachend unterhakten, kehrt machten und den Rückweg antraten.

Heimweg

EINE WOCHE NOCH verweilten die fünf in dem kleinen Holzhaus in den Dünen. Sie diskutierten das weitere Vorgehen, unternahmen gemeinsame Spaziergänge, lachten und spielten. Darieno und Oriri verstanden sich immer besser, je mehr Zeit sie miteinander verbrachten, was nicht zuletzt darin begründet lag, dass sie beide nahezu süchtig nach neuem Wissen waren und ihre beiderseitigen Erfahrungen rege austauschten.

Oriri hatte die Nachrichten an Jori, Toran, Ari und Marian kurz gehalten, lediglich Neuigkeiten angekündigt und um ein Treffen im ›Haus in den Höhen‹ gebeten. Toran und Siri hatten ihr Kommen bereits angemeldet, als auch von Jaras Eltern eine entsprechende Zusage eintraf. Von Jori jedoch fehlte jegliche Rückmeldung. Das Schweigen ihres Lieblingsbruders stach Jara ins Herz. Aber sie bemühte sich, nicht allzu viele Gedanken daran zu verschwenden. Die Belastungen der vergangenen Tage waren unleugbar auch an ihr nicht spurlos vorübergegangen. Dass sie ihre Kräfte einteilen und neue Energie tanken musste, war ihr sehr wohl bewusst. Da Sayuri ihre Eltern ziemlich auf Trab hielt, nahm Jara sie gelegentlich in ihre Obhut, damit die beiden wenigstens ab und zu ein paar Stunden alleine verbringen konnten. Für sie war die Kleine eine willkommene Ablenkung von immer wieder aufsteigenden Gedanken. Ähnlich wie bei Antalia versuchte auch ihr Gehirn, mit den in den Perlen gespeicherten Erinnerungen, den Erfahrungen und den Vermutungen einen Weg der dauerhaften Rückführung zur einstmals vorhandenen Verbundenheit zwischen den Land- und den Wasserwesen zu finden.

Ein Ausflug in das kleine Küstenstädtchen Lill sorgte einerseits für willkommene Abwechslung und bereicherte andererseits sowohl Darieno als auch Jara um jeweils einen Rucksack, einige Kleidungsstücke sowie Schuhe. So ausgerüstet kehrten sie am darauffolgenden Morgen dem vertrauten Blockhäuschen den Rücken und traten den Weg zum ›Haus in den Höhen‹ an. Einen Teil der Strecke legten sie zu Fuß zurück. Die weitaus größere Entfernung jedoch bewältigten sie in einer der Panorama-Gondeln des Schienen-Pendler-Netzes, die den Blick auf die sich immer wieder wandelnde Landschaft und das traumhafte Panorama der Gebirgswelt gewährleisteten. Selbst Sayuri schien beeindruckt von den Impressionen dieser Reise.

In Tamira angekommen machten sie sich, wie immer, wenn keiner einen Schwebewagen zu ordern gewillt war, auf den etwa eineinhalbstündigen Fußweg zu Jaras Elternhaus. So sehr sie sie auch zu verbergen suchte, Xero entgingen ihre gemischten Gefühle keineswegs.

»Mach dir nicht so viele Sorgen, Jara«, sagte er einen Arm um ihre Schultern legend. »Hier alles zu erklären, wird leichter sein. Erstens hast du schon etwas mehr Übung und zweitens neben Darieno noch uns drei zur tatkräftigen Unterstützung. Was sollte da schiefgehen?«

»Du hast es schon immer verstanden, mich aufzumuntern!«, erwiderte sie und legte ihren Arm um seine Hüfte.

Seine Nähe hatte etwas so Vertrautes, Sicheres. Er war ein Hort der Geborgenheit und Stärke. Ihr Freund. »Schön, dass es dich gibt!«

Als sie die letzte Steigung überwunden hatten und das Haus, in dem sie aufgewachsen war, sich Stück für Stück in ihr Gesichtsfeld schob, kämpfte Jara die Tränen nieder, die ihr unwillkürlich in die Augen stiegen. Als hätte irgendetwas ihre Ankunft bereits angekündigt, stand die Eingangstür weit und einladend offen. Konnte sie wirklich einfach so hineinspazieren? Einen Moment lang verstärkte sich der Druck von Xeros Arm. Sie sah ihn fragend an. Er nickte, und der Ausdruck seiner smaragdgrünen Augen offenbarte das Ja, das seine Lippen verschwiegen.

Es war still im Haus. Die unteren Räume waren leer, und auch von oben drang kein Laut zu ihnen herab. Blieb nur noch der Garten. Das Fenster der Küche, das zur Veranda hin geöffnet werden konnte und von dort das Betreten des Grundstücks zuließ, war nur angelehnt. Als sie es weiter aufschoben, drangen leise Stimmen an ihre Ohren. Es war also doch jemand zuhause. An Xeros Seite ging Jara weiter. Nerit schloss zu ihnen auf. Oriri und Darieno blieben hinter den Dreien. Marian, der gerade Wasser aus dem Brunnen schöpfte, bemerkte die Fünf als Erster. Freudestrahlend kam er auf sie zu, stutzte, blieb stehen. Jara löste sich von Xero, rannte ihm entgegen, warf ihre Arme um den Hals ihres Vaters und vergrub ihr Gesicht in seiner Brust.

»Papa«, schluchzte sie.

Verwirrt starrte Marian auf die schwarzen Haare, dann zu Xero und Nerit. Beide senkten die Köpfe, und so umschlossen nun auch seine Arme zögernd den bebenden Körper dieses Mädchens, ... das seine Tochter war? Ari war ebenfalls zwischenzeitlich auf die Besucher aufmerksam geworden und schob sich an ihrem Mann vorbei. Ihre Augen weiteten sich, als sie in der zweiten Reihe Darieno erkannte. Suchend blickte sie um sich und entdeckte die junge Frau in Marians Armen. Jara spürte ihren Blick auf sich.

»Mama«, hauchte sie, sah zu ihr hinüber und streckte einen Arm nach ihr aus.

Ari stockte der Atem. Diese Augen, und die schwarzen Haare, die im Sonnenlicht silbern glänzten ...

»Jara?«, fragte sie keuchend, bevor ihr die Knie weich wurden.

Xero sprang vor, fing sie auf, stützte sie, bis zwei andere Arme ihm diese Arbeit abnahmen. Eine ganze Weile standen die drei beisammen. Tränen in den Augen, unzusammenhängende Worte murmelnd. Bis Marian und Ari sich endlich wieder so weit unter Kontrolle hatten, dass sie auch die anderen begrüßen konnten.

»Du hast sie uns zurückgebracht«, wandte sich Ari noch immer mit erstickter Stimme an Darieno und drückte ihn an sich.

»Ich hatte nie vor, sie euch wegzunehmen!«, erwiderte er. »Sie hatte eine Mission, und ich war lediglich ihr Begleiter.

Vielleicht wird sie noch einmal gehen, aber wenn es in meiner Macht steht, werde ich an ihrer Seite bleiben und sie euch wiederbringen.«

»Du bist ein guter Junge, Darieno. Ich habe nie daran gezweifelt, dass sie bei dir in guten Händen ist. Lasst uns reingehen!«, richtete sie nun ihr Wort an alle. »Toran und Siri müssten auch bald wieder hier sein, sie wollten nur noch ein paar Besorgungen machen.«

Als sie die Küche betraten, klapperte die Haustür. Kurz darauf schoben sich zwei weitere Personen in den Raum hinein, beladen mit drei bis zum Rand mit Lebensmitteln gefüllten Körben. Als wäre der Personenauflauf das Normalste der Welt, stellte Toran die Körbe in aller Gemütsruhe auf der großen Arbeitsfläche neben dem Herd ab, drehte sich gemächlich um und schlug als erstem Oriri gönnerhaft auf die Schulter.

»So, so«, meinte er grinsend, »das hattest du also mit Neuigkeiten gemeint«, und deutete auf Sayuri, die Nerit gerade aus ihrem Tragetuch nahm. Dann sah er betont aufmerksam von einem zum anderen. »Ha«, fuhr er fort, nachdem er Xero ebenfalls die Hand geschüttelt und ihn freundschaftlich an die Brust geboxt hatte, »euer Club hat sich vergrößert. Mir ist, als hätte ich dieses Gesicht schon irgendwann einmal gesehen. Schön, dich wieder bei uns zu haben!«, begrüßte er auch Darieno. Dann blieben seine Blicke an Jara hängen. Er musterte sie von oben bis unten. »Und du musst wohl der zweite Teil der Neuigkeiten sein, wenn mich nicht alles täuscht. Aus welchem Grund sonst fände hier eine solche Versammlung statt?« Er nahm sie in die Arme und drückte ihr einen zarten Begrüßungskuss auf die Stirn. »Willkommen in unserer großen Familie!«

»Ach, Toran«, seufzte Jara, »du hast dich kein bisschen verändert, außer dass du ein paar Jahre älter geworden bist. Es tut so gut, nach den vielen Tränen der letzten halben Stunde eine fröhliche Stimme zu hören. Willst du mich deiner Freundin nicht vorstellen?«

Toran zuckte zusammen. In seinen Gehirnwindungen rauschte es. Dieses Mädchen tat ja gerade so, als kenne es ihn seit Ewigkeiten. Der Kontrolle über die Situation beraubt, räusperte er sich, um ein wenig Zeit zu schinden.

»Siri, das ist ...«, unsicher, was er nun sagen sollte, verstummte er, während sich die beiden jungen Frauen die Hände schüttelten.

»Ich bin Jara, Torans Schwester«, stellte sie sich selbst vor.

Torans Unterkiefer klappte nach unten.

»Und das«, fügte sie auf ihn deutend hinzu, »ist Darieno.«

»Familienzusammenführung!«, konstatierte Siri trocken. Sie schien kein bisschen irritiert. »Irgendetwas in dieser Richtung hat Toran angedeutet, nachdem er Oriris Mitteilung gelesen hatte. Aber wo ist Jori?«

»Er verweigert jeglichen Kontakt«, warf Marian resigniert ein. »Aber bausch das bitte nicht wieder zu einem Streit auf.« Beschwörend fixierte er seinen Jüngsten. »Er braucht vielleicht einfach noch etwas Zeit.«

»Zwei Tage gebe ich ihm noch«, erwiderte Toran, der seine Selbstsicherheit bereits wieder zurückerlangt hatte. »Dann mach ich mich höchstpersönlich auf den Weg und schleif ihn notfalls unter Gewaltanwendung hierher.«

»Tu, was du nicht lassen kannst«, mischte sich nun auch Ari in das Geplänkel ein. »Aber fürs Erste wäre ich dir dankbar, wenn du mir ein bisschen bei den Vorbereitungen helfen würdest, damit wir nachher alle zusammen essen und uns über die vergangenen sieben Jahre austauschen können.«

Toran lachte. »Gegenvorschlag: Lass dir von meiner Schwester helfen«, er betonte das Wort wie jemand, der sich auf die Schippe genommen fühlte, aber genötigt sah, das ihm aufgezwungene Spiel mitzuspielen. Sich verschwörerisch zu ihr hinüberbeugend, fügte er flüsternd hinzu: »Dann kannst du sie schon ein bisschen löchern, während wir Darieno gründlich ausquetschen!«

»Das würde ich wirklich gerne tun«, meldete sich Jara zu Wort. »Es ist schon Ewigkeiten her, dass ich mit Mama zusammen am Herd gestanden habe. Ich hoffe, ich hab nicht alles verlernt.«

»Nachdem das nun geklärt ist, verzieht sich das Mannsvolk am besten nach draußen. Das erspart mir gut gemeinte Ratschläge und verhindert, dass wir euch andauernd kunstvoll umschiffen müssen wie Steuermänner tückische Klippen.«

Solchermaßen instruiert, fügten sich alle Aris Anweisungen. Während Siri und Jara begannen, die Körbe auszuräumen, setzten die Übrigen sich erneut in Richtung Garten in Bewegung. Einzig Nerit, die Sayuri stillte, blieb am Tisch sitzen. Wie von selbst entwickelte sich ein Gespräch, und auch die Männer saßen keineswegs schweigend beisammen, wenn auch vorerst konkrete Fragen bezüglich des schwarzhaarigen Mädchens und der Vorgänge in der ›Stadt auf dem Meeresgrund‹ außen vor gelassen wurden. Während des Essens gab man ebenfalls anderen Themen den Vorrang. Dann jedoch, als mit der Dunkelheit eine feuchte Kälte über die Talsenke zu kriechen begann, die den Aufenthalt im Freien ungemütlich werden ließ und alle in die gemütliche Stube zurücktrieben, wurden erste Fragen laut, deren Beantwortung Jara sich nun nicht mehr entziehen konnte. Die flackernden Flammen des Kaminfeuers, das Marian entfacht hatte und die dem Raum eine heimelige Atmosphäre verliehen, warfen tanzende Lichter und Schatten auf ihre ernst gewordenen Züge. Immer dann, wenn eine besonders helle Feuerzunge emporschoss, vermeinte man, ihre Haare im hellen Weizengelb leuchten und Antalias Züge hinter den ihren hervorblitzen zu sehen. Wie einst in der Blockhütte am Meer berichtete Jara, unterstützt von Darieno. Selbst Nerit, Xero und Oriri, die die Geschichte bereits kannten, lauschten abermals fasziniert. Toran schüttelte immer wieder ungläubig den Kopf. In Aris Augen sammelten sich hin und wieder Tränen. Auch an Marian gingen die Erzählungen keineswegs spurlos vorüber. Jeder konnte sehen, wie sehr es in allen Mitgliedern der Familie arbeitete. Sogar Siri, die zu alledem den weitesten Abstand hatte und am wenigsten betroffen war, schluckte ab und zu heftig. Als endlich alles gesagt war, fielen Jara vor Erschöpfung fast die Augen zu. Ihr Mund war trocken. Der erste Silberstreifen am Horizont spiegelte sich in den dicken Tautropfen der Nacht, die auf den Gräsern und Blättern lagen und wie schimmernde Diamanten das erste Tageslicht reflektierten. Darieno führte sie behutsam die Treppe zu ihrem Zimmer hinauf, half ihr beim Entkleiden. Dass er nur wenig später neben sie glitt und seinen Arm um sie legte, bekam sie schon nicht mehr mit.

Als sie weit nach Mittag erwachte und die Augen aufschlug, sah sie direkt in Darienos Gesicht. Den Ellenbogen aufgestützt, die Hand unter seinem Ohr, blickte er auf sie nieder.

»Du bist wunderschön«, flüsterte er, und hauchte ihr einen Kuss auf die Stirn.

»Und ich liebe dich!«, erwiderte sie ebenso leise, zog ihn zu sich herunter und küsste ihn voller Hingabe.

Sanft und zärtlich berührten sie einander, erforschten ihre Finger ein weiteres Mal den Körper des anderen, vereinigten sie sich vertrauensvoll und leidenschaftlich. Sie wussten beide, dass die Vorsehung ihnen keine dauerhafte Bindung gestattete, aber sie würden einander lieben, solange das Schicksal es zuließ. Wenn ihre Wege sich trennen mussten, so bliebe zumindest die Erinnerung an die geteilten Stunden, die ihnen niemand nehmen konnte.

Torans laute Stimme von unten riss sie aus ihrer innigen letzten Umarmung.

»Ich werde mich jetzt auf den Weg machen!«, schallten seine Worte den Treppenaufgang hinauf.

Jara sprang aus dem Bett.

»Warte!«, rief sie ihm hinterher, und ihr Bruder blieb tatsächlich auf der Türschwelle stehen. »Lass mich gehen«, bat sie.

Toran sah seine Schwester abschätzend an und wiegte den Kopf. »Aber nicht so!«, brummte er schließlich.

Jara errötete. In ihrer Eile war sie unbekleidet die halbe Treppe hinuntergerannt.

»Zieh dir was an, iss etwas, und dann zeig ich dir, wo du Jori findest. Vielleicht ist es tatsächlich besser, du gehst. Deinetwegen hat er sich in sein Schneckenhaus verkrochen. Möglicherweise hast du die Chance, ihn da auch wieder rauszuholen.«

Der Tisch war noch gedeckt, als Darieno und Jara ein paar Minuten später unten auftauchten. Toran hatte eine Wegekarte vor sich ausgebreitet und die Stelle markiert, an der Joris Höhle lag. Es waren einige Kilometer auf gepflegten Pfaden zu gehen, bis auf die letzten zwei, die querfeldein führten. Nach den Eröffnungen der vergangenen Nacht zweifelte Toran keinen Augenblick daran, dass Jara den Ort finden würde. Sie war wie er hier aufgewachsen und mit dem Terrain bestens vertraut. Trotzdem drückte er ihr die Karte in die Hand. Wenngleich für sie nur zwei Wochen seit ihrem Weggang verflossen waren, so hatte sie immerhin die meiste Zeit der letzten Jahre in Domarillis verbracht. Die Schule aber lag ja nun nicht gerade um die Ecke.

»Verlauf dich nicht!«, sagte er grinsend.

»Kann man das hier?«, fragte sie Verwirrung vorgebend zurück.

Ari lachte schallend. »Eure Wortgefechte jedenfalls sind noch immer die gleichen wie früher. Sie haben mir lange Zeit gefehlt. Aber nun solltest du dich wirklich auf den Weg machen, sonst kommst du, und das ist trotz aller Ortskenntnis keineswegs von Vorteil, nicht mehr vor Anbruch der Dunkelheit im Forschungslager an.«

Jara nickte. Sie stopfte sich den Rest ihres belegten Brotes in den Mund, verabschiedete sich reihum, schnappte den kleinen Rucksack, in den ihre Mutter fürsorglich eine Flasche Wasser und etwas zum Essen gepackt hatte, stieß die Tür auf und lief ins Tal hinaus. Nicht weit vor ihr begann der Weg, der sie zu ihrem Bruder führen würde.

Jori

SCHON VON WEITEM konnte Jara seine Silhouette erkennen, die sich dunkel vor dem in leuchtendes Rot getauchten Horizont abhob. Von fern drangen Gesprächsfetzen und Gelächter an ihr Ohr. Die einsame Gestalt jedoch wirkte eher traurig, in sich gekehrt, abwesend. Augenscheinlich saß sie alleine an einem kleinen Feuer und starrte in die leise knisternden Flammen. Nur zögernd schritt Jara näher. Unsicher, wie sie sich verhalten, was sie sagen sollte. Ihr Erscheinungsbild entsprach nicht dem, das in Joris Erinnerung verhaftet war. Je geringer der Abstand zwischen ihr und ihm wurde, desto deutlicher vernahm sie mit einem Mal die zarten Töne, die der Geräuschpegel der anderen bisher überlagert hatte.

Jori sang! Der Wind trug eine leise Melodie vor sich her, die ihr Herz berührte, sie zu streicheln schien, sie in eine warme Decke hüllte. Wie oft hatte er ihr dieses Lied gesungen, wenn sie von Albträumen aufgeschreckt zu ihm ins Bett gekrochen war? Er hatte sie in seinen Armen gewiegt, ihr übers Haar gestrichen, unbeholfen die Tränen abgewischt. Ob auch er sich daran erinnerte? Unwillkürlich griff sie die Melodie auf. Während sie weiter auf ihn zuging, vereinte sich ihre Stimme mit der seinen. Jori schien es nicht zu bemerken. Weder seine Haltung noch sein Gesang änderte sich. Oder doch? Lag nicht mit einem Mal mehr Sehnsucht, mehr Intensität in den Tönen? Und ... saß er nicht doch ein wenig aufrechter, den Kopf um eine Nuance in ihre Richtung geneigt, als ob er angestrengt lausche? Fast hatte Jara ihn erreicht, nur eine Körperbreite trennte ihn von ihr. Jetzt stand sie neben ihm. Noch immer rührte er sich nicht. Langsam ließ sie sich an seiner Seite niedersinken, wagte jedoch weder, zu ihm hinüberzusehen, noch ihn zu berühren. So saßen sie nebeneinander. Ihre Stimmen vereinten sich mit dem Wind, schwebten wie sachte geschwungene Flügel über die sich vor ihnen erstreckende Lichtung. Dann, auf einmal, spürte sie das zaghafte Tasten einer Hand, die sich über die ihre schob, sie sanft, sehr sanft drückte. Ein Zittern schlich sich in Joris Stimme. Als er endlich, endlich zögernd zu ihr hinüberblickte, tropfte etwas Warmes, Nasses auf ihren Arm und rann langsam daran herunter. Auch Jaras Kehle war eng, aber sie beendeten ihr Lied, als hätten sie eine geheime Vereinbarung getroffen, wenngleich die letzten Worte kaum noch zu verstehen waren. Vorsichtig hob sie nun ebenfalls ihren Blick zu dem ihres Bruders. Seine Augen schwammen. Hunderte unausgesprochener Fragen standen so deutlich in ihnen, dass es ihr kalt den Rücken hinunterlief. Jedoch behielt er ihre Hand in der seinen, zuckte bei ihrem Anblick nicht zurück, wandte sich nicht von ihr ab.

»Du fühlst dich an wie meine Schwester, aber du ... siehst nicht aus wie sie«, murmelte er. »Antalia ... verließ uns vor ... fast sieben Jahren, und ich ließ sie gehen, ohne wenigstens versucht zu haben, sie umzustimmen und ihr zu sagen, wie lieb ich sie habe.«

Seine Stimme brach. Ohne zu überlegen setzte sich Jara auf Joris Schoß und schlang ihre Arme um seinen Hals. Er vergrub sein Haupt in ihren schwarzen Haaren. Seine Schultern bebten. Ein immer wiederkehrendes Schluchzen zeugte von den Emotionen, derer er sich nicht mehr erwehren konnte. War das wirklich der große Bruder, den sie als unerschütterlich stark in Erinnerung hatte?

›Ja‹, sagte sie sich, ›denn nur wer auch Schwäche zugeben kann, ist wirklich stark!‹

Die Sonne war längst hinter die Berggipfel getaucht. Die Dämmerung hatte die letzten Reste ihrer warmen Strahlen von den Felshängen gewischt, als Jori allmählich die Kontrolle über sich zurückerlangte.

»Hast du dich all die Jahre mit diesen Selbstvorwürfen gegeißelt?«, fragte ihn Jara.

Jori nickte. »In meinen Träumen sah ich sie sterben, immer wieder. Wie oft bin ich schweißgebadet aufgewacht ...«

»Aber sie ist nicht tot! Sie hat sich nur ... zurückgezogen. Sie hat sich total verausgabt und muss erst wieder zu Kräften kommen ...«

»Wo ist sie? Wo ist Antalia?«, schrie Jori Jara unvermittelt an.

»Sie ist ich, und ich bin sie!«, schrie sie unwillkürlich zurück.

Beide zuckten ob ihrer Ausbrüche zusammen.

»Komm mit nach Hause, Jori«, ergriff Jara als Erste wieder vorsichtig das Wort. »Alle warten dort nur noch auf dich. Toran ist da. Mit Siri, ebenso Ari, Marian, Xero, Oriri, Nerit und Darieno. Es gibt so viel, worüber wir reden müssen. Komm mit nach Hause!«

»Ich habe kein Zuhause mehr«, flüsterte Jori.

»Oh doch!«, widersprach Jara. »Dein Elternhaus steht dir immer offen! Das solltest du eigentlich wissen! Und hier drin«, sie legte seine Hand auf die Stelle ihres Brustkorbes, unter der ihr Herz so heftig schlug, dass sie sicher war, er könne es fühlen, »wirst du ebenfalls immer deinen Platz haben, ebenso wie in den Herzen der restlichen Familienmitglieder.«

»Ich kann hier nicht so einfach weg ...«, begann er.

Seine Schwester jedoch unterband seine Gegenrede rigoros. »Hör auf, nach Ausreden zu suchen! Ich weiß, dass du seit nahezu fünf Jahren deine ganze Energie in die Erforschung dieser Höhle steckst. Nerit hat mir davon erzählt. Wie oft hast du während dieser Zeit einmal Pause gemacht? Gar nicht, schätze ich, und deine Mitarbeiter ebenso wenig. Gönn ihnen ein bisschen Urlaub. Freie Zeit zum Abschalten. Zum Ausruhen. Du selbst siehst aus, als hättest du das bitter nötig. Diese Grotte wird dir schon nicht weglaufen!«

Sprachlos sah Jori sie an. So war ihm schon lange keiner mehr über den Mund gefahren. Noch immer lag seine Hand, gehalten von den ihren, auf dem Brustkorb des Mädchens, dessen burgunderfarbene, mit goldenen Punkten durchwirkte Augen ihn fixierten. Sie schienen zu lodern, wie auch Antalias Augen zu glühen geruhten, wenn ihr der

Geduldsfaden riss oder sie wütend war. Eine ganze Weile starrten die beiden einander an. Allmählich stahl sich ein Lächeln auf Joris melancholische Züge, das ihn fast wieder so jung aussehen ließ, wie Jara ihn in Erinnerung hatte.

»Ich bin geneigt zu glauben, dass Antalia sich wirklich irgendwo in dir versteckt«, sagte er schließlich. »Willst du hier warten, bis ich den anderen beigebracht habe, dass sie ab morgen zwei Wochen frei haben werden? Wenn ich in einer Stunde noch nicht wieder hier bin, darfst du mich holen kommen, einverstanden …? Wie soll ich dich eigentlich nennen?«

»Jara«, klärte sie ihn auf. »Mein Name ist Jara.«

Wider Erwarten dauerte es gar nicht lange, bis Jori beladen mit einem großen Rucksack zurückkehrte. »Haran und Miekja werden sich um die Ausrüstung kümmern. Jell um die Sicherung der Höhle. Sie haben mich regelrecht weggedrängt, und ich soll ja nicht früher als verabredet wieder an Ort und Stelle sein.«

»Entweder sie mögen dich und freuen sich mit dir über deine Entscheidung, oder sie hassen dich und sind froh, dich für eine Weile los zu sein!«, stellte Jara trocken fest.

»Ich könnte mir kein besseres Team wünschen«, entgegnete Jori ernst.

»Dann verärgere sie nicht und schließ dich mir an. Zusammen sollten wir in der Lage sein, auch in der Dunkelheit den Weg zu finden. Meinst du nicht?«

»Nein!«, erwiderte Jori bestimmt. »Ich werde uns das nicht mehr zumuten. Ich bin ziemlich kaputt, und selbst für einen kräftigeren Begleiter als dich würde es eine Tortur, mich die Hälfte der Strecke tragen zu müssen. Mein Zelt steht dort drüben. Es ist zwar nicht unbedingt auf Besuch eingerichtet, aber du wirst schon irgendwie noch hineinpassen. Lass uns eine Runde Schlaf tanken und morgen weiterreden. Fürs Erste hab ich genug zu verarbeiten.«

»Aber du hältst dich tapfer!«, gab Jara gutmütig frotzelnd zurück und folgte ihrem Bruder, der bereits zielstrebig auf einen in der Finsternis kaum wahrnehmbaren Schatten in nicht allzu großer Entfernung zusteuerte. Auch ihr wurde zunehmend bewusst, wie müde sie tatsächlich war.

Der Boden von Joris Zelt war ein auf Decken ausgebreitetes Durcheinander, in das er jedoch im Schein einer kleinen Lampe mit erstaunlicher Geschwindigkeit in Ordnung brachte. Auf seine einladende Geste hin duckte sich Jara, schlüpfte durch die Öffnung, die die zurückgeschlagene Plane freigegeben hatte und legte sich, Joris Zeichen folgend, auf einer doppelt gefalteten Decke nieder. Ihr Bruder bettete sich neben sie. Schweigend lagen sie beieinander. Einander vertraut und doch fremd. Getrennt durch die Spannung der Unsicherheit, welches Verhalten in der jetzigen Situation das Richtige wäre. Jara schluckte nervös.

»Singst du mir noch einmal unser Lied?« fragte sie schließlich leise.

Daraufhin legte Jori seinen Arm um sie, zog sie näher zu sich heran und erfüllte den Wunsch seiner Schwester. Noch ehe die letzte Strophe verklungen war, zeugten ihre tiefen und regelmäßigen Atemzüge davon, dass sie eingeschlafen war. Jori selbst starrte noch einige Zeit in die ihn umgebende Finsternis. Unfähig, seine rasenden Gedanken in den Griff zu bekommen. Wie gern wollte er diesem Mädchen glauben, das sich im Schlaf so vertrauensvoll an ihn schmiegte. So vieles an ihrem Verhalten, ihrer Wortwahl, ihrer Mimik erinnerte ihn an Antalia. Und doch, sie nannte sich Jara. Aber es musste so sein, wie sie gesagt hatte. Woher sonst hätte sie wissen können, welches Lied *ihr* Lied gewesen war? Es war ein Geheimnis zwischen ihm und Antalia gewesen, über das sie nie mit jemand anderem gesprochen hatten. Auch wenn seine Augen etwas völlig anderes sahen, sein Herz hatte sich längst für ›Ja, sie ist es‹ entschieden. Mit dieser Erkenntnis löste sich endlich seine noch immer vorhandene innere Anspannung. Er schloss die Augen. Nur wenig später schlief auch er ein.

Grotten und Edelsteine

JARA TRÄUMTE. *Das Kind an der Seite der jungen Frau hatte kupferrote Haare, genau wie diese selbst. Vertrauensvoll lag seine kleine Hand in der ihren, während sie tiefer und tiefer in den langen dunklen Gang hineingingen. Der schmale Spalt, durch den sie ihn betreten hatten, rückte in immer weitere Ferne, und das spärliche Licht, das anfangs noch ein wenig die Umgebung ausgeleuchtet hatte, nahm zusehends ab, bis völlige Dunkelheit sie umschloss. Die Frau namens Shari spürte das sanfte Pulsieren unter ihren nackten Fußsohlen. Der Boden war hart, zum Teil ein wenig feucht, an manchen Stellen glitschig vom stetigen Tropfen des Wassers.*

»Eigentlich müsste es kälter werden«, kam ihr ein unwillkürlicher Gedanke.

Obwohl nicht der kleinste Funke den Fortgang des Weges, die Beschaffenheit der Wände, plötzliche Abgründe oder Biegungen erkennen ließ, schritt sie sicher vorwärts. Das kleine Mädchen lächelte im Dunkeln. Es hatte ebenso wenig Angst wie sie selbst. Seltsamerweise schien sich der schmale Pfad ihm auf dieselbe Weise zu offenbaren wie ihr. Einem unsichtbaren Führer gleich, folgten sie einer unbeschreiblichen Strömung, die sie sanft, aber sicher und unmissverständlich lenkte. Irgendwann nahmen sie in der Ferne ein diffuses Glühen wahr. Je näher sie kamen, desto genauer erkannten sie dessen Quelle. Die Beschaffenheit der Felsen um sie herum hatte sich verändert. Durchzogen von glänzenden, kristallinen Adern, wölbten sie sich um die beiden herum, glatt wie poliertes Glas und hart wie Granit, als wäre dieser Teil des Ganges künstlich erweitert oder gar zur Gänze unnatürlichen Ursprungs.

»Kristallwerk«, hallte es in Sharis Kopf.

Wie selbstverständlich nickte sie und ging weiter. Der Gang endete in einer riesigen Kuppelhalle, dessen Decke genauso ebenmäßig gewölbt war wie die des Erinnerungs-

archivs. Die Innenausstattung jedoch unterschied sich gewaltig von diesem. Der Boden war in drei verschiedene Bereiche unterteilt. Als Erstes führte eine mindestens zwanzig Meter breite, absolut ebene Fläche wie ein Ring rund um den Innenraum herum. Nahtlos schloss sich daran die spiegelglatte Oberfläche eines Sees an. Inmitten dieses Wasserreservoirs, dessen Tiefe nur erahnbar war, fesselte eine Senke den Blick. Wie eine ins Wasser gedrückte, unsichtbare Schale, gefüllt mit Kristallsplittern in allen Größen, zierte sie das Becken. Wenngleich ... irgendetwas stimmte hier nicht. Das kurzfristig aufflackernde Bild funkelnder Edelsteine, deren buntes Licht die Halle in strahlende Schönheit tauchte, die Gestalten, deren Blicke ehrfurchtsvoll durch den Raum glitten, mit ihrem Farbspiel verzauberten, erlosch so schnell, wie es in ihren Gedanken auftauchte. Stumpf und leblos, wie Scherben zerschlagenen Glases acht- und willenlos auf einen Haufen gekippt, lagen die Steine in ihrer Schale. Nur ab und zu zuckte ein schwaches Licht wie das kurze Aufblitzen einer signalgebenden Taschenlampe über den einen oder anderen Kristallsplitter. Es verblasste. Einzig das diffuse Glühen der den Felsen durchziehenden Adern spendete nach wie vor ein wenig Helligkeit. Die Augen des rothaarigen Mädchens wanderten von dem grandiosen und zugleich traurigen Anblick zum Zenit der Kuppel.

»Wenn dort oben nur eine kleine Öffnung wäre, könnte die Sonne hereinscheinen«, flüsterte es. »Dann würden die Kristalle tanzen.«

»Ja«, dachte Jara noch im Halbschlaf, »das würden sie. Sie würden ihr Wissen und ihre Energie wie zu den alten Zeiten an das Volk weitergeben.«

Schlagartig war sie vollständig wach. War das die Höhle, die Jori gefunden hatte? Beschäftigte diese Entdeckung ihn so sehr, dass sie sogar seine Träume ausfüllte und sie selbst irgendwie in diese hineingeglitten war? Oder begannen die verborgenen Erinnerungen bereits wieder, sich einen Weg in ihr Gedächtnis zu bahnen? War das ihre nächste Aufgabe? Sollte sie nach einem verschütteten Schacht suchen, der einstmals zu einer Öffnung in der Höhlendecke geführt und das Licht in diese hatte hineinströmen lassen?

Abermals schienen die Sonne und die sonderbaren Edelsteine eine wichtige Rolle zu spielen. Offenbar gab es auch auf der Landseite des Planeten weit mehr Ewigkeitskristalle, als sie bisher vermutet hatte. Befanden sich nahezu alle diese Steine in irgendwelchen Grotten? Dienten diese Kavernen in den Anfangszeiten der Besiedlung als Schutz- und Versammlungsorte, später vielleicht als Kultstätten und gerieten dann in Vergessenheit?

Wenn Oriri in den Archiven der Yuremi ebenfalls auf Hinweise gestoßen war, dass in Kristallhöhlen die Mysterien um die Zivilisation des Planeten verborgen waren, und dies Jori gegenüber erwähnt hatte, wunderte es Jara nicht, dass ihr Bruder all seine Energie in das Aufdecken der Geheimnisse dieser Grotte investierte. Dem Anschein nach erfüllten die Kristalle jedoch auch hier oben nicht mehr all ihre natürlichen Funktionen. Stellte dies den Grund dar, warum unter den Landbewohnern die Erinnerungsstränge ebenfalls verkümmerten und die Fähigkeit des Wandelns so gut wie ausgestorben war? Was hatte noch das kleine Mädchen in ihrem Traum gesagt? »... dann könnte die Sonne hereinscheinen, und die Kristalle würden tanzen.«

Ein Frösteln durchlief Jaras Körper. Antalia war, bereit zur Selbstaufopferung, in das Erinnerungsarchiv zurückgekehrt. Wurde etwas Ähnliches auch von ihr verlangt?

›Und wenn ja, konnte, musste das jetzt sein, wo sie doch ...‹, verwirrt hielt sie inne, ›... Darienos Kind trug?‹

Der Gedanke verselbständigte sich. Fragen über Fragen. Dabei hatte Jara gehofft, gefleht, gebetet, dass ihr nun, da sie zurück war, ein wenig Zeit zur Erholung bleiben möge. Aber das Rad, das Antalia in Bewegung versetzt hatte, drehte sich mit unverminderter Geschwindigkeit weiter, zerrte auch sie mit sich. Es verlangte, dass sie sich ihrem Schicksal stellte, ihre Aufgabe erfüllte. Riss ihre Bestimmung sie wieder von ihrer Familie fort, kaum dass sie in deren Schoß zurückgekehrt war? Wie würde ihr Lieblingsbruder Jori das verkraften, der sich seit der ersten Trennung mit Selbstvorwürfen nahezu zerfleischt hatte? Ein Blick in sein im Schlaf vollkommen friedliches Gesicht ließ ihr das Herz schwer werden. Dennoch benötigte sie Gewissheit! Wie viel Zeit war seit ihrem Erwachen vergangen? Noch war es Dämmerlicht, das durch die Planen des Zeltes drang …

Leise kroch sie zum Einstieg, öffnete die Verschlüsse, verließ die kleine Unterkunft. Bislang verdeckten die Gipfel der Berge das Tagesgestirn. Einzelne Strahlen jedoch malten bereits wunderschöne Bilder in die noch überwiegend im Schatten liegende Umgebung. Nie zuvor hatte Jara das morgendliche Entfalten der Natur mit ihren unzähligen Blüten so bewusst wahrgenommen. Wie wenn die Zeit plötzlich anders verliefe, sah sie Blatt für Blatt sich von der gemeinsamen Mitte lösen, sich der lebenspendenden Helligkeit entgegenrecken, um sie mit jeder Faser ihrer bunten Vielfalt willkommen zu heißen. Still nahm Jara dieses Wunder in sich auf. Als die zarten Nebelschleier sich hoben, zerfaserten, mit der lauen Brise davontrieben und die warmen Lichtfinger ihre Haut streichelten, wandte auch sie ihr Gesicht der Sonne zu und saugte deren schimmernde, heilkräftige Energie in sich auf. Lange stand sie so da, eingehüllt in eine sanft pulsierende Aura, verbunden mit dem Erdreich unter ihren Füßen und dem leuchtenden Feuerball am Firmament. Erst Joris Hand, die sich vorsichtig auf ihre Schulter legte, durchbrach den Zauber des Augenblicks.

»Du stehst da, als wolltest du jedes noch so kleine Lichtpartikelchen mit deiner gesamten Körperoberfläche auffangen«, sagte er leise.

Jara nickte.

»Genau das ist es, was ich tue«, bestätigte sie. »Unsere Mission, Antalias und meine, hängt irgendwie mit der Sonnenenergie zusammen. Ich werde dir alles erklären, soweit ich es vermag. Aber zuerst habe ich ein paar Fragen an dich.« Sie beschrieb ihm den Gang und die Höhle aus ihrem Traum. »Ist es das, was du gefunden hast?«

Joris Augen hatten, schon während seine Schwester noch sprach, einen immer ungläubigeren Ausdruck angenommen. Wie konnte sie ihm eine so exakte Beschreibung liefern, wo doch nicht einmal die Bilder, die er Oriri, Xero und Nerit gezeigt hatte, eine solch komplette Übersicht zuließen.

»Wo, glaubst du, befindet sich deinen Berechnungen nach der Zenit der Kuppel, unter der die Kristallschale liegt?«, erkundigte sie sich ungeachtet der Verwirrung ihres Bruders weiter.

Stumm deutete dieser auf eine nicht allzu weit entfernte Alm, deren saftiges Grün von gelegentlich aus ihm herausragenden Felsblöcken unterbrochen wurde. Die jedoch das Landschaftsbild in keiner Weise verunstalteten. Überwuchert von Flechten, Moosen und winzigen Blüten, mussten sie sich schon seit Ewigkeiten dort befinden. Jaras Blick folgte dem Fingerzeig, und verharrte auf der angrenzenden, steilen Felswand.

»Steinschlag«, vermutete sie, als sie die schroffen Klippen näher betrachtete.

Eine seltsame Unruhe bemächtigte sich ihrer, und noch ehe ihr richtig bewusst wurde, was sie tat, hatte sie sich auf eine der größeren Gesteinsformationen zu in Bewegung gesetzt. Kopfschüttelnd ging Jori hinter ihr her.

»Sag mal, was hast du eigentlich vor?«, schnaubte er ungehalten, als er sie eingeholt hatte.

»Wir müssen den Lichtschacht freilegen!«, antwortete Jara mit einer Selbstverständlichkeit, dass Jori sich fragte, ob sie vielleicht doch einen Schaden von ihrem Ausflug ins Meer zurückbehalten hatte. Als hätte sie seine Gedanken gehört, blieb Jara stehen und sah ihn an. »Bitte, Jori, ich weiß, das ist alles ein bisschen viel auf einmal. Aber es ist wichtig, dass du mir jetzt vertraust, auch wenn du in dem, was ich von dir verlange, keinen Sinn erkennen kannst. Du wirst alles erfahren. Das schwöre ich dir.«

Das Flehen in ihren Augen beraubte ihn jeglichen Widerspruchsgeistes. Wie oft hatte ihn Antalia mit eben diesem Ausdruck angesehen, wenn sie bei ihm Beistand, Schutz oder Hilfe suchte? Nie hatte er sich ihm widersetzen können. Und nie hatte sie ihn aus purem Mutwillen derart angesehen. Tief durchatmend legte er seinen Arm um ihre Schultern.

»Ist schon in Ordnung!«, murmelte er.

Gemeinsam schritten sie weiter. Jori dirigierte seine Schwester auf einen Felsenhaufen zu, dessen einzelne Brocken in einem Radius von etwa zehn Metern verstreut lagen. Vor sich hin brummend durchmaß er die Formation mehrmals, bis er schließlich am rechten Rand stehenblieb. »Dieser Klotz scheint in eine Vertiefung gekullert zu sein. Nur, so einfach werden wir ihn nicht wegbewegen können.«

Jara trat hinzu und musste ihrem Bruder zustimmen. Enttäuschung überschattete ihre Züge.

»Lass uns doch erst mal nach Hause gehen«, schlug Jori vor. »Wie du selbst gestern so treffend sagtest: Die Grotte läuft uns nicht weg. Und was immer du glaubst, tun zu müssen, es wird auch in zwei, drei oder vier Tagen noch möglich sein. Außerdem werden fünf starke Männer mit geeignetem Werkzeug wesentlich größere Chancen haben, diesen Felsblock zu bewegen, als du und ich mit bloßen Händen.«

Ergeben fügte sich Jara Joris Argumenten. Ein feines Lächeln stahl sich auf beide Gesichter. Auch diese Situation war ihnen so vertraut, dass die alte Nähe mehr und mehr zum Vorschein kam. »Dann lass uns aufbrechen, bevor Toran sich doch noch auf den Weg hierher und seine Ansage wahr macht, dich zu einem Paket zusammenzuschnüren und eigenhändig in unser Elternhaus zurückzuschleifen.«

»Damit hat er tatsächlich gedroht?«

»Ja!«

»Vielleicht sollte ich es ihn wirklich versuchen lassen.«

»Wenn er Oriri und Xero als Verstärkung mitbringt, hast du kaum eine Chance«, kicherte Jara.

»Also trete ich besser die Flucht nach vorne an«, erwiderte Jori gespielt resigniert, und beide lachten.

Zusammen gingen sie zum Zelt zurück, packten ihre Rucksäcke und machten sich auf den Weg zum ›Haus in den Höhen‹. Sie gingen langsam, denn Jara wollte möglichst alles, was sie bereits ihren Freunden, den Eltern und Toran zur Kenntnis gebracht hatte, nun auch Jori berichten. Dieser unterbrach sie nicht ein einziges Mal. Schweigend lauschte er den Worten der jungen Frau, versuchte zu verstehen, welche Entwicklung sie durchgemacht hatte, welche Aufgabe noch vor ihr, welche Last auf ihren schmalen Schultern lag. Fasziniert verinnerlichte er die Geschichte der Bevölkerung dieses Himmelskörpers. Immer wieder blickte er fassungslos auf das Geschöpf an seiner Seite nieder, das ihm einerseits lieb und vertraut, andererseits fremd und unnahbar erschien.

Erst als die strahlende Scheibe längst aus ihrem Blickfeld verschwunden, die Schatten länger und der Wind frischer geworden waren und sie nur noch ein paar hundert Meter von ihrem Elternhaus trennten, wagte Jori die einzige Frage, die er seit Anbeginn ihres Treffens mit sich herumtrug, bisher jedoch zurückgehalten hatte: »Wer ist Jara?«

Das Mädchen verhielt im Schritt, wandte sich bedächtig zu ihm um, bedeutete ihm, an seiner Seite Platz zu nehmen und setzte sich selbst etwas abseits des Weges in das schon ein wenig feuchte Gras. Lange sah Jara ihren Bruder an, bevor sie ihm die Geschichte erzählte, die Marian einst ihr eröffnet hatte. Stumm hörte Jori ihr zu, während seine Kehle eng wurde und heiße Tränen über seine Wangen liefen.

»Wer von euch beiden auch immer diesen Körper dominiert: Ihr seid meine Schwestern, und ich liebe euch, wie Mitglieder einer Familie einander lieben sollten«, murmelte er. »Ich werde keinen von euch je wieder gehen lassen, ohne das ein für allemal klargestellt zu haben.«

Mit diesen Worten zog er sie an sich und hielt sie lange fest. Jara schmiegte sich an ihn, fühlte sein Herz hart und kräftig schlagen, atmete den vertrauten Duft seines Körpers, dessen Wärme die Kühle des Windes überlagerte. Die ersten Sterne glitzerten bereits auf der nachtschwarzen Seidendecke hoch über ihnen, als ihre Emotionen endlich wieder auf das Normalmaß herunterbrachen. Jori wischte sich die letzten Spuren seines Gefühlsausbruches aus dem Gesicht. Beide erhoben sich und legten Hand in Hand die letzten Meter zum ›Haus in den Höhen‹ zurück.

Die Pfade des Schicksals

SIE WURDEN BEREITS erwartet. Trotz Xeros beruhigender Worte ging Ari seit Stunden wie aufgedreht in der Küche auf und ab. Marian wirkte nach außen hin gelassener, blickte jedoch ebenfalls immer wieder zur Haustür. Toran, Siri und Darieno saßen mit den drei Freunden zusammen. Sie spielten Yinyin, hatten viel Spaß und mussten nicht permanent daran denken, ob es Jara wohl gelänge, Jori in den Schoß der Familie zurückzuführen. Als die Türklinke leise klickte, fuhren sieben Köpfe wie elektrisiert nach oben, richteten sich sieben Augenpaare erwartungsvoll in Richtung des Geräusches. Einzig Xero war ruhig wie sonst auch.

»Na endlich!«, grunzte Toran und eilte seinen Geschwistern entgegen. »Schön, dich zu sehen, Bruderherz!«, begrüßte er Jori leutselig und zog ihn in eine kurze, aber herzliche Umarmung. »Gut gemacht«, sagte er zu Jara, und die beiden grinsten einander vielsagend an.

Auch Ari und Marian liefen ihrem Sohn entgegen. Glücklich, ihn nach der langen Zeit, in der er den Kontakt zu seiner Familie nahezu abgebrochen hatte, wieder bei sich zu haben, schlossen sie ihn in ihre Arme. Nachdem die anderen ihn ebenfalls gebührend begrüßt hatten, nahmen alle im Wohnzimmer Platz. Ari brachte den beiden Spätheimkehrern noch ein paar Reste vom Abendessen. Als Joris Hunger gestillt war, sprach er nach einem tiefen Atemzug endlich die längst überfällige Entschuldigung aus, die ihm seit langem auf der Seele lag, zu der er sich jedoch bisher nicht hatte durchringen können. Seine Eltern blinzelten verstohlen den feuchten Ausdruck ihrer Rührung fort. Toran boxte seinem Bruder jovial an die Schulter. Oriri verdrehte die Augen. Darieno, Jara, Xero und Nerit lachten leise. Siri enthielt sich jeder auffälligen Gefühlsregung, lächelte Jori jedoch offen an. Damit waren alle Differenzen bereinigt, und Joris Fehlverhalten all jenen kleinen Unstimmigkeiten zugeordnet, die nach einer offenen Aussprache vergeben und vergessen waren. In lockerer Runde klang der Abend aus.

Die nächsten beiden Tage fesselten die Familie und deren Freunde ans Haus. Sintflutartige Regenfälle und Windböen, die mit Leichtigkeit einen erwachsenen Mann gegen die Felsen zu schmettern in der Lage gewesen wären, luden nicht gerade zum Verweilen außerhalb schützender Mauern ein. Es war eine Zeit des Zusammenfindens, der langen Gespräche, gemeinsamer Mahlzeiten, gemütlicher Stunden bei flackerndem Kerzenschein vor dem wärmespendenden Feuer des Kamins und wohltuender Nähe. Besonders Toran und Jori nutzten die Zeitspanne, die Kluft, die Jori seines Verhaltens wegen zwischen ihnen gerissen hatte, endgültig wieder mit Vertrauen zu füllen. Oriri, Darieno und Jara verbrachten viel Zeit zu dritt. Siri saß häufig mit Ari und Marian zusammen, nicht selten in Xeros und Nerits Gesellschaft. Sie alle waren für den Moment eine große Familie. Speziell Jara genoss die Situation. Manifestierte sich doch bei ihr mehr und mehr das unterschwellige Wissen, dass es für sie womöglich das letzte Mal sein würde. Wie einst Antalia bemächtigte sich ihrer eine unerklärliche Unruhe, trieb sie ein rätselhafter Drang vorwärts, weg von den Ihren, hin zu den in grauer Düsternis harrenden Kristallen. Sie fühlte in sich das Verlangen nach Licht, nach Wärme. Nahm wie aus weiter Ferne den Sog der Dunkelheit und den Kampf gegen das Vergessen wahr. Sie bemühte sich, diese Empfindungen zurückzudrängen, ihnen jetzt nicht mehr Präsenz einzuräumen, als unbedingt nötig war. Xero sah sie gelegentlich fragend an. Auch Darieno bemerkte ihre Zerrissenheit. Oriri jedoch war derjenige, der sie am Abend des zweiten Tages auf die Seite nahm und konkret ansprach. »Du bist hier, und doch weit weg. Dein Mund redet mit uns. Deine Augen aber sind in die Unendlichkeit von Zeit und Raum gerichtet. Du erscheinst ruhig, aber all deine Nerven vibrieren in einer Spannung, derer es dir nicht Herr zu werden gelingt. Ich kenne diese Empfindungen. Was ist los, Jara? Oder sollte ich Antalia sagen?«

Jara lächelte ihn an. »Du sorgst dich sehr um sie, nicht wahr? Und deine demonstrativ zur Schau gestellte Unabhängigkeit, deine Rastlosigkeit, das Zurückziehen in die Einsamkeit des Yuremi-Klosters dienten dir ein Stück weit als Schutz vor deinen eigenen Gefühlen. Du hast es nie offen gezeigt, aber wer in den vielen kleinen Gesten zu lesen vermochte, konnte es durchaus bemerken. Du liebst sie.«

»Du liegst richtig mit deinen Vermutungen«, bekannte Oriri verlegen.

»Das ist Antalia erst bewusst geworden, als du ihr deinen Abschiedsbrief gabst und sie dich daraufhin geküsst hat«, fuhr Jara fort. »Gib sie nicht auf, Oriri. Vielleicht hilft ihr der Glaube an eure Liebe, die Kraft zu finden, die es ihr ermöglicht zurückzukehren. So wie mir Darienos Liebe hilft, mich mit dem Gedanken zu tragen, wieder in den Schatten zurücktreten zu müssen. Gib ihm und mir die Zeit, die uns bleibt.«

»Du bist vom Thema abgewichen«, kam Oriri auf seine ursprüngliche Frage zurück. »Was ist wirklich los?«

»Die nächste Aufgabe wartet bereits auf mich. Aber was geschehen wird und wer von uns beiden zurückkommt, ist offen ...«

»Was wartet auf dich?«, hakte Oriri nach.

»Die Kristalle der Höhle, die Jori entdeckt hat. Sie sind von derselben Art wie die in der ›Stadt im Meer‹. Sie ... rufen nach mir ...«

»So, wie Antalia gerufen wurde?«

Jara nickte stumm. »Man kann das nicht erklären«, fuhr sie nach einer Weile fort. »Es ist die innere Gewissheit, einen bestimmten Ort aufsuchen oder etwas tun zu müssen, das objektiv betrachtet keinen Sinn ergibt. Wir hatten das Thema schon einmal. Erinnerst du dich? Du selbst warst es, der es mit dem Vergleich, sich zu sportlichen Höchstleistungen berufen zu fühlen, und dafür die Qualen des Trainings, der

Verletzungen, der Misserfolge billigend in Kauf zu nehmen, sehr treffend beschrieben hat.«

»Das weißt du noch?«, staunte Oriri.

Jara sah ihn mit undefinierbarem Gesichtsausdruck an.

»Für mich sind seitdem gerade einmal fünf oder sechs Wochen vergangen«, entgegnete sie leise.

»Meinst du, Darieno wird eifersüchtig, wenn ich dich jetzt in den Arm nehme und ganz lange festhalte?«, murmelte er.

»Ihr beiden solltet nie eifersüchtig aufeinander sein, denn ihr werdet euch in gewisser Weise ein und dasselbe Wesen teilen müssen. Keiner von euch kann nur Jara oder nur Antalia für sich haben, denn wir sind immer beide da. Darieno weiß das. Ob dieses Bewusstsein uns allen jedoch die Situation erleichtert, wird sich erst mit der Zeit zeigen.«

»Ich werde es darauf ankommen lassen«, erwiderte Oriri und zog sie an sich.

Der nächste Tag brachte ebenfalls nur wenig Abwechslung. Wenn auch der Regen aufgehört hatte, so war doch der Himmel noch immer von grauen Wolken verhangen, die der unstete Wind wie Schleier vor sich her trieb. Die Erde war vollgesogen und aufgeweicht. Pfützen übersäten die Wege. Jara stand am Fenster ihres Zimmers und sah sehnsüchtig in die Ferne. Immer wieder drängte sich das Bild der Höhle hinter ihre Augen. Die Worte des rothaarigen Mädchens klangen in ihr nach. So sehr sie sich auch bemühte, es gelang ihr nicht, diesen Ruf zu ignorieren, den sie in sich fühlte, und einfach nur die Nähe und Geborgenheit, die ihre Familie und Freunde ihr vermittelten, zu genießen. Xero war nicht der Einzige, dem ihre Zerrissenheit auffiel. Leise betrat er den Raum, stellte sich hinter sie, legte seine Hände leicht auf ihre Schultern und begann zu sprechen.

»Vergeude nicht deine Energie indem du versuchst, gegen das Unvermeidliche und deine Empfindungen anzukämpfen. Du wirst sie noch brauchen. Sobald das Wetter es zulässt, werden wir dich begleiten und dir helfen, soweit es in unserer Macht steht. Du kannst auf uns zählen, Jara, was auch geschehen wird. Wir werden dich unterstützen, wo immer es möglich ist, und dir zur Seite stehen. Das Schicksal hat Antalia und dich mit einer Bestimmung ins Leben geschickt, der ihr euch nicht entziehen könnt. Keiner von uns kann das. Aber du bist nicht allein! Antalia hat sich nicht gescheut, Hilfe anzunehmen. Sie hat sie regelrecht eingefordert. Glaubst du, du müsstest alles als einsame Kämpferin durchstehen, nur weil wir ... dich erst kurze Zeit kennen?«

Jara blickte betroffen zu Boden. Ähnliche Gedanken waren ihr in der Tat durch den Kopf gegangen. Xero seufzte, ergriff ihre Hand, geleitete sie zu ihrem Bett, drückte sie sanft darauf nieder und setzte sich neben sie.

»Hör zu!«, begann er, mit der freien Hand sachte ihr Kinn anhebend, bis ihre Blicke sich trafen. »Nerit und ich haben eine ganze Menge von dem mitbekommen, was Antalia in der ›Stadt auf dem Meeresgrund‹ bewerkstelligt hat. Erste Auswirkungen zeigen sich bereits, denn vielen Mitgliedern meines Clans, die an der ›Großen Vereinigung‹ teilhatten, wurden zwischenzeitlich Kinder geboren, die ... anders sind. Sie verhalten sich wie alle anderen, aber sie tragen etwas in sich, das sich ... abhebt – sie vom Rest der Sippe unterscheidet. Ich kann es nicht genauer erklären. Keines dieser Kinder ist älter als sechs Monate. Außer bei Sayuri konnte ich es aufgrund der Entfernung zu meinem Volk selbst noch nicht analysieren. Aber ... alles deutet darauf hin, dass es Perlenkinder sind.«

Jara keuchte überrascht auf. Sooft sie Xeros Tochter auch auf dem Arm getragen, mit ihr gescherzt und gelacht, so verbunden sie sich mit dem kleinen Mädchen gefühlt hatte, diese Erklärung war ihr nie in den Sinn gekommen.

»Vielleicht ist es meinem Stamm vorherbestimmt«, meinte Xero dann, »unsere Heimat, die unendlichen Wüsten mit ihren verborgenen Oasen, den wandernden Dünen, den rätselhaften Spiegelbildern der flirrenden Luft, den geheimnisvollen Spuren im glühend heißen Sand und der grenzenlosen Weite des sternenübersäten Himmelszeltes in den kalten, klaren Nächten zu verlassen, um erste Kontakte mit dem Wasservolk herzustellen. Möglicherweise wurde Antalia in deine Familie gegeben, weil ihr euch alle besonders nahe steht. Ihr seid mehr als andere füreinander da, und trotz aller Meinungsverschiedenheiten oder Diskrepanzen würde keiner den anderen je im Stich lassen. Warum sind gerade Nerit, Oriri, du und ich zu Freunden geworden? Welche Rolle spielen Redor und die Perle seines Urahns? Wieso war es ausgerechnet Darieno, der ausgesandt wurde, Antalia zu finden? Der sie durch die Metamorphose begleitete – und sich dabei in dich verliebte? Hinter alldem steht ein großer Gedanke. Wer ihn aufnimmt, sich in seinen Dienst stellt, wird unwillkürlich mit anderen zusammentreffen, die das ebenfalls tun. Denn etwas wirklich Großes kann nur gemeinschaftlich vollbracht werden. So jedenfalls lehren es die Mythen und Legenden der Zaikidu.«

Xero verstummte und ließ seine Worte auf Jara wirken. Das Mädchen schloss die Augen und lehnte sich an ihn. Mehr denn je nahm sie ihn als den Anker, den Fels in der Brandung, die Beständigkeit in einer sich immer schneller verändernden Wirklichkeit wahr.

»Ich liebe dich, Xerothian«, murmelte sie schließlich. »Anders als Darieno, frei von fleischlicher Begierde, aber rein und aufrichtig. Du bist das Band, das mich hält. Die Kraft, die mich trägt. Der Wegweiser, der mir durch Worte und Gesten signalisiert, wohin ich gehen soll. Wohin mich die Vorsehung auch führen mag, in meinem Herzen nehme ich dich mit. Die Gewissheit, dass du stets bei mir bist, wird mich allen Gefahren trotzen und alle Klippen umschiffen lassen.«

Wieder senkte sich Stille auf die beiden herab. Erst Nerits zaghaftes Klopfen löste deren innige Verbundenheit. Sie trennten sich mit einem Lächeln auf den Gesichtern.

Der Tanz der Kristalle

XEROS RAT BEFOLGEND, ließ Jara drei weitere Tage verstreichen, ehe sie sich in Begleitung aller auf den Weg zurück zur Alm machte. Jori, Toran, Oriri, Darieno und Marian trugen Spitzhacken, Schaufeln, Brechstangen und Seile mit sich, um dem Felsen zu Leibe rücken zu können, von dem Jori vermutete, dass er den Lichtschacht zum Inneren der Kristallhöhle blockierte. Wie so oft in den Bergen war der Morgen noch grau und wolkenverhangen gewesen. Je weiter jedoch die Sonne dem Zenit entgegenwanderte, desto mehr klarte es auf, riss die Wolkendecke auseinander, zeigte sich ein strahlendes Blau am Firmament. Während der Geologe Jori zielsicher auf den auserkorenen Gesteinsbrocken zumarschierte, seiner Begleitmannschaft strukturierte Arbeitsanweisungen gab und dann mit ihnen gemeinsam ans Werk ging, breitete Ari die mitgebrachten Decken aus. Sie, Nerit, Siri und Jara setzten sich. Sayuri brabbelte vergnügt vor sich hin, kullerte immer wieder vom Bauch- in die Rückenlage, schob sich konzentriert den Rändern der Unterlage entgegen und beobachtete fasziniert das emsige Leben zwischen den Halmen der Gräser und Blumen. Jara ließ sich zurücksinken, reckte sich genüsslich, atmete die würzige Luft und nahm so viel Lichtenergie in sich auf, wie es ihr möglich war.

Den Felsblock aus seiner jahrtausendealten Verankerung loszueisen, entpuppte sich als Schwerstarbeit. Wurzelwerk und Flechten hielten ihn ebenso nachdrücklich an Ort und Stelle wie sein nicht unerhebliches Eigengewicht. Die Männer ächzten und keuchten, fluchten gelegentlich, arbeiteten jedoch verbissen weiter. Die Stunden flogen dahin. Schweiß ließ ihre Körper glänzen und verlieh dem Spiel ihrer Muskeln eine maskuline Schönheit.

Drei Tage verbrachten sie auf der Bergwiese, nächtigten in kleinen Zelten oder unter freiem Himmel. Erst am Mittag des vierten Tages gelang es mit einem Kraftakt sondergleichen, den Stein so weit aus seiner Kuhle herauszuhebeln, dass er vollständig zur Seite gerollt werden konnte. Im Schatten der schwer atmend über das Loch gebeugten Gestalten zeigte sich ein nach unten führender Schacht von etwa einem Meter Durchmesser.

»Was da reinfällt ...«, murmelte Toran.

Auch Siri hegte wohl ähnliche Gedanken, denn sofort sah sie sich nach Nerits kleiner Tochter um. Die Lücke im Kreis der Umstehenden füllte sich mit Licht. Ein helles Sirren durchbrach die leisen Geräusche der Natur. Ein Gitter aus haarfeinen Lichtfäden legte sich über den Kamin. Knisternd und knackend schleuderte es jeden Erdkrümel, jede vorwitzige Fliege, jeden sich verirrenden Schmetterling zurück, verhinderte das Eindringen alles Materiellen, leitete aber die Sonnenstrahlen tiefer in die Erde hinein, als die Augen zu verfolgen vermochten. Ein kollektiver Aufschrei befreite alle von der Belastung der Ungewissheit. Das offensichtliche Ergebnis der geleisteten Anstrengungen versicherte sie unmissverständlich ihres Erfolges. Darieno nahm Jara in den Arm, küsste sie lange und zärtlich. Oriri sah es mit einem Stich in den Eingeweiden, wandte sich ab, rang die aufsteigenden Aggressionen nieder.

›Darieno durchlebt das gleiche Dilemma wie ich‹, sagte er sich immer wieder im Geiste. ›Es bringt keinem von uns etwas, wenn wir wie rasende Zachs aufeinander losgehen und uns zerfleischen.‹

Xero blickte zu ihm hinüber, ihre Blicke trafen sich. Beide nickten wissend. Der kurze Augenblick des Aufbegehrens war vorüber.

Auch diese Nacht verbrachten sie hier. Am Morgen jedoch, kaum dass das erste Silber über den Horizont kroch, trieb die innere Unruhe Jara dem Höhleneingang entgegen. Darieno weckte Oriri, bevor er mit fliegenden Fingern Hose und Shirt überzog, in seine Schuhe schlüpfte und eiligen Schrittes hinter ihr herhetzte. Kurz vor dem gut getarnten

Spalt holte er sie ein. Wie in Trance bewegte sie sich vorwärts. Dies war der Grund, weswegen er sie nicht ansprach. Sie wand sich durch das Buschwerk, verschwand in der Dunkelheit des dahinterliegenden Ganges. Innerlich stöhnend folgte er ihr, die sich sicher und unbeirrbar auf dem unsichtbaren Pfad in die Finsternis hineinbewegte. Um selbst nicht die Orientierung zu verlieren, schloss er zu ihr auf, legte eine Hand auf ihre Schulter, konzentrierte sich ganz auf die Wahrnehmung des Mädchens, dem sein Herz zu Füßen lag. Was sonst konnte er tun, als da zu sein? Schritt für Schritt gelangten sie tiefer in den Berg hinein. Auch der letzte Rest des spärlich durch das Geäst hereindringenden Lichts verlor sich allmählich in der Ferne. War der Gang zunächst gerade verlaufen, erging er sich nach und nach in Windungen. Steigungen und Gefälle lösten einander ab. Die Beschaffenheit der Wände und des Bodens wechselte, wenngleich die Kälte ausblieb, die Darieno aufgrund des Geräusches von tropfendem Wasser und der Tiefe ihres Vordringens erwartete. Die Zeit verlor jegliche Bedeutung wie bereits einige Male zuvor. Er konnte schon längst nicht mehr sagen, in welche Richtung sie gingen, ob der Weg noch der richtige war oder sie sich hoffnungslos verirrt hatten. Irgendwann nahm er ein diffuses Glühen wahr. Fluoreszierende Adern durchliefen blitzblank polierte Wände, ermöglichten es den Augen, zunächst Konturen, später wieder große Teile der Umgebung wahrzunehmen. Sie näherten sich dem Ziel.

Als sich urplötzlich hinter einer letzten Biegung das riesenhafte Gewölbe vor ihnen auftat, schnappte Darieno aufkeuchend nach Luft. Zwei Erinnerungen schoben sich bei der Ansicht dieser Halle mit brachialer Gewalt in seinen Geist: Die der Höhle des Traumes, aus dem er schreckensstarr erwacht war, und die an das Erinnerungsarchiv. In Sekundenschnelle erfasste er den Felsenring, der den Boden dieser Grotte bildete, glatt und ebenmäßig den gesamten Raum umlief. Im gleichen Augenblick bemerkte er den See, in dessen Mitte eine von unsichtbaren Kräften geformte

Senke jede Menge Kristallsplitter beherbergte, die im Strahl einer millimetergenau ausgerichteten Lichtquelle bunte Punkte an die Höhlenwände warfen. Jara hatte nicht einen Moment innegehalten. Zielstrebig und mit einer Beharrlichkeit, die Darieno Angst machte, schritt sie auf die glatte Oberfläche des Wasserreservoirs zu. Als ihre Fußzehen das klare Nass berührten, schien sie aus ihrem Traumzustand zu erwachen. Zeit zum Nachdenken jedoch blieb ihr nicht. Einer der unzähligen Kristallsplitter, die wahllos in der Schale inmitten des Sees lagen, hob sich in den konisch nach oben zulaufenden Lichttunnel empor, drehte sich, richtete seine Reflektionsfläche auf Jaras Hals aus, – und der umgeleitete Lichtstrahl verband sich mit der Perle, die sich an eben jener Stelle befand.

Ein Geräusch ließ Darieno sich umwenden. Ari, Marian, Jori, Toran, Oriri, Siri, Nerit und Xero, Letzterer mit Sayuri auf dem Arm, stürzten in den Kuppelsaal. So wurden sie alle Zeugen des mystischen Vorgangs, der soeben begann. Der Lichtfinger, der sich auf Jaras Perle niedergelassen hatte, fächerte sich auf, legte sich wie ein Kokon um ihre Gestalt, verbarg sie fast zur Gänze hinter einer schimmernden Fassade. Die in der Senke liegenden Kristallsplitter klirrten, lösten sich von deren Grund, glitten langsam im Lichtkanal nach oben, während die glitzernde Kugel, die Jara umschloss, schwerelos über die Spiegelfläche des Teiches schwebte und in die nun freie Mitte der durchsichtigen Schale niedersank, die das Licht vollständig ausfüllte. Als sie vollkommen zur Ruhe gelangt war, begann jedoch das eigentliche Schauspiel. Die bisher ungeordneten Kristallstücke formierten sich. Sie kreisten wie ein Schwarm Fische umeinander. Bildeten buntschillernde, mandalaähnliche Muster, die sich wie in einem Kaleidoskop immer wieder veränderten. Auseinanderbrachen. Neu zusammensetzten. Die Musterbilder wiederholten sich als flirrende Lichtspiele. Mehrfach reflektiert an der glatten, bis zum Boden reichenden Rundung der Grottenkuppel. Sie zogen die regungslos starrenden Beobachter mit einer Flut aus Eindrücken, gleich einem Feuerwerk, in ihren

Bann. Sphärische Klänge füllten den Raum, entführten Jaras Freunde und Familie in ein Traumreich. Während die Kristalle tanzten, traten einzelne Lichtfinger aus dem Hauptstrahl heraus. Sie legten sich auf die Stirnen der gebannten Gestalten, vermittelten ihnen ähnlich wie der Leser des Erinnerungsarchives mittels Lichtern, Farben, Bildern, Stimmen und Klängen eine Zusammenfassung des uralten Wissens, das in den Perlen des Wesens innerhalb der Lichtkugel konserviert war. Selbst Sayuri war nicht ausgenommen. Minuten, Stunden, ja Tage oder Monate konnten vergangen sein, ohne dass dies auch nur einem der Höhlenbesucher zu Bewusstsein gelangt wäre. Wehrlos mussten sie die Informationsfluten über sich ergehen lassen. Unfähig, sich aus den Fesseln der tanzenden Kristalle herauszuwinden. Jara durchlebte in ihrem Kokon ein nahezu identisches Szenario wie damals im Erinnerungsarchiv, als Antalia die Speicherkristalle auffüllte. Nur ... diesmal konnte Darieno sie nicht retten, sie nicht aus jener nebulösen Halb- oder Zwischenwelt in die Realität zurückholen. Auch Xero, ihr Anker, war weit, weit weg.

»Wir schaffen das!«, vernahm sie Antalias Stimme – so klar, so stark, so zuversichtlich. War sie das wirklich? »Sieh es sportlich«, sprach ihr Zwilling weiter. »Entweder wir halten durch, oder wir reißen sie alle mit in den Tod. Wir haben gar keine Wahl!«

»Gib mir deine Hand«, bat Jara. »Es fühlt sich ... so viel sicherer an.«

Dass sich nur ihre eigenen Hände ineinander verschränkten, lag außerhalb ihres Wahrnehmungsbereiches. Hochkonzentriert stand sie inmitten der Lichtkugel, den Energiefluss wie einen Kreis durch die beiden Perlenstränge rechts und links des Brustbeins leitend. Jara stöhnte. Etwas streifte ihre Hände, drängte sich zwischen sie. Ein Schrei. Wild. Gequält. Hervorgepresst aus dem tiefsten Inneren ihrer Seele, durchschnitt er die ruhigen Töne der sie einhüllenden Musik. Alles stand still. Der Lichtkanal verblasste. Die Kristalle senkten sich, zu einem kunstvollen Muster geordnet, auf den

Rand der durchsichtigen Schale. Der Kokon zerplatzte, schleuderte Jara an den Rand des Sees zurück. Ein Schmerz jenseits von allem Bekannten zerriss sie. Sie sank auf die Knie. Ein weiterer Schrei – hell und durchdringend. Etwas Warmes glitt an ihren Beinen entlang. Blind tastete sie unter sich …

Das kleine Mädchen röchelte, rang um jeden Atemzug. Verzweiflung stand in den großen, dunklen Augen. Flehentlich suchten seine Blicke, Jara mitzuteilen, was sie tun sollte. Jedoch, geschwächt wie sie war, drang außer dem Schmerz nichts in ihr Bewusstsein vor. Darieno handelte wie ein Roboter. Aufgeschreckt durch das hohle, krampfhafte Atmen des kleinen Wesens, das mit Jara zusammen am Rande des Sees aufgetaucht war, rannte er mit riesigen Sätzen auf sie zu, nahm ihr behutsam und doch rigoros das Baby aus den Armen, küsste sie ein letztes Mal auf die Stirn, … bevor er, seine Tochter an sich gepresst, in den ruhig daliegenden See hineinwatete. Tiefer und tiefer. Bis sich der glatte Spiegel wieder über ihm schloss, und nur noch sanfte Wellen von dessen Unterbrechung zeugten.

Mit einem weiteren, in seiner Verzweiflung grausamen Schrei brach Jara ohnmächtig zusammen.

Die Macht der Liebe

FIEBERND WARF SIE SICH hin und her. Die langen, weizenblonden Haare klebten an ihrem Kopf. Ihre Lippen waren aufgesprungen. Ihre Zunge ein geschwollener Bleiklumpen in einem ausgetrockneten Mund. Rasselnd hob und senkte sich ihr Brustkorb, versorgte die verlangenden Lungen mit viel zu wenig Luft. Die Trage, die Xero und Marian aus den Stielen der Werkzeuge, den Decken und Zeltplanen zusammengebastelt hatten, schwankte.

Oriri hatte darauf bestanden, nicht auf ein Auftauchen Darienos zu warten. Xero schloss sich dem Ansinnen des Freundes an, nachdem er eine Weile mit der Hand im Wasser in sich hineingelauscht hatte. So waren sie im Schein der Taschenlampen Jori, der voranging, durch das verzweigte Tunnelsystem zum Höhleneingang zurückgefolgt. Oriri hatte Antalia getragen, stumm, mit verbissenem Gesichtsausdruck und der Kraft des Adrenalins, das durch seine Blutbahnen zirkulierte und ihn aufrecht hielt. Sie hatten sie zu Joris kleinem Zelt gebracht. Xero, Toran und Marian waren zur Alm gehetzt, hatten die Werkzeuge, Zelte und Decken geholt. Während Ari, Siri, Toran und Jori die Dinge, die nicht benötigt wurden, in den Rucksäcken verstauten, kreierten Xero und Marian eben jene Bahre, auf der sie Antalia nun durch die Nacht trugen.

Oriri hielt ihre Hand, murmelte beruhigende Worte, wischte ihr den Schweiß von der Stirn, legte taubedeckte Blätter auf ihre Lippen. Die Blutungen hatten nachgelassen. Ari kontrollierte immer wieder, ob das auch tatsächlich so blieb. Der Trupp bewegte sich durch die Dunkelheit, zu erschöpft, um durch Worte Energie zu verschwenden. Konzentriert einen Fuß vor den anderen setzend, näherten sie sich dem ›Haus in den Höhen‹. Siri eilte in Antalias Zimmer voraus, schlug die Bettdecke zurück. Jori und Xero betteten sie um, während Aris erster Weg in den Keller führte, um den immer vorrätig im Eisfach liegenden Bigusu-Samen zu holen. Eine gallertartige Masse, die die Kälte bis zu fünf Stunden lang speichern und langsam abzugeben in der Lage war. In ein Tuch eingeschlagen, legte sie ihn auf Antalias heiße Stirn. Kurz darauf trat Nerit mit einer Tasse frisch gebrühtem Gilay-Tee neben das Bett. Dies alles nahm Oriri nur noch durch einen Schleier grauen Nebels wahr. Denn nun, da der Adrenalinschub abklang, verließen auch ihn die Kräfte. Nerit stellte die Tasse ab, holte ein weiteres Kissen und zwei Decken aus Antalias Schrank und drapierte alles vor dem Bett der Freundin. Dankbar, jedoch schon zu schwach für ein Lächeln, sank Oriri darauf nieder ... und war binnen Sekunden eingeschlafen. Vorsichtig stieg Nerit über ihn hinweg, setzte sich auf die Kante der Schlafstelle, stützte Antalia, die teilnahmslos alles über sich ergehen ließ, und flößte ihr geduldig das heilkräftige Gebräu ein, dass auch ihr schon oftmals Linderung gebracht hatte. Bereits während Antalia Schluck für Schluck die Tasse leerte, fiel ihr das Atmen leichter, reduzierte sich das Flattern ihrer Lider, senkte sich Frieden in ihre zitternden Glieder. Als Nerit das Zimmer verließ, schlief auch ihre Schwester.

Sie sah Darieno durch eine unterirdische Wasserader gleiten. Das Kind, ihr Kind, liebevoll im Arm haltend. Vertrauensvoll schmiegte das Kleine sich an ihn. Während sie weiter durch die lichtlosen Tiefen glitten, weinte Darieno lautlos. Er wusste so verdammt genau, wohin er seine Tochter bringen musste, und dass er sie dort ließe, während er zu Jara zurückkehrte, kam ihm nicht einmal ansatzweise in den Sinn. Was erwartete ihn in der ›Stadt auf dem Meeresgrund‹? Wie viel Zeit war dort inzwischen vergangen? Gab es das Band der Kristalle noch, das dem Meeresvolk den Tag-Nacht-Rhythmus zurückgebracht hatte? Hatte Antalias Einsatz ausgereicht, die ›Gemeinschaft‹ dauerhaft aus der Passivität zu reißen?

Obwohl sie meilenweit voneinander entfernt waren, konnte Antalia Darienos Gedanken wie ihre eigenen wahrnehmen. Oder war es Jara, deren enge Verbundenheit sie teilte?

Der Blickwinkel änderte sich, Darieno trieb durch einen Fluss, folgte dem untrüglichen Instinkt, der ihn zum Meer und zu den Seinen führen würde. Das kleine Mädchen schlief nun, geborgen an seiner Brust, geschützt und gehalten von seinen Armen und Händen ...

Das Bild verschwand, gab einer Schwärze Raum, die alles verschluckte – ihre Ängste, ihre Schwäche, ihre Schmerzen. Nun war Antalia sicher, dass sich Jaras Empfindungen auf sie übertrugen, aber sie wurden zunehmend undeutlicher – ihr Zwilling entglitt ihr ...

Lange Zeit schwebte sie in der konturlosen Dunkelheit. Die Stimme, die unaufhörlich immer und immer wieder ihren Namen rief, wehte an ihr vorbei. Bedeutungslos. Sie wusste, sie trieb der Auflösung entgegen, aber sie sah keinen Grund, sich dem unausweichlichen Ende zu widersetzen, sich dem Übergang entgegenzustemmen. Was hielt sie noch in dieser Welt? Die Kristalle hatten sich auf sie gestürzt, aus ihr herausgesaugt, was immer sie fanden. Zurückgeblieben war eine ausgebrannte, leere, schwache und nutzlose Hülse. Darieno war fort. Das Kind, das in liebender Vereinigung gezeugt worden war, hatte er mit sich genommen.
Wieder diese Stimme. Verzweifelt und doch auch zornig! Konnte diese Stimme sie nicht endlich in Ruhe lassen? Jara wollte nichts mehr hören! Als wäre ihre Reaktion eine Landmarke, war die Stimme auf einmal ganz dicht neben ihr, schien nach ihr zu tasten, sie mit der Kraft aufgestauter Wut erbarmungslos zu schütteln.
»Oh nein, du wirst dich nicht klammheimlich aus dem Staub machen!«, keuchte sie. »Hör auf, dir einzureden, dein Leben hätte keinen Sinn mehr! Du hast gar nichts verloren! Glaubst du nicht, Darieno wird zurückkommen, sobald es

ihm möglich ist? Er ist gegangen, weil er will, dass euer Kind lebt! Neun weitere Personen sind mit ihren Gedanken bei dir, vielleicht sogar elf, und du strafst all ihre Bemühungen mit Nichtachtung, indem du dich selbst aufgibst.« Die Stimme überschlug sich nahezu. »Selbstmitleid ist jetzt nicht angebracht!«, wütete sie weiter. »Du drehst augenblicklich auf der Stelle um und kommst mit mir zurück, oder ich pack dich an deinen langen schwarzen Haaren und zerre dich eigenhändig hierher!«

Jara war fassungslos. Wie konnten diese körperlosen Worte sie so erbarmungslos angehen, ihre Empfindungen als gegenstandslos abtun, ihr die ersehnte Ruhe des Verschwindens im Nichts derart streitig machen?

»Lass mich in Ruhe!«, fuhr Jara die Stimme an.

»Das werde ich ganz gewiss nicht tun!«, erwiderte diese bestimmt. »Ich werde dich nach allem, was wir gemeinsam durchgestanden haben, nicht einfach so gehenlassen!« Der Tonfall der Stimme änderte sich. »Jara, ich brauche dich! Darieno und dein Kind brauchen dich! Komm mit mir zurück.«

Das war kein Befehl, das war ein Flehen aus tiefster Seele, und es durchfuhr Jara wie ein glühender Blitz. Während sie noch zögerte, fühlte sie eine sanfte Berührung, wie Federn, die sich um sie legten, wärmten. Sie fühlte sich gehalten, geborgen – nicht mehr alleine, einsam, verlassen, leer.

»Ruh dich aus«, flüsterte die Stimme, deren Kraft deutlich nachgelassen hatte. »Schlaf! Ich werde bei dir bleiben.«

Die Stimme erstarb, aber das Gefühl der Geborgenheit, der Nähe blieb.

Nun endlich entspannte sich auch Antalias Körper. Eine traumlose Regenerationsphase setzte ein, die sich über mehrere Tage hinzog. Dass Oriri nicht von ihrer Seite wich, bekam Antalia ebenso wenig mit wie die Anwesenheit Redors. Sayuri kuschelte sich oft an sie, streichelte ihr mit ihren kleinen Händen über die heißen Wangen. Nerit unterstützte Ari bei der Umsetzung von Redors Anweisungen. Xero und

Jori suchten in der Höhle wiederholt nach Hinweisen, die Antalias Zustand erklären und Abhilfe in Aussicht stellen könnten. Leider erfolglos.

Im abgedunkelten Zimmer dämmerte sie vor sich hin, ohne das Bewusstsein wiedererlangt zu haben. Siri, Toran und Marian hatten stillschweigend die Versorgung des Haushaltes übernommen. Als Jori und Xero auch an diesem Morgen wieder aufbrachen, verließen Toran und seine Freundin ebenfalls das Haus, um die dringend notwendigen Lebensmittel zu beschaffen. Die Sonne trat eben hinter den fernen Gipfeln hervor, streifte langsam über Büsche und Gräser. Siri reckte ihr Gesicht dem warmen Schein entgegen, – und Jori stoppte mitten im Schritt, als sei er gegen eine Mauer gelaufen. Abrupt kehrte er auf dem Absatz um, lief zum Haus zurück, hechtete die Treppe hinauf und stürmte in das Zimmer seiner Schwester. Oriri zuckte zusammen, als Jori unversehens die dichten Gardinen zurückschob.

»Komm, hilf mir!«, keuchte er. »Das Bett muss ins Licht!«

Oriri verstand augenblicklich, was Jori meinte. Mit vereinten Kräften rückten sie Antalias Ruhestätte in das gleißende Rechteck, sodass das Licht ihren reglos daliegenden Körper umströmen konnte. Oriri öffnete das Fenster. Ein frischer Luftzug wirbelte seine wildgelockten Haare auf, während er erneut auf der Bettkante Platz nahm, sorgsam darauf bedacht, seinen Schatten von Antalia wegzulenken.

»Warum«, so fragte er sich, »sind wir darauf nicht schon viel früher gekommen?«

Wie oft hatte Jara von der Sonnenenergie und deren Bedeutung gesprochen? Vielleicht waren ihre Körperzellen, oder die Perlen, eine Art Speicher, die nicht nur Erinnerungen, sondern eben auch Sonnenenergie aufnehmen und abgeben konnten.

»Wir hätten wohl etwas genauer zuhören sollen«, murmelte er vor sich hin.

»Hoffentlich ist es auch das, was sie jetzt benötigt«, erwiderte Jori seufzend.

»Es wird uns nichts anderes übrig bleiben als abzuwarten und zu beobachten. Alles, was wir bisher versucht haben, war nicht von großen Erfolgen gekrönt«, gab Oriri zurück. »Ich werde sie heute Mittag in den Garten hinuntertragen und mich mit ihr so lange wie möglich ins Sonnenlicht setzen. Ich kann ... ich werde sie noch nicht aufgeben. Antalia ist da, ich weiß es. Ich fühle sie, wenngleich sie sich nicht mitteilen kann.«

Xero, der ebenfalls zwischenzeitlich das Zimmer betreten und die kurze Unterhaltung mitbekommen hatte, nickte zustimmend. »Sie weiß, dass sie nicht alleine ist. Aber sie ist schwach, und Jara ist noch schwächer. Selbst ich kann, trotz des Talismans, den sie trägt, nicht mit ihr in Kontakt treten. Dennoch, ich halte deine Idee ebenfalls für gut. Ich denke, wir sollten für heute die Höhle Höhle sein lassen und für die beiden einen bequemen Sitzplatz konstruieren«, wandte Xero sich nun an Jori.

»Ich merk schon: Widerspruch ist sinnlos!«, meinte Jori trocken, nickte Oriri noch einmal freundschaftlich zu, und verließ mit Xero zusammen den Raum.

Wieder sah Oriri auf Antalias ruhiges, aber ausgezehrtes Gesicht nieder. Sachte streichelten die Finger seiner linken Hand über ihre eingefallenen Wangen, während er mit der anderen ihre kalte rechte hielt. Bisher hatte er nicht gewagt, sie zu küssen. Die Zeit, die er allein mit ihr verbrachte, füllte er mit Erzählungen aus seinem Leben. Er vertraute ihr seine Gefühle an, seine Unsicherheit, die Augenblicke seligen Glücks, wenn sie ihn anlächelte. Nie zuvor hatte er so viel von sich preisgegeben. Einzig von Xero wusste er mittlerweile, dass er diesem nie etwas hatte vormachen können. Er berichtete ihr von seinen Gesprächen mit Darieno, den er seltsamerweise trotz seiner Liebe zu Jara gut leiden konnte und kaum als Rivalen empfand.

Die Zeit verflog. Siri löste ihn ab, schickte ihn zum Mittagessen nach unten. Anschließend zeigten ihm Xero und Jori das Ergebnis ihres kreativen vormittäglichen Tuns. Eine warme Welle der Zuneigung durchströmte Oriri, die noch anhielt, als er wieder nach oben stieg, Antalia vorsichtig aus ihrem Bett hob und in den Garten hinaustrug. Der Liegestuhl, den die beiden gebaut hatten, bot Platz genug für beide. So legte er sich neben sie, bettete ihren Kopf auf seine Brust, legte seinen Arm um ihre Schultern und hielt sie sanft. Nun, da er ihr so nah war, das leichte Heben und Senken ihres Brustkastens ebenso spürte wie die Wärme ihres Atems, senkte sich eine wohltuende Ruhe in seinen überstrapazierten Geist, entspannte sich sein Körper, seine Lider verschlossen die übermüdeten Augen. Der Schlaf, dem er seit Tagen die Stirn bot, übermannte ihn.

Antalia sah ihn an. Ihre Züge waren noch immer von Erschöpfung gezeichnet. Ihre Bewegungen langsam, bedächtig, als koste jede einzelne sie immense Anstrengung. Ihr Mund schien Worte zu formen, aber kein noch so leiser Ton erreichte seine Ohren. Sie streckte ihm ihre Arme entgegen. Einen Moment nur, bevor sie erneut kraftlos nach unten sanken. Wie durch eine zähe Masse schritt er auf sie zu, kämpfte um jeden Zentimeter, bis er endlich, endlich, direkt vor ihr stand und ihre Augen ineinander blickten. Die ihren waren dunkel wie süßer Sherry, und der Ausdruck in ihnen brachte etwas in ihm zum Schwingen. Zärtlich zog er sie an sich, senkte seine Lippen auf die ihren, küsste sie hingebungsvoll und voller Leidenschaft. Das Blut rauschte durch seine Adern. Hitze breitete sich aus. Ein Verlangen begann, seinen klaren Verstand lahmzulegen, das er nie zuvor empfunden hatte. Seine Hände glitten über ihre Haut, streichelten sinnlich über ihren Hals, ihren Rücken, ihre Seiten.

»Ich liebe dich, Antalia«, hauchte er.

Sein Herz schlug so hart gegen seine Rippen, als wolle es sie zertrümmern. Ihr Körper schmiegte sich an ihn, suchte seine Nähe, nahm hungrig seine Liebkosungen an, gab jedoch aufgrund der Schwäche kaum etwas zurück. So kämpfte Oriri seine Begierde nieder. Er versuchte, ihr durch die Art seiner Berührung seine Gefühle zu offenbaren. Schenkte ihr, in Fürsorge und Zärtlichkeit gekleidet, all die Liebe, die er in seinem Herzen trug.

Er erwachte, als ein kühler Wind über sein Gesicht strich. Zwei Decken waren über ihn gebreitet. Antalia lag noch immer an seiner Seite. Die Nacht hatte sich längst über die Natur gesenkt. Die Lichter im Haus waren erloschen, und nur das Säuseln der Blätter im lauen Lufthauch durchbrach die tiefe Stille. Noch einmal streichelte er Antalias Wange, sah sie liebevoll an – und glitt abermals in einen Traum, in dem er ihr näher war als jemals zuvor.

Als die ersten Strahlen der Morgensonne ihre tastenden Finger über die Landschaft schickten, erwachte Oriri ein weiteres Mal. Antalias Arm lag über seinem Bauch. Ein feines Lächeln umspielte ihre Lippen.

»Endlich bist du ins Leben zurückgekommen«, flüsterte er ergriffen, und küsste sie auf die weichen, weizenblonden Haare.

Pläne

DARIENOS HERZ blutete schier. Er fühlte, wie Jara immer weniger wurde, ihr Lebenswille versiegte, sie still und leise davontrieb. Er verfluchte seinen Instinkt, der ihn das Kind hatte ergreifen, und mit ihm zusammen abtauchen lassen.

»Sie hat ihre Familie, ihre Freunde«, versuchte er, sich immer wieder einzureden, allein um das beklemmende Wissen um die Endgültigkeit dieses Abschieds zu verbannen. Es gelang ihm jedoch nicht. Von unendlicher Trauer erfüllt, folgte er dem Band der Kristalle in die Tiefe, und nur seine Tochter, die schlafend in seinen Armen lag, hielt ihn davon ab aufzugeben. Endlos zog sich der Weg dahin, quälten ihn Erinnerungen und dunkle Visionen. Das Kind wimmerte leise, als er es an sich presste, sein Gesicht in den langen, rötlich schimmernden Haaren verbarg und seiner Verzweiflung freien Lauf ließ. Als er die Stadt in der Ferne auftauchen sah, rang er seine Emotionen nieder.

»Die Kleine braucht mich!«, rief er sich zur Ordnung.

Und mit einem bewussten Ruck riss er sich aus dem Strudel der ihn niederschmetternden Empfindungen. Er hatte eine Aufgabe, er musste sich um seine Tochter kümmern.

»Nicht mal einen Namen habe ich dir gegeben«, murmelte er. »Erin, ich werde dich Erin nennen. Es klingt ein bisschen wie Erinnerung, und so werde ich die kurze, aber intensive Zeit nie vergessen, die ich mit deiner Mutter teilen durfte. Willkommen im Leben!«, begrüßte er sein Kind, und schmiedete damit das erste wichtige Band zu dessen Seele.

Eine minimale Bewegung schreckte Oriri aus seinem Tagtraum auf. Nur zum Frühstück hatte er seinen Platz verlassen und an Jori abgetreten. Anschließend hatte er sich wieder neben Antalia gelegt und sie an sich gezogen. Zwar schoben sich heute zunehmend mehr Wolken vor das gleißende Himmelsgestirn, aber jedes Quäntchen Licht schien dem schlafenden Mädchen an seiner Seite gut zu tun. Sorgsam achtete Oriri auf jede noch so winzige Veränderung. Wirkte nicht ihre Haut schon weniger fahl? Ihre Züge entkrampfter? Ihr Atem tiefer? Und eben gerade hatte sie sich gerührt, die Position ihres Kopfes leicht verändert. Er blickte sie an. Ihre Augenlider flatterten, öffneten sich. Dunkler Bernstein glitzerte wie ein lange verborgener Schatz, auf den nach Ewigkeiten ein erster Lichtfunke fiel. Ein Wort, leise wie der Flügelschlag eines in großer Höhe kreisenden Falken, stahl sich über ihre Lippen: Sein Name! Seit mehr als einer Woche das erste Zeichen, dass sie das Bewusstsein wiedererlangt hatte! Oriris Hals wurde eng, seine Augen feucht.

»Ich bin hier, Antalia«, flüsterte er mit vor Rührung rauer Stimme.

Ihre Hand tastete nach der seinen. Ihre Finger verschränkten sich ineinander. Es war wie ein gegenseitiges Versprechen. Nichts hätte ihrer Liebe zueinander besser Ausdruck verleihen können als diese kleine Geste.

»Werde wieder gesund!«, bat Oriri.

Antalia nickte kaum merklich, bevor sich ihre Augen wieder schlossen.

Von diesem Tag an schritt Antalias Genesung voran. Zwar wurde es zunehmend kälter, die sonnigen Abschnitte kürzer, aber eingehüllt in dicke Decken trug Oriri sie trotzdem, so oft es möglich war, ins Freie. Langsam kehrten ihre Kräfte zurück, beteiligte sie sich wieder an Unterhaltungen, nahm ihre Mahlzeiten gemeinsam mit den anderen ein. Redor überwachte ihre Fortschritte mit Argusaugen, jedoch ohne aufdringlich zu sein. Er war immer sehr gewissenhaft gewesen. Dieser Charakterzug hatte auch über die Jahre hinweg keine Veränderung erfahren. Aufmerksam hatte er ihrer Geschichte gelauscht, Darienos Erkenntnisse und Xeros Schlussfolgerungen überdacht. Nun studierte er sorgfältig Antalias weitere Entwicklung, teils aus persönlicher Anteilnahme, teils aus beruflichem Interesse. Er war jahrelang ihr medizinischer Betreuer gewesen, hatte sie durch die schwere Zeit der Metamorphose begleitet, ihr die Perle seines Urahns übergeben, gemeinsam mit den anderen von ihr Abschied genommen. Antalia war auch für ihn mehr als eine von vielen. Er hatte das Charisma dieses Mädchens gespürt, schon bei ihrer ersten Begegnung. Jedoch hatte er sich immer wieder zur Ordnung gerufen, in ihr nicht mehr zu sehen als eine außerordentlich begabte Schwimmerin. So hatte er stets eine gewisse Distanz gewahrt, war ihr Vertrauter geworden, wenn es um ihren Sport ging. Aber erst, als die Veränderungen begannen, hatte sie sich ihm gegenüber wirklich geöffnet. Sie hatte die Schule nahezu fluchtartig verlassen. Er hatte bleiben müssen. Doch dann war Darieno in sein Leben geplatzt. Wieder hatte ihn sein Weg zu ihr geführt. Sieben Jahre waren seitdem vergangen. Für Antalia, das wusste auch er mittlerweile, waren es nur Wochen. Sie hatte viel durchgemacht, ein Kind geboren, dieses und ihren Partner verloren, sich unter dem Schock des Erlebten in den hintersten Winkel ihres geistigen Daseins zurückgezogen. Die Situation war der während der Metamorphose nicht unähnlich. So hatte man sich seiner erinnert, ihn abermals gerufen. Domarillis konnte ihn entbehren. Seine Kollegen waren ebenso fähige Mediziner wie er. Diesmal dauerte es nicht lange, und auch er war in die Familie integriert, als gehöre er schon immer dazu. Besonders Marian und Ari, deren Alter nahezu dem seinen entsprach, sahen in Redor bald mehr einen Freund als den medizinischen Betreuer ihrer Tochter. Gemeinsam arbeiteten sie die vorangegangenen Ereignisse auf, diskutierten den Grund für alles, was sich zugetragen hatte und eruierten weitere Vorgehensweisen.

»Ich glaube, dieses Wissen wurde mir gegeben, um es allen zugänglich zu machen, das Interesse am Leben in **beiden** Medien neu zu wecken. Und ganz besonders, um das Meeresvolk, mein Volk, aus seiner Isolation zu holen und so vor dem Aussterben zu bewahren«, sagte Antalia nachdenklich. »Und auch die Kristalle ...«, fügte sie leise hinzu. »Unser Volk, wir alle lebten einst in einer Art Symbiose mit ihnen.

Hier oben ... sterben die Kristalle, weil die Völker sich ihrer nicht mehr erinnern, sie nicht mehr nutzen, sie nicht mehr mit der benötigten Energie versorgen. Auf dem Meeresgrund ist es umgekehrt. Dort stirbt das Volk. Die Kristalle tun ihr Möglichstes, das hinauszuzögern, aber ... ohne die Energie des Sonnenlichts ...« Sie verstummte. Sie hatten dieses Thema unzählige Male erörtert. »Bei den Zaikidu«, fuhr sie fort, »scheinen in diesem Jahr eine ganze Menge Kinder geboren worden zu sein, die ... anders sind. Xero glaubt, dass es Perlenkinder sind. Kinder, die wieder Erinnerungen in sich tragen und sowohl an Land als auch im Wasser leben können. Vielleicht kann eine dahingehende Entwicklung in Gang gesetzt werden, wenn das Sonnenlicht, die Kristalle und unsere Spezies zusammentreffen. Wie es mit uns allen in der Grotte geschehen ist ...«

»... und bei der ›Großen Vereinigung‹«, ergänzte Xero.

»Das klingt plausibel«, stimmte Redor zu.

»Dann sollten wir nach Wegen suchen, das Wissen weiterzugeben!«, warf Jori ein.

»Rein informativ wäre es durch Seminare an der Uni und in Unterrichtsblöcken an den Schulen möglich«, spann Antalia den Faden weiter. »Ihr«, sie wandte sich an Nerit, »könntet es zu einer Performance machen und Ari und Marian es in ihre Führungen einbauen.«

»Ja, und alle, die den Mut zu mehr aufbringen, dürfen dann Joris Höhle besuchen!«, ergänzte Toran mit einem schrägen Grinsen.

»Das hört sich nach sehr viel Arbeit an«, seufzte Oriri.

»Und du bist prädestiniert dafür!«, unkte Xero unverfroren. »Wer hat denn sein Hirn mit immer neuen Informationen geradezu bombardiert, die Archive der Yuremi durchstöbert, alles aufgesaugt, was er finden konnte? Wird Zeit, dass du andere an diesem grandiosen Reichtum teilhaben lässt, indem du ihn auf deine einmalig zuvorkommende Art weitervermittelst!«

»Willst du mich irgendwo hin verschachern?«, hakte Oriri, hellhörig geworden, nach.

Der Blick seines Freundes heftete sich auf ihn. »Was hältst du von Domarillis?«, fragte er ernst. »Du vereinst das Wissen eines Universitätsprofessors mit der Qualifikation und Erfahrung eines hochkarätigen Sportlers. Du kannst gut reden, wenn du willst, und dein Wissen verständlich und interessant weitergeben.«

Oriri schluckte. Nichts, was Xero vorgebracht hatte, entbehrte einer fundierten Grundlage. Er selbst jedoch hatte sich noch nicht einmal ansatzweise mit Gedanken dieser Art getragen.

»Ich muss das nicht jetzt sofort entscheiden, oder?«, gab er ein wenig überfahren zurück.

»Nein«, erwiderte Xero gutmütig, »aber du solltest es ins Kalkül ziehen und gewissenhaft über den Vorschlag nachdenken.«

»Und wie gedenkst du, unser Vorhaben zu unterstützen?«, richtete Oriri die Frage an seinen Freund.

»Ich werde meinen Clan auf das Verlassen seiner Heimat einstimmen«, antwortete dieser ruhig. »Unsere Mythen erzählen von einem großen Umbruch. Ich glaube, mit Antalia und der ›Großen Vereinigung‹ wurde er eingeleitet. Wir werden ans Meer ziehen, damit die Perlenkinder die ›Stadt auf dem Meeresgrund‹ kennenlernen können, sobald sie alt genug dafür sind.«

Antalia hatte der Unterhaltung schweigend gelauscht. Als Siri nun von ihr wissen wollte, worin denn ihre Aufgabe bestünde, errötete sie zum Erstaunen aller: »Ich werde mit Oriri gehen, wofür er sich auch entscheidet. Und ich werde Sonnenenergie tanken. So lange, bis Jara wieder kräftig genug ist, für eine gewisse Zeit diesen Körper zu übernehmen. Jara und ich werden den Energieaustausch, den wir in Gang gesetzt haben, aufrechterhalten, indem wir abwechselnd oben und unten leben. Die Zeitebenen werden sich angleichen. Sie sind bereits wieder näher zusammengerückt. Wenn in beiden Gesellschaften Kinder mit der Fähigkeit des Wandelns geboren werden, wird unser Volk wieder zu einem zusammenwachsen.«

»Weißt du das, oder hoffst du das?« Ari legte ihrer Tochter liebevoll den Arm um die Schultern.

»Das ist unsere Mission!«, war Antalias Antwort, und sie klang so vielstimmig, als sprächen alle Ahnen, deren Erinnerungen sie in sich trug, durch sie.

»Es reicht für heute«, ließ sich nun auch Marian erstmals vernehmen. »Wir haben alle wieder reichlich Gehirnfutter bekommen, das uns über die nächste Zeit beschäftigen wird, aber fürs Erste ist es jetzt genug.«

Wieder einmal war die Zeit verflogen. In Anbetracht der Tatsache, dass draußen zwei nahezu volle Monde ihr Licht über das Tal ausgossen, löste sich die Versammlung auf.

Zwei weitere Wochen gingen ins Land. Aber nachdem in konstruktiver Zusammenarbeit ein Erfolg versprechendes Konzept ausgearbeitet und jeder mit seiner eigenen Aufgabe sowohl zufrieden als auch vertraut war, kehrten Toran und Siri nach Colligaris zurück. Jori, der Antalias wegen seine Forschungen länger als vorgesehen unterbrochen hatte, rief sein Team ebenfalls zusammen, um mit seinem neuen Wissen versehen, gemeinsam mit ihnen die Grotte für Besucher zu erschließen. Nerit nahm Kontakt zu den ›Feen‹ auf, unterbreitete den Mitgliedern der Truppe ihren Entwurf für die Show der nächsten Tournee-Saison und versprach, innerhalb des nächsten Monats wieder zu ihnen zu stoßen. Xero rüstete sich für die alleinige Rückkehr zu seiner Sippe. Oriri hatte sich mit den Direktoren von Domarillis in Verbindung gesetzt und war als Lehrer angenommen worden. Auf Redors Fürsprache hin wurde auch Antalia als Co-Trainer der Schwimmmannschaften akzeptiert, und er selbst konnte seine bisherige Tätigkeit anstandslos wieder aufnehmen. Marian und Ari begleiteten die drei nach Tamira, wo sie sich dem Schienen-Pendler-Netz überantworteten, das sie nach Domar bringen würde. Dort stünde dann ein Schwebewagen bereit, der sie zu Schule brächte. Ein Stück Normalität kehrte zurück, für das Antalia zutiefst dankbar war – nach allem, was hinter ihr lag.

Botschaften und Wendepunkte

LANGSAM NÄHERTE SICH Darieno der Stadt. Hell leuchtete die Kristallsonne über ihr, flutete das Terrain mit ihrem warmen, zartgelben Licht. In den Straßen herrschte geschäftiges Treiben. Überall standen Mitglieder der ›Gemeinschaft‹ zusammen, diskutierten, lachten. Als er auf das Ratsgebäude zusteuerte, nahm er aus den Augenwinkeln wahr, dass der Brunnen inmitten des großen Platzes vor nie dagewesener Sauberkeit nur so schimmerte. Wie kleine Glücksboten wirbelten die unzähligen Gasbläschen umeinander. Verschmolzen. Trieben gemächlich in die Höhe. Junge und Alte tummelten sich auf den glänzenden Elfenbeinbänken, die das Rund säumten. Während Darienos Blick noch fassungslos über all die Veränderungen glitt, löste sich ein einzelnes Wesen aus der Masse, bewegte sich zögernd auf den Mann mit dem Baby im Arm zu. Weiße Haare trieben in der leichten Strömung hinter ihm her. Seine Schritte waren unsicher, wie die eines Wesens, das lange nicht mehr gegangen war. Eine Stimme, deren Klang Darieno fast vergessen hatte, schob sich in sein Bewusstsein, durchfuhr ihn wie ein elektrischer Schlag. Ruckartig verharrte er, änderte die Richtung, sah ungläubig zu der alten Dame hinüber.

»Caileen?«, fragte er. »Bist du das wirklich?«

Ein Strahlen überzog das Gesicht des Individuums, das weiterhin auf ihn zustakte. Erin begann zu zappeln, die Arme der Alten hoben sich ihr entgegen. Vorsichtig strichen ihre Finger über die zarten Wangen von Darienos Tochter.

»Ich hatte auch einmal so schöne rote Haare!«

Ihre Freude übertrug sich auf Darieno. »Daran erinnerst du dich?«

»Ach, mein Junge, ich könnte die ganze Welt umarmen. Du glaubst ja nicht, was Antalia in uns allen bewirkt hat. Es ist, als wären wir neugeboren oder aus einem Traum erwacht. Wir leben wieder! Die Mauern, die unsere Seelen isolierten, sind eingerissen. Wir nehmen einander wieder wahr, knüpfen Kontakte. Ich habe in der kurzen Zeit schon mindestens zehn Leute meiner Generation kennengelernt. Sich mit ihnen zu treffen und auszutauschen ist wunderbar. So abgestumpft wir alle gewesen sind, irgendwo in uns liegen Bedürfnisse verborgen. Dinge, die wir uns wünschen. Erinnerungen an Momente, die uns etwas bedeuteten ... wenigstens für Augenblicke. Einige der Jüngeren beschäftigen sich mit den Illusionen. Sie planen einen Ausflug nach oben. Der Park wird wieder in Ordnung gebracht, die alten Mosaike freigelegt.«

Die Worte sprudelten nur so aus ihr heraus.

»Großmutter«, unterbrach Darieno die alte Dame, »wo sind Dan und Iriell, meine Eltern?«

Ein dunkler Schatten überflog Caileens Züge.

»Das weiß ich nicht«, antwortete sie. »Die Stadt ist groß, und ich bin alt – und langsam.« Nun lächelte sie versonnen. »Die beiden sind bisher nicht zu mir gekommen, und ich habe noch nicht nach ihnen gesucht. Alles braucht seine Zeit. Die wenigen Tage, die seit unserer Erweckung vergangen sind, haben nicht ausgereicht für all die Dinge, die zu tun ich mir vorgenommen habe.« Ein schelmisches Grinsen schlich sich in ihr Gesicht. »Wie ich sehe, warst du auch nicht untätig. Hast wohl gedacht, irgendwer muss ja mal damit anfangen, wieder Wandler in die Welt zu setzen. Und wenn du schon mal ein so hübsches Mädchen an deiner Seite hast, ... aber wo ist sie denn?«

Suchend sah Darienos Großmutter sich um. Dann schüttelte sie verwirrt den Kopf und murmelte: »Aber die Kleine kann gar nicht deine Tochter sein ...«

»Großmutter«, ein weiteres Mal hob Darieno zum Sprechen an, »Erin *ist* mein Kind, und Antalia ist ...! Ich kann dir nicht alles in zwei Sätzen erklären. Wenn ich darf, würde ich dich gerne nach Hause begleiten, mich ein bisschen ausruhen. Es geht mir nicht besonders gut, aber die Kleine braucht mich ...«

Nachdenklich sah Caileen ihren Enkel an. »Ich habe noch nicht sonderlich viel Übung im Verarbeiten von Emotionen, und was ein so kleines Kind braucht, ist auch nicht gerade die am leichtesten abrufbare Information. Vielleicht solltest du dich besser an eines der Ratsmitglieder wenden. Sie sind ... wacher ... und geübter im Umgang mit unvorhersehbaren Situationen.«

Darieno nickte. Die alte Dame war ganz offensichtlich überfordert. Aber sie freute sich auch aufrichtig über ihre Begegnung.

»Es war schön, dich getroffen und mit dir gesprochen zu haben«, sagte er. »Wohnst du noch immer in dem kleinen, verwinkelten Häuschen, das ich als Kind so sehr liebte?«

Caileen nickte.

»Ich werde dich besuchen kommen, sobald es mir möglich ist. Derweil genieße dein neues Leben! Das ist wichtig ... für jeden von euch!«

Behutsam ergriff er ihren Ellenbogen und geleitete sie zu der Bank zurück, von der sie sich erhoben hatte und auf ihn zugegangen war. Als sie wieder Platz genommen hatte, küsste er sie zum Abschied sanft auf die Stirn und setzte dann seinen Weg zum Ratsgebäude fort. Eines hatte ihn dieses Zusammentreffen bereits gelehrt: Jeder, den Antalia berührt hatte, kämpfte mit den Folgen der über ihn hereinbrechenden Veränderungen!

Die Tür stand offen, und im Gegensatz zu seinem letzten Besuch hier herrschte in den Gängen reges Treiben. In jedem der Räume, an denen er vorbeikam, saßen Mitglieder der ›Gemeinschaft‹ in Gruppen zusammen, offensichtlich damit beschäftigt, irgendwelche Dinge zu diskutieren oder zu erarbeiten. Jeder dieser Gruppen gehörte ein Ratsmitglied an, das augenscheinlich die Leitung oder den Vorsitz übernommen hatte. Schweigend ging Darieno weiter. Er suchte Uyuli. Sie war die Einzige mit der er seit Elorus Übergang je ein persönliches Wort gewechselt hatte. Er fand sie, nachdem er sich bis zum Hauptversammlungsraum durchgekämpft hatte. Umringt von einer großen Anzahl Leute, die etwa seinem eigenen Alter entsprachen, stand sie inmitten des Zimmers und teilte jedem der Anwesenden eine Aufgabe zu, so jedenfalls mutete es Darieno auf den ersten Blick an. Um sie in ihrem Tun nicht zu stören oder den weiteren Ablauf zu behindern, setzte er sich auf einen der Stühle im Gang, gefasst auf eine lange Wartezeit. Die Müdigkeit ließ seine Augen brennen, die Ansicht seines kleinen Mädchens ihm das Herz schwer werden. Wie lange trug er sie nun schon in seinen Armen? Erleichtert, dass sie durch die Kristalle mit allem versorgt wurde, was sie benötigte, schloss er für einen Moment die Lider – und schrak verstört auf, als sich eine Hand behutsam auf seine Schulter legte. Stille war eingekehrt. Im Licht eines einzelnen leuchtenden Steines erkannte er Uyuli, die leicht gebeugt vor ihm stand.

»Ich hätte dich schon vor einiger Zeit wecken können«, eröffnete sie ihm, »aber das Kind schlief, und auch du schienst eine Pause dringend nötig zu haben. Ich mache jetzt Feierabend. Wenn du willst, kannst du mit zu mir kommen. Gewiss liegt dir einiges auf der Seele, worüber du mit mir reden oder das du mir mitteilen möchtest. Eine Unterkunft für die Nacht scheinst du auch noch nicht gefunden zu haben.«

Diese alte Dame war ganz anders als seine Großmutter, aber das verwunderte Darieno nicht. Wer einmal mit Eloru zu arbeiten gezwungen gewesen war, der hatte eine Prägung erfahren, auch wenn sie erst jetzt zum Tragen kam. Dankbar sah er Uyuli an, nickte, erhob sich und folgte ihr.

Xero saß auf einem großen Felsblock, dem einzigen erhöhten Platz innerhalb des Dorfes, den normalerweise sein Vater, das Oberhaupt der Sippe, einnahm. Er blickte auf die Mitglieder seines Clans hinunter. Kariotu hatte sie alle zusammengerufen, und aufmerksam sahen sie nun zu seinem Sohn hinauf. Xero sammelte sich. Das, was er seinem Volk zu sagen hatte, war nichts, was ihm leicht über die Lippen kam. Obwohl nahezu jeder in die ›Große Vereinigung‹

involviert gewesen war, ergaben sich die Konsequenzen der Veränderungen nur einigen wenigen unterschwellig bewusst. Ihm jedoch oblag es, diese nun in aller Deutlichkeit auszusprechen. Er räusperte sich. Auch das letzte Flüstern in der Menge erstarb.

»Zaikidu, ihr alle wart Zeugen und Beteiligte eines Ereignisses, das eine Reihe von Neuerungen in Gang gesetzt hat. Ihr habt erfahren, dass außer uns, die wir das Land dieses Planeten bevölkern, auch Wesen, deren ursprüngliche Herkunft dieselbe wie die unsere ist, in einer Stadt auf dem Meeresgrund leben. Diese ›Gemeinschaft‹ ist, wie auch unser Clan, vom Aussterben bedroht. Antalia hat durch ihre Aktion, bei der sie sich unserer Hilfe bediente, einen tiefgreifenden Wandel innerhalb der Entwicklung der Meeresbewohner bewirkt und gleichzeitig auch bei uns Veränderungen ausgelöst, welche sie sicherlich nicht beabsichtigte, die trotzdem jedoch unleugbar stattgefunden haben. Wir haben in die Vergangenheit zurückgeblickt und dabei einen Fingerzeig in die Zukunft erhalten. In den Kindern, die unserem Stamm nach der ›Großen Vereinigung‹ geboren wurden, sind einige der alten Anlagen wieder zu neuem Leben erwacht, die in uns längst verkümmert sind. Ich bin sicher, sie werden wie einst unsere Vorfahren in der Lage sein, sowohl an Land wie auch in den Tiefen des Ozeans zu existieren. Dadurch können sie zum Überleben der ›Gemeinschaft‹ auf dem Meeresgrund und der erneuten Zusammenführung unseres Volkes beitragen – aber nicht hier. Sie müssten die Wüsten verlassen, den vertrauten, liebgewordenen Stätten unserer Ahnen den Rücken kehren und zu den Ufern des Meeres aufbrechen. An uns ist es nun zu entscheiden, ob wir ihnen diese Chance zugestehen wollen und, wenn ja, in welcher Weise. Ich möchte hier und jetzt keine Vorgaben machen, sondern euch allen die Gelegenheit geben, über meine Worte nachzudenken, euch zu beraten. Ich möchte das Für und Wider aller Möglichkeiten, die euch einfallen, eingehend diskutieren. Zwei Monate werden dazu ausreichend sein. Dann jedoch möchte ich eure Entscheidung hören.«

Er verstummte, wandte den Kopf seinem Vater zu. Dessen Augen sahen ihn ernst und stolz an. Während sich die Menge zerstreute, stieg Xero von dem Felsen herunter und gesellte sich zu seiner Familie. Ihnen gegenüber, das wusste er, brauchte er die mühsam um seine wahren Gedanken gebaute Mauer nicht aufrecht erhalten. Seit er das ›Haus in den Höhen‹ verlassen hatte, beschäftigte sich sein Geist mit einer Version der Zukunft, die er unausweichlich auf sich und die Seinen zukommen sah.

Ijani, seine Mutter, lächelte. »Wenn es nach dir ginge, würdest du uns allesamt in einen Rucksack packen und ans Meer verfrachten, nicht wahr?«

Noruma grinste, und Kariotu, sein Vater, ebenfalls.

»War ich doch so laut?«, fragte Xero, bevor er bedächtig seine Überlegungen vorzutragen begann: »Ich bin wie alle Zaikidu mit den Legenden über das eine große Volk aufgewachsen, das sich über die Jahrtausende in alle Winde zerstreute. Ich kenne die Geschichten der tanzenden Edelsteine, des verlöschenden Lichts und der zunehmenden Dunkelheit, die alles Leben unter sich begrub. Ich weiß um die Mysterien des großen Wandels. Ich glaube, wie ihr es mich lehrtet, an die Macht der Gedanken, und ich bin der Überzeugung, dass alle bisherigen Umbrüche einzig deren Kraft geschuldet sind. Als ich ein Kind war, schicktet ihr mich hinaus in die Welt, weil ich ein Grenzgänger bin. Jemand, der dem Gefühlsbombardement der Nicht-Empathen standhalten kann. Ich sollte mit dem Wissen, das ich erwarb, und den Kontakten, die ich knüpfen konnte, zur Erweiterung des Horizontes unserer Sippe beitragen. So lernte ich Redor, Oriri, Nerit – und auch Antalia kennen. Ich habe euch alles mitgeteilt, was ich erlebte. Nerit und Oriri habe ich in den Clan eingeführt, meine psychische Kraft in Antalias Hände gelegt. Mittlerweile wissen wir alle, dass *sie* das Wesen ist, das durch ihr Wissen und Handeln den Wendepunkt initiiert. Ein Medium, das ungeheuerliche Energien zu kanalisieren vermag. Aber sie ist auch ein Geschöpf, das denkt und fühlt wie jeder von uns. Sie hat eine Mission, aber sie weiß, dass sie diese alleine und ohne Hilfe nicht durchführen kann. So hat sie mein Geschenk angenommen, und ich habe alle Mitglieder unseres Stammes in das Geschehen mit hineingezogen. Das kann ich nicht rückgängig machen. Wir haben einen Stein ins Rollen gebracht, der eine Lawine ausgelöst hat. Mit Auswirkungen, die wir nicht annähernd zu überblicken vermögen. Jedoch ... wir sollten die Chance nutzen, die sich uns durch alles, was uns widerfahren ist, bietet. Auf lange Sicht werden sich uns dadurch viele unterschiedliche Möglichkeiten der Lebensführung eröffnen. Wir werden neue Erfahrungen sammeln, altes und neues Wissen vereinen, und es wird unseren Clan vor dem Aussterben bewahren. Es wird ein langsamer, langer Entwicklungsprozess sein, den wir, die wir jetzt hier versammelt sind, nur erahnen, jedoch nicht mehr in seiner Gänze erleben werden. Ja«, beantwortete er nun endlich die scherzhaft gestellte Frage seiner Mutter, »ich würde die Zaikidu gerne ans Meer führen, und ich bete, dass wir eine noch unbesiedelte Küstenregionen oder sogar eine Insel finden, wo wir zumindest vorerst unser Leben weitestgehend so, wie wir es gewohnt sind, fortsetzen können. Ich habe Angst davor, dass wir gezwungen sein könnten, mit anderen zusammenzuleben, die unsere empathischen Fähigkeiten nicht teilen. Ich weiß, was es für alle Nichtgrenzgänger bedeuten würde.« Xero senkte den Kopf, schwieg einen Moment lang. »Ich hatte das große Glück, fabelhafte Freunde und in Nerit eine wunderbare Partnerin zu finden. Auch wir haben eine Tochter, die die alten Anlagen wieder in sich trägt. Nerit wird irgendwann, egal wo, wieder zu uns stoßen, aber Sayuri wird eines der Kinder sein, das Antalia eines Tages in die Tiefen des Ozeans begleitet. Darienos Tochter wird einst ihren Fuß auf das Festland setzen. In der ›Großen Vereinigung‹ haben wir gemeinsam die Grundsteine der Brücke gelegt, aber nur wenn wir an ihr weiterbauen, werden über sie in ferner

Zukunft die Landwesen und die Meereswesen wieder ungehindert zueinanderkommen können.«

Er verstummte. Seine Augen waren geschlossen, und er rief sich die Vision des regen Austausches zwischen den Wasser- und den Landbewohnern des alten Volkes ins Gedächtnis zurück. Es waren Bilder des Glücks, der Freude, der gegenseitigen Anerkennung und Wertschätzung des gewählten Lebensstils. Annähernd so stellte er sich die Zukunft vor, zu der Antalia den ersten Anstoß geliefert hatte.

»Warum hast du das alles nicht auch vorhin gesagt?«, wollte Kariotu von seinem Jüngsten wissen.

»Weil ich unsere Leute nicht der Freiheit der eigenen Überlegungen berauben wollte. Meine Entscheidung ist bereits getroffen, aber ich bin kein Diktator, der seinen Untergebenen gegen deren Willen eine bestimmte Marschrichtung aufzwingt. Ich habe es einmal getan, und ich hadere bis heute mit mir, ob meine damalige Entscheidung richtig war. Vielleicht habe ich bei allem, was ich durch und mit Antalia erlebte, meine Objektivität verloren ...«

Ijani legte beruhigend einen Arm um die Schultern ihres Sohnes. »So ist nun einmal der Lauf des Lebens, Xerothian. Alle deine Erfahrungen formen dich, erwecken Wünsche, setzen dir Ziele. Irgendwann kommt für jeden der Zeitpunkt, an dem er für sich selbst entscheiden muss, welche Richtung er einschlägt. Manche werden dich begleiten, andere von deinem Weg abweichen. Aber solange du authentisch zu dir stehst, wird dich die Kraft, die du brauchst, um alle Höhen und Tiefen zu überstehen, nicht verlassen. Wohin du auch gehst und was du auch tust, du wirst immer unser Sohn bleiben, und unsere liebenden Gedanken werden bei dir sein!«

Kariotu bestätigte nickend die Worte seiner Partnerin. Ebenfalls zustimmend umschlossen Norumas Hände die seines Bruders.

Nerit tanzte. Sie war die Sonne, die vom hohen Himmel in die Fluten des Meeres stürzte, das Dunkel durchbrach und mit ihrem warmen Licht Leben und Farbe in die unermesslichen Tiefen des Ozeans brachte. Der einzelne Strahl, der sie angeleuchtet hatte, fächerte sich auf, füllte allmählich die gesamte Bühne mit zartgelber Helligkeit aus. Jedes Mitglied ihrer Gruppe, das zunächst zusammengekauert in einen dunklen Umhang gehüllt am Boden gehockt hatte, erblühte, kaum dass es von Nerit sanft berührt wurde, wie eine sich öffnende Knospe. Jedes in einer anderen Farbe. Gemeinsam mit dem Sonnenlicht tanzten sie einen schillernden Reigen. Lichtpunkte, die die Ewigkeitskristalle symbolisierten, zogen ihre Bahnen über Decken und Wände des Zeltes, vereinigten sich schließlich zu einer strahlenden Kugel. Von der in zwei Ebenen geteilten Bühne sahen sehnsuchtsvoll zwei Wesen von oben nach unten, schickten ihre Träume und Wünsche durch hingebungsvolle Gesten an alle, die die Vorstellung gebannt verfolgten. Sayuri tapste auf die obere Ebene, weiß gekleidet wie ihre Mutter. Mit großen Augen sah sie um sich, nahm die im Tanz ausgedrückten Bitten in sich auf. Ein Lächeln legte sich auf ihr kleines Gesicht. Ihre grünen Augen strahlten, als sie langsam zum Rand der oberen Ebene schritt, eine Stickleiter entrollte und bedächtig an dieser nach unten kletterte. Die Arme der unten Tanzenden streckten sich ihr entgegen, nahmen sie freudig auf, bezogen sie in ihre Formation ein. Als die Musik leise ausklang, folgte einer nach dem anderen der Kleinen auf die obere Ebene zurück, wo nun die restlichen Mitglieder der Gruppe, herbeigerufen durch die ersten beiden, diesen erwartungsvoll entgegensahen. Wieder schwoll die Musik an. Als auch der Letzte die Leiter verlassen hatte, liefen alle aufeinander zu, begrüßten sich zunächst vorsichtig, um dann in einem Freudenfest die Zusammenführung zu feiern. Eine warme, ruhige Stimme kommentierte zwischen den Tanzszenen die Darbietung, brachte den Zuschauern die dargestellte Geschichte zur Kenntnis. So trugen die ›Feen‹ die Botschaft ins Land. Die Kunde über die ›Stadt auf dem Meeresgrund‹ und die gemeinsamen Vorfahren beider

Lebensformen breitete sich allmählich über große Gebiete hinweg aus.

Oriri hatte zu malen begonnen. In einer zehn Bögen umfassenden Bilderreihe hatte er Antalias und Jaras Geschichte auf Papier gebannt. Er musste einen Anfang finden, die Schüler neugierig machen, sie mit der ersten Darbietung fesseln. Nach einiger Überlegung war ihm eine Idee gekommen. So näherte er sich nun der nicht allzu großen Holzhütte, die gelegentlich als Unterstand für landwirtschaftliche Geräte benutzt wurde, eine kleine Horde im Gefolge. Gemeinsam mit Redor und Antalia hatte er die Hütte Tags zuvor ausgefegt und mit den Holzbänken und Tischen bestückt, die er mit den Kindern zusammengezimmert hatte. Kerzen flackerten auf den Fensterbänken und Tischflächen. Die blassen Lichtbögen der drei sichelförmig sichtbaren Monde verliehen der Örtlichkeit ein fast authentisches Flair. Gekleidet in einen langen Umhang aus Wolle, das Gesicht durch den Stoppelbart verfinstert, den er sich extra hierfür hatte wachsen lassen, nahm Oriri nun auf einem einzelnen Holzklotz Platz und begann, von den Ereignissen zu berichten, wie es einst die Alten in dem kleinen Dorf am Meer getan hatten, in dem er aufgewachsen war. Oriri war gut! Wenn er die Stimme senkte, vermeinte man, das Flüstern des Windes und das Rauschen der Wellen zu vernehmen, die seine Schilderung begleiteten. Fasziniert lauschten die Kinder, betrachteten im Schein der Kerzen die handgemalten Bilder, tauchten ein in die fesselnde Darstellung ihres Lehrers.

Von diesem Tag an trafen sie sich hier einmal pro Woche. Allmählich vergrößerte sich der Kreis der Zuhörer – bis die Hütte zu klein wurde, und irgendwann nur noch die große Aula dem interessierten Publikum genügend Platz bot. Sich mit Antalia abwechselnd, erzählte Oriri von den Begebenheiten, die sich zugetragen hatten, von den Veränderungen, die eingetreten waren und von den Hoffnungen, die sie beide hatten.

Antalia blühte zusehends auf. Als eine sanfte Rundung ihres Bauches auch Außenstehenden das Heranwachsen eines neuen Lebens offenbarte, freuten sich nicht nur ihre Kollegen mit ihr. Shiaron erblickte in einer kalten Winternacht das Licht der Welt, in der Eisblumen die Fenster verzierten und daunengroße Flocken die erstarrte Landschaft unter einer weichen, weißen Decke begruben. Oriri wich während der Geburt nicht von Antalias Seite. Ruhig und besonnen begleitete Redor die beiden. In dem kleinen Raum, in dem sie schon während ihrer eigenen Schulzeit so manche Stunde verbracht hatten, herrschte eine heimelige, angenehme Atmosphäre. Blutig und schmierig wie sein Sohn war, drückte Oriri ihn behutsam an sich, bevor er ihn der Frau, die er liebte und die das Kind geboren hatte, auf den Bauch legte. Antalias Miene entspannte sich. Der Kleine atmete ganz normal, kein qualvolles Ringen nach Luft. Kein verzweifeltes Flehen in den dunkelbraunen Augen. Tränen der Erleichterung liefen über ihre Wangen. Oriri wiegte sie sanft. Auch ihm war, als Redor ihm bestätigend zugenickt hatte, ein wahrer Stein vom Herzen gefallen. Wenigstens das Kind würde ihm bleiben, wenn Antalia ihn irgendwann, dem Ruf des Meeres folgend, für unbestimmte Zeit verließ. Darüber gab er sich keiner falschen Vorstellung hin.

Bitterkalt war es geworden. Die Seen und kleineren Flüsse waren mit einer dicken Eisschicht bedeckt. Die kahlen Äste der Bäume bogen sich unter der Last der Schneemassen, die auf ihnen lagen. Büsche und Wiesen verschwanden unter einer meterhohen Schneeschicht. Verwehungen verliehen der Landschaft ein vollkommen fremdes Aussehen. Olayum war nur noch schwer zu erreichen. Wenn es doch jemand geschafft hatte, sich von Domarillis in das kleine Dorf hinunterzukämpfen, bedurfte er zuerst einer Ruhepause und einer heißen Suppe, die die Wärme in die steifgefrorenen Glieder zurückbrachte. Oriri und Redor unterwarfen sich dieser Plackerei regelmäßig. Einerseits, um bei Kondition zu bleiben. Andererseits, um der manchmal erdrückenden Enge der Schule zu entfliehen. So sehr Oriri das Unterrichten lag, er vermisste mehr und mehr seine Unabhängigkeit, das Umherziehen, die Ruhe des Yuremi-Klosters.

Antalia ging in ihrer Mutterrolle auf. Aber auch sie streifte, wenn Shiaron schlief, oft durch die verschneite Landschaft, getrieben von der Unruhe, die abermals von ihr Besitz ergriff. Wenn die Eiskristalle in der Sonne glitzerten, der Himmel sich in strahlendem Blau über ihr wölbte und nur das leise Knirschen ihrer Schritte die vollkommene Ruhe durchbrach, wanderten ihre Gedanken zu Darieno und dem Kind, das er mit sich genommen hatte. Nahezu ein Jahr war seitdem vergangen. Sie spürte, wie die zweite Seele in ihr endlich wieder zu Kräften kam. Sie versuchte nicht, diese Entwicklung vor Oriri geheimzuhalten. Es war etwas, worüber sie seit ihrer Rückkehr aus dem Meer offen gesprochen hatten. Auch ihm war seitdem klar, dass seine Beziehung zu Antalia mit Unterbrechungen von unbestimmter Dauer gespickt sein würde. Er musste einen Weg finden damit zurechtzukommen, wenn er sie nicht komplett aufgeben wollte.

Sie verbrachten so viel Zeit wie möglich zusammen, erfreuten sich am Lachen ihres Kindes. An jeder noch so winzigen neuen Fähigkeit, die es erkennen ließ, und an der faszinierenden Mimik, die seinen Schlaf begleitete. Der Winter hielt lange an. Aber als die Schneeschmelze einsetzte, die ersten Pflanzen zaghaft ihre Triebe durch die immer dünner werdende weiße Decke schoben, die Strahlen des Himmelsgestirns endlich wieder ein wenig Wärme verströmten und erstes Vogelgezwitscher den lange ersehnten Frühling ankündigte, war beiden bewusst, dass sie die Schule verlassen mussten.

Der Weg der Zaikidu

DIE KARAWANE KAM nur langsam voran. Flirrende Luft, die sich wellenartig über dem glühend heißen Sand auf und nieder senkte, die ungeschützte Haut der Reisenden erhitzte und selbst die hartgesottenen Insekten, die zu deren ständigen Begleitern gehörten, zum Aufgeben zwang, machte jeden Atemzug zu einer Tortur. Normalerweise zogen die Zaikidu in den späten Abendstunden los und durchwanderten die Nacht. Aber das Versiegen einer der Quellen, an denen sie für gewöhnlich mehrere Tage verbrachten, nötigte ihnen diesen Gewaltmarsch auf. Die Wasservorräte gingen zur Neige, und wenn nicht der Tod vieler Kinder billigend in Kauf genommen werden sollte, mussten sie ihr Vorwärtskommen beschleunigen. Niemand murrte. Es kostete Energie, die keiner der etwa 500 Stammesmitglieder erübrigen konnte. Mit brennenden Augen sah Xero durch den nur fingerbreiten Schlitz, den die Wicklung des Tuches ausgespart hatte, das seinen Kopf ansonsten vollständig bedeckte. Schon mehrere Male war er im Kreis der Seinen den unsichtbaren Linien gefolgt, deren Wahrnehmung außerhalb der Bereiche des Erklärbaren lag, die jedoch jeder Zaikidu aufzuspüren in der Lage war. Ähnlich musste auch Darienos innerer Kompass funktionieren, denn es hatte ihm, wie er berichtete, nie Schwierigkeiten bereitet, die ›Stadt auf dem Meeresgrund‹ wiederzufinden. Egal, von wo aus er aufgebrochen war. Einige der Fähigkeiten des alten Volkes schienen zumindest in **seinem** Clan die Evolution überlebt zu haben. Ob das der Grund war, warum Antalia ausgerechnet ihn ausgewählt hatte, um zu bewerkstelligen, wozu das Schicksal sie auserkoren hatte?

Xero dachte oft an sie. Die Bilder, die er gesehen, die Informationen, die er erhalten, und die Gemütsbewegungen, die er geteilt hatte, trieben ihn unaufhaltsam vorwärts. Oh ja, er war ein Grenzgänger auf mehr als eine Weise. Die

Sonne hatte den Scheitelpunkt ihrer täglichen Wanderung bereits überschritten. Aber bevor die Temperatur auch nur um ein paar Grad absänke, würden noch einige Stunden vergehen. Sie mussten durchhalten. Die seltsamen Gesteinsformationen, die sich so nahtlos in die Wüstenlandschaft einfügten, dass ein Unwissender sie nie und nimmer fände, lagen noch einige Kilometer vor ihnen. Dort gab es Schatten, kühlende Höhlen und die kleine Wasserstelle, die über ein Rinnsal gespeist wurde, das eine tiefe Rinne in den Felsen gefräst hatte. Die eigentliche Quelle hatten sie nie entdeckt. Auch wenn an anderen Stellen das Wasser längst versiegt war, waren sie hier noch nie enttäuscht worden. Allein dieses Wissen schien die anderen aufrechtzuhalten, sie stereotyp einen Fuß vor den anderen setzen zu lassen, um den Widrigkeiten der Natur zu trotzen, die sich anscheinend gegen sie verschworen hatte. Xero war stolz, dieser Gemeinschaft anzugehören. Sie war aus freien Stücken bereit, ihr bisheriges Leben aufzugeben und sich ganz in den Dienst einer Mission zu stellen. Diese war ihnen mehr oder weniger durch ihn aufgezwungen worden. Sogar sein Vater hatte ihm die Führung überlassen. Überzeugt davon, dass die Vorsehung ihn dazu bestimmt habe.

Ganz allmählich wurden die Schatten länger und die harten Konturen der endlosen Sandberge weicher. Diese Nacht fände auch er endlich wieder Schlaf. Das fühlte er. Selbst wenn er erst als Letzter seine aufgesprungenen Lippen in das kühle Nass senken und das kostbare Element wie einen Schatz in sich aufnehmen konnte. Keine Fata Morgana hatte ihn genarrt, keine Halluzination ihn irregeleitet, kein Sandsturm ihm eine Richtungsänderung aufgezwungen. Als die Abendsonne die Wüste in ein glühendes Meer aus Orange- und Rot-Tönen verwandelte und sich an den Rändern des saphirblauen Himmels flackernde Flammen in Lila und Purpur bis weit in die dünner werdenden Schichten der Atmosphäre hinaufzurecken begannen, erreichten sie endlich das lang ersehnte Ziel. Zuerst die Kinder. Dann die Alten. Nach und nach alle anderen. So war die seit undenklichen Zeiten festgelegte Reihenfolge, in der sich die Zaikidu an den Wasserstellen labten. Die Kamiris und Dorosos, die ihnen als Lasttiere dienten und zu einem großen Teil auch ihre Ernährung sicherstellten, mussten sich gedulden. Da diese jedoch nie vergessen wurden oder zu kurz kamen, war auch das noch nie zu einem Problem geworden. Schnell waren die Tiere von ihren Lasten befreit. Zelte aufgestellt. Kleine Feuer entfacht. Einfache Malzeiten zubereitet. Als die letzten dünnen Rauchfäden sich zum nun nachtschwarzen Firmament hinaufkräuselten, schlossen sich auch Xeros Augen. Er glitt in eine traumlose Phase der Erholung, aus der ihn erst das silberne Licht des sich über den Horizont schiebenden neuen Tages weckte.

Die Hitze des Helligkeitszeitraumes ließen die Zaikidu, zurückgezogen in die Vertiefungen der Felsen, ungenutzt vorüberziehen. Sie brauchten die Entspannung, und kaum einer von ihnen verspürte auch nur das geringste Bedürfnis, durch mehr Bewegung als unbedingt nötig Kräfte zu vergeuden. Erst als das bizarre Farbspiel des versinkenden Himmelslichtes abermals den Horizont in sein betörendes Lichtermeer tauchte, wurde das Biwak abgebrochen. Groß und Klein versammelten sich, um zu der verborgenen Oase aufzubrechen, in der der Stamm für gewöhnlich die heißesten vier Monate des Jahres verbrachte. Abgeschieden vom Rest der Welt und unbehelligt von störenden Einflüssen wurden in dieser Zeit die Lehren der Ahnen erneut verinnerlicht sowie uralte Rituale gepflegt und über die Zukunft beraten. Dies war auch die Zeit, in der normalerweise die zurückgekehrten Grenzgänger ihre Erfahrungen weitergaben, neue Erkenntnisse und erweitertes Wissen zur Fortbildung der gesamten Sippe eingebracht wurden. Kaum ein Außenstehender kannte diesen Ort, und außer Oriri war Xero niemand bekannt, der ihn je ohne einen Zaikiduführer gefunden hätte.

Unter sternenklarem Himmel zog die Karawane dahin. Die gelöste Stimmung war geprägt von Vorfreude. Unterhaltungsfetzen und Lachen drangen an Xeros Ohren, während er mit einem feinen Lächeln in den tiefgrünen Augen hoch aufgerichtet den Tross seines Stammes anführte.

Die Wüsteninsel empfing sie wie in allen vergangenen Zyklen mit ihrer gesamten Pracht, als ob sie sich auch dieses Mal zur Ankunft der Zaikidu wie zu einem Willkommensfest herausgeputzt hätte. Das Wasser des Sees, dessen Grund sich den Blicken der Beobachter seiner Tiefe wegen entzog, schimmerte in leuchtendem Türkis. Er spiegelte die vereinzelten Zirruswolken und das satte Grün der Ufervegetation. Die weit ausladenden Blätter des Palmenwäldchens spendeten reichlich Schatten. Blumen und Blüten in unglaublicher Fülle und berauschenden Farben blendeten die Augen. Das kontinuierliche, sanfte Rauschen eines Wasserfalls sowie die mannigfaltigen Stimmen der Vögel und Insekten, die hier ihr Zuhause hatten, schwängerten die Luft. Ein Paradies – für eine gewisse Zeit. Stundenlang konnte Xero in der kleinen Nische des höchsten Felsens dieser Örtlichkeit sitzen und einfach nur seinen Blick über den wunderschönen Rastplatz gleiten lassen. Der immerwährende Regenbogen im Nebel des prasselnden Wassersturzes, die beim Aufschlag hochspringenden, transparenten Perlen, die Entzückensschreie der Kinder, wenn das Nass auf sie niederfiel, und die Farbenpracht, die nirgendwo so vielfältig, rein und klar war wie hier – was gab es Schöneres, als dieses Wunder erleben zu dürfen? Und doch, es würde vielleicht für immer sein letzter Besuch an diesem Ort sein. Diesmal führte sie ihre Reise nicht an den Rand der Ödnis zurück, wo sie gewöhnlich die kühlere Zeit des Jahres verbrachten, sondern in unbekannte Gefilde und irgendwann, irgendwo ans Meer. Sehnsuchtsvoll dachte er auch an Nerit und seine kleine Tochter. Ob die Vorsehung sie je wieder vereinen würde? Gedankenverloren schweiften seine Augen weiter. Er sah die Kleinsten im seichten Uferbereich des Sees spielen. Erwachsene kletterten an den Stämmen der Palmen empor, um die nahrhaften und köstlich schmeckenden Früchte zu ernten oder Blätter zu schneiden, aus denen Matten geflochten werden konnten. Die Tiere waren in einen natürlichen Pferch getrieben worden, dessen sich verjüngender Durchgang mit einem Tor versehen war. Saftiges Gras und Kräuter boten auch ihnen reichlich Nahrung. Xero schloss die Augen. Der Wind streichelte seine entblößte Haut, und er gab sich der entspannten Stimmung hin.

Das kühle Wasser umspülte seinen Körper. Er genoss den leichten Widerstand, gegen den er sich mit geübten Bewegungen vorwärtsschob. Wie alle Zaikidu hatte auch er das Schwimmen bereits in der Kindheit erlernt. Aber im Gegensatz zu vielen seines Stammes empfand er es nie als lästige Pflicht, sondern als eine wundervolle Unterbrechung des Alltäglichen. Weiter und weiter entfernte er sich vom Ufer, bis es seinen Blicken entschwand. Er war allein. Niemand hätte ihn hören können, wenn er jetzt um Hilfe riefe. Der vertraute Knoten in den Eingeweiden, der sowohl Angst wie Nervosität zustande zu bringen vermochte, stellte sich nicht ein. Es hatte seinen Grund, weswegen er hier war, und es war eher das Kribbeln rastloser Neugier, das sich seiner bemächtigte. Die Sonne stand exakt über ihm. Als sein Kopf abermals die Wasseroberfläche durchstieß und seine schon ein wenig trüben Augen erneut nach einer vertrauten Landmarke Ausschau hielten, schienen deren Strahlen ihn wie einen geraden Kreiskegel zu umschließen, dessen Zentrum **er** *bildete. Erst nach einer Weile, als sich der Schleier über seiner Iris allmählich zurückzog, wurde deutlich, dass er nicht von einer Lichterwand, sondern von mehreren einzelnen Strahlen umgeben war. Deren Scheitelpunkt stellte einerseits die Sonne dar, andererseits eine Stelle irgendwo in den Tiefen des Sees.*
»Ich bin der Mittelpunkt eines virtuellen Kristalls«, durchfuhr es ihn.
Gleichzeitig spürte er ein vorsichtiges Tasten in seinem Geist, als frage irgendetwas oder irgendjemand zaghaft an, ob er gewillt sei, sich ihm zu öffnen. Ähnlich hatte er schon einmal empfunden ...
Er schwebte. Hoch über dem Land. Unter ihm erstreckte sich die endlose Wüste mit ihren Erhebungen, Senken, Ge-

röllfeldern, Kakteenwäldern, Wasserstellen und Oasen. Wie ein Signalfeuer pulsierte in seiner Sichtweite das Gebiet, in dem sich sein Clan gerade aufhielt. Der Planet drehte sich unter ihm hinweg. Weitere Leuchtfeuer schoben sich in sein Blickfeld. Nicht in geraden Linien, sondern anscheinend willkürlich verteilt. Kahle Berge mit zackigen Gipfeln glitten unter ihm dahin. Cañons mit Schluchten, so tief, dass das Sonnenlicht sie nicht bis zum Boden hin ausleuchten konnte. Steppen, endlos und so flach, dass einen die unendliche Weite nahezu erschlug. Wälder, deren Baumkronen so dicht aneinanderstanden, dass sie wie eine einzige große Fläche wirkten. Und dann, abermals, Wüste. Vertrautes Gelände, bis an eine unüberschaubare Wasserfläche heran ...

Er musste wohl eingenickt sein, denn als er die Augen wieder aufschlug, hatte sich die Dunkelheit bereits über das Land gesenkt. Noch ein wenig verwirrt sah er um sich. Sein Blick blieb auf der ruhigen Spiegelfläche des Sees hängen. Dort meinte er, eine maßstabgetreue Abbildung der Eindrücke seines Traumes wahrzunehmen. Die Landkarte brannte sich in sein Gedächtnis. Und noch etwas: die Gewissheit, dass sie das Meer erreichen würden! Die Oberfläche des Planeten war übersät von geheimen Kristallhorten. Verborgen. Vergessen. Aber vorhanden. Und teilweise aktiv. Wer einmal bewusst mit den Steinen in Kontakt getreten war, der konnte sie überall finden, sich ihre Kräfte zunutze machen, auf ihre Unterstützung vertrauen, ... wenn er daran glaubte! Die Kristalle wiesen ihm den Weg. Er war zum Führer seines Stammes geworden. Der große Umbruch hatte begonnen!

Die Höhle

AUCH JORI UND SEIN Team waren nicht untätig gewesen. Wenngleich Jell, Ray, Sherin, Haran und Miekja noch nicht bereit waren, alle Gänge, Stollen und Hohlräume, die sie entdeckt hatten, der Öffentlichkeit zugänglich zu machen, so konnte er die Mitglieder seiner Crew doch davon überzeugen, zumindest den Weg, der zur Kristallhöhle führte, so auszubauen, dass er auch für Normalsterbliche gefahrlos zu beschreiten war. Die Höhle aber sollte, da waren sich alle einig, keine groß beworbene Touristenattraktion, sondern nur wirklich Interessierten geöffnet werden. Jori nutzte das ihm übermittelte Wissen, um die wahre Struktur des Schachtes weitestmöglich in ihrem Urzustand zu erhalten. Ausgewählte Kristallsplitter beleuchteten in exakt berechneten Abständen den Gang. Seile, die wie die Handläufe von Treppen rechts und links an den Wänden entlang gespannt waren, boten an rutschgefährdeten Stellen Halt. Obwohl Jori mittlerweile jeden Zentimeter wie seine Westentasche kannte und sich selbst mit verbundenen Augen keine Fehltritte geleistet hätte, war das eigenartige Gefühl, das ihn jedes Mal beschlich, seit er seiner Schwester in diesen Stollen gefolgt war, noch immer dasselbe. Je näher er der Kristallhöhle kam, desto deutlicher fühlte er das Kribbeln in allen Muskeln und die schwach pulsierende Wärme, die seine Adern durchlief. Infolge der Freilegung des Lichtschachtes leuchteten die Edelsteinsplitter. Ihr buntes, freundliches Licht verlieh der Grotte eine einzigartige Atmosphäre. Manchmal hatte Jori regelrecht den Eindruck, die Kristalle sondierten ihn, versuchten, sich mit ihm in Verbindung zu setzen. Als er diese Empfindungen seinen Teamkameraden gegenüber ansprach, bestätigten Sherin und Miekja ähnliche Eindrücke, während Jell, Ray und Haran bisher nichts Befremdliches wahrgenommen hatten. Vielleicht war ein gewisses Quantum an Sensibilität, das nicht jeder gleichermaßen mitbrachte, die Voraussetzung für eine Zusammenarbeit. Des Weiteren fühlte Jori sich seiner Schwester stets besonders nah, wenn er sich in der Nähe der Steine aufhielt. Seit sie ihn aus seiner selbst gewählten Isolation herausgeholt hatte, stand er in regelmäßigem Kontakt mit ihr. Er wusste, dass auch Antalia mittlerweile Mutter geworden war und dass das Leben an der Luft für Shiaron keinerlei Probleme darstellte. Auch hatte sie ihm berichtet, dass der Ruf des Meeres in ihr abermals lauter wurde und dass Jara allmählich wieder zu Kräften gelangte. Die seltsame Doppelperson, die seine Schwester darstellte, verwirrte ihn noch immer!

»Gewiss schwingt die Sehnsucht nach Darieno darin mit«, hatte sie geschrieben, »und ihre Tochter wird ihr ebenfalls fehlen.«

Wenn er diese Aussage richtig interpretierte, bedeutete das wohl, dass sie Oriri in nicht allzu ferner Zukunft verlassen und in die ›Stadt auf dem Meeresgrund‹ zurückkehren würde. Ein wenig seltsam fühlte er sich schon, wenn er daran dachte. Aber er musste sein Augenmerk auf seine Aufgabe richten. Und die bestand darin, die kleine Gruppe, die den Weg zu ihm gefunden hatte, ins Innere des Berges zu führen.

»Sie sind die ersten Besucher, die diese Grotte betreten«, klärte er die Leute auf. »Und Sie sind hierhergekommen in der Hoffnung, mehr über das Volk zu erfahren, von dem wir alle abstammen. Das werden Sie, allerdings nicht dadurch, dass ich Ihnen Wandmalereien präsentiere und erkläre. Das, was ich Ihnen zeigen möchte, ist etwas anderes. Etwas Einzigartiges. Ich werde Sie tief in den Berg hineinführen. Sie werden Kristalle zu sehen bekommen, die nicht von dieser Welt sind, sondern durch unsere Ahnen von deren Heimatplaneten hierher importiert wurden. Sie besitzen außergewöhnliche Eigenschaften. In ihnen sind Erinnerungen gespeichert, die die Vergangenheit unseres Volkes zu offenbaren vermögen. Wie genau die Informationen weitergegeben werden, kann ich nicht voraussagen. Auch nicht, ob sie allen auf dieselbe Art und Weise vermittelt werden. Wichtig ist nur, dass Sie sich auf die Kristalle einlassen, selbst wenn Sie anfangs das Gefühl haben, etwas Eigenartiges geschähe. Diese Steine verletzen nicht, führen jedoch eventuell zu Veränderungen Ihrer Wahrnehmung, Ihres Denkens und Fühlens. Womöglich sehen Sie Bilder oder hören Stimmen, vielleicht sind es auch nur Farben und Töne. Aber was immer Sie erfahren werden: Es wird eine Bereicherung sein. Dessen bin ich mir sicher. Und nun folgen Sie mir, bitte!«

Die Augen der Besucher waren aufmerksam auf Joris Gesicht gerichtet. Eine Frau mit zwei Kindern an den Händen sprach ihn zaghaft an, bevor er sich umwenden konnte. »Glauben Sie, es ist ratsam, die beiden mitzunehmen?«

Jori lächelte. »Ja, denn den Kindern wird sich eine Zukunft eröffnen, die uns aller Wahrscheinlichkeit nach verborgen bleiben wird. Sie brauchen keine Angst zu haben. Ich selbst habe meine erste Begegnung mit den Kristallen als eine unvergleichliche, großartige Erfahrung und unvorstellbaren Zugewinn erlebt!«

Dass sie für ihn mit einem Schock und einem Überlebenskampf geendet hatte, verschwieg er, denn das, was Jara beziehungsweise Antalia widerfahren war, betraf außer den damals Beteiligten niemanden. Der Glanz in Joris Augen, die Freude und Aufrichtigkeit, die in seinen Worten mitschwangen, ließen sie ihre Besorgnis vergessen. Berührt von seiner Überzeugungskraft folgte auch sie der Gruppe in den langen Gang hinein, der sich vor ihnen erstreckte. Schon während sie Jori hinterhergingen, erstarben allmählich die bis dahin flüsternd geführten Gespräche. Die eigenartige Aura, die der Stollen ausstrahlte, zog alle nach und nach in ihren Bann. Jori blickte sich um. Die Gesichter der ihn Begleitenden waren entspannt. Ein kaum bemerkbares Lächeln schien ihre Lippen zu umspielen, während ein Leuchten den Grund ihrer Pupillen zum Glitzern brachte. Hatten auch er und seine Mitarbeiter so ausgesehen, als sie diesen Schacht erstmals gemeinsam betraten? Damals war er viel zu sehr mit sich selbst beschäftigt gewesen, um darauf zu achten. Nun jedoch fiel ihm jede noch so winzige Veränderung auf. Hatte der häufige Aufenthalt in der Nähe der Kristalle auch bei ihm bereits einen tiefgreifenden Wandel bewirkt? Es musste wohl so sein. Endlich begann er, ein wenig von dem zu verstehen, was mit seiner Schwester geschehen war. Weiter und weiter schritten sie in den Gang hinein. Auch die Kinder schienen sich weder zu ängstigen noch anderweitig beeinträchtigt zu fühlen. Faszination war offensichtlich die alles andere überlagernde Empfindung. Da der Stollen nun vollständig ausgeleuchtet war, fielen die Abweichungen in der Beschaffenheit der Wände dem unaufmerksamen Beobachter kaum noch auf. Trotzdem verharrten alle innerhalb desselben Abschnitts einen Augenblick, als überträten sie eine Schwelle. Das Strahlen ihrer Augen wurde heller, als entzünde sich ein Holzspan an einem Funken aufflackernder Glut. Augenscheinlich spürten alle bereits hier den Einfluss der Ewigkeitskristalle. Einmal mehr wurde Jori der immens große Unterschied zwischen deren Erscheinungsform zum Zeitpunkt, da er die Höhle gefunden hatte, und der jetzigen bewusst. Was auch immer sich zwischen Jara und den Kristallen abgespielt hatte, es war der Anfang einer unüberschaubaren Kette von Reaktionen gewesen. Ebenso wie das, was Antalia in der ›Stadt auf dem Meeresgrund‹ bewirkt hatte. Dies alles geschah mit dem Ziel, das eine Volk, das sie einstmals waren, wieder zusammenzuführen.

Näher und näher kam der kleine Trupp der Grotte. Abermals kribbelte es in Joris Körper, als liefe ein Bataillon Ameisen durch ihn hindurch. Auch die pulsierende Wärme stellte sich ein, noch bevor er den bunten Schimmer des in seine Spektralfarben aufgespaltenen Lichts in der Ferne erblickte. Als er gemeinsam mit den anderen den riesigen Dom betrat, war die Luft der Höhlenhalle von einem Leuchten erfüllt. Einzelne Kristallsplitter schwebten innerhalb des von oben hereinfallenden Lichtkegels. Strahlende Lichtfinger glitten über die Gruppe hinweg. Jeder von ihnen verharrte schließlich auf einer Person. Niemand redete, auch die Kinder nicht. Wie hypnotisiert verfolgten sie den nun beginnenden Tanz der Kristalle, lauschten den wunderschönen Klängen, nahmen die ihnen übermittelten Botschaften auf. Nicht jedem wurde dasselbe offenbart. Das wusste Jori, wenngleich er nicht hätte sagen können, woher er diese Kenntnis hatte. Auch war er nicht in der Lage zu beurteilen, wie lange das fantastische Schauspiel dauerte, welches er selbst nun schon ein paarmal erlebt hatte, das jedoch auch ihn noch jedes Mal fesselte. Irgendwann senkten sich die Steine wieder in ihre Schale herab. Nur noch die Reflexion des Sonnenlichts füllte die Höhle mit ihrer Helligkeit. Die Mitglieder der Gruppe erwachten wie aus einer Trance. Manche hatten Tränen in den Augen. Andere lächelten versonnen, einige Mienen waren ernst.

»Das war wunderschön!«, zerriss die Stimme des jüngsten Mädchens das magische Schweigen.

Noch immer ein wenig benommen, senkten sich die Köpfe der anderen in zustimmendem Nicken.

»Sie hatten recht, Jori. Mit allem, was Sie uns zu Beginn der Führung sagten«, ergriff nun ein älterer Mann mit bereits ergrauenden Haaren das Wort. »Uns Alten wird sich der Ozean nicht mehr erschließen. Aber unsere Kinder und Kindeskinder werden einst wieder in beiden Medien zuhause sein können und so die Bewohner der Meerestiefen aus ihrer Isolation herausführen. Der nahezu verdorrte, vergessene Zweig unseres Volkes wird am Baum der Gemeinschaft neu erblühen!«

Jori fand diesen Vergleich sehr treffend und sehr poetisch.

»Es ist wahr, kaum einer von uns kann zur Wiedervereinigung etwas beitragen. Aber wir können die nachfolgenden Generationen darauf vorbereiten«, ergänzte die Mutter der beiden Kinder, blickte liebevoll auf diese nieder und streichelte sanft über deren Haare.

Ein Glücksgefühl, wie er es schon lange nicht mehr empfunden hatte, durchströmte Jori. In diesem Moment fühlte er sich leicht wie ein Nebelschleier und hell wie ein Sonnenstrahl, der dazu beitrug, die Bewohner des Planeten zu erleuchten und sie aufeinander zugehen zu lassen. Diese Höhle, von Jara aktiviert, war sein Vermächtnis. Die Erkenntnis wurde von Mal zu Mal, dass er sie betrat, deutlicher. Er war dazu ausersehen, die auch in den Landwesen verkümmerten Fähigkeiten zu neuem Leben zu erwecken.

Verbindungen

NOCH GANZ BENOMMEN lag Nerit in ihrem Bett. Tränen glitzerten an ihren Wimpern, und ein leises Schluchzen hing in der kleinen Nische des Schlafwagens, in der sie, Sayuri dicht an sich geschmiegt, die Nacht verbracht hatte. Das erste Morgenlicht verwandelte soeben die Samtschwärze der Nacht in milchiges Grau. Nicht mehr lange und geschäftige Aufbruchsstimmung würde den alles bedeckenden Schleier der Ruhe zerreißen. Doch Nerits Gedanken waren von den unausweichlich auf sie zukommenden Aktivitäten meilenweit entfernt. Zu sehr noch hielt sie der erschreckend realistische Traum gefangen. An Xeros Seite war sie über eine ihr völlig unbekannte Landschaft geschwebt, hatte die Leuchtfeuer verborgener Kristall-Lagerstätten erblickt. Sie hatte seine Nähe so deutlich, so intensiv gespürt, vermeinte ihn noch immer zu fühlen, obwohl sie wusste, dass unzählige Kilometer sie voneinander trennten. Einen unendlich innigen Moment lang hatten sie einander angesehen, unausgesprochene Sehnsucht in den Augen. Sanft war seine Hand über ihre Wangen gestrichen. Ein Kuss, glühend vor Leidenschaft, brannte auf ihren Lippen nach.

»Ich werde zu dir und Sayuri zurückkehren, aber zuerst muss ich meinen Stamm ans Meer führen«, klang seine ruhige Stimme noch immer in ihr.

Sie wusste, dass er sich die Entscheidung, seiner Bestimmung den Vorrang vor ihrer Liebe zu geben, nicht leicht gemacht hatte. Eine lange Reise lag vor ihm, und die Hoffnung auf ein baldiges Wiedersehen verwehte. Xeros Herzenswärme jedoch blieb. Nerit war sich sicher, dass es kein Abschied für immer gewesen war. Zu viel verband sie! Wenn auch Jahre ins Land gehen mochten, sie würden wieder zueinander finden! Sayuri bewegte sich. Mit einem wehmütigen Lächeln sah Nerit ihre Tochter an. Die Kleine war ihr Sonnenschein, der sichtbare Beweis ihrer beiderseitigen Zuneigung. Ein Band der Liebe zwischen ihr und ihm. So jung sie war, barg sie doch eine tiefe Weisheit in sich. Jedes Mal, wenn sie ihr von ihrem Vater erzählte, Bilder gemeinsamer Erlebnisse heraufbeschwor, stets hatte Nerit dann den Eindruck, ihre Tochter tauche gleichsam in ihre Visionen ein, nähme mehr wahr als die Worte, mit denen sie ihre Gedanken auszudrücken versuchte.

»Wir werden lange ohne Papa auskommen müssen, nicht wahr?«, flüsterte die Kleine.

Nerit nickte. Sayuri war eine Zaikidu! Es war unmöglich, Gefühle vor ihr zu verheimlichen.

»Aber er ist bei uns, in unseren Träumen!«, fuhr sie viel zu verständig für ihr Alter fort.

Abermals senkte Nerit zustimmend den Kopf. Unleugbar hatte Xero sich nicht nur ihr, sondern auch seinem Kind mitgeteilt.

Zärtlich hielt Oriri Antalia in seinen Armen. Er hatte sie begleitet. Ohne dass sie es je erwähnt hätte, wusste er, wohin sie aufbrechen würden, als sie Domarillis verließen. Es war eine Reise mit vielen Zwischenstopps geworden. Beide hatten versucht, die Ankunft so lange als möglich hinauszuzögern. Viele Stunden der Tage hatten sie mit Reden verbracht. Die Nächte mit Liebe, Leidenschaft, Hingabe und Zärtlichkeit gefüllt. Immer wieder hatte Oriri sich vor Augen geführt, dass die Trennung unausweichlich auf sie zukam, was es jedoch weder für ihn noch für Antalia auch nur im Entferntesten leichter machte.

Als sie vor wenigen Minuten die Augen aufgeschlagen und seinen Blick gesucht hatte, wusste er, dass der Zeitpunkt des Abschiednehmens gekommen war. Nahezu zwei kostbare Jahre hatte Oriri mit Antalia teilen dürfen. Nun jedoch überließ sie ihrem Zwilling den gemeinsamen Körper, wurde eine andere, deren Herz nicht ihm, sondern Darieno gehörte. Er wusste es. Dennoch haderte er mit dem Schicksal, dass sie unweigerlich auf unbestimmte Zeit auseinanderreißen würde.

»Lieb mich ein letztes Mal, Oriri!«, hauchte Antalia und küsste ihn mit der Innigkeit aller in ihr tobenden Gefühle.

Er konnte und wollte sich nicht wehren. Mitgerissen vom Strudel der über ihn hereinbrechenden Leidenschaft zog er sie an sich, streichelten seine Hände ihren vertrauten Körper, vereinigten sie sich in ekstatischem Aufbäumen. Noch einmal versank die Welt um sie herum, teilten sie alles, was sie füreinander empfanden, schufen eine Insel der gemeinsamen Erinnerungen an Stunden, die nur ihnen gehörten und von denen sie wussten, dass sie für einen unabsehbaren Zeitraum davon zehren mussten, da nur diese ihnen bleiben würden. Langsam verebbte der Rausch, lösten sich ihre Lippen voneinander, wand sich Antalia aus seiner Umarmung. Shiaron wimmerte leise. Mit schmerzlich verzogener Miene nahm sie ihren Sohn aus seinem Bettchen, drückte ihn zärtlich an sich.

»Ihr werdet mir fehlen«, flüsterte sie mit ungeweinten Tränen in der erstickten Stimme. »Aber ich kann Jara nicht länger zurückdrängen.«

Mit bleischweren Gliedern kleidete sie sich an. In der unterschwelligen Hoffnung, dass er sie schon von Weitem erkennen könne, hatte sie bereits am Abend bewusst die Kleidungsstücke zurecht gelegt, die sie trug, als sie damals mit Darieno zur ›Stadt auf dem Meeresgrund‹ aufgebrochen war. Oriri folgte ihrem Beispiel. Wortlos nahm er ihre Hand, öffnete die Tür und trat mit ihr in die Dämmerung hinaus. Der Wind streifte sanft über die langen Halme der Dünengräser, spielte mit Antalias Haaren, wehte die staubfeinen Sandkörner wie Nebelschwaden vor sich her. Shiarons dunkelroter Flaum fing die ersten Strahlen der aufgehenden Sonne ein, reflektierte sie wie dunkler Wein. Sicheren Schrittes folgten Oriri und Antalia dem schmalen, oft gegangenen Pfad, bis sich der Strand und das unendliche Meer vor ihnen erstreckten.

»Geh mit Shiaron zu Nerit«, bat sie Oriri, sich zu ihm hinwendend. »Auch sie und Xero werden noch lange aufeinander warten müssen. Vertraue auf das Band, das zwischen uns geknüpft ist! Ich werde bei euch sein! Gedanken sind mächtig, Oriri! Ebenso wie Träume!«

Der schwarzhaarige junge Mann nickte wortlos, drückte sie noch einmal an sich, küsste sie sanft, entnahm ihr das Kind. Seine verschleierten Blicke lagen liebevoll auf ihr, als er am Wellensaum verharrte, während Antalia unbeirrt weiterging, das Wasser ihren Körper zu umspülen begann. Sie sah sich nicht um, aber als sie, schon fast vollständig versunken, noch einmal grüßend die Hand hob, waren ihre Haare schwarz. Lautlos vereinte sie sich mit den leise gurgelnden Wellen.

Jaras Herz jubilierte! Endlich, endlich war sie wieder kräftig genug, den gemeinsamen Körper kontrollieren und damit die Verwandlung überhaupt bewerkstelligen zu können. Nicht, dass sie Antalia diesen angestammten Platz missgönnte, aber ihre Sehnsucht nach Darieno und ihrer Tochter, deren Antlitz sie nur ein einziges Mal für wenige Sekunden geschaut und von der sie nicht einmal wusste, welchen Namen sie erhalten hatte, waren stetig größer und größer geworden, je mehr sie sich ins Leben zurückgekämpft hatte. Und nun war Antalia in den Schatten getreten, damit *sie* zu Darieno zurückkehren konnte.

Zitternd vor Aufregung trieb Jara durch die Fluten. Die wunderbaren Farben und Formen der den Meeresboden beherrschenden Fauna und Flora glitten an ihr vorbei, streiften nur sachte den äußeren Rand ihrer Aufmerksamkeit. In stummer Zwiesprache mit ihrem Zwilling bewegte sie sich auf das Band zu, welches zwar noch meilenweit entfernt, jedoch mit ihren ausgeprägten Sinnen deutlich wahrnehmbar war.

»Und dann in die Tiefe!«, flüsterte sie, und abermals durchlief ein Schauder ihren transparenten Körper.

Sie versuchte, sich vorzustellen, welche Veränderungen in der ›Stadt auf dem Meeresgrund‹ stattgefunden hatten – es gelang ihr nicht. Zu sehr war sie mit dem behaftet, was sich **oben** abspielte und das sie durch Antalia mitbekommen hatte. In Gedanken versunken erreichte sie die Stelle, an der ein durch einen winzigen Kristall fixierter, kaum sichtbarer Lichtstreifen, einem Senkblei gleich, unberührt von den stetigen Bewegungen des Wassers ihr wie ein Leuchtpfad unfehlbar den Weg in die finsteren Tiefen wies. Weiter und weiter entfernte sie sich von der Oberfläche, tauchte ein in die undurchdringliche Schwärze dämpfender Wasserschichten, die die Leuchtkraft der Sonne auf natürliche Weise nicht mehr zu durchbrechen vermochte. Die Zeit, degradiert zu einer bedeutungslosen Größe, verlor sich, während Jaras Herz schneller zu schlagen begann. Die Leidenschaft loderte wie eine heiße Flamme. Ihr Innerstes füllte sich mit versengender Hitze, und die nun deutlich erkennbaren Perlenstränge begannen, sanft zu glühen. Es war nicht ihre Welt, in die sie zurückkehrte. Aber dort, wohin sie sich aufgemacht hatte, war Darieno – war ihr Kind! Ein Zittern durchwanderte sie. Wie sollte sie sich diesem Wesen gegenüber verhalten? Wusste die Kleine, wer sie war? Sie zweifelte keinen Augenblick daran, dass ihre Tochter am Leben war, aber wie viel hatte Darieno ihr über sie, ihre Mutter, vermitteln können? Gleichzeitig mit dem immer heißer brennenden Verlangen stieg eine unbestimmte Angst in ihr auf, die sie unwillkürlich den Ewigkeitskristallen zuordnete. Dreimal schon hatte sie in direkter Verbindung mit ihnen gestanden, und jedes Mal hatten sie ihr oder Antalia annähernd sämtliche Lebensenergie entzogen. War der Hunger dieser Steine mittlerweile gesättigt, oder lief sie auch diesmal wieder Gefahr, von ihnen gnadenlos ausgebeutet zu werden? Und wenn, gab es eine Möglichkeit, sich dessen zu erwehren, einen zu großen Energieabzug zu vermeiden beziehungsweise den Prozess rechtzeitig zu stoppen?

 Die in ihren Perlen gespeicherten Erinnerungen enthielten keinerlei Lösungsansätze für dieses Problem. Anscheinend war das, was ihr und Antalia widerfuhr, bisher noch nicht vorgekommen. Trotz der sie nahezu aufreibenden Gedankengänge und widerstreitenden Emotionen glitt sie unbeirrt weiter an dem schwach glitzernden Band entlang. Irgendwann nahm die Helligkeit zu. Ein wenig nur, jedoch deutlich weitflächiger werdend, verstärkte sich der Schimmer, derweil sich im Gegenzug die Entfernung zur Stadt kontinuierlich verringerte. Und dann sah Jara sie! Zuerst nur ein schemenhaftes Wabern irgendwo unter ihr. Allmählich schälten sich die Konturen der Gebäude aus der Lichtglocke, deren Zenit noch immer die von Antalia erschaffene Kristallkugel bildete. Jara hielt inne, ließ den Anblick auf sich wirken. Anders als in ihrer Erinnerung sahen die Häuser und Straßenfluchten nun aus. Nichts mehr entsprach der monotonen Einöde ihres ersten Besuches. An vielen Gebäuden bemerkte sie individuelle Gestaltungsansätze. Die Tristesse der Einheitsfarbgebung wurde aufgebrochen durch bunte Fensterrahmen, unterschiedliche Schattierungen der Außenwände. Fröhliche Gemälde, die große Flächen bedeckten. Manch verwahrloster Garten wurde bearbeitet. In einigen leuchteten bereits mit viel Liebe zum Detail gestaltete Pflanzenarrangements. Jara gewahrte weitläufige Plätze, auf denen unterschiedliche Arten von Ballspielen praktiziert wurden, bemerkte allerorts in Gruppen zusammenstehende Individuen, die rege miteinander kommunizierten. Auf einigen Terrassen saßen Personen beieinander, die gemeinschaftlich an irgendetwas zu arbeiten schienen. Als sie neugierig näherglitt, entpuppten sich die Produkte als kunstvolle Schnitzarbeiten. Den wenigen Gedankenfetzen, die sie aufschnappte, entnahm sie, dass damit der Eingang des Rathauses verschönert werden sollte. Auch hatte Jara den Eindruck, dass sich der Radius der Stadt allmählich vergrößerte und so etwas wie Wälder und Felder an deren Rändern angepflanzt wurden. Überall herrschte Bewegung. Das einstige Phlegma war begeisterter Aktivität gewichen. Staunend bewegte sie sich weiter. Dann jedoch änderte sie abrupt die Richtung. Wo innerhalb dieser riesigen Metropole sollte sie Darieno suchen? Sie hatte nicht die geringste Ahnung davon, wie viel Zeit hier unten inzwischen vergangen war und an welchen Stellen er sich üblicherweise aufhielt. Anstatt weiter in Richtung Zentrum vorzustoßen, wandte sie sich dem Bergmassiv zu und sank auf den vertrauten Felsvorsprung, den sie so oft mit ihm geteilt hatte. Ihre Sinne schweiften. Versuchten, ihn aus der Masse der Einzelwesen herauszufiltern. Lange sondierte sie – und als sie ihn endlich gefunden zu haben meinte, strömte all ihre Liebe in den an ihn gerichteten Ruf.

Darienos Kopf zuckte nach oben. Seine Augen zeigten einen Ausdruck höchster Verwirrung, Ungläubigkeit und unbändiger Freude. »Jara«, murmelte er.
Uyulis Gesicht überzog sich mit einem milden Lächeln.
»Geh!«, forderte sie ihn auf, hob Erin hoch, die zu ihren Füßen gespielt hatte und drückte sie ihm in den Arm.
Noch ganz benommen nickte Darieno, presste seine Tochter an sich, umarmte die alte Ratsfrau kurz, stieß sich vom Boden ab und strebte dem einzigen Punkt der Welt entgegen, von dem er sicher war, sie zu finden. Die Frau, die ihn ebenso liebte wie er sie.
Wirklich, dort auf dem Bergsims saß sie und blickte ihm mit strahlenden Augen entgegen, während sich ihm gleichzeitig ihre Unsicherheit in Bezug auf das Kind mitteilte. Auch Erin schien diese zu spüren, denn sie lehnte sich etwas enger an ihn. Darieno strich seiner Tochter behutsam über das lange, rote Haar.
»Das ist Jara, deine Mutter!«, vermittelte er ihr. »Ich habe dir oft von ihr erzählt, sie dir gezeigt, ... und jetzt ist sie endlich bei uns!«
Jara breitete ihre Arme aus. Längst hatte sie mitbekommen, dass Darieno das Mädchen Erin nannte, und so sprach sie ihre Tochter vorsichtig mit ihrem Namen an. Erin zögerte einen Augenblick, sah von ihrem Vater zu der Fremden und doch vertrauten Person hinüber, lächelte schüchtern ... und streckte Jara schließlich ihre kleinen Arme entgegen. Nun gab es auch für Darieno kein Halten mehr. Trunken vor Glück umarmte er die Frau, die wiederzusehen er so sehr erhofft hatte. Sie stand nun, allen Befürchtungen zum Trotz, lebendig und leibhaftig vor ihm.

Umbrüche

IN DER ERSTEN Euphorie des Wiedersehens und all den anschließenden Stunden und Tagen des Glücks, des Kennenlernens und des Verarbeitens der Umwälzungen, die innerhalb der ›Gemeinschaft‹ vonstatten gegangen waren, fiel es Jara zunächst gar nicht auf, dass die Leuchtkraft der Kristallsonne unzweifelhaft gewaltig an Intensität eingebüßt hatte. Keiner schien es wahrzunehmen. Auch Darieno, von ihr zaghaft auf dieses Phänomen angesprochen, konnte ihre Beobachtung weder bestätigen noch dementieren. Seltsamerweise zerstreute dies Jaras erneut heftig aufflackernde Unruhe keineswegs. Nein, es schürte vielmehr die noch immer latent vorhandene Angst, die sie beschlichen hatte, seit sie dem Band in die Tiefe gefolgt war. Irgendetwas ging vor, von dem außer ihr niemand etwas mitbekam, das jedoch banges Frösteln durch sie hindurchschickte. Antalia schien ihre Empfindungen zu teilen, obgleich sie sich bewusst ihrem Zwilling gegenüber abschottete und wohl ihre eigenen Überlegungen anstellte. Augenscheinlich wollte sie Jara nicht mit mehr Zwängen belasten, als dass aufgrund ihrer besonderen Situation sowieso unvermeidbar war. Mittlerweile war es offensichtlich, dass ihr gemeinsamer Körper wieder neues Leben in sich trug, und die Freude darüber war, wie die vorangegangene Schwangerschaft, mit der stillen Sorge behaftet, ob das Kind in dem Medium lebensfähig war, in dem es das Licht der Welt erblicken würde.

Zyklen von Hell und Dunkel lösten einander ab. Auf Stunden der Ruhe und des Schlafes folgten mit verschiedenen Aktivitäten ausgefüllte. Darieno hatte es vermocht, Erin so intensiv an seinen Erinnerungen und seinen Gefühlen für Jara teilhaben zu lassen, dass die Kleine sie ohne jegliche Vorbehalte als ihre Mutter annahm. Uyuli füllte die Stelle der Großmutter aus, während Darienos eigene Eltern eine eigentümliche, unerklärliche, aber unüberbrückbare Distanz wahrten. Anfangs hatte ihn das sehr belastet, nachdem jedoch sämtliche Versuche seinerseits, die Situation zu ändern, kläglich gescheitert waren, fand er sich schweren Herzens damit ab und knüpfte andere Kontakte, die sich positiver auf seine und die Lebensgestaltung seiner Tochter auswirkten. Ein paar Alte mussten zwischenzeitlich den endgültigen Übergang vollzogen haben. Denn neben Erin gab es noch sieben weitere Kinder, was eine Vereinsamung verhindert hatte. Sie saßen wie so häufig zwanglos mit Darienos neuen Freunden zusammen. Die Kinder spielten. Da Jara sich in dem sie umgebenden Kreis ebenfalls ausgesprochen wohlfühlte, vergaß sie zuweilen ihren nahezu allgegenwärtigen inneren Aufruhr. Auch von Antalia nahm sie inzwischen nur noch so selten etwas wahr, dass sie gelegentlich glaubte, ihr Zwilling sei gar nicht mehr da.

Aber Antalia *war* da – wacher denn je. Lange Zeit hatte sie verzweifelt nach einer Möglichkeit gesucht, Jara aus den eigentlich nur sie betreffenden Ereignissen herauszuhalten, sie bestmöglich vor den sie durchtobenden Gemütsbewegungen zu schützen und ihrer Schwester ein weitestgehend eigenständiges Leben an Darienos Seite zu ermöglichen. Schließlich hatte sich Antalia an den einzigen für sie erreichbaren Ort, der ihr mit seiner Ausstrahlung von Wärme, Kraft und Beständigkeit seit jeher Geborgenheit vermittelte, zurückgezogen: in Xeros Talisman. In der Muschel verborgen kämpfte sie mit undeutlichen Ahnungen, aufwallenden Panikattacken, bizarren Träumen und einer sich unerbittlich immer mehr in den Vordergrund drängenden Gewissheit, die sie irgendwann nicht mehr zu ignorieren in der Lage war. Es war kein leichtes Unterfangen, für das sich Antalia entschieden hatte. Aber sie sah ihren Weg, je länger sie alle Begebenheiten, Erinnerungen, Fakten und Eventualitäten immer und immer wieder repetiert und gegeneinander abgewägt hatte, sich unausweichlich klarer und deutlicher abzeichnen. Sie wusste, was zu bewerkstelligen ihr letzter Auftrag war. Allein das Wann und Wie entzog sich bisher ihrer Kenntnis. Tief in ihrem Inneren jedoch spürte sie, dass sie sich diesem alles entscheidenden Zeitpunkt unaufhaltsam näherte. Sie würde ihn erkennen. So sicher, wie sie wusste, dass die Liebe ihrer Familie, ihrer Freunde stets bei ihr war, wusste sie auch, dass sie dann zu handeln gezwungen wäre.

Wie so oft in der letzten Zeit flimmerten scheinbar sinnlos aneinandergereihte Bilder hinter Antalias Augen. Sie versuchte schon lange nicht mehr, deren Inhalte zu entschlüsseln oder ihre Bedeutung zu ergründen. Zu wirr war das Durcheinander, zu undeutlich oft die einzelnen Sequenzen. Blitze von grellem Widerschein durchtrennten die verworrenen Abfolgen, versetzten ihren Sehnerv jedes Mal in einen Zustand tiefschwarzer Lähmung, angefüllt mit wirbelnden Formen, die in irrsinnigen Mustern aufeinander zu und voneinander weg stoben. Dies waren Zustände, in denen sie den Schweiß aus all ihren Poren strömen fühlte, unabhängig von ihrem tatsächlichen Erscheinungsbild. Sie wimmerte leise, konnte sich aber nicht aus dem sie unerbittlich in seinen Klauen haltenden Strudel befreien. Endlos hielt er ihr Bewusstsein gefangen, zerrte an ihr, ängstigte sie bis zur Besinnungslosigkeit, … und dann fühlte sie plötzlich eine Hand auf ihrer Schulter. Eine tiefe, standhafte und unerschütterliche Ruhe tropfte in ihren rastlosen, aufgewühlten Geist, legte sich wie kühlendes Eis auf die heiß gelaufenen Spulen der hinter ihrer Stirn liegenden Gehirnwindungen. Xero! Er nahm sie mit sich, geleitete sie sachte und behutsam aus ihrem Gefängnis, führte sie in die Freiheit. Mit ihm an ihrer Seite schwebte sie über dem Planeten, erfreute sich an den sich unter ihnen abzeichnenden Landschaftsstrukturen. Ihr rasender Herzschlag beruhigte sich. Endlich war sie dem immer wiederkehrenden Alptraum entkommen. Es dauerte eine ganze Weile, bis sie die schwachen, hier und dort aufflackernden Funken entdeckte, die, anscheinend wahllos verstreut, dessen gesamte Fläche überzogen. Etwas Ähnliches hatte sie schon einmal gesehen. Xero neben ihr nickte.

»Kristallhorte!«, nur dies eine Wort drang klar und deutlich zu ihr vor. Sanft delegierte er sie in eine andere Richtung. Unverkennbar erstreckte sich nun der Ozean unter ihnen. Ruhig, dunkel – unendlich in seiner Tiefe. Ein einziges, kaum stecknadelkopfgroßes Lichtpünktchen zeichnete sich auf dem riesigen Wasserspiegel ab, glühte kurz auf, versank im Dunkelblau der Fluten ...

Abrupt, wie von einer Stahlfaust gegen eine Wand geschmettert, erwachte Antalia, durchtobt von einem ungefilterten Schmerz, der die schützende Mauer durchschlagen hatte und ihr den Atem zu nehmen drohte. Xeros Nähe noch vage nachklingend spürend, die letzten Eindrücke schattenhaft hinter den verschlossenen Augen verweilend, keuchte sie orientierungslos auf, als eine erneute Schmerzwelle sie überrollte.

»Jara!«, dröhnte es in ihrem Kopf, und sie zuckte ob der Gewalt, mit der das Wort ihren Schädel zu sprengen drohte, gepeinigt zusammen.

Darienos Schreckensschrei drang ihr durch Mark und Bein. Abermals brach eine Woge des Schmerzes über sie herein, diesmal jedoch gelang es Antalia, ihn zu lokalisieren ... und daraufhin zuzuordnen: Wehen! Das kleine Mädchen, das Oriri mit ihr in liebender Vereinigung gezeugt hatte, drängte sich ins Leben hinaus! Jara stöhnte unterdrückt. Darieno, der mittlerweile auch erkannt hatte, was sich vor seinen Augen abspielte, setzte sich stützend hinter sie, umschloss mit seinen Armen sanft ihren Oberkörper. Er hielt sie. Versuchte, ihr durch bewusstes Denken Geborgenheit, Ruhe und Kraft zu vermitteln. Unwillkürlich begann Antalia, Jara in den Hintergrund zu drängen. Ein reiner Reflex, gegen den Jara sich ebenso reflexartig zur Wehr setzte. Ihre Finger umkrampften die Schneckenmuschel, die unverändert an dem Lederband um ihren Hals hing. Eine weitere Wehe baute sich auf. Jara presste mit aller Kraft. Ihre Hände ballten sich zu Fäusten. Der Talisman zerbrach in Hunderte feinster Stücke. Das Kind glitt durch den Geburtskanal, wand sich durch die viel zu enge Öffnung, verließ ihren Körper ... und Antalia mit ihm.

Das Netz aus Licht

DER SCHOCK RAUBTE ihr das Bewusstsein. Als sie wieder zu sich kam, trieb sie dahin, körperlos, ein verwehender Hauch, verfing sich in der erlöschenden Kristallsonne. Ihr Instinkt hatte sie einen größtmöglichen Abstand zu den Kristallen einhalten lassen, seit sie zur ›Stadt auf dem Meeresgrund‹ zurückgekehrt war. Auch das Erinnerungsarchiv hatte sie kein einziges Mal betreten, obwohl sie keine rationale Erklärung für ihre Aversion abgeben konnte. Und nun hing Antalia inmitten dieser kristallinen Struktur, die sie selbst erschaffen hatte. Sie verschmolz mit den Steinen, spürte das unaufhaltsame Dahinschwinden der einstmals so starken Sonnenenergie, dem das dünne Band, welches von der Meeresoberfläche hierhin hinabreichte, nicht entgegenwirken konnte. Zu viel davon wurde benötigt, die einmal in Gang gesetzten Prozesse aufrechtzuerhalten, fortzuführen, die Umwälzungen nicht als Farce eines größenwahnsinnigen Einfallspinsels durch einen Rücksturz in die vormaligen Verhältnisse enden zu lassen. Die Erkenntnis erschütterte Antalia mehr als alles, was sie bisher hatte durchstehen müssen. Sollte tatsächlich alles umsonst gewesen sein?

Verzweiflung breitete sich in ihr aus, und sie fühlte sich so ohnmächtig wie niemals zuvor. Sie schrie ihre Pein, ihr Elend, ihre Agonie in die Kristalle hinein. Die Schwingungen breiteten sich aus, setzten sich in alle Richtungen fort, durchdrangen sämtliche Schichten des die Sonne umkreisenden Trabanten. Gewaltige Vibrationen schüttelten den Planeten, lösten die verborgenen Kristallsplitter aus ihren jahrhundertealten Verankerungen, schleuderten sie meilenweit in die Atmosphäre. Ein Summen wie von einem Schwarm aufgeschreckter Hornissen erfüllte die Luft, während eine nie vermutete Anzahl Steine in irrwitzigem Tempo durch deren oberste Schichten rasten. Antalia fühlte sie alle, jeden einzelnen Splitter. Plötzlich stieg wilder Triumph in ihr auf. *Sie* kontrollierte die Kristalle! *Sie* konnte sie dirigieren, neu platzieren, ihnen ihre Aufgaben zuweisen!

Eine Erinnerung, glasklar, greifbar und doch aufrüttelnd wie keine andere jemals zuvor, explodierte in sie hinein. Das Netz! Durch Xeros Augen hatte sie das planetenumspannende Netz aus Kristallhorten gesehen. Vorhanden, aber inaktiv. Vergessen. Ihr Schrei hatte die alten Knoten gelöst, das Gespinst zerschlagen. Untauglich gemacht. Aber sie konnte es neu knüpfen und es dort auswerfen, wo es am nötigsten gebraucht wurde. Etwas Ähnliches hatte sie bereits einmal getan. Damals, als sie die Erinnerungsspeicher des Archivs in der ›Stadt auf dem Meeresgrund‹ wieder auffüllte. Wie eine Besessene stürzte Antalia sich in ihre Arbeit. Einer Spinne gleich, erstellte sie mithilfe der Edelsteine abermals ein filigranes Webwerk haarfeiner Lichtbahnen, das sie diesmal jedoch über den gesamten Ozean spannte. Indem sie die Kristalle so ausrichtete, dass sie das auftreffende Sonnenlicht bündelten und in Richtung Netzmitte weitergaben, ging kein Quäntchen davon durch Streuung verloren. Je näher sich die Lichtfäden am Mittelpunkt befanden, den sie genau über dem Band in die Tiefe anlegte, desto konzentrierter wurde die Energie, die hier schließlich der Kristallsonne zugeleitet wurde. Unermüdlich wirkte sie, verschob und fixierte Positionen. Die Sonne wanderte. Sie versank. Ging auf. Für Antalia spielte es keine Rolle. Sie ging auf in ihrem Tun, bewegte sich außerhalb sämtlicher Zwänge der Zeit. Sie spürte, wie die Kräfte, mit denen sie jonglierte, sich ihrem Willen fügten, sich mit ihr verbanden, ihr die Leitung überließen. Je mehr Sonnenlicht in das Netz eingespeist wurde, desto kontinuierlicher setzte sich die einmal angestoßene Entwicklung der Mitglieder der ›Gemeinschaft‹ fort. Unbändige Freude durchströmte sie, die noch zunahm, als sie erkannte, dass die Kristalle in Joris Höhle in deren Besuchern äquivalente Umstrukturierungen des Erbgutes bewirkten.

Nach und nach glichen sich die Wechsel zwischen Tag und Nacht einander an. Die Zeit verging oben und unten wieder gleich schnell.

Antalia sah Oriri und Nerit, wie sie mit den Feen durchs Land zogen, sah Shiaron und Sayuri zusammen aufwachsen. Jori und Sherin hatten eine Familie gegründet und lebten nun bei Marian und Ari im ›Haus in den Höhen‹. Toran und Siri hatten sich in Colligaris niedergelassen, kinderlos bisher, und ersannen neben ihrer Lehr- und Auftragstätigkeit mit den Kenntnissen, die sie in der von Jori gefundenen Grotte erlangt hatten, tiefseetaugliche, gemütliche Behausungen. In Domarillis führte Redor neben seiner medizinischen Betreuung Oriris Geschichtsunterricht fort und stand nach wie vor in regelmäßigem Kontakt mit Antalias Familie und Freunden.

Jara war bei Darieno geblieben, aber einmal im Jahr, jeweils im Sommer, verließen sie mitsamt den Kindern die ›Gemeinschaft‹ für mehrere Wochen, um sie auch mit dem Leben an der Oberfläche vertraut zu machen. Erins anfängliche Probleme an Land zu leben, hatten sich verringert, je älter sie wurde, und schließlich ganz verflüchtigt.

Antalia verfolgte die lange Reise der Zaikidu. Sie sah, wie sich Xeros Stamm letztendlich an einer Wasserstelle niederließ, die ein wenig Ähnlichkeit mit der Paradies-Oase hatte und nur etwa drei Kilometer vom Rand einer endlos scheinenden Wüste, deren sandige Ausläufer sich bis direkt ans Wasser erstreckten, entfernt lag. Der unbesiedelte Küstenstreifen bot ideale Bedingungen, ihre bisherige Lebensweise weitestgehend aufrechterhalten zu können.

Das alles nahm Antalia wahr, ohne sich nach dem Wie und Warum zu fragen. Körperlos existierte sie außerhalb jeglicher Bindungen, war überall und nirgends. Flüchtig wie ein Gedanke. Unsichtbar wie die Bestandteile der Luft. Schnell wie das Licht und allgegenwärtig wie die Atmosphäre, die den Planeten umspannte. Sie fühlte sich den Ihren so nah, so verbunden.

Die Holzhütte in den Dünen war längst zu klein geworden, um alle, die mittlerweile an den jährlichen Treffen teilnahmen, beherbergen zu können. Toran und Siri hatten drei Weitere entworfen und sie nach und nach erbaut. Sie standen, umsichtig in das Landschaftsbild integriert, in geringen Abständen zueinander und umschlossen einen großen Platz, der genügend Raum für alle bot. In dessen Mitte befand sich eine Feuerstelle. Hell loderten die Flammen. Jori spielte auf seiner alten Gitarre. Erin, Sayuri und Nerit sangen zu der getragenen Melodie. Anori saß auf Oriris Schoß. Er streichelte gedankenverloren das flachsblonde Haar seiner Tochter. Alles an ihr erinnerte ihn an Antalia: ihre Gestik, ihre Mimik, die bernsteinfarbenen Augen.

Jara hatte ihm mit Tränen in den Augen und erstickter Stimme von der Zerstörung des Talismans bei Anoris Geburt berichtet … und dass sie seitdem jeden Kontakt zu ihrem Zwilling verloren habe. So oft er sich einzureden versuchte, er sei nie im Unklaren darüber gewesen, dass ihre letzte Trennung womöglich eine endgültige darstellte, so sehr vermisste er sie, brach ihm nahezu das Herz vor Sehnsucht. Nerit, das wusste er, empfand in Bezug auf Xero annähernd dasselbe. So spendeten sie sich durch ihr vertrauensvolles Zusammenleben gegenseitig Trost. Gaben einander Kraft und Zuversicht. Shiaron war mittlerweile sechs, Sayuri fast acht.

Plötzlich zuckte Nerit zusammen, verstummte. Die grünen Augen weit aufgerissen, starrte sie in die allmählich hereinbrechende Dämmerung.

»Xero«, flüsterte sie und sprang unvermittelt auf, drängte sich durch die sie Umgebenden und rannte, als sie der Leibermasse entkommen war, so schnell ihre Füße sie trugen, den schmalen Pfad zwischen den Sandhügeln hindurch, hinunter zum Meer.

Tränen liefen über ihr Gesicht. Ihr Puls raste, als sie an der Wasserlinie entlanghetzte. Eine dunkle Silhouette hob sich vor dem blutroten Lichtband des Horizonts ab. Sie offenbarte die Umrisse eines Individuums, das sich ebenso schnell bewegte wie sie selbst. Obwohl der Schleier vor ihren Augen nur ein undeutliches Bild zuließ, wusste Nerit, dass *er* es war. Keuchend rannte sie weiter, und der Schmerz in ihrer Brust verging, als sie in seine ausgebreiteten Arme flog, diese sich um sie legten und ihr Kopf sich an seinen in schweren Atemzügen bebenden Brustkorb senkte. Xero hielt sie, bedeckte ihre Haare mit Küssen, strich zärtlich über ihre nassen Wangen. Sie brauchten keine Worte. Ihre Gefühle teilten sich einander auf einer Ebene mit, die jeglicher lautlicher Formulierung entbehrten. Der langwellige Schimmer verblasste. Die Nacht verschluckte die Konturen der Landschaft. Nur verschwommene, weiche Schatten und das leise Rauschen der See blieben zurück. Lange standen die beiden beieinander. Körperlich nahezu reglos, während ihre Empfindungen sich in einer leidenschaftlichen Sinfonie vereinten und schließlich in einem ekstatischen Crescendo explosionsartig ausklangen. Langsam, in inniger Verbundenheit, die Finger ineinander verschränkt, als wollten sie sich nie wieder loslassen, gingen sie zu den anderen zurück.

Xero zitterte vor Anstrengung, als er versuchte, seinen Schutzwall gegen die Wucht der über ihn hereinbrechenden Wiedersehensfreude, aufrechtzuerhalten. Als der erste Überschwang abgeklungen war, wirkte er entkräftet wie nach einem wochenlangen Gewaltmarsch. Nerit sah ihn besorgt an und fragte, ob er sich zurückziehen wolle. Xero schüttelte den Kopf.

»Ich habe so lange auf diesen Augenblick warten müssen«, murmelte er. »Da werde ich diesen kleinen emotionalen Großangriff grade noch überleben!«, und ein erschöpftes, aber spitzbübisches Lächeln glitzerte in seinen Augen. »Ihr habt mir gefehlt«, fuhr er wieder ernst werdend fort. »Aber ich musste meiner Mission den Vorrang geben – ebenso wie Antalia.«

»Du weißt, wo sie ist?«, brach es aus Jara heraus, aber es hätte ebenso gut Oriris drängende Frage sein können.

»Ja und nein«, antwortete Xero zurückhaltend, während die Blicke der Freunde sich nahezu in ihn hineinbohrten.

»Sie ist überall«, hob er erneut zu sprechen an. »Sie hat ihre körperliche Bindung aufgegeben, um die Kristalle zu kontrollieren.«

Die Vision des von ihr gespannten Netzes, die einmal kurz in ihm aufgeflackert war, wurde abermals deutlich gegenwärtig, und er erzählte ihnen davon. Oriri sank in sich zusammen. Laut- und regungslos verharrte er in dieser Stellung, die ihn nahezu unsichtbar machte. Außer Xero nahm anscheinend niemand den Kummer wahr, der ihm die Kehle zuschnürte, seine Energien auffraß und ihn in einem Zustand dumpfer Taubheit zurückließ. Er konnte die Nähe der anderen nicht mehr ertragen. Wie eine Marionette erhob er sich. Er spürte Xeros Augen auf sich gerichtet, sah kurz zu ihm hinüber, und verließ wie ein Schatten die fröhliche, vertraute Runde. Auf Antalias Düne angekommen, überschwemmte ihn der Schmerz so heftig, das er zusammenbrach.

Oriris qualvoller, inbrünstiger mentaler Schrei traf Antalia wie ein Peitschenhieb. Er schien den Zeitfluss anzuhalten, durchlief sie wie eine hochspannige elektrische Entladung. Zog und zerrte an ihr. Katapultierte etwas in ihr derzeitiges Dasein, dessen sie sich kaum noch bewusst war: ihrer einzigartigen, personenbezogenen Liebe zu ihm. Sie spürte sein Leid, seine Verzweiflung, seine Sehnsucht – und seine Selbstaufgabe. Was konnte sie tun?

Oriri fühlte sich leicht wie eine Feder. Nachdem er sich wie einen zentnerschweren Zementblock mühsam hierhergeschleppt hatte, empfand er diesen Zustand geradezu wie eine Erlösung. Er sah eine dunkle, zusammengekauerte Gestalt unter sich, aber sie interessierte ihn nicht. Er wollte sterben, denn alles, wofür er gelebt hatte, war ihm entrissen, seine Hoffnung, die allein ihn aufrecht erhielt, grausam zerschlagen worden. So mit sich selbst beschäftigt, dauerte es eine ganze Weile bis er registrierte, dass er nicht alleine in der grauen Unendlichkeit dahintrieb. Ein funkelnder, irisierender Edelstein schwebte neben ihm, blinkte ihn mit an- und abschwellender Helligkeit beharrlich an. Unwirsch griff er nach ihm, um ihn mit einer weit ausholenden Armbewegung, so weit er konnte, von sich wegzuschleudern. Er wollte alleine sein! Kaum jedoch berührten seine Fingerspitzen den Stein, durchflutete ihn ein Gefühl, das seinen Wunsch hinwegspülte wie ein Tsunami eine von Kindern gebaute Sandburg. Ein Gesicht, dessen er das letzte Mal vor nahezu sechs Jahren ansichtig geworden war, schob sich in sein Blickfeld. Zwei leuchtende Augen, hell wie Blütenhonig, sahen ihn an.

»Ich liebe dich, Oriri!«, klang eine Stimme so vertraut, so zärtlich an sein Ohr.

Hände, deren Berührungen er niemals vergessen würde, streichelten seine nackte Haut. Er sog ihre Gegenwart in sich auf. Inhalierte ihre Nähe, gab sich diesem wundervollen Traum hin. Wünschte, er würde niemals enden. Grenzenlos war sein Hunger, bedeutungslos die Zeit. *Sie* war bei ihm. Das allein zählte.

Noch immer im Rausch der Sinne gefangen, fiel es ihm schwer, die Worte aufzunehmen, die sie Ewigkeiten später an ihn richtete. Sie bedrängte ihn nicht, sah ihn nur ruhig und liebevoll an. Als er endlich wieder klar denken konnte, hob sie erneut zu sprechen an.

»Oriri«, begann sie eindringlich, »du darfst dich nicht aufgeben. Shiaron und Anori brauchen dich. Xero und Nerit brauchen dich. Und ich brauche dich auch. Ich kann nicht zurück in den Körper, den ich einst mit Jara teilte. Das, was ich jetzt bin, war von Anfang an meine Bestimmung. Aber ich werde immer bei euch sein ... ganz besonders bei dir! Dieser Kristall ist ein Erinnerungsspeicher. Er ist angefüllt mit allem, was uns verbindet. Mit Wissen ... und Gefühlen. Bewahre ihn an deinem Herzen. Sieh ihn an, wann immer du dich einsam fühlst, und du wirst mich bei dir haben!«

Behutsam entließ sie ihn aus ihrer Umarmung, küsste ihn sanft – und löste sich in einer schillernden Wolke strahlenden Lichts auf.

Die Sonne stach unerbittlich in seine Augen. Es musste schon Mittag sein, denn sie stand nahezu im Zenit. Verwirrt sah Oriri um sich. Er lag, alle Viere von sich gestreckt, im warmen Sand der Düne, auf der er zusammengebrochen war. Wann war das gewesen? Der Traum war noch immer so greifbar, so gegenwärtig, dass er orientierungslos die Lider abermals senkte. Aber nur die Reflektionen auf seiner Netzhaut pulsierten dahinter. Als er sich aufsetzte, fiel etwas zwischen seine Schenkel: ein etwa daumengroßer Edelstein, dessen Inneres ein Regenbogen in all seinen Spektralfarben durchzog. Ihn behutsam aufnehmend, spürte Oriri sein schwaches, aber stetiges Pulsieren. Als er hineinsah, lächelte Antalias Antlitz zu ihm herauf. Mit der Gewissheit, dass ihr Versprechen kein leeres gewesen war, barg er den Stein in seiner Hosentasche, bevor er sich vollständig erhob und zu den anderen zurückkehrte.

Xero hatte jeden, der ihm nachlaufen, ihn suchen wollte, zurückgehalten.
»Lasst ihn!«, hatte er sie eindringlich instruiert.
»Aber wenn er sich etwas antut …«, wandte Jara, in höchstem Maße beunruhigt, ein.
»Das wird er nicht!«, entgegnete Xero bestimmt, und da man wusste, dass der Zaikidu weitaus mehr wahrnahm als jeder von ihnen, hatten sie sich, wenn auch widerstrebend, seiner Einschätzung der Situation gebeugt.
Ein kollektiver Erleichterungsseufzer ging durch die Reihen, als sie Oriri unversehrt und seltsamerweise erstaunlich aufgeräumt um die Mittagszeit am Ende des Dünenpfades auftauchen sahen. Anori stürzte auf ihren Vater zu. Er fing sie auf, hob sie hoch, drückte sie an sich, hauchte ihr einen sanften Kuss auf die Stirn und trug sie in den Kreis der Freunde zurück. Jedem fiel seine Veränderung auf. Ari bat

ihn schließlich, sie nicht länger auf die Folter zu spannen, denn dass er etwas erfahren haben musste, was allen anderen bisher noch verborgen war, konnte niemand übersehen.

»Lasst auch mich erst etwas essen«, erwiderte Oriri. »Mein Magen verlangt derart eindringlich nach Nahrung, als hätte ich wochenlang nichts zu mir genommen. In **dem** Zustand bin ich kein guter Erzähler.«

Zwischen ihr und Marian Platz nehmend, Anori auf dem Schoß behaltend, aß er schweigend, aber ein eigentümlicher Funke glitzerte auf dem Grund seiner tiefschwarzen Augen. Sobald sein Hunger gestillt war, übergab Oriri seine Tochter an Ari und erhob sich. Jegliche Unterhaltung erstarb, als er in die Runde blickte. Kaum dass er zu sprechen begann, hätte man eine Stecknadel fallen hören können. Gebannt, atemlos lauschend, verfolgten sowohl die Erwachsenen als auch die Kinder seine Ausführungen. Nicht von ungefähr war es ihm in Domarillis gelungen, die Schüler mit seinen Erzählungen zu fesseln. Selbst nachdem er geendet hatte, hielt die Stille an.

Antalia war in ihre Sphäre zurückgekehrt. Sie hatte Oriris Bericht mit ihrer körperlosen Anwesenheit unterstrichen, allen Anwesenden ihre Nähe vermittelt. Nun jedoch konnte sie sich dem Fluss der Zeit, den Oriris Schrei für einen Augenblick verlangsamt, nahezu gestoppt hatte, nicht länger entgegenstemmen. Vergangenheit, Gegenwart und Zukunft verschmolzen erneut, und sie wachte über die Abläufe.

Sie sah die Kinder heranwachsen, spürte in der neuen Generation das zaghafte Wiederaufkeimen der Perlenstränge, unterstützte mit der ihr zu Gebote stehenden Macht deren Festigung. Sie verfolgte die Entwicklung der zahlreichen Kinder, auch Joris Kinder. Sie war dabei, als Nerit die Zwillinge Janira und Orani gebar, Jara Illiris zur Welt brachte. Sie begleitete Jara und Darieno, als diese erstmals alle Kinder mit zur ›Stadt auf dem Meeresgrund‹ nahmen. Als sie nach einem längeren Aufenthalt den Rückweg nach oben antraten, schlossen sich ihnen einige der dortigen

Kinder an, gespannt erwartet vom Stamm der Zaikidu. Antalia sah ihre Eltern altern, ebenso ihre Freunde, ihre Brüder, aber das Band der Zusammengehörigkeit riss nie.

Redor schied als weißhaariger, leicht gebeugt gehender Mann aus dem Schuldienst aus und bezog mit Ari und Marian zusammen die kleine Holzhütte in den Dünen, während Jori mit Sherin im ›Haus in den Höhen‹ verweilte.

Nerit und Xero blieben bei den Zaikidu. Jara und Darieno entschieden sich für den dauerhaften Aufenthalt im Meer. Zunächst entwickelte sich nur zwischen den Zaikidu und den Meereskindern ein regelmäßiger Austausch. Freundschaften wurden geknüpft, Partnerschaften geschlossen. Je weiter sich jedoch die Kunde des einen Volkes ausbreitete und je mehr Bewohner sowohl des einen wie auch des anderen Mediums sich in den Dienst des abermaligen Zusammenschlusses stellten, desto mehr Kinder wurden geboren, in denen die alten Gene zu neuem Leben erwachten.

Oriri fühlte nach einiger Zeit zum wiederholten Mal den altbekannten Drang in sich heranreifen auszubrechen, umherzustreifen. Zunächst zaghaft, dann immer nachdrücklicher trieb es ihn – irgendwo hin. Zerrissen zwischen dem Wunsch, seinen Kindern ein guter Vater zu sein, und dem nahezu zwanghaften Bedürfnis, diesem inneren Ruf zu folgen, vertraute er sich eines Abends seinen engsten Freunden an.

»Ich weiß nicht, was ich machen soll«, gestand er.

»Sprich mit Shiaron und Anori über deine Empfindungen«, instruierte ihn Xero. »Je genauer sie wissen, was dich beschäftigt, desto mehr Verständnis werden sie für deine Entscheidung aufbringen!«

Oriri sah Xero fragend an.

»Ach, Oriri«, seufzte dieser, »mittlerweile müsstest du doch begriffen haben, dass du mir nichts vormachen kannst. Dein Kopf mag noch hadern. Dein Herz jedoch hat seine Entscheidung längst getroffen. Dich zieht es in die Fremde. Das war immer so. Du bist eine rastlose Seele, mein Freund. Du würdest verkümmern wie ein Fisch an Land, wenn du gezwungen wärst, auf ewig an einem Ort zu verweilen. Neue Informationen, verborgenes Wissen. Alles, was deinen Horizont zu erweitern in der Lage ist, übt eine fast magische Anziehung auf dich aus. Wenn du eine Quelle vollständig ausgeschöpft hast, zieht es dich zur nächsten. Glaub mir, ich verstehe dich gut. Wir Zaikidu sind ebenfalls Nomaden.«

Xero verstummte, und auch Oriri schwieg.

»Deine Kinder werden in guten Händen sein«, vernahm Oriri lange Zeit später Nerits warme Stimme.

Zwei Wochen nach diesem Gespräch und dem innigen Schwur, zum nächsten Familientreffen zurück zu sein, verließ Oriri die Zaikidu – ausgestattet mit allen guten Wünschen derer, die ihm am nächsten standen. Sein erstes Ziel war das Yuremi-Kloster. Er erreichte die abgeschiedene Eremitage gerade rechtzeitig zum großen Treffen der Weisen, das richtungweisend für sein zukünftiges Leben wurde. Einerseits wissbegierig, andererseits erfahren in Dingen, von denen kaum einer der anderen Anwesenden je etwas vernommen hatte, beteiligte er sich rege am gegenseitigen Austausch. Wenn er sprach, lauschte man ihm in gebannter Aufmerksamkeit. Anfangs nur zögernd, dann immer enthusiastischer, begann er, den anderen von seinen persönlichen Erfahrungen zu berichten. Er erzählte von Antalia, von Jara, von den Zaikidu, von Joris Höhle, von der ›Stadt auf dem Meeresgrund‹, dem Erinnerungsarchiv, den Ewigkeitskristallen, dem Netz aus Licht. Es dauerte nicht lange, da versammelte sich allabendlich eine beträchtliche Zuhörerschar um ihn. Bald war er bekannt als ›Oriri, der Erzähler‹. Die Kunde um seine Erzählkunst verbreitete sich in Windeseile. Wo immer er auftauchte, nachdem er die Yuremi wieder verlassen hatte, bat man ihn um eine Geschichte und lauschte ihm andächtig. Seine Vorträge fesselten Große wie Kleine. Er wurde nie müde, die Fragen zu beantworten, die seine Darstellungen aufwarfen. **Dies** war seine Berufung. Endlich, endlich kehrte Frieden in Oriris ruhelose Seele ein. Mochte ihn seine Mission auch noch so weit in die Welt hinaustreiben, zu den alljährlichen Treffen fand er sich immer ein. Zwar sah er seine Kinder selten, seltsamerweise jedoch standen sie auf einer übergeordneten Ebene miteinander in stetigem Kontakt. Die körperliche Trennung spielte keine so große Rolle, wie sie anfänglich befürchtet hatten.

Als Shiaron neunzehn war, begann er, seinen Vater auf dessen Reisen zu begleiten. Oft saßen die beiden bis tief in die Nacht zusammen, tauschten sich aus, sahen gemeinsam in den regenbogenbunten Kristall. Die Wege, die sich über den Planeten erstreckten, wurden ihr Zuhause. Man kannte sie von den Gipfeln der Bhudinju-Berge bis in die Täler von Kirr, von den Ebenen des Ahushomo bis an die Küsten von Zypalis. Oriri durchstreifte die Landmassen des Himmelskörpers, der seine Heimat war. Erst als seine Beine ihn kaum noch tragen konnten, kehrte er endgültig zu den Zaikidu zurück. Auch hier blieb er noch lange ›der Erzähler‹, der auf eindrucksvolle Weise die Erfahrungen seines Lebens in die Herzen der Lauschenden zu versenken wusste.

Als er eines Abends, nach einem langen, erfüllten Leben für immer die Augen schloss, flimmerte eine Wolke hellen Lichts über seiner Brust, und der Stein, den Antalia ihm überlassen hatte und der, gebettet in einem Seidensäckchen, das Nerit für ihn genäht hatte, noch immer über seinem Herzen ruhte, erglühte in unbeschreiblichem Glanz. Ein strahlendes Lächeln lag auf seinen Zügen. Alle Zaikidu spürten seine unbändige Freude, als er sich vollends mit seiner Geliebten vereinte.

Xero folgte ihm einige Wochen später. Wenngleich mit ihm auch der letzte Gefährte der Sonnenbringerin verschied, so lebten doch alle weiter in den Erinnerungen ihrer Kinder, Enkel und Freunde. Sie existierten in den Chroniken der Ewigkeitskristalle. Den Archiven der Yuremi. Den landauf, landab verbreiteten Legenden und den Perlensträngen der nachfolgenden Generationen.

Das Band aus Freundschaft, Vertrauen und Liebe, das über alle Grenzen hinweg stets Bestand behalten hatte, wurde zum Leitbild des Zusammenlebens. Gemeinsam hatten sie das Aussterben der ›Gemeinschaft‹ verhindert und das Volk wieder zusammengeführt.

Für alle, die an mich glaubten, mir immer wieder gut zuredeten und nicht eher lockerließen, als bis ich es endlich in Angriff nahm, ein eigenes Buch zu schreiben.

Einen besonderen Dank ...

... an Bianca, für die ersten Ideenbrocken, aus denen ich meine Geschichte bastelte.

... an Magdalena, die ich gnadenlos mit all meinen Entwürfen bombardieren durfte und deren Feedback stets ehrlich war.

... an meine Schwester Manuela, die unvoreingenommen Probeleserin gespielt hat.

... an meine Schwiegereltern, über deren Begeisterung ich mich ganz besonders gefreut habe.

... an Ulrike, die schneller las, als ich schreiben konnte.

... an Klaus, der als völlig Fremder fragte, ob er »mal reinlesen dürfe«.

... und an Gudrun, die nicht nur Korrektur gelesen hat, sondern auch mit ihrer Kritik nicht hinterm Berg hielt, mich zum Umschreiben einiger Kapitel aufforderte und damit, da bin ich sicher, dem Buch bis zum Ende eine durchgängige Tiefe erhielt.

Dieses Buch ist meiner Familie gewidmet. Den Menschen, die mich durch alle guten und schweren Tage begleitet haben. Deren Liebe, Rückhalt und Unterstützung ich unendlich viel verdanke, und von denen ich sicher weiß, dass sie stets für mich da sind.

Kriminalroman
Mord im Lichthof
von Andreas Kimmelmann

Ein Vorfall in der Ludwig-Maximilians-
Universität in München wird zum ersten Fall des Junganwalts
Alwin Eichhorn. Ein Student ist zu Tode gekommen. Es gibt
zahlreiche Zeugen und ein Geständnis - allerdings soll es kein
Mord gewesen sein. Von Anfang an bildet sich ein Schleier vor
dem Auge des Rechtsanwaltes, und er vermutet mehr dahinter,
als sich ihm offenbart.

»Mord im Lichthof« ist ein beeindruckender Roman des Autors
Andreas Kimmelmann, der dem Leser einige Rätsel aufgibt
und ihn mit viel Spannung durch die überraschenden
Wendungen der Geschichte führt.

ISBN 978-3-942277-27-3 | 288 Seiten
Taschenbuch | € 10,90 (D)

Thriller
Jackie
von Sascha Ehlert

Spannend und zuweilen beklemmend wird die Geschichte um die Kostümbildnerin ›Jacqueline‹ erzählt. Der Traum vom großen Ruhm am Theater und die herben Enttäuschungen treiben die junge Frau zum Äußersten. Sie strebt danach, ihre ganz eigene perfekte Welt zu gestalten – mit allen Mitteln.

In ihrem Wahn verstrickt sich Jacqueline schnell in einem Szenario aus psychischen Abgründen, Gewalt und Allmachtsphantasien – dabei wollte sie doch nur von ihren Kollegen und den Theaterbesuchern geliebt werden. Schon als Kind musste sie Erfahrungen machen, die sie zu jener Frau werden ließen, die sie heute ist ...

Es wird eine Altersempfehlung für das Buch ab 18 Jahre ausgesprochen.

ISBN 978-3-942277-32-7
152 Seiten
Taschenbuch
€ 8,90 (D)

Thriller-Trilogie
Darkside Park
von Ivar Leon Menger

Manche Menschen verschwinden spurlos. Andere kommen völlig verändert zurück. Entdecken Sie das dunkle Geheimnis von Porterville, der scheinbar friedlichen Stadt an der Ostküste Amerikas ...

18 Geschichten, drei Bücher, sechs Autoren und ein düsteres Geheimnis, das alles umschließt – mit diesem ungewöhnlichen und bereits mehrfach preisgekrönten Konzept beschreitet Ivar Leon Menger einmal mehr neue Pfade. Gemeinsam mit den Autoren Hendrik Buchna, John Beckmann, Christoph Zachariae, Raimon Weber und Simon X. Rost entwirft er das vielschichtige Panorama einer Stadt, die ganz im Bann einer alles entscheidenden Frage steht: »Kennen Sie den Darkside Park?«

Erstes Buch - Ankunft in Porterville   ISBN 978-3-942277-08-2 | 196 Seiten | Taschenbuch
Zweites Buch - Wege in die Dunkelheit ISBN 978-3-942277-09-9 | 236 Seiten | Taschenbuch
Drittes Buch - Das letzte Geheimnis   ISBN 978-3-942277-10-5 | 256 Seiten | Taschenbuch
je € 9,90 (D)

Roman
131 Briefe
von Michael Schröder

In einem kleinen Dorf finden sich zwei junge Menschen, die sich nie gesucht haben. Ronny und Iris erleben ihre erste große Liebe im Zeitgeist der 80er Jahre. Zwischen lieb gewonnener Provinz und der Sehnsucht nach grenzenloser Freiheit erleben die beiden ihre kleinen Wunder und Abenteuer auf dem Weg ins Erwachsenwerden.

Erst 30 Jahre später drängen Ronny die Erinnerungen an die Zeit seiner ersten Liebe zurück in das Dorf seiner Kindheit. Als Zeugen der Vergangenheit sind die Briefe geblieben, die Ronny vollkommen aus seinem normalen Leben reißen.

ISBN 978-3-942277-17-4 | 400 Seiten | Taschenbuch | € 11,90 (D)

Kriminalroman
Milchshake für Blasius
von Sascha Ehlert

In einem kleinen Dorf im Taunus führt Blasius ein Leben, geprägt vom Alltag. Als er auf Pit trifft, rutscht er plötzlich in das für ihn unbekannte Frankfurter Milieu. Blasius gerät an den gefährlichen Barkley und damit in ein Abenteuer um Leben, Tod, Geld und Sex. Über allem steht zudem bedrohlich die Ankunft des Killers, dem "Schönen Marcello".

Wird Blasius es schaffen, sich aus den Fängen des Milieus zu lösen?

ISBN 978-3-942277-01-3 | 236 Seiten | Taschenbuch | € 9,90 (D)